Un chirurgien envoûtant

*

Ce tendre miracle

*

Une petite fille à aimer

SUE MACKAY

Un chirurgien envoûtant

Traduction française de
MARIE-JOSÉ LAMORLETTE

BLANCHE

HARLEQUIN

Collection : Blanche

Titre original :
FLING WITH HER LONG-LOST SURGEON

HARPERCOLLINS FRANCE
83-85, boulevard Vincent-Auriol, 75646 PARIS CEDEX 13
Service Lectrices — Tél. : 01 45 82 47 47 - www.harlequin.fr
ISBN 978-2-2804-7862-5 — ISSN 0223-5056

Composé et édité par HarperCollins France.
Imprimé en novembre 2022 par CPI Black Print (Barcelone)
en utilisant 100% d'électricité renouvelable.
Dépôt légal : décembre 2022.

FSC
www.fsc.org
MIXTE
Papier issu de sources responsables
FSC® C159065

Pour limiter l'empreinte environnementale de ses livres, HarperCollins France s'engage à n'utiliser que du papier fabriqué à partir de bois provenant de forêts gérées durablement et de manière responsable.

1.

L'obstétricienne Georgina Price sortit de son bureau de la clinique gynécologique Scott et s'efforça de ne pas fixer l'homme qui faisait les cent pas dans le petit espace situé entre elle et la salle d'attente. Waouh ! Blake avait grandi, ou quoi ? Elle ne lui avait jamais jeté deux regards de suite, autrefois, mais après tout elle avait quatre ans de plus que lui. Et quand son frère et lui faisaient les quatre cents coups ensemble, la dernière chose à l'intéresser était un petit enquiquineur qui avait besoin de mûrir et de se faire une vie.

— Bonjour, Blake. Cela fait longtemps que nous ne nous sommes pas vus.

Ces treize années avaient changé le jeune garçon de l'époque en un homme remarquable. Georgie ne put s'empêcher d'observer comment le jeune homme maigrichon qu'elle avait vu pour la dernière fois lorsqu'elle avait vingt-trois ans était devenu quasiment méconnaissable. Son long corps dégingandé s'était rempli partout où il fallait, faisant de lui un homme séduisant. Superbe, pour tout dire, même si son visage jadis ouvert était maintenant marqué de plis aux coins de la bouche et des yeux. Des yeux qui avaient perdu leur pétillement effronté, mais, par ailleurs, ses boucles désordonnées étaient aussi brunes et épaisses qu'autrefois, et se rebellaient encore malgré une coupe haut de gamme. Comme si le vent avait soufflé dans ses cheveux durant son trajet jusqu'ici. Oh ! passer les doigts sur sa tête et sentir la douceur de ces mèches brillantes… La bouche de Georgie s'assécha. Il était vraiment splendide.

Georgie, ressaisis-toi. Blake est ici à cause de Sarah, rien d'autre.

Sa mère était très malade et avait été adressée à cette clinique pour y être opérée. Elle aurait voulu que Georgie la suive, mais elle avait compris que c'était impossible pour des raisons éthiques, car leurs familles étaient amies. Georgie avait fait en sorte qu'Andrew, un associé senior, prenne Sarah en charge. En cet instant même, la mère de Blake était avec lui pour préparer la procédure du lendemain.

— J'aurais aimé que nous nous retrouvions dans de meilleures circonstances.

Blake s'était rapproché. Jetant un coup d'œil vers le bureau où sa mère attendait avec Andrew qu'il les rejoigne, il dit doucement :

— Est-ce que maman essaie de faire bonne figure ? Est-ce que c'est à toi qu'elle dit tout ? Sur toi qu'elle se décharge ? Je sais qu'elle t'a beaucoup parlé de ce qui se passe.

Il souffrait et était malade d'inquiétude. Cela se lisait dans le regard sombre qu'il rivait sur elle comme si elle pouvait alléger sa souffrance par quelques mots.

Ce n'est pas possible, désolée, Blake.

Mais en tant que médecin, il le savait. Georgie soupira. Plus tard, quand ceci serait terminé et que Sarah, il fallait l'espérer, serait remise sur pied, il pourrait redevenir le meilleur ami de son défunt frère, celui qu'elle n'avait pas revu depuis les funérailles. Mais pour l'heure sa mère était malade et se préparait à subir une opération importante pour lui ôter un gros fibrome, ainsi qu'une hystérectomie complète à cause du risque de cancer.

— Elle est Sarah, résiliente et calme.

Et terriblement inquiète, mais Georgie ne le dit pas. Blake paraissait assez empli d'appréhension comme ça. Quelque chose qu'elle ne comprenait que trop bien. Alors qu'Andrew et elle étaient certains à quatre-vingt-dix pour cent que Sarah n'avait pas de tumeur maligne, sa partie « amie de la famille » craignait de se tromper. La pensée que les Newman aient à souffrir la tenaillait, et la rendait presque soulagée de ne pas pratiquer l'opération elle-même. Elle comprenait mieux, maintenant, pourquoi Blake s'était senti si coupable de la mort de Noah alors qu'il n'avait pas de raison de l'être.

Il secoua la tête.

— Que pouvais-je attendre d'autre ? marmonna-t-il presque pour lui-même.

— Il serait plus perturbant qu'elle se conduise autrement.

Un regard morne croisa celui de Georgie. Où était ce pétillement dont elle aurait eu besoin ? Parce qu'elle aussi se sentait désemparée devant ce que Sarah et sa famille affrontaient.

— Tu as raison, dit Blake. Mais quelquefois je veux être celui qui est fort.

— Tu as toujours été fort, Blake.

Il n'avait jamais faibli quand son équipe de cricket avait besoin de lui, ou quand son frère voulait accomplir un exploit en sautant par exemple d'un avion en ne portant qu'un parachute. Il avait progressé et passé ses examens avec les notes les plus hautes que l'on avait jamais vues à la fac de médecine, alors qu'il avait le cœur brisé par la mort de Noah. Il était solide. Ou il l'avait été. Qu'en savait-elle, maintenant ? Il avait pu changer. Elle n'avait que l'opinion de sa mère pour en juger, à présent, et bien sûr Sarah n'était pas objective ou ne voulait rien dire de pénible au sujet de son fils. Mais en lisant entre les lignes, Georgie avait le sentiment que Blake avait bataillé au cours de ces dernières années, depuis que leurs vies avaient été changées pour toujours.

— Tu n'en sais pas la moitié, dit posément Blake, confirmant ses pensées. Mais merci pour le vote de confiance.

La porte d'Andrew s'ouvrit et il apparut.

— Vous voulez nous rejoindre, Blake ?

Blake déglutit.

— Bien sûr.

Georgie lui tapota le bras.

— Vas-y. Tu peux le faire. Je suis disponible si tu as besoin de parler, après.

Naturellement, elle serait là pour cette famille qui avait soutenu la sienne treize ans auparavant.

Il eut un sourire las.

— Merci, Georgie. Je pourrais te prendre au mot.

— Georgie, appela Andrew. Sarah aimerait que vous soyez des nôtres, aussi. En tant qu'amie, précisa-t-il.

La direction de son regard suggéra que c'était plus pour Blake que pour elle. Blake n'hésita pas. Il tendit la main vers la porte.

— Après toi, Georgie.

Toujours le gentleman.

— Merci.

Il fut facile de lui sourire en passant devant lui. Il était étrange de voir comme il paraissait juste d'être là avec lui.

Andrew s'assit à son bureau et leur donna rapidement les détails.

— J'ai expliqué l'opération à Sarah, et établi très clairement qu'elle devra prendre les choses en douceur pendant les six semaines à venir.

— Bonne chance avec ça.

Blake pressa l'épaule de sa mère, l'air sombre.

— J'aimerais voir les radios et les scanners de ce fibrome.

Andrew hocha la tête.

— Votre mère m'a dit que vous le voudriez. Je comprends tout à fait, étant donné que vous êtes médecin.

Debout près de la porte, Georgie lança un coup d'œil, par-delà Sarah, à l'homme qu'elle n'avait pas vu depuis si longtemps. De nouveau, elle nota sa belle apparence, son menton carré et la détermination visible dans ces yeux qui, autrefois, étaient toujours pleins de rire et d'amusement. Comme les siens avant l'accident de son frère. Maintenant elle y voyait de la douleur et de la peur, sans doute causées par la maladie de sa mère et le fait de savoir ce que c'était que de perdre quelqu'un de spécial.

Sa vie avait-elle été tout ce qu'il avait espéré dans sa jeunesse ? Du peu qu'elle avait appris par Sarah, elle savait qu'en dehors de sa carrière médicale il ne semblait pas avoir réalisé les rêves qu'il aurait pu avoir, comme se marier et fonder une famille. Mais peut-être n'avait-il pas encore trouvé la femme qui convenait, ou était-il trop occupé à protéger son cœur pour s'engager avec quelqu'un qui pourrait encore le faire souffrir.

Ce qui lui était terriblement familier, à elle. Elle avait connu quelques échecs, en chemin. C'était peut-être la même chose pour Blake. Ils avaient tous les deux beaucoup souffert de la mort de Noah et elle avait perdu confiance, en grande partie. Alors pourquoi pas lui ? Elle avait essayé de se soustraire à son deuil, elle était même tombée amoureuse et s'était mariée, mais avait fini par divorcer, regrettant la peine qu'elle avait causée à son mari. Terrifiée à l'idée que quelque chose de terrible puisse lui arriver, elle n'avait pas su lui donner assez d'amour. Surtout après avoir fait une fausse couche à douze semaines, le coup final. Une perte de plus qui l'avait fait se sentir coupable d'essayer de trouver le bonheur alors que Noah ne le connaîtrait jamais. Elle avait renoncé à chercher l'amour et à vouloir fonder une famille, et s'était investie corps et âme dans le domaine qui lui réussissait, la médecine.

De ce fait, la façon dont elle remarquait Blake et voyait en lui un homme attirant était assez étrange. Elle n'avait éprouvé aucune excitation sensuelle depuis l'échec de son mariage. Il devait s'agir surtout du plaisir de retrouver quelqu'un qui avait si bien connu son frère et qui comprenait la douleur de l'avoir perdu.

Sarah prit la parole, rappelant à Georgie pourquoi elle était là.

— Blake.

Elle attendit d'avoir la pleine attention de son fils.

— Andrew est mon spécialiste et n'a pas besoin de tes suggestions. Tu n'es pas le médecin, là. Tu es mon fils.

Elle lui prit la main et lui adressa un sourire maternel, gentil, compréhensif et ferme en même temps.

Le cœur de Georgie se dilata et ses yeux se mouillèrent. L'amour familial était si enveloppant, et aidait une personne à endurer les épreuves que la vie envoyait quotidiennement. Ses parents lui donnaient force et compréhension, et l'acceptaient comme elle était. Elle en avait eu besoin au fil des années et en avait encore besoin de temps à autre. Elle regarda Sarah, sachant que Blake avait reçu d'elle tout le soutien qu'il lui avait fallu, mais l'avait-il accepté ?

— Andrew ne tiendra pas compte de ce que dit Blake, de toute façon.

Georgie sourit à la femme qu'elle connaissait depuis aussi longtemps que Blake, quand celui-ci et Noah s'étaient rencontrés à l'école de Christchurch et étaient devenus inséparables. Au fil du temps leurs familles avaient fait connaissance, mais elle n'avait pas eu grand-chose à voir avec les garçons du fait de leur différence d'âge. Puis au cours des années suivantes elle s'était liée avec Sarah et Alistair, le père de Blake, lors des dîners organisés par ses parents.

— Toi non plus.

Blake réussit à lui sourire pour la première fois depuis qu'elle avait posé les yeux sur lui. Mais il ne paraissait pas à l'aise, dans ce bureau. C'était une période effrayante pour lui et sa famille, avec la question du cancer qui planait au-dessus d'eux comme un nuage noir. Les souvenirs de la douleur passée ne pouvaient qu'accroître son stress et contracter encore plus ses belles épaules.

Blake et Noah étaient en deuxième année à l'université de Dunedin quand la tragédie avait frappé, emportant Noah. Blake n'avait pas réussi à surmonter la perte de son meilleur copain et s'était blâmé de l'accident qui l'avait tué, ce qui était loin d'être la vérité. Pour lui, s'il avait été avec Noah ce soir-là, il aurait empêché son ami de monter dans la voiture dont le conducteur était ivre. Depuis lors, il était notablement absent de Christchurch et rendait rarement visite aux parents de Georgie quand il venait passer quelques jours dans sa famille, ce qui n'arrivait pas souvent. Elle savait que Sarah et Alistair avaient du mal à supporter son absence, mais ils le comprenaient et le soutenaient. C'était comme s'ils avaient perdu un fils, eux aussi, la nuit où ses parents avaient perdu Noah.

— Oui, j'aime toujours avoir les choses en main, admit-elle. Je suppose que toi aussi.

C'était une manière de survivre. Mais dans ce cas Blake

n'était ni gynécologue ni obstétricien, et l'état de sa mère n'était pas de son ressort. Il était chirurgien orthopédique, ce qui signifiait qu'il ne pouvait rien faire à part attendre et être là pour ses parents et ses sœurs.

Lui rendant son sourire, Georgie se sentit embarrassée. Certes, ils n'avaient pas été proches, mais il était beaucoup venu chez elle quand il était adolescent et il faisait pour ainsi dire partie des meubles, comme son frère dans la famille Newman. Maintenant il s'inquiétait pour sa mère et elle aussi, même si, médicalement, elle pensait que Sarah n'avait pas un cancer. Elle ne commencerait à se détendre qu'une fois l'opération réalisée, quand Andrew pourrait dire avec certitude qu'il n'y avait rien de malin. Et encore, il faudrait une biopsie négative pour dissiper les derniers doutes.

Sarah regarda son fils, puis Georgie, et retour.

— Même si je savais que Georgie ne pouvait pas être ma spécialiste, je l'ai appelée dès que j'ai su que je devais avoir cette opération. Je tiens à ce qu'elle reste proche de ce qui se passera.

Georgie hocha la tête et sourit à Blake.

— Ta mère m'a appelée à la maison alors que je dînais tranquillement, après une journée bien remplie en salle d'op, dit-elle pour tenter de le dérider. Elle m'a dit qu'elle avait échoué aux urgences dans le service public, à la suite d'intenses douleurs abdominales et d'une chute dans Hagley Park, mais qu'elle voulait être soignée dans ma clinique.

— Ne t'inquiète pas, Georgie. Je suis plus qu'heureux que tu sois là, en particulier comme amie.

Il eut un sourire plus détendu, puis ce sourire vacilla.

— Papa n'est pas content de devoir présider un procès qui va durer quatre semaines, en ce moment. Il préférerait de beaucoup être ici avec maman.

— Cela tombe mal.

Le juge Alistair Newman avait parlé à Georgie plus tôt ce matin-là pour la remercier encore de les soutenir. Il était très inquiet que sa femme ait à subir une opération aussi importante, comme eux tous. En regardant Blake, Georgie fut surprise de voir que son regard anthracite s'était éclairci. Il paraissait soulagé.

— Je pense que nous devrions laisser Andrew faire son travail, au lieu de le forcer à nous écouter jaser.

Le chirurgien rit.

— C'est bon. J'ai quelques minutes. Mais venez ici, Blake, et regardez ce cliché d'IRM qui montre clairement ce qui fait tant souffrir Sarah.

Blake s'approcha de l'écran et fixa l'image, la couleur se retirant de son visage. Le fibrome qui pressait sur l'utérus de sa mère était énorme. Georgie l'entendit inspirer et vit ses mains se crisper, mais il ne dit pas un mot, pour ne pas effrayer la patiente. Même si Sarah, médecin généraliste, comprenait le problème qui était le sien.

Andrew tapota l'écran.

— C'est pour cela que nous faisons une hystérectomie totale.

Blake tressaillit.

— Au moins six semaines de repos, maman.

Georgie ne pouvait détacher les yeux de lui. Maintenant qu'elle le voyait comme un homme, il lui paraissait vraiment très attirant. Attirant à vous échauffer le sang, à vous nouer le ventre. Il n'avait plus son air rieur, certes, mais son visage avait de la force et une maturité nouvelle pour elle. Il était intéressant qu'elle le remarque. Elle n'avait pas grand-chose à faire des hommes, depuis quelques années. Depuis l'échec de son mariage. L'amour faisait beaucoup souffrir, quand il tournait mal. Tommy, son mari, avait raison : elle avait eu peur de trop ouvrir son cœur, de crainte que leur relation ne marche pas. Il lui avait fallu un certain temps pour s'en rendre compte. Ce qui n'augurait rien de bien pour toute autre relation qu'elle pourrait nouer, alors elle gardait ses distances avec l'amour.

Blake hocha la tête lorsqu'il eut fini d'étudier l'image, intensément. Andrew se tourna vers Sarah.

— Autre chose que vous voudriez savoir avant demain ?

— Non, rien. Je souhaite juste que ce soit terminé.

Blake dit au chirurgien :

— Je ne peux assez vous remercier d'être intervenu aussi vite.

Andrew se leva et lui serra la main.

— Je vous en prie.

Dehors, dans le couloir, le regard sombre de Blake se riva sur Georgie comme s'ils étaient étroitement connectés ; ce qu'ils étaient probablement, avec l'histoire de Noah qui les liait.

Son estomac se noua. Elle lui toucha brièvement le bras et dit :

— Nous nous en sortirons.

Elle s'en assurerait. Et quand elle disait « nous », elle le pensait. Ils ne s'étaient peut-être pas soutenus lorsque Noah était mort, parce que leur propre chagrin les isolait, mais ils avaient vécu la même douleur, en avaient subi les conséquences chacun de son côté, et maintenant ils pouvaient se comprendre au moins un peu. Elle comprenait sa peur de perdre Sarah.

— C'est dur, dit-il d'une voix lourde.

— Oui.

Il ne s'était pas attendu à ce que sa mère subisse une intervention de ce genre. Personne ne s'y attendait jamais. Elle mesurait le choc qu'il devait éprouver. Se détournant de ce visage aussi soucieux que captivant, elle inspira et demanda calmement à Sarah :

— Vous allez bien ?

— Aussi bien que possible, répondit-elle, la voix tremblant légèrement.

— Vous pouvez toujours m'appeler si vous voulez parler de quelque chose.

Et, Blake, essaie de cesser de t'inquiéter.

— Je le ferai.

Sarah l'étreignit.

— Merci d'être là. Savoir que vous veillez au grain en tant qu'amie et médecin rend tout plus facile.

Cela donna presque envie de pleurer à Georgie. C'était pour cela qu'elle n'aimait pas être trop proche de ses malades – et des gens en général. Elle n'avait plus voulu l'être depuis que Noah leur avait été enlevé.

— Vous ne pourriez pas me tenir à distance.

Elle jeta un coup d'œil à Blake et fut surprise de le voir hocher la tête. Il était content qu'elle soit là, alors qu'ils ne s'étaient pas vus depuis si longtemps ? Cela l'étonna, même s'il essayait d'attirer son attention, quand ils étaient plus jeunes. Elle s'en souvenait très bien. Lorsque les garçons étaient entrés à l'université de Dunedin, où elle faisait médecine, elle était restée en contact avec eux.

Puis la nuit de l'appel téléphonique était arrivée, et son monde s'était écroulé. Plus rien ne devait jamais être pareil. Elle n'avait pas su comment faire son deuil, comment aller de l'avant. Tout le monde lui donnait des conseils, mais ils n'étaient pas à sa place. Finalement, elle avait presque repris sa vie en main, elle s'était plongée dans ses études autant qu'elle l'avait pu, se concentrant sur sa carrière et sur les buts qu'elle s'était fixés. Plus de fêtes, plus de soirées entre copines. Mais la douleur ne l'avait jamais quittée. Elle avait peut-être un peu diminué, mais elle était toujours prête à se réveiller quand quelque chose n'allait pas.

C'était le passé, et son avenir après ça avait consisté à être sérieuse et prudente pour que ses parents puissent compter sur le fait qu'elle soit toujours là pour eux. Elle était même revenue finir sa formation à Christchurch afin qu'ils puissent la voir chaque fois qu'ils en avaient besoin. Puis elle avait rencontré Tommy, était tombée amoureuse et s'était mariée. Seulement elle ne lui avait pas vraiment donné tout son cœur ; elle avait eu peur de souffrir de nouveau, et pour finir c'était elle qui avait blessé son mari – en se blessant elle-même du même coup.

— Sarah, je passerai vous voir demain matin dans la salle préopératoire. Vous aurez le plaisir de me voir engoncée dans mon uniforme.

— Je suis impatiente de voir ça.

Soudain, le visage de Sarah se défit. Georgie lui prit la main.

— Tout ira bien. Nous gérons tout.

Ne craquez pas. Pas maintenant.

Néanmoins, si Sarah devait craquer, c'était alors que Blake était à son côté. Elle adorait son fils, bien qu'il les ait quasiment abandonnés. Mais au moins, maintenant, il était là pour aider et soutenir sa famille.

— Allons, maman, rentrons à la maison et attendons le retour de papa.

Blake la prit gentiment par le bras pour l'entraîner. Par-dessus la tête de sa mère, il demanda :

— Je te vois demain ?

Georgie opina.

— Bien sûr. Je passerai entre deux opérations.

Elle pariait que Blake attendrait dans la chambre de Sarah jusqu'à ce que celle-ci y soit ramenée après son réveil. Il voudrait constater par lui-même qu'elle s'en était bien sortie. Et surtout, il voudrait entendre ce qu'Andrew aurait à dire sur la présence ou non d'un cancer. Jusque-là, il ne se détendrait pas.

— À demain.

En le regardant guider sa mère hors de la clinique, elle prit une longue inspiration tremblante. Curieux comme elle était impatiente de le revoir, et pas seulement pour avoir une discussion sur l'état de Sarah. Pas une fois, elle n'avait songé à Blake Newman autrement que comme à l'ami de Noah. Qui eût cru qu'il deviendrait aussi diablement beau ?

Il y avait eu une pénurie d'hommes dans sa vie, dernièrement, mais cela n'avait sûrement rien à voir avec sa réaction vis-à-vis de Blake – comme s'il lui était soudain nécessaire. Elle ne se sentait plus capable de s'impliquer à fond avec des hommes, maintenant, ni avec quiconque, en vérité. Les quelques hommes avec qui elle était sortie semblaient vouloir tout le toutim avant même de prendre le temps de bien la connaître. Or elle ne voulait pas prendre un autre risque pour trouver le bonheur. Elle avait échoué par deux fois, aussi ne croyait-elle pas qu'elle puisse avoir cette chance. La relation qu'elle entretenait quand Noah était mort avait capoté parce qu'elle ne pouvait plus fonctionner correctement. Comme son mariage par la suite. Celui-ci aurait pu marcher si elle avait su comment se débarrasser des liens qui entravaient son cœur. Tommy et elle auraient été fous de leur enfant, si seulement…

« Si seulement » était une expression qui appartenait à son passé, se dit-elle sévèrement.

Il y avait des barrières à abaisser avant qu'une relation quelconque puisse advenir. Des barrières qui faisaient maintenant si étroitement partie d'elle qu'il faudrait un bulldozer pour les bouger. Elle jugeait préférable de protéger son cœur et de se concentrer sur sa carrière.

Georgie suivit du regard la haute silhouette de Blake qui marchait lentement pour s'adapter au rythme de sa mère. Il penchait la tête pour l'écouter. Maintenant qu'elle l'avait revu, elle avait la sensation qu'il pourrait être un homme dont elle aimerait la compagnie s'il vivait à Christchurch, ce qui n'était pas le cas.

Vraiment ? D'où lui venait cette pensée ? Elle n'avait pas l'habitude de voir un homme et de se dire « Il est fait pour moi ». Non pas qu'elle ait eu une telle idée, mais elle sentait dans son corps des picotements qui indiquaient un intérêt certain et une excitation oubliée depuis longtemps à l'idée de passer du temps avec un homme viril.

— Blake ! appela-t-elle en s'élançant derrière lui. Blake, attends une minute.

Pourquoi faisait-elle cela ? S'il avait besoin de la contacter, il trouverait le moyen de le faire.

— Oui, Georgie ?

Elle frissonna. Son nom paraissait différent sur ses lèvres. Plus doux. Plus sexy. Cela se pouvait-il ? Elle ne s'était pas rendu compte qu'elle cherchait désespérément un homme, mais peut-être que ces sensations inexplicables qu'il faisait naître en elle n'étaient pas autre chose. Non, rectifia-t-elle. Ceci ne concernait que Blake et personne d'autre.

— Georgie ?

Maintenant il avait l'air préoccupé. Bientôt, il allait penser qu'elle savait à propos de sa mère quelque chose qu'il ignorait.

— Si tu as besoin de me joindre à n'importe quel moment, Sarah a mon numéro personnel.

Sarah se tourna, un doux sourire dans les yeux.

— Je le lui ai déjà donné.

Georgie vida ses poumons.

— Bon. Très bien. C'est parfait.

Non pas qu'elle s'attende à ce que Blake l'appelle pour lui parler de l'opération. Il avait Andrew, pour ça. Alors s'attendait-elle à ce qu'il téléphone pour rien ? Pour discuter du temps ? Si elle n'avait pas de ses nouvelles, elle serait déçue, elle le savait. Elle n'avait pourtant aucune raison d'espérer qu'il la contacte. Ils étaient presque des étrangers, après tout, même si elle avait l'impression en ce moment même qu'ils étaient liés par Sarah et son opération.

— À demain.

Peut-être. S'il était là quand elle passerait. Elle tourna les talons pour regagner son bureau.

— Georgie, merci de t'occuper de maman. Ça a été plus confortable pour elle de pouvoir se décharger sur un autre médecin. Je sais que papa ressent la même chose.

S'arrêtant, elle fixa Blake qui était revenu en arrière pour la rejoindre. Pour une fois, elle le voyait comme le garçon qu'elle avait connu, avec sa gentillesse et sa détermination à être toujours le meilleur en tout. Ils s'étaient côtoyés autant que leur différence d'âge l'avait permis. Noah avait été leur dénominateur commun, mais ils n'avaient jamais été de bons amis, ni rien d'approchant. Elle s'était sentie adulte, à l'époque, pensant qu'il avait encore du chemin à faire dans ce domaine.

Le regret l'envahit. Et s'ils s'étaient mieux connus ? Auraient-ils pu s'aider mutuellement à traverser cette tragédie ? Est-ce qu'une amitié aurait adouci la douleur ? Probablement pas. Et de toute façon, il n'en avait rien été et rien ne pouvait changer la manière dont ils avaient réussi à poursuivre leur vie chacun de son côté.

— C'est bien aussi que tu sois là pour Sarah, dit-elle. Elle était enchantée quand tu lui as dit que tu revenais à la maison pour la semaine.

— Pour quinze jours.

Il parut surpris d'avoir dit ça, comme si l'idée lui en était juste venue.

— On se parlera plus tard.

Il pivota pour retourner au côté de sa mère.

Georgie l'observa tandis qu'il marchait, la tête haute, le dos droit. Le nouveau Blake, adulte, plein d'empathie, qu'elle n'avait jamais rencontré auparavant. Elle posa le bout de sa langue au milieu de sa lèvre supérieure. Un quart d'heure avait passé et il lui plaisait déjà autant que la version de lui, plus jeune et effrontée, qu'elle avait connue. Oh ! ces boucles brunes. Elles appelaient ses doigts. Mais surtout, son cœur voulait apaiser son inquiétude, dissiper la peur qui débordait de ses yeux gris chaque fois qu'il regardait Sarah.

Elle serait là si jamais Blake avait envie de parler.

Les mains derrière la tête, Blake était allongé sur son lit, dans la chambre qui avait toujours été la sienne, et contemplait les chevrons. La vision d'une certaine obstétricienne le surprit, l'étonnant par sa clarté.

Georgie était devenue une femme absolument splendide.

Et ce n'était pas la moitié de ce qui éveillait son intérêt. Son assurance et son calme étaient nouveaux. Pour lui, en tout cas. D'accord, elle avait peut-être toujours été sûre d'elle pour lancer « Faites ce que je dis ». Mais calme ? Loin de là. Une tornade sur deux jambes. Et quelles jambes ! Toujours aussi belles, d'après ce qu'il avait vu – mises en valeur par une étroite jupe noire qui lui arrivait aux genoux. Telle était Georgie quand ils grandissaient dans la banlieue de Fendalton. Une tornade qui s'était changée en un souffle lorsque Noah était mort.

Il ne l'avait pas revue depuis l'enterrement et elle n'avait pas fait attention à lui, ce jour-là. Assis entre son père et sa mère, il s'était retenu de lui parler de peur d'accroître la douleur qu'elle éprouvait. Le genre de peur qui l'habitait depuis la mort de Noah – la peur qui colorait la manière dont il abordait toute chose, en particulier le fait de s'approcher des autres, la crainte de leur faire du mal. Oui, il était assez solitaire, maintenant. Assez ? Il pouvait dire qu'il était un loup solitaire. Il avait des amis, cependant. Des amis dont il s'efforçait de ne pas devenir trop proche.

Il soupira. Georgie et ces jambes lui rappelaient d'autres souvenirs. Par le passé, il les avait vues sortir de shorts très courts, ou les avait aperçues sous des jupettes de tennis qui moulaient ses cuisses et mettaient en valeur ses muscles et ses courbes. Georgie était la grande sœur de Noah, et ne s'intéressait pas trop à ce que son frère et lui faisaient, mais elle avait toujours été là pour les conseiller lorsqu'ils étaient entrés à l'université. Elle était toujours en action, étudiant, travaillant, faisant la fête. Pleine de vie. Et oui, en garçon de dix-huit ans lubrique il l'avait remarquée, beaucoup trop pour sa tranquillité d'esprit. Quand il avait eu dix-neuf ans aussi. Puis Noah était parti et son désir de se rapprocher de qui que ce soit avait disparu.

Peut-être Georgie était-elle encore plus sûre d'elle maintenant. Elle avait rivé ses yeux splendides sur lui chaque fois qu'il parlait, aussi entière qu'autrefois, mais en même temps elle lui avait paru meurtrie et comme retirée en elle-même. Elle ne ferait sans doute encore aucune concession, mais il sentait que sous cet extérieur qui ne voulait pas d'histoires se cachait une femme qui avait envie d'être tenue, étreinte, rassurée. Il savait par ses parents qu'elle était presque uniquement concentrée sur sa carrière, à présent, surtout depuis l'échec de son mariage. Un autre coup porté à un cœur déjà brisé.

Des sentiments qu'il ne comprenait que trop bien, hélas. Presque treize ans que sa vie avait été brutalement retournée. Des années de culpabilité et de doutes, où il avait essayé de croire en lui-même sans y parvenir tout à fait. Certes, il avait brillamment réussi sa formation pour devenir chirurgien orthopédique et travaillait maintenant dans une clinique privée d'Auckland. Il avait la carrière parfaite, un petit groupe d'amis sûrs qu'il gardait à distance et une famille formidable qu'il faisait de son mieux pour éviter, parce qu'ils se glissaient bien trop facilement sous son bouclier et dans son cœur. Mais l'amour lui manquait, le sentiment d'appartenance, la cohésion que l'on éprouvait à vivre dans un environnement aimant. Il se sentait seul, le soir, lorsqu'il rentrait dans sa belle maison vide, pour se coucher entre des draps froids ou prendre un verre de vin dans la véranda avec personne à qui parler de sa journée. Est-ce qu'il se sentait attristé pour lui-même ? Bonne question. Il était temps pour lui de se reprendre et de regarder au-delà de ses peurs. Si seulement il savait comment, ou avait le courage de se lancer.

Sa mère était malade. À quel point, personne ne le saurait avant l'opération du lendemain et même alors, il faudrait attendre les résultats de la biopsie pour évacuer l'hypothèse d'un cancer. D'après Sarah, Georgie doutait qu'il y en ait un après avoir vu les scanners et l'IRM, et une part de lui la croyait. Ou voulait qu'elle ait raison. Mais il était tout de même un fils qui craignait le pire. Il frissonna. Il ne lui restait qu'à passer la nuit et la moitié de la matinée, et il aurait des réponses. En croisant les doigts pour qu'elles soient bonnes.

Georgie le touchait d'étrange manière. Non pas qu'elle ait dit quoi que ce soit sortant de l'ordinaire, quelque chose qui aurait pu le pousser à se demander ce qu'il éprouvait à son sujet. Le passé n'avait pas été mentionné. Mais il ne fallait pas s'y tromper, il existait quelque chose entre eux. Une sorte d'étonnement à se retrouver, de confiance implicite. L'avait-il ressenti davantage parce qu'elle s'était montrée à la fois professionnelle et amicale, sans en faire trop ? Parce qu'elle était son reflet en ce qui concernait le passé et la façon dont ils l'avaient affronté ? Il avait baissé le rideau sur son cœur, par peur de risquer d'être de nouveau aussi cruellement blessé. Il se pouvait très bien que Georgie ait fait de même.

Que faisait-elle, en ce moment ? Se détendait-elle avant son programme d'opérations du lendemain ? Était-elle tendue au sujet de l'intervention de sa mère ? Tout le monde semblait être au même point, là-dessus. Sarah stressait au maximum tout en prétendant que tout allait bien et que l'opération passerait comme une lettre à la poste. Son père ne valait pas mieux, parlant peu de ce qui les préoccupait et préférant s'étendre sur le cas qu'il jugeait.

Quittant son lit, Blake alla à la fenêtre pour contempler la rue familière. Les réverbères s'étaient allumés quand le soleil s'était couché. Lorsqu'il était adolescent, ces lampes l'ennuyaient quand il voulait sortir par la fenêtre pour aller rejoindre ses copains au parc, et écouter du hip-hop sur le téléphone de l'un d'eux. Ils pensaient à l'époque que c'était la meilleure des musiques. Aujourd'hui, il ne pouvait plus la supporter. Georgie et ses copines dansaient sur ce rythme endiablé, s'agitant dans tous les sens comme si elles avaient perdu tout contrôle d'elles-mêmes.

Elle n'avait plus l'air d'une femme qui aimait faire la fête. Avait-elle perdu cette joie de vivre qui avait été sa marque lorsqu'elle avait perdu Noah ? Au début, il avait fait le choix inverse, se mettant à boire et à sortir à grande échelle, cessant d'étudier pour essayer de combler le vide que Noah avait laissé et voulant prouver qu'il allait bien. Mais le sentiment qu'un morceau de lui-même lui manquait et ne reviendrait jamais ne l'avait pas quitté. Il avait bataillé pour étouffer sa culpabilité. Si le père de Noah ne lui avait pas dit d'arrêter tout ça, d'arrêter de gâcher sa vie, qui sait comment il aurait pu finir ? Il préférait ne pas y penser.

Une profonde aspiration à parler à quelqu'un qui le connaissait depuis ce temps-là l'envahit. Quelqu'un qui comprendrait d'où il venait et pourquoi il était si inquiet pour sa mère.

Et si maman a un cancer ? se demanda-t-il pour la millième fois.

C'était très bien de dire qu'ils feraient front, qu'elle s'en sortirait, mais le cancer était un ennemi redoutable et aussi forte que soit sa mère, elle ne gagnerait peut-être pas cette bataille-là. Elle se battrait certainement de toutes ses forces, mais cette maladie était diabolique. Or il ne pouvait pas perdre sa mère. Comme ses sœurs ne pouvaient pas la perdre, ni leurs enfants perdre leur grand-mère. Quant à son père, il serait anéanti. Blake frissonna. Si le pire arrivait, il s'isolerait complètement. Perdre Noah l'avait dévasté, et il ne voulait pas être de nouveau confronté à un tel drame.

Je vous en supplie, implora-t-il.

Il observa un jeune couple qui se promenait la main dans la main, en bavardant. Son cœur se serra en songeant à ce qui aurait pu être si sa vie n'avait pas changé aussi brutalement. Il aurait pu connaître l'amour, les rires, avoir des enfants. Certes, sa vie n'était pas un désert complet, mais l'amour y manquait. Quelqu'un avec qui partager son âme. Une femme à qui parler, avec qui dormir et faire l'amour. Les enfants n'étaient qu'un vague rêve. Tout cela parce qu'il ne pouvait pas se libérer du passé et regarder vers l'avant avec de l'espoir et un sourire.

Mais là, en ce moment, il avait envie de partager un peu sa peur et sa souffrance. Il prit son téléphone et fixa l'écran jusqu'à ce qu'il s'éteigne.

Non, elle va penser que je suis fou.

Et elle aurait peut-être raison. Il n'avait pas l'habitude de tendre la main, et encore moins vers Georgie.

Assez.

Ses pensées emmêlées le tiendraient éveillé toute la nuit s'il ne faisait pas quelque chose. Aller courir fonctionnait, en général. Il chercha son équipement dans son sac.

Georgie courait le long de la rivière, refusant de penser à quoi que ce soit ou à qui que ce soit. Comme si cela pouvait marcher. Impossible. Blake ne cessait de lui venir à l'esprit. Avec sa belle apparence. Son inquiétude pour Sarah. Son sourire las qui l'avait frappée de plein fouet et lui avait donné envie d'être là pour lui, quoi qu'il advienne.

Un homme la croisa en courant, fit demi-tour et revint lentement vers elle.

— Georgie.

Cela se pouvait-il ?

— Bonsoir, Blake.

Elle ralentit pour se mettre à marcher d'un pas vif. Il se plaça à sa hauteur.

— Le monde est petit, hein ?

— Apparemment.

— Tu fais ça régulièrement ?

— La plupart des soirs, en été, quand il ne fait pas nuit lorsque je rentre à la maison.

Elle avait désiré parler à Blake tout l'après-midi, et voilà qu'il était là. Alors il s'agissait de parler.

— C'est ma façon de déstresser de la journée, pour pouvoir dormir la nuit. Toi aussi ?

— Oui. Bien sûr, aujourd'hui a été différent. J'ai eu l'impression de poireauter à un endroit ou à un autre toute la journée, et je me suis dit que de l'exercice pourrait apaiser mon esprit.

Il lui jeta un coup d'œil.

— Tu as toujours des horaires impossibles ?

Il y avait dans la voix de Blake un léger rire qui la fit se sentir bien, et toute chaude.

— J'essaie d'être un peu plus raisonnable, maintenant.

Elle était tellement raisonnable que c'en était ennuyeux, même pour elle. Elle avait peut-être trente-six ans, mais cela ne voulait pas dire qu'elle devait commencer à se conduire comme sa grand-mère. Même si celle-ci, en réalité, restait très active.

— Je n'aurais jamais cru t'entendre dire ça un jour.

Il marqua une pause et reprit d'une voix plate :

— Cela fait longtemps, n'est-ce pas ?

Elle ne voulait pas aller par là. Voir l'inquiétude sur le visage de Blake, plus tôt, avait réveillé sa propre douleur passée, et elle n'avait pas besoin de ça.

— Sarah m'a tenue au courant de ce que tu faisais, y compris devenir associé dans une clinique orthopédique du centre d'Auckland il y a quelques mois. C'est formidable.

— Tu es une associée dans la clinique gynécologique Scott. C'est également remarquable. Nous nous sommes bien débrouillés, tous les deux. Du point de vue de notre carrière, en tout cas.

— Je me suis servie de ma formation comme échappatoire, pour éviter de me mêler à ce qui se passait autour de moi.

Un soupir lui échappa. Elle n'avait pas l'habitude de parler de ça. Était-ce la même chose pour Blake ? Mais elle n'avait pas envie de s'arrêter. Il y avait dans cette conversation quelque chose de cathartique qu'elle découvrait.

— Pourquoi as-tu choisi l'orthopédie ?

— Difficile à dire, à part qu'un jour un camarade de rugby s'est cassé une jambe durant un match et que je me suis vu en salle d'op, en train de le réparer. Aujourd'hui, j'éprouve une immense satisfaction à remettre les gens sur leurs pieds.

Sa voix vibrait d'enthousiasme.

— Et toi ? Pourquoi la gynécologie ?

— Cela a toujours été mon but, depuis mon premier jour à la fac de médecine. Je ne sais pas pourquoi, j'ai toujours été fascinée par l'appareil reproducteur et aider les femmes me procure un sentiment d'accomplissement que je ne trouve pas ailleurs.

Elle rit.

— Comme toi, j'adore voir mes patientes réaliser qu'elles peuvent aller de l'avant sans appréhension ou avoir le bébé qu'elles croyaient impossible d'avoir. Mais je ne peux pas aider tout le monde, ajouta-t-elle, redevenant sérieuse.

— Personne ne le peut, Georgie. Personne.

— C'est bien vrai.

Il était temps de changer de sujet avant qu'elle devienne amère.

— Et que fais-tu de ton temps libre ? Joues-tu toujours au cricket ?

— Je vais surtout voir les fils de mes amis jouer pour leur école. Je ne suis plus bon à rien, aujourd'hui. J'ai perdu la coordination œil-main-balle. Mais je cours toujours, je vais de temps en temps à la pêche et je fais des randonnées dans les collines.

— Tout seul ?

— La plupart du temps. Parce que c'est moins exigeant, si tu vois ce que je veux dire.

Personne de qui se rapprocher ou avec qui parler de sujets personnels. C'était ce qu'il préférait.

— Je crains que oui, répondit Georgie. Se libérer du passé n'a pas été facile, et en parler est encore plus difficile. J'ai encore du chemin à faire, pour être honnête.

Et pourquoi ne le serait-elle pas ? Blake lui donnait l'impression qu'un poids était ôté de ses épaules.

— Est-ce que ça signifie que tu n'as pas de partenaire, en ce moment ? demanda-t-elle.

Il n'y avait eu personne à son côté pour le soutenir ce jour-là, quand il avait été avec sa mère. Et il en aurait eu besoin, cela avait été évident à la tension de ses épaules alors qu'il arpentait la pièce. Georgie savait qu'elle ferait de son mieux pour être là pour lui durant les jours à venir. Et cela, malgré l'étrange et nouvelle conscience qu'elle avait de Blake, une conscience qu'elle s'efforçait d'ignorer pour ne pas laisser son corps soudain ultra-réactif échapper à son contrôle.

— Non. Au début j'étais trop occupé à étudier et à travailler pour avoir du temps pour quelqu'un d'autre, et puis… je ne sais pas. Trop de temps passé à travailler, je suppose.

— Je connais ça. Bien que j'aie été mariée quelque temps. Cela n'a pas marché.

— As-tu épousé le garçon que tu as rencontré à la fac ? Si je me souviens bien, tu t'es installée avec lui durant ma deuxième année.

— Spenser ? Non. Notre histoire n'a pas duré longtemps après la mort de Noah. J'étais trop en proie à mon chagrin et il n'a pas pu le supporter. Je n'étais plus très drôle.

— Tu étais mieux sans lui, si c'est la façon dont il t'a traitée.

Il savait certainement comment lui réchauffer le cœur.

— Merci, mais je n'étais pas facile à vivre, à cette époque-là.

Blake la regarda.

— Et alors ? Ce n'est pas une excuse. Il était ton partenaire. Il était censé te soutenir.

Tu le ferais, toi. Au fond d'elle-même, elle le croyait.

— De toute façon, c'est de l'histoire ancienne, reprit-elle. Je navigue en solo, à l'heure actuelle. J'ai quelques amis proches avec qui je passe du temps chaque fois que je le peux, et c'est suffisant.

Vraiment ? Cela l'avait été. Pourquoi en douter maintenant ? Elle jeta un regard de côté. Pas parce que Blake Newman avait surgi dans sa vie et qu'il lui faisait bourdonner le sang. Ce n'était pas une raison suffisante pour changer quoi que ce soit à sa façon d'être.

— Je sais ce que c'est. Mais moi, je ne passe pas beaucoup de temps avec mes amis et leurs familles.

Apparemment, il essayait surtout de rester éloigné d'eux. Mais cela se comprenait, après avoir perdu son meilleur ami.

— Je comprends, dit-elle. Et j'étais sérieuse, en disant que je suis disponible si tu as envie de parler de Sarah. Ou d'autre chose.

— Merci. J'apprécie… beaucoup.

Il regarda un moment devant lui.

— Tu es toujours restée à Christchurch ?

Depuis qu'elle était revenue après la mort de Noah ?

— Oui.

Une partie d'elle avait envie de lui parler comme elle aurait pu le faire autrefois, le cœur libre et léger, mais elle était retenue par les entraves qu'elle avait mises en place près de treize ans plus tôt. Elle en avait déjà plus dit qu'elle ne l'aurait fait normalement. Voir la détresse de Blake au sujet de Sarah avait fait resurgir le passé, et le besoin de partager des choses avec lui lui retournait l'estomac, mais comment aborder des questions qui avaient été enterrées si longtemps ? Des questions qui les avaient fait souffrir tous les deux. Se demandait-il ce que Noah aurait pu être aujourd'hui ? S'il aurait créé ce cabinet d'architecture qui le passionnait ? S'il serait marié, avec des enfants ?

Lâche un peu la bride, parle avec ton cœur, pas avec ton cerveau gauche.

Elle prit une grande inspiration. Pouvait-elle laisser entrer Blake là où elle ne laissait entrer personne ? Mais il faisait partie du passé qui avait éteint sa joie de vivre et l'avait ramenée définitivement à Christchurch.

— Au début, je suis revenue ici afin d'être là pour mes parents. Puis je me suis aperçue que je souhaitais être proche d'eux pour mon propre compte.

Sa bouche s'assécha. Elle n'avait pas mis cela en mots depuis longtemps, si elle l'avait jamais fait. Blake se taisait, mais elle ne se sentait pas mal à l'aise. C'était plutôt comme s'il lui laissait le loisir de continuer si elle le choisissait.

Ce qu'elle fit.

— D'une certaine façon, cela a été dur. Ils ne cessaient de vérifier où j'étais, comme s'ils craignaient que je disparaisse de la surface de la Terre. Mais je faisais plus ou moins la même chose avec eux. C'est resté notre façon de fonctionner pendant longtemps.

Au fil des années ils s'étaient détendus, mais pas complètement.

— C'était naturel, après ce qui est arrivé.

— Je suppose. Désormais nous sommes revenus à la normale, ou à peu près, mais je ne peux m'empêcher de penser qu'il faut que je sois là pour qu'ils puissent me voir quand ils le veulent. Et je ne m'en plains pas. Christchurch est ma ville natale. Je travaille dans le privé et à l'hôpital public. La plupart de mes amis sont encore ici. Que pourrais-je vouloir de plus ?

Maintenant qu'elle le disait, elle se rendait compte qu'elle était heureuse. Peut-être d'une manière plus tranquille, moins intense que lorsqu'elle était jeune, mais heureuse quand même. Certains de ses rêves ne s'étaient pas réalisés, mais personne n'avait tout ce qu'il souhaitait.

— Franchement, j'aime vivre ici. C'est là que j'ai grandi et je m'y sens bien.

Toutefois, parler avec son cœur lui montrait qu'elle n'était pas vraiment impliquée dans quoi que ce soit, hormis son travail. Mais elle était très fière de sa carrière. Elle était satisfaite de ce qu'elle avait accompli. D'une façon assez solitaire, au demeurant. Se sentir bien, juste bien, n'était pas très excitant. Qu'en était-il de son plus grand rêve ? Un homme à aimer, des enfants, et elle serait transportée. Sauf qu'elle avait perdu un bébé, et qu'elle ne pensait pas pouvoir supporter que cela se reproduise.

Laisse tomber, Georgie. Parle avec Blake pendant que tu en as l'occasion.

— Et toi ? Es-tu heureux à Auckland ? As-tu une bonne vie, là-bas ?

Il haussa les épaules.

— J'ai ma propre maison et la carrière que je veux. Cela me suffit.

Cela n'en avait pas l'air. Et de loin. Ils marchèrent en silence pendant quelques minutes.

Blake semblait être à des miles de là, jusqu'à ce qu'il demande :

— Tes parents n'ont pas acheté un camping-car, récemment ?

— Tu es bien informé. Oui, ils ont acheté un de ces gros véhicules pour faire des excursions quand leur travail leur en laisse le temps. En ce moment, ils passent quelques semaines sur la côte Ouest. Je sais qu'ils veulent visiter l'île du Nord, en prenant leur temps.

— Je suis passé les voir lors des quelques occasions où je suis revenu chez mes parents. Ils ont toujours été très gentils avec moi quand j'étais adolescent. Et après…

La voix de Blake se cassa.

— Je sais qu'ils adorent avoir de tes nouvelles.

Et maintenant elle comprenait peut-être un peu mieux pourquoi, car au fond d'elle-même elle sentait se dissiper une tension qu'elle ignorait abriter. Presque comme si un petit morceau d'elle s'était mis en place. Ou comme si une fermeture Éclair commençait à se fermer d'un cran, en attendant que les autres s'enclenchent à leur tour. Quelque chose qu'il fallait espérer ? Oui, peut-être. Tout cela parce qu'elle avait renoué avec Blake et parlait avec lui comme s'ils n'avaient à être mal à l'aise de rien. Comme si elle avait trouvé *la chose* qui avait manqué à sa vie pendant si longtemps. Définir ce que c'était pourrait lui prendre un moment, mais un clic montrait que c'était possible.

Elle s'arrêta.

— Ma voiture est là. Tu veux que je te raccompagne ?

— Non, ça va.

Il la regarda bien en face.

— C'était bien, de se retrouver.

— Je suis d'accord.

Aussi inattendu que ce soit, parler avec Blake lui avait rappelé le passé sans la douleur. Bien sûr, elle avait toujours mal, mais Blake avait été là, comprenant mieux que n'importe lequel de ses amis ce que c'était que d'avoir perdu Noah.

— Je te verrai demain.

— Entendu.

Il était parti. Pour quelques heures, il fallait l'espérer, et pas pour des années.

Il serait à l'hôpital avec Sarah le lendemain et peut-être les jours suivants, alors elle le reverrait. D'où venait ce besoin de mieux connaître Blake ? Il était nouveau, c'était sûr. Et quelque peu dérangeant. Ou en tout cas perturbant. Il rendait son corps brûlant et sa peau ultra-sensible. Quant à ses peurs, elles se relâchaient un tout petit peu. Des sensations qu'elle n'avait jamais éprouvées.

Elle voulait bien que cela continue.

Sérieusement ? Oui.

Elle rentra chez elle, se sentant plus enthousiaste à propos de tout qu'elle ne l'avait été depuis très, très longtemps.

2.

— Ça va aller, maman.

Blake embrassa doucement le front de sa mère.

— Je t'attendrai lorsqu'on te ramènera dans ta chambre.

Et j'espère bien que ton chirurgien te suivra.

Il avait besoin d'entendre que Sarah était tirée d'affaire, et qu'elle aurait juste à se remettre de cette opération.

Il espérait aussi que Georgie se montrerait à un moment donné. Il ne pouvait attendre de la revoir, ce qui était assez bizarre considérant qu'ils n'avaient rien signifié l'un pour l'autre auparavant. *Nous ne signifions rien l'un pour l'autre maintenant.* Oui, mais il sentait qu'il désirait que ça change. Ils avaient quelque chose en commun – ils s'étaient coupés d'une vie normale à cause du passé. Georgie ne l'avait pas vraiment dit, mais c'était là, dans l'empathie et le soutien qu'elle lui avait témoignés la veille. Et aussi dans sa voix, lorsqu'ils s'étaient parlé dans la soirée. Elle le faisait se sentir moins seul. Personne ne lui avait donné cette sensation depuis si longtemps qu'il y aspirait douloureusement.

Durant les longues heures sans sommeil – courir et marcher n'avaient pas aidé –, l'idée de passer du temps avec elle n'avait cessé de tourner autour du souci qu'il se faisait pour sa mère. C'était comme si elle lui avait lancé une corde de sauvetage qu'il ne parvenait pas tout à fait à attraper. La laisser entrer dans sa vie, ou continuer à la repousser ? Se laisser sombrer, ou nager ? Pour la première fois, la pensée de laisser filer une partie de la peur qui le clouait au sol était tentante. Mais pas assez tentante pour passer à l'acte. Et se rapprocher un peu de

Georgie était tentant aussi, avec rien à perdre si cela ne marchait pas. Il serait parti dans deux semaines, de retour dans la réalité.

Près de lui, sa mère murmura :

— Je sais que ça ira. Je suis médecin. Je comprends ce qui se passe.

Comprendre était une chose. Avoir peur en était une autre. Dans son cas, l'un menait sans doute à l'autre du fait de ses connaissances médicales. Elle ne savait que trop bien que cela pouvait mal se terminer. Blake retint son souffle et déglutit pour dénouer sa gorge serrée. Il voulait pouvoir parler normalement, sans trahir ses émotions ni ajouter à l'inquiétude de sa mère.

Son père pressa doucement la main de Sarah.

— J'imagine que c'est différent quand on est le patient, chérie. Souviens-toi juste que tu es une battante.

Blake regarda tour à tour ses parents et vit le regard de compréhension qui passait entre eux. Ils avaient toujours été forts et avaient appris à leurs enfants à l'être aussi. Ce qui était manifeste, c'était l'amour qu'ils avaient l'un pour l'autre. Après trente-trois ans ensemble – ils s'étaient mariés en hâte parce qu'il était en route –, ils s'adoraient toujours comme s'ils venaient de tomber amoureux. Ils avaient ajouté deux filles à la famille. Blake restait plutôt en dehors de la vie de ses sœurs, mais il les aimait beaucoup. Elles étaient mariées et vivaient à la campagne. Elles avaient dit qu'elles passeraient après l'opération, et avaient été ravies quand il avait annoncé qu'il resterait quelque temps, pour aider quand leur mère rentrerait à la maison.

La maison. Les familles. Les partenaires.

Un frisson le secoua, tandis qu'une vague de nostalgie parcourait son corps tendu. Que ne donnerait-il pas pour avoir tout ça. Quelqu'un à aimer et à qui faire confiance, avec qui partager le bon et le moins bon, élever des enfants, vieillir côte à côte… Sauf qu'il se mentait à lui-même. Il n'était pas préparé à risquer de nouveau son cœur. Déjà qu'il avait peur de ce qui arrivait à sa mère !

— Bonjour, Sarah.

La voix qui l'avait suivi dans son lit la veille au soir s'immisça dans ses pensées. Parler avec Georgie l'avait amené à se détendre un peu, puis il avait commencé à se demander s'il ne devrait pas essayer de venir voir sa famille plus souvent. C'était comme si elle lui avait fait prendre conscience qu'ils lui avaient manqué, ne fût-ce que pour parler et rire ensemble.

— Bonjour, Georgie, répondit sa mère. C'est adorable à vous de passer. Je sais que vous êtes très occupée.

Georgie fit un clin d'œil.

— Vous ne m'avez pas vue. Je ne peux pas rester, mais je voulais vous saluer, tous.

Elle se tourna et sourit à Blake.

— Bonjour.

Il ressentit profondément l'effet de ce sourire.

— Tu as l'air guilleret, observa-t-il.

Comme autrefois, lorsqu'elle semblait ne jamais s'arrêter de rire ou de sourire.

Son sourire pâlit un peu, suggérant qu'elle voulait faire bonne figure pour ses parents, et peut-être pour lui. Puis il revint, encore plus large et plus éclatant. Oui, elle voulait donner le change.

— Bien sûr ! Il ne faut qu'une bonne nuit de sommeil, pour ça.

Il aurait aimé pouvoir en dire autant. Parler à Georgie le soir précédent avait ajouté à la liste des choses auxquelles réfléchir, et au sujet desquelles s'inquiéter. En même temps, il avait réalisé qu'il était content d'être avec les siens durant cette période angoissante. Et renouer avec cette femme était un bonus inattendu.

— Je pense que tu as remonté le moral de maman.

Et le sien. Il y avait définitivement dans ses veines une légèreté qu'il n'espérait pas éprouver.

Georgie embrassa Sarah sur le front.

— Bonne chance. Et à tout à l'heure.

La réalité refit son entrée. Il pria que tout aille bien et que sa mère n'ait pas un cancer. Pour un peu, il aurait pleuré.

Georgie lui fit un signe de tête, un gentil sourire sur sa jolie bouche – comme si elle savait exactement ce qu'il avait à l'esprit. Et c'était probablement le cas. Elle était médecin, elle avait l'habitude de voir l'inquiétude des proches des malades.

— Au revoir, fut tout ce qu'il trouva à dire.

— La salle d'op n'attend pas.

Elle s'en alla, tourbillon d'énergie et de concentration. Chirurgienne en mission. Amie soutenant des amis. L'ancienne Georgie sous un nouveau camouflage.

L'infirmière préopératoire arriva et débloqua les freins du lit.

— Allons-y, Sarah.

Blake ferma les yeux un instant.

On y est. Dans quelques heures, on saura si maman est sauvée ou s'il faudra s'attendre à plus de stress et de chagrin.

Bon sang, il croyait avoir compris ce que les proches de ses patients traversaient quand ceux-ci entraient en salle d'op. Il était loin du compte. Il y avait l'angoisse et la solitude. Il se sentait très seul, même avec son père à côté. Mais il avait Georgie dans son camp. Même si elle n'était pas là physiquement, elle comprenait ses tourments.

Son père embrassa sa femme, la regarda un long moment, puis se redressa et dit :

— Que tout aille bien, mon cœur.

Il se détourna et passa le revers de sa main sur son visage.

Blake se pencha et posa un baiser sur la joue de sa mère.

— À tout à l'heure.

Il regarda l'infirmière la sortir de la chambre et la diriger vers la salle d'opération, le cœur lourd et le cerveau bourrelé d'inquiétude.

— Viens, papa. Allons prendre un café et un petit déjeuner avant que tu partes pour le tribunal.

Il avait besoin de distraction, et son père aussi.

— Oui, répondit le juge, la voix emplie de larmes.

Pour la première fois, il parut vieux à son fils. Était-ce parce qu'il n'avait pas été là pour le voir prendre de l'âge ? Une autre pensée à méditer.

— Elle va aller bien.

Blake passa un bras sur les épaules de son père et le conduisit dehors.

— Elle t'a, papa. C'est le plus important.

— Georgie me donne confiance, même si je sais que ce n'est pas elle qui opère.

— Oui, acquiesça Blake. Et ce n'est pas nouveau. Elle a toujours montré une assurance qu'il était difficile de ne pas accepter.

Et cela allait de pair avec des rires, des plaisanteries, de l'amusement. Il était super d'être à proximité d'elle. Non pas que Noah et lui aient passé beaucoup de temps avec elle, car elle ne voulait pas les avoir dans les jambes, mais il se rappelait combien elle le rendait heureux de partager le même air qu'elle. Pourrait-il ressentir cela, de nouveau ?

— Elle n'a jamais vacillé dans sa détermination d'être la meilleure, et pas seulement dans sa profession, déclara son père.

Quoi d'autre se passait dans la vie de Georgie ? S'il voulait le savoir, il le lui demanderait directement. Oui, c'était ce qu'il ferait, ne fût-ce que pour en savoir un peu plus sur elle. Cela l'aiderait peut-être à se détacher du passé. D'une partie, au moins.

Il décida sur-le-champ de la voir davantage, en commençant par l'inviter à dîner ce soir-là. Il projetait de passer seulement une semaine à Christchurch – ou deux, comme il l'avait dit par inadvertance à Georgie – et il devait faire bon usage de son temps.

L'idée de la connaître comme il ne l'avait jamais fait jusqu'alors lui plaisait. Parce qu'elle comprenait ce qu'il traversait en ce moment ? Ou y avait-il autre chose dans le nouvel intérêt qu'il lui portait ? Peut-être partagerait-elle un repas ou deux avec lui, ainsi qu'une excursion d'une journée à Akaroa. À condition que sa mère aille bien après l'opération, évidemment. Sinon, il n'envisagerait pas de s'éloigner.

Il était temps qu'il arrête de trop réfléchir à tout.

— Comment se passe le procès, papa ?

— Ne m'en parle pas. On pourrait penser qu'à mon âge

j'arrive à comprendre pourquoi des gens déraillent, mais ce n'est pas le cas.

C'était là l'homme qui avait confié au père de Noah combien il avait peur que son fils gâche complètement ses chances d'avenir et de carrière. Lucas Price avait aussitôt sauté dans un avion pour Dunedin afin de parler à Blake. Il l'avait convaincu de se reprendre en lui faisant comprendre que sa dissipation ne réglait rien et ajoutait au contraire au stress de tout le monde. Maintenant encore, Blake était soulagé d'avoir écouté Lucas, à qui il était éternellement reconnaissant. Il devait une fière chandelle au père de Noah et au sien.

— Tu es un bon juge, papa.

Au bar, attablés devant des cafés et des œufs au bacon, ils parlèrent de tout et de rien, mais pas de l'opération de Sarah. À 8 heures tapantes, Alistair se leva pour partir.

— À ce soir. Tiens-moi au courant de tout.

Puis il s'éloigna à grands pas, laissant Blake privé de sa compagnie. Ce qui était curieux, car il ne passait guère de temps avec son père, en général.

S'il en parlait à Georgie, elle en rirait aux éclats, pensa-t-il. Elle lui dirait de grandir, comme elle le faisait quand Noah et lui essayaient de se joindre à elle et à ses copines. En fait, il prendrait plaisir à l'entendre rire. Elle donnait l'impression d'avoir besoin de relâcher la pression, de temps en temps, comme si elle avait passé les dernières années à travailler dur, sans s'amuser. Comme lui.

— Vous prendrez autre chose ? demanda la serveuse en débarrassant la table.

— Non, merci. Ou plutôt si : un autre grand café, s'il vous plaît.

Il avait du temps devant lui. Qu'allait-il faire, ensuite ? Se promener le long de l'Avon ? Pourquoi pas ? Ce n'était pas une mauvaise idée.

Andrew avait dit que l'intervention durerait à peu près deux heures et demie. Il n'aurait pas fini avant 10 heures au plus tôt. Puis sa mère serait en salle de réveil pendant un moment, sans visites. Et l'on ne saurait encore rien de ce que l'opération avait révélé. Ce café supplémentaire lui ferait passer quelques minutes.

Il s'attarda un peu, lisant les nouvelles sur son téléphone et regardant les autres clients. Puis il essaya de traîner au bord de la rivière, mais musarder n'était pas son style. Alors il changea de direction et marcha vers son ancienne école. En s'approchant, il vit des garçons en uniforme attroupés près du portail ou dans la cour. Des souvenirs remontèrent.

Il s'arrêta, les mains dans les poches. Il avait passé les meilleures années de sa vie derrière ces grilles. Noah et lui avaient été inséparables depuis la 9e. Toujours en compétition, mais toujours loyaux, s'entraînant à faire les pires bêtises, mais se soutenant toujours l'un l'autre.

— Bon sang, Noah. Nous savions comment nous amuser. Tu me manques, mon pote.

Ils croyaient alors qu'ils tenaient la vie entre leurs mains, et que les choses iraient de mieux en mieux. Il avait changé d'avis, maintenant. Sa vie s'était arrêtée quand Noah était parti, puis avait repris au ralenti. Un frisson lui donna la chair de poule sur les bras. Noah serait furieux contre lui d'avoir lâché la balle. De ne pas être présent pour sa famille. De ne pas les avoir laissés l'aider quand il avait tant de chagrin. Georgie disait que revenir à la maison avait été bon pour elle. Cela aurait été la même chose pour lui. Était-il trop tard pour changer, pour qu'il puisse avoir de l'amour et de l'affection, pour qu'il puisse les partager avec ses parents, ses sœurs et leur famille ? Pour avoir une femme à aimer, et peut-être même des enfants ?

Sapristi, Blake. Arrête ça.

Tournant les talons, il se dirigea vers la clinique. Il était à Christchurch pour soutenir les siens, pas pour mettre son propre monde sens dessus dessous. Pas pour commencer à penser que Georgie représentait plus qu'une amie du passé. Pas pour laisser Noah le faire trébucher.

Quand il arriva à la clinique, juste après 10 heures et demie, on lui dit que sa mère n'était pas sortie de la salle d'opération.

Était-ce bon ou mauvais ? Ou simplement normal ? Avaient-ils commencé plus tard que prévu ?

— Et maintenant, quoi ? marmonna-t-il.

— Vous êtes un ami de Georgie, n'est-ce pas ? lui demanda un infirmier qui passait.

— Oui.

Comment cet homme le savait-il ? Et être ami avec Georgie serait formidable, vraiment. Une amie proche et sincère avec qui il pourrait parler de tout, y compris de la culpabilité qu'il éprouvait encore au sujet de la mort de Noah, même s'il savait qu'il n'avait pas à se sentir coupable.

— Georgie a dit que le fils de Mme Newman était là. Vous êtes docteur, n'est-ce pas ?

— Chirurgien orthopédique. Autrement dit, un spécialiste arrogant qui pense que son équipe lui doit quelque chose dès qu'il enfile son uniforme.

L'infirmier rit.

— J'ai eu ma part de ce genre de personnage. Mais on ne peut pas dire ça de Georgie. Elle est attentionnée avec tous ceux qui travaillent ici. Elle pourrait être imbue d'elle-même, parce qu'elle est brillante, mais elle se comporte comme un simple rouage.

— Vous ne me dites rien que je ne sache déjà.

Ou qu'il ait deviné.

— Je n'ai évidemment jamais travaillé avec elle, car nos domaines sont très différents, et j'ai commencé ma formation alors qu'elle avait presque fini la sienne, mais cela correspond à la Georgie que j'ai connue.

Il ne devrait pas parler d'elle à cet homme, mais il ne pouvait cesser de penser à elle et d'avoir envie d'entendre son nom sur sa langue. Il fallait pourtant qu'il se taise.

— Je ferais mieux de chercher quelque chose à faire en attendant que ma mère sorte de la salle d'op.

Il retourna en ville, passa devant un fleuriste et revint sur ses pas pour entrer dans la boutique.

— Puis-je vous aider ? demanda la femme derrière le comptoir, en attachant un bouquet de roses avec un ruban rouge vif.

— Avez-vous des pois de senteur ?

Les fleurs préférées de sa mère.

— J'en ai en réserve. En voulez-vous un bouquet, ou voulez-vous que je les mélange à d'autres fleurs ?

— Un gros bouquet de pois de senteur serait parfait. Je prendrai aussi ces roses, à moins que ce ne soit une commande.

Georgie lui vint à l'esprit, pour celles-ci. Elles étaient éclatantes, colorées et pleines de vie. Comme l'ancienne Georgie qui avait montré le bout de son nez lors des deux occasions où il lui avait parlé.

— Elles sont à vous.

En entrant sur le parking de la clinique, il prit une inspiration tremblante. Que fabriquait-il, à acheter des fleurs pour Georgie ? Elle penserait qu'il avait perdu l'esprit. Cela faisait moins de vingt-quatre heures qu'il l'avait revue après tout ce temps, et il lui avait acheté des roses. N'importe qui penserait qu'il la courtisait, et ce n'était tellement pas le cas ! Ce qui l'intéressait, c'était de la connaître en tant qu'adulte, mais cela devait s'arrêter là. Il était installé à Auckland avec un métier parfait et la maison idéale pour un homme seul. Georgie vivait ici, dans l'île du Sud, visiblement contente de son travail, entourée de sa famille et d'amis. Bon sang.

Il laissa les roses sur le siège avant lorsqu'il sortit de la voiture et claqua la portière, frustré. Il n'aurait jamais dû quitter Auckland.

Aussitôt, il eut des remords.

Pardon, maman.

Son téléphone bipa. Georgie.

— Tu as des nouvelles ? demanda-t-elle.

— Pas un mot.

Il jeta un coup d'œil à sa montre.

— Elle devrait sortir à tout moment, maintenant.

Le temps qu'il fallait attendre pour avoir l'avis du chirurgien lui mettait les nerfs en pelote.

— Je suis entre deux patientes. Je te rappellerai bientôt.

Elle raccrocha, laissant Blake ébranlé. Comme si quelque chose n'allait pas et qu'il ne savait pas quoi. Il regarda de nouveau sa montre et ses entrailles se nouèrent. Plus de trois heures depuis que l'infirmière avait emmené sa mère. Que se passait-il ? Elle devrait être sortie et réveillée dans sa chambre, maintenant.

Il se précipita vers l'entrée principale de la clinique. Les portes automatiques mirent du temps à s'ouvrir, le crispant encore davantage.

Calme-toi.

Mais oui. Comme si c'était facile. Si quelque chose s'était mal passé ? La chambre 6 était vide. L'avait-on déplacée ? Il regarda autour de lui, cherchant quelqu'un à qui demander. Il avait besoin de savoir.

— Blake.

Georgie venait vers lui, l'air tranquille.

Bonté divine, il était idiot. Où était le médecin posé et détaché qu'il avait la réputation d'être ? Il s'était comporté comme un gamin terrifié par ce qui avait pu arriver à sa mère. Inspirant profondément, il se força à se détendre. N'y parvint pas.

— Je croyais que tu devais retourner en salle d'op.

— Sous peu.

Elle lui prit la main. Immédiatement, il sut. C'était mauvais.

— Que s'est-il passé ?

Georgie commença à marcher dans le couloir, puis s'arrêta.

— Tout d'abord, Sarah va aller bien.

Elle posa son regard ferme sur lui.

— Mais elle fait une hémorragie. Importante. On lui transfuse du sang, mais ils n'ont pas encore pu arrêter le saignement. Andrew fait tout ce qui est possible.

Sa main se resserra autour de la sienne. Il ouvrit la bouche, mais aucun son n'en sortit.

— Blake, Sarah va s'en sortir. Il faut que tu sois fort.

Bien sûr. Il suffisait d'inspirer et de plaquer un sourire sur son visage. Aussi simple que ça. Mais Georgie avait raison : il était venu pour soutenir sa mère, sa famille, pas pour craquer comme un dégonflé. Il inspira à fond.

— Dis-moi ce que tu sais.

— Seulement que l'hémorragie a commencé quand tout a été enlevé. Je suis entrée en salle d'op après avoir vu une infirmière apporter une poche de sang, mais je n'ai pas pu poser de questions à Andrew. Il était trop occupé.

Sa voix trembla sur ces derniers mots. Elle n'était pas aussi calme qu'il l'avait cru.

Il sentit de la sueur perler sur son front.

— Georgie…

Sa voix se fêla.

— C'est bon, Blake. Je comprends. Essaie de rester calme. Je dois y aller, mais je reviendrai dès que possible.

Elle se haussa sur la pointe des pieds et appuya ses lèvres sur sa joue.

— Sois fort.

Il dut se contenir pour ne pas la prendre dans ses bras et la serrer contre lui.

— Merci d'être venue m'informer. À plus tard.

S'adossant au mur, il fixa ses pieds et prit de grandes inspirations. Sa mère était dans un état critique. Ajoutée au choc opératoire, l'hémorragie signifiait qu'il lui faudrait longtemps pour se remettre. Si le pire arrivait et si elle avait un cancer, elle aurait besoin de toute l'énergie qui lui resterait pour supporter les traitements.

Georgie lui avait dit d'être fort. Elle avait raison. Il fallait qu'il le soit.

— Dieu merci, c'est fini, marmonna Georgie en ôtant ses gants et en arquant son dos douloureux.

— Je pense que c'est ce que votre patiente dira lorsqu'elle se réveillera, dit une infirmière.

— C'est vrai.

Elle venait de terminer la restauration du plancher pelvien

chez une femme dont les muscles avaient été déchirés lors d'un accident de vélo. La patiente s'inquiétait de ne plus pouvoir concevoir, mais elle pourrait avoir des enfants.

Georgie toucha légèrement son propre ventre. Qu'est-ce que ce serait de donner naissance à un bébé ? Elle n'y avait pas souvent pensé depuis sa fausse couche, car cela lui faisait mal de se rappeler ces douleurs aiguës tandis que son corps rejetait le fœtus. Elle ne saurait probablement jamais ce qu'était un accouchement ou être parent, maintenant, à moins qu'elle ne change d'avis sur le fait d'avoir une relation.

Elle remercia l'infirmière pour son travail et la congédia. Elle avait des patientes à voir, puis elle espérait passer une soirée tranquille sans bébés décidant d'arriver en avance.

Elle tirait beaucoup de satisfactions de son métier. Elle ne pouvait pas s'imaginer une vie différente, mais à quoi ressemblerait-elle si elle avait un bébé ? Mystère. Elle n'y pensait pas beaucoup… parce qu'elle n'osait pas. Cela ouvrirait les vannes de ses émotions et laisserait le passé entrer à flots. Or elle avait réussi à le garder sous contrôle pour pouvoir mener une vie normale, peut-être un peu morne.

Mais à présent, une nostalgie malvenue s'emparait d'elle. Un bébé. Petit et doux, absorbant tout l'amour qu'elle avait à donner. Totalement dépendant d'elle. Là, il y avait un souci : serait-elle une bonne mère ? Elle aimerait penser que oui. Elle ferait tout pour essayer de l'être. Et elle avait des modèles formidables en ses parents. Un bébé, son bébé, blotti contre sa poitrine, essayant de téter, pleurant ou gazouillant. Son cœur fit une embardée. C'était complètement absurde. Elle était célibataire et travaillait à plein temps comme spécialiste. D'un autre côté, elle était à l'aise financièrement, avait des parents merveilleux qui adoreraient avoir un petit-enfant, et un grand cœur à partager. Un cœur qui était resté fermé des années. Mais il s'ouvrirait sûrement pour un bébé ? Il ne lui serait pas possible de rester distante avec son propre enfant. Elle savait comment aimer, elle n'était simplement pas préparée à le risquer.

Elle secoua la tête pour se débarrasser de ces rêves qu'elle se refusait à avoir, d'ordinaire, et un soupir lui échappa. Avoir un bébé n'était pas quelque chose qui allait arriver. Pas dans un futur prévisible. Et ce futur allait en se réduisant, pour ce qui était de concevoir. Le tic-tac de l'horloge biologique.

Pourquoi, brusquement, caressait-elle l'idée d'avoir un bébé ? Rien à voir avec ses patientes. Cela avait commencé après avoir revu Blake. Pensait-elle réellement qu'ils pourraient bien s'entendre au point qu'elle pourrait envisager un avenir avec lui ? Alors qu'ils ne se connaissaient même pas très bien ? Et qu'ils menaient leur vie dans des villes séparées.

Blake. Il devait être avec Sarah, maintenant. Quand elle lui avait parlé de l'hémorragie de sa mère, le désespoir qui s'était peint sur son visage lui avait étreint le cœur. Il avait été dévasté, perdu. Elle avait eu du mal à le quitter. Si seulement elle avait pu rester avec lui pendant qu'ils attendaient d'autres nouvelles…

Lorsqu'elle entra dans la chambre de Sarah et vit Blake recroquevillé sur une chaise, surveillant sa mère qui somnolait, toute idée de le tenir à distance s'évapora en un instant. Elle voulait être là pour lui. La laisserait-il faire ? Ou bien, quand Sarah serait remise sur pied, s'en irait-il de nouveau loin de sa famille ?

— Ohé, dit-elle doucement pour ne pas réveiller Sarah, qui était complètement immobile. Plus de saignement ?

— Pas pour l'instant. Andrew ne pense pas que cela recommencera, mais…

— Mais tu t'inquiètes quand même. C'est normal. Tu veux un café ? Je peux l'apporter ici.

Il détourna un instant les yeux, puis la regarda de nouveau.

— Si tu tiens à me gâter…

Un sourire las se peignit sur son visage.

— Comment le prends-tu ?

— Noir et fort.

Son sourire s'élargit un peu.

— Bien qu'il soit tard pour boire du café.

— Je suis accro au café. C'est mon remède quand je suis épuisée.

Ce n'était pas bon, mais elle ne prétendait pas être parfaite.

— Je reviens tout de suite.

Lorsque Georgie revint, Sarah n'avait pas bougé. Elle lui caressa la main, et elle ouvrit les yeux.

— Hello.

— Hello, répondit l'opérée d'une voix rauque.

Georgie lui tendit un verre d'eau, avec une paille qu'elle lui glissa entre les lèvres.

— Essayez de boire un peu.

Sarah obéit, puis tourna le visage pour regarder Blake, avant que ses yeux se referment.

Il observait sa mère tel un faucon, avec un mélange d'amour et d'inquiétude.

— Andrew vous a-t-il parlé d'autre chose ? demanda Georgie.

— Il a téléphoné à papa pendant qu'il était ici avec nous. Il n'y a pas de signe de cancer. Le fibrome est venu sans difficulté et a été envoyé au laboratoire avec les organes qu'il a enlevés.

Elle pressa doucement la main de Sarah.

— Ce sont d'excellentes nouvelles.

— Ce sera encore mieux quand le labo confirmera l'opinion d'Andrew, dit platement Blake.

Prenant l'autre chaise, Georgie s'assit à côté de lui. Il avait besoin d'une diversion.

— Tu es d'attaque pour faire les jardins de Sarah, au cours des prochaines semaines ?

Les Newman avaient une grande propriété avec de magnifiques jardins. Les entretenir l'occuperait quand il ne serait pas à la clinique.

— Je sais manier une bêche, maintenant. J'ai même un jardin à moi. Tu jardines, toi ?

— Crois-le ou non, oui, mais je ne cultive que des choses qui se mangent. Faire pousser des légumes est un tel plaisir que j'en plante assez pour nourrir toute la rue, en général. Je ne suis pas aussi douée pour les fleurs, même si je les aime.

— Alors que fais-tu pousser devant ta maison ? Je présume que tu vis dans une maison, si tu as un potager.

— Un bungalow avec quatre chambres à Merivale. Un vieux voisin plein d'énergie s'occupe de la pelouse et du jardin. Il adore être dehors et a besoin d'un peu d'argent pour aller voir ses petits-enfants à Wellington.

Blake la jaugeait de ce regard profond qu'elle se rappelait lui avoir vu, autrefois. Il regardait ainsi ses copines et elle quand il cherchait à se faire inviter avec Noah à une fête où elles se rendaient.

— C'est une grande maison pour une seule personne.

— J'hébergeais une jeune étudiante, mais il y a quelques semaines elle a déménagé pour vivre avec son petit ami.

— Tu vas en prendre une autre ?

Lisait-elle du soulagement, sur son visage ? Cela ne se pouvait guère. Il ne s'intéressait à elle que comme à une amie de la famille, et encore. De toute façon, elle se montait la tête. Un homme aussi beau et attirant que Blake n'était sûrement pas célibataire. Et s'il était entre deux relations, il ne faudrait pas longtemps avant qu'il ait une femme à son bras. Une pensée qui la démoralisa, soudain.

— Je ne sais pas.

Elle n'avait pas eu le temps de s'occuper d'une nouvelle locataire. Ni beaucoup d'enthousiasme, pour être honnête. Elle se trouvait bien de vivre seule et n'avait pas besoin de compagnie.

Il consulta sa montre.

— Papa devrait arriver bientôt. Mes sœurs viendront après avoir fait manger leurs enfants.

Georgie se leva.

— Je vais vous laisser entre vous.

— Pas si vite.

Blake se leva à son tour.

— J'allais suggérer que nous allions dîner dans un endroit tranquille, toi et moi. Il y aura trop de monde ici quand ils arriveront tous, et j'ai eu maman à moi pendant des heures.

— Tu es sûr de ne pas vouloir rester avec eux ?

Est-ce qu'il fuyait les siens ?

— Je dois déjeuner avec les filles demain, et je retrouverai papa plus tard dans la soirée.

Il hésita un instant.

— J'aimerais passer du temps avec toi.

Les yeux de Georgie s'élargirent. Quoi ? Blake venait de dire qu'il souhaitait être avec elle ? Elle adoucit son attitude.

— Je trouve l'idée super.

— J'ai remarqué au bord de l'Avon un restaurant qui a l'air bien.

Il avait un petit sourire en coin sur ses belles lèvres, et ses yeux gris brillaient un peu.

— Le River ? Il est excellent.

Elle y allait souvent quand elle avait eu une longue journée et ne se sentait pas de préparer quelque chose chez elle.

— Je te laisse avec Sarah en attendant que ton père arrive. Moi, je vais prendre une douche et m'habiller à peu près décemment.

Elle avait dans son placard des vêtements qu'elle ne portait pas pour travailler, mais qu'elle gardait là pour les rares fois où elle avait quelque chose d'excitant à faire après son travail. Ils étaient probablement couverts de poussière.

— Je reviens bientôt.

Avait-elle mis sa trousse de maquillage dans son sac, ce matin ?

3.

— Bonne initiative, mon fils.

— Je croyais que tu dormais, dit Blake, surpris.

Georgie l'avait distrait avec ses sourires et ses histoires de jardinage, et il n'avait pas pensé à vérifier si sa mère était réveillée lorsqu'il avait suggéré ce dîner. Même si ce n'était pas un problème, il aimait tenir les différents aspects de sa vie dans des compartiments séparés.

Le petit rire familier de Sarah était empli de fatigue et n'était pas aussi vibrant que d'habitude, mais il lui laissait espérer qu'elle était en voie de se réveiller complètement.

— Vous marchez tous les deux sur des œufs, l'un par rapport à l'autre, comme si vous craigniez qu'une explosion se produise si vous vous rapprochez trop. Lâchez un peu du lest.

Elle bâilla, comme si parler lui avait pris le peu d'énergie qui lui restait. Mais elle était plus réveillée qu'il ne l'avait pensé.

— Tu exagères, maman.

Il voulut rire, mais cela ne vint pas. À la place il étudia sa mère allongée entre les draps blancs. Elle paraissait si petite, si fragile... Elle ne ressemblait plus à la femme forte qui les avait élevés, ses sœurs et lui. Son cœur se serra.

— Je me fais du souci pour toi.

Manifestement, elle n'avait pas fini de dire ce qu'elle pensait, ce qui n'était pas nouveau chez elle.

— Je suis sûre qu'il y a des femmes dans ta vie, mais je ne t'entends jamais en mentionner une qui soit à ton goût.

— Une idée vieux jeu, maman.

Elle voulait qu'il se case ? Eh bien, il n'était pas prêt. Même si Georgie semblait le titiller un peu. Et oui, elle était assez à son goût. Voilà, maman. Mais il n'allait pas le lui dire.

— Tu devrais avoir des enfants, aussi.

— Rendors-toi, maman.

Il ne pouvait même pas envisager cette idée ridicule. Lui, ajouter à la troupe des petits-enfants ? Il n'était pas prêt à considérer l'hypothèse de devenir parent. Il nourrissait trop de doutes sur sa capacité à être là quand on avait besoin de lui. La dernière chose qu'il pourrait supporter serait de faillir vis-à-vis de son enfant comme il l'avait fait avec son ami. Il crispa les mains sur ses cuisses. Pas question. Il avait laissé tomber Noah dans les grandes largeurs, et qui pouvait dire qu'il ne recommencerait pas avec quelqu'un d'autre ? Si c'était à son enfant qu'il manquait la prochaine fois, il ne savait pas s'il pourrait continuer à vivre. C'était pourquoi il n'envisageait jamais, jamais, l'idée d'avoir une famille un jour.

S'il avait été capable de laisser la mort de Noah derrière lui, il n'aurait pas cette conversation avec lui-même, ou avec sa mère, se dit-il. D'autres personnes parvenaient à aller de l'avant quand elles perdaient quelqu'un de proche. Pourquoi pas lui ? N'avait-il pas fait assez d'efforts dans ce sens ? Mais oublier était impossible quand la première image qu'il voyait le soir en fermant les yeux était Noah. Au fil des années, cela s'était un peu estompé, mais la culpabilité le tenaillait toujours chaque fois qu'il songeait à mener enfin une vie normale.

Une image de Georgie attristée à la mention de Noah lui vint à l'esprit. Elle n'était pas allée de l'avant, elle non plus. Il parierait là-dessus sa voiture dernier cri. Il sentait que les mêmes choses étaient importantes pour eux deux.

Un léger ronflement vint du lit. Sa mère s'était rendormie. Ainsi, elle souhaitait qu'il ait des enfants ? Alors que ses sœurs en avaient déjà cinq à elles deux ? Bien sûr, qu'elle le souhaitait. Parce que cela signifierait qu'il était sorti de son isolement volontaire pour s'installer avec une personne aimée. Elle le désirait tellement, pour lui ! Et lui aussi le désirerait, si c'était possible. Mais ce n'était pas sur sa liste de choses à faire.

— Détends-toi, Blake. Profite d'une soirée avec Georgie et cesse de ruminer. Demain sera un autre jour. Tire d'abord le maximum d'aujourd'hui.

— Moi qui croyais que tu dormais, maugréa-t-il. Sérieusement, maman, je n'ai pas besoin de ton aide en ce qui concerne Georgie.

Quel homme de trente-deux ans, au début d'une magnifique carrière et vivant dans une banlieue chic, avait besoin que l'on fasse des plans de mariage pour lui ? En particulier sa mère.

Ton succès dans ce domaine n'a pas été fulgurant, jusqu'ici.

Exact. Mais il n'avait pas essayé.

— Si tu le dis…

Ce qui signifiait qu'elle ne croyait pas un mot de ce qu'il avait dit.

Il n'allait pas perdre du temps à discuter. D'abord, il ne l'emportait jamais sur sa mère, et surtout, il avait envie de savourer ces quelques jours passés avec ses parents. Il était impatient de revoir ses sœurs et leur tribu. Ils se parlaient au téléphone et faisaient des appels vidéo, mais ce n'était pas suffisant. Il se rendait compte qu'il apprécierait de vraiment passer du temps avec eux. Une autre première. D'ordinaire, lors de ses rapides visites, il évitait d'avoir trop de contacts, parce que cela lui rappelait ce qu'il n'avait pas.

Soudain, un nouveau parfum monta dans la chambre. Léger, à la fois fleuri et marin. Il se détourna vivement et découvrit la splendide apparition qui se tenait à la porte. Georgie. Son cœur se serra douloureusement. Il n'aurait pas besoin de beaucoup d'encouragement pour traverser la pièce, la prendre dans ses bras, la serrer contre lui et inspirer profondément afin d'absorber ce parfum. Bon sang. À quoi pensait-il ?

— C'était rapide, dit-il.

Sa douche, ou cet instant de confusion ?

Elle haussa ses épaules bronzées.

— Tu sais ce que c'est que de se doucher au travail. On n'a pas le temps de rester sous l'eau, à absorber la chaleur et à rêvasser.

La vision qu'elle évoquait sauta à l'esprit de Blake : son corps nu sous l'eau fumante, tandis qu'elle renversait la tête en arrière et fermait les yeux. Il imagina… Assez ! Il ne savait pas comment elle était, nue. Mais il aimerait certainement la voir. Il enfonça les ongles dans ses paumes. Sapristi, il n'aurait pas dû l'inviter à dîner. Il serait incapable d'avaler une bouchée si ces images le hantaient.

Respirant lentement, il essaya de détendre ses mains. De penser à autre chose. À la place, son regard s'emplit de la véritable vision qui se tenait devant lui, avec ses longs cheveux blond foncé libérés du chignon qu'elle avait porté auparavant.

— Tu es ravissante.

Elle arborait un chemisier blanc sans manches, avec de petites fleurs roses, un pantalon bleu marine et des sandales à haut talon de la même couleur. Les ongles roses de ses doigts de pied étaient très jolis. Elle était vraiment ravissante. Assez pour qu'il…

— Merci.

Ses joues rosirent légèrement.

— Il est toujours un peu hasardeux de me changer avec ce que j'ai dans mon vestiaire.

Il savait ce qu'elle voulait dire.

— C'est moins compliqué pour moi. Il y a toujours un pantalon et une chemise, parfois une veste assortie.

— Parfois ou toujours ? Je ne peux pas t'imaginer avec une tenue mal assortie. Je crois me souvenir que tu as toujours été méticuleux dans ta façon de t'habiller.

Elle eut un grand sourire qui le transperça de flèches de désir.

— Tu te souviens bien.

Et maintenant ? Allaient-ils rester là, à papoter, pour tenir compagnie à sa mère en attendant que son père arrive ? La soudaine pulsation de son sang dans ses veines faisait qu'il ne tenait pas en place et qu'il avait besoin de prendre l'air.

— Filez, tous les deux, dit Sarah, semblant lire en lui.

— Nous ne sommes pas pressés, répondit Georgie.

Ce qui signifiait qu'ils avaient toute la nuit ? C'était peu probable, pensa Blake. C'était trop tôt, s'ils devaient un jour passer autant de temps ensemble. Et il avait l'intention de voir son père, plus tard.

— Allons-y.

Soudain, il se sentit affamé et se rappela qu'il n'avait rien mangé depuis le petit déjeuner. Rien d'inhabituel lorsqu'il travaillait, mais là il aurait eu amplement le temps de déjeuner. Sauf qu'il n'en avait pas éprouvé l'envie, trop préoccupé par sa mère. Il l'embrassa sur la joue.

— Amusez-vous bien. Et ne faites rien de ce que je ne ferais pas, murmura Sarah.

— La soirée devrait être tranquille, alors, rétorqua-t-il avec un rire forcé.

Ses parents savaient faire la fête, quand ils le voulaient, alors il savait qu'elle plaisantait. Dieu merci. En cet instant, la dernière chose qu'il souhaitait était une soirée tranquille. En tout cas, pas une soirée morne où il regretterait d'avoir invité Georgie parce qu'elle le terrifiait.

— Sortons d'ici avant que maman nous fasse d'autres suggestions stupides, dit-il.

Il voulut lui prendre la main, s'arrêtant dans son geste lorsqu'il sentit sa peau sous ses doigts.

— Pardon.

— Il n'y a pas de quoi, répondit-elle avec un sourire.

Ainsi, elle ne serait pas partie en hurlant s'il avait pris sa main dans la sienne ? Cela lui apprendrait à être raisonnable. Ou prudent ? De toute façon, le résultat était le même. Sa paume le picotait à l'idée de toucher la sienne et il regrettait de ne pas être allé au bout de son envie.

— Y allons-nous à pied, ou en voiture ?

Ces hauts talons pouvaient être inconfortables pour Georgie. Mais diable, elle était magnifique. Elle avait toujours été superbe à sa façon insouciante et intrépide, mais à présent elle était devenue une femme qu'aucun homme ne pouvait ignorer ou croiser sans ressentir un pincement de désir.

Ce n'était pas nouveau pour lui. Il avait ressenti la même chose des années auparavant. Mais jamais entre-temps. Il n'avait pas vraiment pensé à Georgie, préférant la tenir enfouie dans sa mémoire avec tout ce qui se rapportait à cette époque, sans quoi la culpabilité et le désespoir l'auraient submergé. Il avait promis à Lucas Price d'accepter que ce n'était pas sa faute si Noah s'était trouvé dans cette voiture cette nuit-là. Il avait promis de cesser de s'apitoyer sur lui-même et de poursuivre dans sa voie pour devenir le chirurgien qu'il souhaitait être. En gros, il avait promis de ne pas gâcher une autre vie. Il devait beaucoup au père de Georgie, qui lui avait montré sans barguigner tout ce qu'il avait à perdre s'il ne se ressaisissait pas et s'il ne cessait pas de ressasser la mort de Noah. Et maintenant il était là, treize ans plus tard, marchant au côté de sa fille pour aller dîner. Étonnant.

— C'est à peu près à trois kilomètres et normalement j'irais à pied, répondit Georgie, mais je suis fatiguée après cette longue journée en salle d'op. Ça ne te fait rien si nous y allons en voiture ? On peut prendre la mienne.

— J'ai celle de ma mère, et elle est sur le parking de la clinique. Comme c'est moi qui t'invite, je conduirai.

Il espéra qu'elle comprendrait qu'il paierait le repas, aussi. Même si elle l'avait invité, il aurait mis la main à la poche. Pour lui, c'était comme ça.

Elle lui donna un petit coup d'épaule et lui décocha un grand sourire.

— Je me réjouis à l'avance de cette soirée. Je veux savoir tout ce que tu as fait toutes ces années, depuis que j'ai quitté Dunedin pour revenir ici.

Blake se détendit. Apparemment, ils étaient sur la même longueur d'onde, ils voulaient en apprendre davantage l'un sur l'autre.

— Vas-y. Une version édulcorée, bien sûr.

— Tu ne crois pas que j'ai envie de t'entendre raconter tes fêtes déchaînées ? Ou parler des femmes avec qui tu es sorti ?

Son sourire était plein de malice.

— Je pensais surtout ne pas mentionner ce que j'aime prendre pour mon petit déjeuner, ou quel jour de la semaine je fais ma lessive, plaisanta-t-il.

Elle chassa ses cheveux en arrière et rit.

— C'est de mieux en mieux.

Il tenait fermement ses mains sur les côtés, pour éviter la tentation de les passer sur ces longues mèches blond foncé qui lui tombaient dans le dos. Jusqu'à ce soir elle s'était fait un chignon sur la nuque, alors il ne s'était pas douté que sa chevelure était aussi longue et aussi brillante. Cela lui rappela des souvenirs : l'envie qui le tenaillait, adolescent, lorsqu'elle portait une robe ajustée qui mettait ses jambes en valeur et ses hormones à lui en feu. Il n'était pas le seul garçon sortant avec Noah à avoir ce genre de pensée. Elle était le fantasme de tous les jeunes gens. Finalement, il avait évolué, et rejoint la réalité sous la forme de filles plus proches de son âge. Du coup, il ne s'était pas attendu à réagir de cette façon devant elle des années plus tard.

Mais il devait se rendre à l'évidence. Georgie faisait pétiller son sang et lui faisait tourner la tête.

Arrivé à la voiture, il ouvrit la portière du passager pour elle et eut envie de se frapper le front.

— Quelles belles fleurs ! dit-elle en soulevant le bouquet de roses pour pouvoir s'asseoir. As-tu oublié de les apporter à Sarah ?

— En fait, je les ai achetées pour toi.

Elle tourna vivement la tête et riva sur lui ses yeux bleus.

— Pour moi ?

Il fit signe que oui. Il n'avait jamais acheté de fleurs à une femme, auparavant. Mais bon, la journée avait été longue. Il ne se comportait pas comme d'habitude. D'ordinaire, il adoptait la posture « prenez-moi comme je suis », mais là il en était loin.

Un sourire à lui nouer les entrailles et à lui réchauffer le cœur illumina le visage de Georgie.

— Merci. Cela commence à ressembler à un vrai rendez-vous galant.

Il savait exactement ce qu'elle voulait dire. Et cela le terrifiait.

Je suis en tête à tête avec un garçon vraiment sexy.

Georgie sourit largement en glissant sa fourchette dans sa bouche. Quand cela lui était-il arrivé pour la dernière fois ? Elle ne s'en souvenait pas.

— Le poisson est bon à ce point ? demanda Blake. Tu as la mine d'un chat dégustant un bol de crème.

Oups.

— C'est le meilleur vivaneau que j'aie mangé depuis des années.

— Sauf que c'est du cabillaud.

Deux fois oups.

— Peu importe. J'apprécie.

La compagnie. La nourriture dans sa bouche n'avait quasiment plus de goût maintenant qu'il avait remarqué son bonheur. Pourquoi ne pouvait-elle pas garder un air sérieux ? Prendre son attitude de chirurgienne ? Parce qu'elle n'en avait pas envie. Elle était heureuse d'être là avec Blake, qui n'était plus l'adolescent casse-pieds qu'elle avait connu, mais un homme intéressant et excitant au sujet duquel elle ne cessait de s'interroger. Que faisait-il en dehors de ses heures de travail ? Quelle était son idée du plaisir ? Ses baisers étaient-ils à se damner ? Bien sûr, qu'ils le seraient.

Posant sa fourchette, elle prit le verre du champagne qu'il avait commandé parce que apparemment ils le méritaient pour être allés aussi loin dans leur carrière. Elle but une gorgée et sourit encore plus.

Blake souriait aussi, ce qui lui allait bien.

— Content que tu t'amuses.

Puis son sourire disparut. Il ne changeait pas d'avis à propos de ce dîner ? Cela gâcherait complètement ce moment.

— Et toi ? demanda-t-elle.

Il fit tinter son verre contre le sien et but une longue gorgée. Puis il reposa le verre sur la table et lui prit la main qu'il serra doucement.

— Cette journée a été infernale, mais être ici avec toi est le meilleur moment que j'aie passé depuis longtemps.

Son sourire avait un côté sérieux qui la toucha, et elle sentit une boule dans sa gorge. Il pensait vraiment ce qu'il disait. Ou bien elle se trompait complètement sur lui, mais elle en doutait.

— Pour moi aussi, admit-elle trop facilement. J'ai l'impression que nous nous sommes toujours connus, bien plus que ce qu'il en est en réalité. Il est étrange de voir à quel point je me sens bien en parlant de tout et n'importe quoi.

— Je sais ce que tu veux dire. Nous fréquentions les mêmes endroits, nous partagions Noah, mais la différence d'âge – même si elle n'était pas énorme – constituait une barrière. Nous étions à des stades différents de notre vie. Maintenant, nous sommes adultes et le fait que tu sois plus âgée que moi ne compte plus.

Elle lui serra la main.

— Alors nous pouvons discuter de tout ?

Elle ne pouvait cesser de sourire.

— Voilà qui me plaît.

Cela faisait même plus que lui plaire. Il y avait si longtemps qu'elle n'avait pas eu quelqu'un à qui dire tout ce qu'elle avait à l'esprit. Après la mort de Noah, elle était devenue prudente, pour ne pas dire méfiante. Ses amis l'avaient soutenue, lui parlant, lui disant qu'elle se remettrait bientôt et qu'il ne fallait pas cesser de regarder vers l'avant. Au bout d'un certain temps ils s'étaient impatientés, déclarant qu'il lui fallait évoluer, arrêter de vouloir l'impossible, accepter ce qui était arrivé. Et elle avait appris à ne plus partager ses émotions les plus profondes. Personne ne voulait en entendre parler. Du coup, elle avait oublié comment parler des choses importantes.

Jusqu'à maintenant. D'une certaine manière, c'était comme si Blake avait bousculé les barrières sans même le vouloir. Bien sûr, il fallait encore qu'elle le vérifie. Mais elle pensait que ce ne serait pas dur.

— Même de Noah.

Son regard gris était plein de compréhension. Visiblement, il souffrait encore du passé, lui aussi.

— Je n'ai pas le sentiment qu'il soit un problème entre nous, dit-elle. Il est davantage comme quelqu'un que nous avons énormément aimé et dont nous voulons nous souvenir sans colère ni ressentiment.

Elle se mettait à être sérieuse, ce qui risquait de gâcher la soirée.

— Désolée.

— Ne t'excuse pas, dit-il doucement, un sourire sur cette bouche superbe dont elle se demandait ce que ce serait de l'embrasser. Pas vis-à-vis de moi. Je sais d'où tu viens.

Il lui serra encore la main, puis la lâcha pour couper son steak. Il le mâcha lentement, sans cesser de l'observer.

Bonté divine, personne ne l'avait jamais touchée si facilement, si rapidement. Qu'avait donc cet homme ? Une telle entente n'avait jamais fait partie de leur histoire, ou bien elle ne l'avait pas remarquée, à l'époque. Était-il devenu plus compréhensif à cause de ce qui lui était arrivé, ou l'avait-il toujours été ?

— Mes parents sont désolés de te manquer, mais ils ne pouvaient pas annuler leur voyage.

— Pas de problème.

Il marqua une pause, puis reprit :

— Tu sais que ton père est venu me voir à Dunedin environ six mois après l'enterrement ?

— Je n'en ai jamais entendu parler, mais j'étais revenue à Christchurch, à cette époque.

— Oui. Il est venu en avion pour la journée, m'a emmené déjeuner et m'a vertement sermonné. Il m'a dit que si je voulais devenir médecin je devais cesser de gâcher mes chances.

— Je vois bien papa faire ça. Mais comment savait-il que tu avais des problèmes ? Je veux dire à part le fait que tu étais dévasté par ce qui était arrivé.

— Mes parents avaient parlé aux tiens, un soir, se plaignant que je manquais les cours, que je buvais trop et que, d'une manière générale, je sortais des rails. Tout cela était vrai. J'allais au pub avec mes copains et au lieu de prendre une bière, j'en prenais une pour moi et une pour Noah. Plusieurs fois de suite. Je paressais au lit au lieu d'aller en cours et je ne faisais aucun effort pour étudier.

Il s'arrêta, la fixant de son regard acéré.

— Ton père n'a pas eu besoin d'en dire beaucoup. Ses paroles ont été franches et concises, et il a eu vite fait de me réveiller. Je me suis remis sur les rails et je n'en ai plus bougé, sans regrets.

Il soupira.

— Sauf celui de n'avoir pas pu retenir Noah, ce soir-là.

— Blake, arrête.

Son cœur souffrait pour lui.

— Ça n'a jamais été ta faute. Noah n'était pas un enfant. Il a choisi de boire et de partir avec un type qui avait trop bu lui aussi.

Elle lui prit la main, aimant sentir sa peau contre la sienne.

— Tu sais qu'il pouvait être casse-cou et impossible à raisonner quand il buvait trop, et il avait décidé de se soûler ce soir-là parce que sa petite amie l'avait largué. Personne ne t'a jamais blâmé, ni n'a pensé que tu aurais dû être là pour lui.

— Je le comprends, mais ça ne m'empêche pas de me sentir mal. Si j'avais été avec lui, cette nuit aurait pu tourner autrement.

— Tu n'en sais rien, et encore une fois tu n'as pas à te sentir fautif, Blake. Nous sommes responsables de nos propres actions. Chacun de nous. Il est arrivé à Noah ce qui lui est arrivé, parce qu'il a choisi de monter dans cette voiture. Point final.

Elle tenait à être sincère pour conserver l'estime de Blake. Il commençait à être vraiment important pour elle et elle ne voulait pas déjà le perdre.

Pour une fois, elle n'était pas tendue à craquer en évoquant la perte de son frère. Pour la première fois, elle pouvait en parler sans avoir envie de se rouler en boule en attendant que la douleur passe.

— Au diable tout ceci.

Les couverts de Blake claquèrent sur son assiette.

— J'ai besoin de sortir d'ici, de prendre l'air.

Quoi ? Quelle mouche le piquait ?

— Bien sûr.

Elle s'adressa à son dos tandis qu'il traversait le restaurant à grands pas, tirant son portefeuille de sa poche.

— Oh ! Blake.

Il y avait eu l'opération de sa mère, et ils s'étaient mis à parler de Noah. Pas étonnant qu'il soit irrité.

Il se tourna et parla doucement, cette fois.

— Viens, allons marcher un peu. S'il te plaît.

Oui, elle voulait bien. Elle désirait être avec lui, le soutenir et partager sa souffrance et sa frustration. Tout en donnant un peu d'elle-même. Oui, elle souhaitait vraiment donner à Blake, s'ouvrir à lui. En commençant tout de suite.

Blake déglutit et contempla le ciel. Quel idiot ! Maintenant, Georgie ne voudrait jamais passer du temps avec lui.

— Georgie, je suis désolé.

La journée lui avait mis les nerfs à vif et il le lui avait fait supporter.

Elle lui tenait la main.

— Je comprends, Blake. Tout va bien.

Elle se mit à marcher, ne lui laissant d'autre choix que d'avancer avec elle ou de lui retirer sa main, ce qui était la dernière chose qu'il souhaitait faire.

Il garda la bouche close, de peur de dire quelque chose d'irréparable, comme « J'ai besoin de toi ». Ce serait le bouquet. Il la voulait, la voulait tout entière. Pour partager la peur et la douleur, et même, pourquoi pas, l'aider à dépasser le malheur que Noah avait laissé derrière lui. Mais surtout, en cet instant, il avait envie de la tenir contre lui, de la respirer, de se fondre en elle.

Le silence grandit, se tendit, devint plus pesant. Il ne put plus le supporter.

— Où travailles-tu, demain ?

— À l'hôpital. J'ai trois opérations, et des consultations dans l'après-midi.

Il y avait dans sa voix une tension qui n'avait rien à voir avec ce qu'elle disait.

— Cela ne ralentit jamais. Dès que j'ai fini avec une patiente, il y en a deux autres qui se présentent.

Il s'efforça de poursuivre une conversation normale. C'était la seule manière pour lui de traverser l'heure à venir.

— Je me demande ce que c'est que de travailler huit heures par jour, cinq jours par semaine.

— Je n'arrive pas à l'imaginer. J'adore ce que je fais et ne voudrais pas qu'il en soit autrement, mais il y a des jours où tout ce que je souhaite, c'est me pelotonner au soleil avec un bon livre et un café corsé. Toutefois, cela n'arrive pas très souvent.

Un bon livre, pas un homme excitant ? Intéressant. Elle avait dit qu'elle était seule, mais cela cachait-il autre chose ? Comme le fait qu'elle avait besoin de s'isoler lors de ces mauvaises journées ? Lui, il tenait à rester occupé, pour que son cerveau oublie ce qui l'avait gardé éveillé la nuit précédente.

— Alors tu n'as pas de regrets concernant ton choix de carrière, même par un mauvais jour ?

Elle battit des cils, comme si elle se demandait qui il était pour lui poser ce genre de question.

— Non, aucun. Pourquoi ? Tu en as, toi ?

— Hormis me demander ce que ce serait d'être un pêcheur au long cours et de manger du poisson tous les jours, non, je suis plus que satisfait de ce que je fais.

Enfin, elle rit.

— Comme si je pouvais t'imaginer en mer pendant des semaines d'affilée, secoué dans tous les sens, sentant le poisson et habillé n'importe comment !

C'était exactement ce qu'il avait espéré. Un peu de sa tension reflua aussi.

— Vas-tu toujours skier, en hiver ? demanda-t-elle.

— Je fais partie d'un club de ski à Ruapehu et j'essaie d'y aller une semaine au moins deux fois par an.

Sa question réveilla des souvenirs de Noah et lui skiant au mont Hutt, quand ils étaient adolescents. Quelquefois, Georgie était là avec ses copines. La regarder dévaler une pente était comme regarder un ruban déployé par la brise, tout en grâce et en douceur. Il en était toujours fortement troublé.

— Et toi ?

Elle fit une petite grimace.

— J'ai arrêté pendant quelques années.

Après la mort de Noah ?

— Quand j'ai repris, j'ai été contente et surprise d'avoir pu m'en passer si longtemps. Mais pour être honnête, je n'ai pas fait grand-chose depuis un bon moment. Je n'ai jamais beaucoup de temps libre.

Ne faire que travailler sans se distraire ne donne pas une vie très excitante, Georgie.

Non pas qu'il soit mieux loti. Tout ce temps passé à dissimuler son cœur ne lui avait pas apporté d'autres souffrances, certes, mais ne lui avait pas apporté non plus le bonheur.

— Pourquoi t'es-tu arrêtée, au départ ?

Elle cessa de marcher et se tourna pour le regarder.

— Je ne voulais pas prendre de risques. Pour mes parents. Et pour moi.

On y revenait encore. Noah, et comment l'accident les avait changés pour toujours. Blake lui prit la main et la couvrit de la sienne.

— Les dommages collatéraux.

Il pencha la tête, puis la regarda de nouveau et soupira.

— Tu ne voulais pas que tes parents s'inquiètent quand tu partais en montagne ?

— Oui. Ils avaient assez souffert. Je voulais être forte, pour eux.

— Et quand tu veux quelque chose, tu remues ciel et terre pour l'obtenir. Je savais que c'était la raison pour laquelle tu es revenue finir ta formation à Christchurch, mais je ne pensais pas que tu laissais intervenir ces craintes dans d'autres domaines.

— Et toi, tu n'es pas revenu ici quand tu as fini tes études, comme tu avais eu l'intention de le faire. À la place, tu es parti faire carrière dans le nord. Tu avais besoin de te tenir éloigné des souvenirs de Noah, du fait qu'il n'est plus là.

Ils se connaissaient mieux que ce qu'il avait cru.

— On se ressemble comme deux gouttes d'eau, avec des agendas différents, ajouta-t-elle.

— Même cause.

Georgie retira sa main et se remit à marcher.

— Je croyais que j'aidais mes parents en étant là pour eux.

— Et maintenant ?

Pensait-elle qu'elle avait commis une erreur ? Qu'elle aurait dû terminer ses études à Dunedin avant de revenir ici, ou se rendre dans une autre ville pour y accomplir son rêve d'être gynécologue ?

— Georgie ?

Elle se tut un long moment. Puis elle secoua la tête comme pour chasser ce qu'elle avait à l'esprit.

— Rien. Tout va bien pour moi. J'ai fait le bon choix, je n'ai aucun regret.

— Si c'est vrai, j'en suis content pour toi. Ce serait affreux si après avoir travaillé si dur tu te rendais compte que tu t'étais trompée de voie.

Toutefois, il avait le sentiment qu'elle retenait un « mais ». Et il ne voyait pas ce que cela pouvait être. En revanche, il comprenait qu'elle n'avait pas envie de poursuivre cette conversation.

Elle lui jeta un coup d'œil.

— Parle-moi donc de cette clinique où tu es associé.

Il accepta volontiers le changement de sujet.

— J'ai eu de la chance. Une collègue avec qui je me spécialisais m'a recommandé à son père qui est associé senior dans le Centre orthopédique de Remuera Road. Les autres associés cherchaient un associé junior pour remplacer John Harris, qui était atteint de leucémie et voulait se retirer.

— Tu es donc allé tout droit de ta spécialisation à une place d'associé. C'est vraiment bien.

Elle soupira.

— Nous nous en sommes bien sortis, tous les deux.

Il y avait une trace de mélancolie dans sa voix.

— Y a-t-il quelque chose que tu as l'impression d'avoir manqué, jusqu'ici ? demanda-t-il.

— Oui, il y a des choses que je souhaite et qu'apparemment je ne suis pas encore en mesure d'obtenir. Bonté divine, tu me fais trop parler.

— Ne t'arrête pas. J'ai envie d'en savoir plus sur qui tu es et sur ce qui te fait rêver.

— Tu veux rallumer notre amitié ? demanda-t-elle, et il crut voir de l'espoir briller dans ses yeux.

— Tu parles, si je le veux !

— C'est bien. Ça marche pour moi. Mais « rallumer » est peut-être un terme un peu fort. Nous n'étions pas exactement de grands copains, à l'époque où nous nous connaissions.

Elle toucha doucement son épaule de la sienne et ne s'éloigna pas. Son parfum, léger dans l'air du soir, troublait profondément Blake. Les petites choses semblaient grandir et devenir importantes. Comme s'il était rentré chez lui. Pourtant, il n'avait pas l'intention de revenir un jour à Christchurch. Il était bien installé à Auckland, appréciait son style de vie, était passionné par sa carrière. Mais Georgie ajoutait une autre dimension à cette satisfaction.

Il se crispa, inspira profondément et se détendit.

Elle glissa un bras sous le sien et se pencha un peu plus près.

— Tu vas bien ?

— Absolument.

Il ne pouvait pas mieux se porter, malgré toutes les questions qui lui venaient à l'esprit tandis qu'ils se promenaient lentement.

— Est-ce que Christchurch te manque ?

— Seulement ma famille. Ça serait agréable de participer aux barbecues du dimanche à Sumner Beach avec mes neveux, ou de passer voir mes parents en sortant du travail. Mais je reste en relation avec eux. Kat et Dot m'amènent les enfants deux ou trois fois par an, et j'essaie de venir pour les anniversaires et Noël.

— Est-ce que Kat n'attend pas son troisième ?

— Si. Cela a été une surprise pour elle et Bart.

Georgie souhaitait-elle avoir des enfants ? Ou était-elle

si habituée à vivre seule que l'idée d'avoir des petits courant partout l'emplissait de terreur ?

— Il est assez drôle de voir comment certaines personnes se laissent encore surprendre, en particulier lorsqu'elles ne prennent manifestement pas de risques. Je le constate souvent avec mes patientes. En général, ce sont les couples qui ont tout planifié, de leur carrière à l'achat de leur maison, qui se font avoir le plus facilement.

Elle paraissait détendue, ne donnait pas l'impression d'avoir manqué quelque chose. Mais peut-être était-elle devenue habile à cacher ses véritables sentiments.

Il décida de tâter le terrain en déformant un peu la vérité.

— Je n'ai jamais beaucoup pensé à la possibilité de fonder une famille, un jour. Si je m'installe finalement avec quelqu'un, cela pourrait arriver, je suppose.

— Tu n'as pas une horloge biologique dans le corps, toi.

Elle lui donna un coup de coude.

Peut-être en avait-il une, vu qu'il semblait penser beaucoup plus à ces choses-là depuis qu'il était de retour à Christchurch. Et depuis qu'il passait du temps avec Georgie, s'il voulait être honnête.

— Qui sait ce qui fait surgir ce genre de pensées ? Moi, j'ai été trop concentré sur ma carrière et sur l'aménagement de ma maison pour considérer que les années passent à un rythme alarmant.

— On croirait entendre un vieil homme ! dit-elle en riant, et elle s'approcha encore plus de lui tandis qu'ils passaient sous un arbre aux branches pendantes.

Il serra son bras sous le sien, absorbant sa chaleur et sa douceur. En y réfléchissant, cela faisait longtemps qu'il ne s'était pas senti aussi à l'aise avec quelqu'un.

— Merci d'être là pour moi.

Elle releva vivement la tête, et soudain ses yeux magnifiques se rivèrent sur lui tandis qu'elle posait les mains sur ses bras.

— Je ne pouvais pas rester à distance.

Boum. Le cœur de Blake tapa contre ses côtes. Les yeux bleus de Georgie étaient élargis, et sombres, et emplis de quelque chose qu'il craignait de croire. Du désir. Pour lui. Il ne put en détourner le regard. Il ne put pas non plus s'écarter de son corps, de son aura. Il fallait qu'il reste près d'elle, qu'il inspire profondément, qu'il sente sa chaleur, sa gentillesse, sa bonne humeur.

— Georgie.

Il prononça son nom dans un souffle.

— Georgie.

Elle lui caressa doucement la joue du revers des doigts. Il sentit sa peau s'enflammer.

— Blake. Je ne sais pas ce qui se passe, mais j'ai envie de t'embrasser, murmura-t-elle. D'être embrassée par toi.

Elle dessina ses lèvres du bout d'un doigt, d'un geste sensuel.

Il resta immobile, combattant le besoin de l'attirer dans ses bras et de l'embrasser à en perdre la tête. Bon sang, ce qu'il la désirait ! Il fallait qu'il se détourne, mais il ne le pouvait pas. Ou ne le voulait pas. Il s'en allait toujours. Il s'était séparé de sa famille et de ses amis pour cacher sa culpabilité, pour commencer. Il avait gardé ses distances avec des femmes de peur de les blesser, ou d'être blessé. Et il pouvait blesser Georgie. Mais pas s'il lui donnait tout ce qu'il avait en lui.

Elle laissa retomber sa main.

— Je vois.

Il tendit les bras vers elle, l'attira à lui, approcha la bouche de la sienne.

— Non, tu ne vois pas.

L'embrasser d'abord, parler ensuite.

Dès qu'il sentit ces lèvres douces sous les siennes, il sut qu'ils ne parleraient pas pendant un bon moment. Embrasser Georgie était comme tomber dans un coussin d'air qui flottait. C'était chaud, torride, sensationnel, grisant. Et surtout, elle le faisait redevenir lui-même. Tous les doutes qui l'habitaient depuis si longtemps s'évaporaient si vite qu'il avait du mal à suivre.

— Georgie, chuchota-t-il entre leurs bouches avant de plonger la langue dans sa chaleur pour la goûter, la sentir, la connaître.

Puis elle s'écarta. Son cœur sombra.

— Georgie ?

Elle lui serra la main.

— Emmène-moi à la maison.

Georgie ouvrit la portière de la voiture avant que celle-ci s'arrête dans son allée. Elle avait la clé de sa maison à la main. Ce baiser avait éveillé un démon en elle. Elle avait déjà été embrassée, bien sûr, avait même connu quelques baisers étonnants, mais ceux de Blake lui procuraient un émerveillement qu'elle n'avait jamais éprouvé. Ils l'emplissaient d'espoir et de joie, et d'un désir si fort qu'elle se serait répandue à ses pieds pendant qu'ils s'embrassaient, si elle ne s'était pas cramponnée à lui. Elle adorait sentir ses muscles fermes sous ses paumes, contre ses seins, autour de sa taille. Et chaque partie de lui l'éveillait d'une façon qui était nouvelle pour elle.

Lorsqu'elle poussa la porte de chez elle, il était sur ses talons. Il entra, referma et se tourna pour la prendre dans ses bras.

— Salut.

— Salut à toi, murmura-t-elle en l'observant avec attention, en quête d'un signe de doute ou de regret.

Il ne voulait peut-être pas franchir le pas, il avait peut-être décidé en route de la déposer chez elle et de s'en aller. Mais il l'avait suivie à l'intérieur.

— Georgie.

Et voilà. Il va me dire au revoir.

Elle attendit que le moment crucial arrive.

Il l'attira contre son torse et la serra.

— J'ai besoin de toi, chuchota-t-il. J'ai besoin de toi.

Aucun mot ne pouvait exprimer le désir qui la submergeait. Il n'y avait que l'action pour lui montrer le besoin qu'elle avait de lui. Renversant la tête en arrière, elle s'étira, posa la bouche sur la sienne et se mit à l'embrasser avec tout ce qu'elle avait en elle. C'était là ce qui avait manqué dans sa vie autrement « heureuse ». C'était là ce qui pouvait rendre son monde stupéfiant, excitant, et devenir la raison principale de s'éveiller le matin. Elle en avait besoin aussi.

Ralentis, Georgie. Tu viens juste de renouer avec Blake.

Ce qui était exactement pourquoi elle ne voulait pas aller lentement. Trop d'années avaient été perdues. Des années où elle n'avait eu aucune idée que Blake lui correspondait. Le savait-elle, maintenant ? Au fond d'elle-même, oui, elle le croyait. Mais bien sûr ça n'allait pas se faire aussi simplement. Même s'ils allaient plus loin. Malgré l'émerveillement et le désir qui l'emplissaient, elle savait bien qu'ils étaient deux à prendre des décisions. Et elle pouvait aussi complètement se tromper. Blake embrassait peut-être toutes les femmes de cette façon, comme si demain n'existait pas.

Il détacha sa bouche de la sienne, lentement, et son absence la mit à la torture alors même qu'elle pouvait encore le sentir sur ses lèvres.

— J'ai besoin de toi, Georgie.

L'espoir, le désir et même la douleur qu'elle lut dans son regard défirent les derniers nœuds qui l'entravaient.

— Touche-moi.

Il ne se fit pas prier. Ses mains se glissèrent sous son chemisier, sous son soutien-gorge, couvrant ses seins, taquinant ses mamelons. Il pressa les cuisses contre les siennes en l'appuyant contre le mur. Et il dessina de la langue le contour de sa bouche, la goûtant, la titillant, l'excitant de plus en plus.

Une chaleur intense se dégageait du corps de Georgie. Elle sortit la chemise de Blake de son pantalon et passa les doigts sur sa peau brûlante, sur son torse, dans son dos, puis elle défit sa ceinture et sa fermeture Éclair pour saisir ses fesses et son sexe. Il la touchait comme elle le touchait et son monde se ramena à cette intensité et à ce désir. Blake. Et seulement Blake.

Elle se figea lorsqu'il s'écarta, puis sourit quand il se pencha pour prendre quelque chose dans son pantalon tombé sur ses chevilles.

— Attends. Un préservatif.

Dégageant ses pieds, il sortit son portefeuille d'une poche

et en tira un petit paquet. Il enfila le préservatif si rapidement qu'elle sut qu'il était aussi prêt qu'elle. À un moment donné elle avait retiré sa culotte, et elle noua les jambes autour de sa taille pour l'accepter en elle. Et voilà que Blake la pénétrait, qu'elle le prenait… et soudain elle sentit qu'elle allait jouir. Elle poussa un cri, explosant de désir, et sentit qu'il atteignait aussi l'orgasme. Elle l'entendit grogner, puis il fut parcouru d'un long frisson, jouissant en elle.

Il la tint serrée contre lui, son torse se soulevant et s'abaissant rapidement, son souffle brûlant et haché caressant son cou. Elle avait la tête qui tournait, son cœur tambourinait et une chaleur délicieuse l'envahissait, pénétrant chaque recoin de son corps, la rendant vivante d'une manière qu'elle n'avait jamais éprouvée.

Finalement, Blake se redressa et la remit doucement sur ses pieds.

— Georgie, murmura-t-il. Où étais-tu, pendant tout ce temps ?

— J'attendais ça, je pense.

Ah, sa franchise. C'était peut-être un peu trop pour tous les deux, mais elle ne put retirer ses mots. S'appuyant à ses bras, elle leva les yeux vers lui.

— Je ne sais pas ce qui se passe, Blake. Je sais seulement que je n'ai pas envie de foncer vers mon abri, en cet instant.

Il la regarda, le visage indéchiffrable.

Elle se crispa. Elle était allée trop loin, en avait trop dit. Se montrer ouverte et sincère était nouveau pour elle, mais les mots avaient jailli d'elle, portés par la vague du désir.

Blake prit son visage entre les mains.

— Merci de ton honnêteté.

Il posa le plus doux des baisers sur ses lèvres gonflées.

— Georgie, je ne sais pas où j'en aurais été sans toi, ces deux derniers jours.

Sa gorge se serra d'émotion. Cela lui faisait mal de voir combien il était vulnérable. C'était là le Blake qu'il était devenu la nuit de la mort de Noah.

Avant qu'elle puisse parler, le téléphone de Blake sonna. Tandis qu'il s'excusait et sortait l'appareil de la poche de son pantalon, elle s'écarta et se pencha pour ramasser son chemisier. Soudain, elle se sentit vulnérable, elle aussi. Elle devait se rappeler qu'ils ne s'étaient pas fait de promesses. Ils avaient fait l'amour, et maintenant c'était fini.

Blake raccrocha.

— C'était mon père. Je pense qu'il a besoin de parler.

L'irruption de la réalité, ou une échappatoire ? Elle finit de se rhabiller, essayant de ne pas lui laisser voir combien ses mots la piquaient au vif.

— Bien sûr, je comprends.

Pour couvrir sa confusion, elle lui indiqua la salle de bains, puis se rendit dans la cuisine pour faire du café.

S'appuyant d'une hanche au comptoir, les bras croisés sous la poitrine, elle fixa le sol et se demanda ce qui se passait dans sa vie. En un peu plus d'une journée, elle était devenue tellement proche de Blake, et elle n'avait pas envie de s'en éloigner. Il exerçait sur elle une attirance qu'elle ne pouvait nier. Elle avait laissé tomber toute prudence et s'était laissé porter par le besoin et l'espoir qui l'habitaient, mais il lui fallait peut-être ralentir. Au moins un peu. Cela ne lui ressemblait pas de se jeter à l'eau sans vérifier d'abord la profondeur de la piscine. Ou en tout cas, ça ne lui était pas arrivé depuis longtemps. Alors pourquoi commencer maintenant ?

Parce qu'elle voulait courir sa chance avec Blake. Et lui seul. Elle ne voyait pas du tout pourquoi il l'éveillait si vite de sa torpeur. Mais il le faisait. Comme si sa réapparition dans sa vie rapprochait le passé et l'avenir et les faisait se percuter. Elle devrait appuyer sur les freins et chercher à aller doucement, prudemment. Mais elle ne le pouvait pas. Elle l'avait fait trop longtemps. Le besoin de se mettre vraiment à vivre la saisissait et la secouait rudement. Lui disant qu'il était temps de réaliser ses rêves avant qu'il soit trop tard. Des rêves qu'elle avait mis de côté quand son frère était mort et qu'elle était revenue à la maison.

Ses parents avaient réussi à vivre dans le présent depuis un moment, maintenant. Ils n'avaient plus besoin qu'elle reste à proximité pour s'assurer que tout allait bien. Ils étaient devenus son excuse pour ne pas risquer son cœur. Et c'était Blake qui le lui faisait comprendre. Avait-il toujours été tapi à l'arrière de sa tête, de son cœur, attendant l'occasion de resurgir dans sa vie ? C'était peu probable, mais des choses plus étranges arrivaient.

— Georgie, tu vas bien ?

Blake se tenait devant elle, complètement rhabillé, du souci émanant de ses yeux gris.

— Je ne veux pas te faire de mal.

— Je sais, répondit-elle en espérant ne pas se tromper. Écoute, ton père a besoin de toi. Tu ferais mieux d'y aller.

Il tendit les mains vers elle, l'embrassa légèrement. Un baiser qui n'avait plus la passion d'un moment plus tôt, mais conservait quelque chose de spécial. Quelque chose qui la fit se rapprocher de ce corps merveilleux et le serrer très fort.

— Je te verrai demain.

Il y avait du soulagement dans sa voix. S'était-il inquiété qu'elle ne se montre pas patiente avec lui ?

— Bonne nuit, Blake. Prends soin de toi et essaie de dormir un peu.

4.

— Bonjour, Sarah. Comment avez-vous dormi ?

Georgie entra dans la chambre, paraissant beaucoup mieux que ce que Blake ressentait. Mais il avait à peine réussi à dormir une heure durant cette longue nuit. Dès que les oiseaux avaient commencé leur tintamarre matinal, il était sorti du lit pour aller courir dans Fendalton, essayant de trouver des réponses à tout ce qui se bousculait dans sa tête. En vain.

Mais il avait trouvé les maisons et les rues familières apaisantes. Il y avait eu des changements, depuis qu'il était parti, toutefois, alors qu'il courait le long des trottoirs, il avait eu l'impression de se couler dans une vieille peau confortable. Dire qu'il avait été pressé de quitter la ville quand il était entré à l'université, et maintenant c'était comme si on lui faisait signe de s'arrêter, de revenir et de reprendre cette place qu'il avait quittée si vite. Comme si c'était possible. Nul ne pouvait revenir en arrière, on pouvait seulement aller de l'avant. Les gens qu'il avait connus à l'époque avaient évolué, partant s'installer ailleurs ou changeant au gré de leur carrière et de leur famille.

Il regarda Georgie. Est-ce qu'aller de l'avant, pour lui, incluait cette femme qui faisait battre son cœur un peu plus vite ? Il l'observa tandis qu'elle parlait à sa mère.

— Entre les allées et venues des infirmières, j'ai dormi comme une bûche, répondit Sarah avec un sourire fatigué.

Maintenant qu'il regardait avec plus d'attention, il pouvait voir des cernes sous les yeux de Georgie, et une certaine tension aux coins de sa bouche. Elle n'était pas détendue comme elle l'avait été dans ses bras la veille au soir, l'embrassant éperdument. Elle n'avait plus rien de la femme brûlante qui l'avait si vite retourné qu'il en avait perdu la tête. Certes, ses muscles avaient été tendus pendant qu'ils s'embrassaient et faisaient l'amour, mais ce matin une tension différente le mettait mal à l'aise, l'empêchant de se libérer de la peur qui l'étreignait.

— Niveau de douleur ? demanda Georgie.

Sarah soupira.

— Honnêtement ? Sept sur dix.

— Il vaut mieux être honnête.

Georgie l'embrassa sur la joue.

— Andrew m'a demandé de passer vous voir. Il viendra plus tard. Il a été appelé pour une urgence cette nuit et il est rentré chez lui pour récupérer quelques heures de sommeil.

— Apparemment, tout le monde en manque.

Blake se leva et traversa la chambre pour donner à Georgie une brève accolade. Un parfum de roses lui monta aux narines. Il ferma les yeux et inspira. Aussitôt, les grosses roses rouges qui poussaient dans le jardin de sa mère lui vinrent à l'esprit.

— C'est bon de te voir, Georgina.

Un petit rire lui parvint.

— Plus personne ne m'appelle ainsi.

— Cela fait longtemps, je sais.

Alors qu'ils avaient treize ans, Noah et lui avaient l'habitude de scander « Georgina… Georgina… » pour la faire bisquer et attirer son attention. C'était puéril, mais ça marchait à chaque fois.

— Mais au moins, tu ne t'es pas mise en rogne, cette fois.

— Je peux le faire, si tu veux.

Son sourire était bien réel, malgré le stress dans ses yeux.

— Un autre jour.

Il s'écarta.

— Tu vas examiner maman ? Si oui, je vais aller nous chercher du café.

Elle secoua la tête.

— Non, ce ne serait pas éthique. Andrew m'a juste demandé de vérifier si Sarah se sent bien et s'il n'y a pas d'indication d'autre saignement.

Elle lui décocha un sourire qui lui indiqua que tout allait bien entre eux.

— Mais sens-toi libre d'aller chercher ce café. Je prendrais bien une autre dose de caféine avant de partir pour l'hôpital. Et un croissant avec de la confiture et du chocolat, si tu vas jusqu'au camion devant l'entrée principale.

— J'y vais. Je reviens tout de suite.

Il sortit d'un pas guilleret. Il avait beau se sentir inquiet pour sa mère, Georgie semblait allumer en lui une étincelle. Elle avait été là pour lui la veille au soir de plus de façons que ce qu'il aurait jamais pu imaginer, et elle était de nouveau là pour le soutenir.

— Voilà, deux cappuccinos et un long noir.

La femme du camion lui tendit un plateau en carton et un sac en papier contenant des croissants.

— Profitez bien.

Il battit des cils. Où avait-il eu l'esprit ?

— Nous allons le faire, merci.

Il avait faim, ce matin. Moins de la moitié d'un dîner et l'activité qui avait suivi chez Georgie lui ouvraient l'appétit.

Lorsqu'il atteignit la chambre de sa mère, il l'entendit dire :

— Toute ma zone abdominale me fait mal, surtout quand je me tourne ou quand je m'assois.

— C'est normal, répondit Georgie. Vos muscles ont souffert de l'opération.

— Je m'attendais à de la douleur, mais pas à ce niveau.

Sarah le remarqua alors, debout sur le seuil.

— Entre, Blake. Nous en avons fini avec les discussions médicales.

Georgie ne le pensait pas, mais elle haussa les épaules.

— Ce café sent bon. C'est exactement ce dont j'ai besoin.

— Content de pouvoir rendre service.

Il lui tendit un gobelet en carton avec un sourire.

— Quand dois-tu être à l'hôpital ?

— Je devais y être il y a cinq minutes.

Elle lui rendit son sourire, ce qui lui mit l'estomac sens dessus dessous.

— Alors tu ferais mieux d'emporter ce café et ces croissants.

Il avait espéré passer quelques minutes avec elle, mais il ne comprenait que trop bien combien les chirurgiens avaient peu de temps le matin de bonne heure. Qu'elle soit venue malgré tout signifiait beaucoup. Et apaisait ses inquiétudes ; il avait craint qu'elle ne veuille pas le voir après ce qui s'était passé entre eux la veille.

— C'est ce que je vais faire.

Elle l'observait, souriant toujours, mais elle semblait se poser une question qu'elle ne savait pas comment formuler. Finalement, elle porta son regard sur sa mère.

— Faites attention, Sarah, et faites tout ce que le personnel vous dit de faire. Profitez du fait que l'on s'occupe de vous.

— Vous croyez vraiment que je serai autorisée à faire la moindre des choses quand je rentrerai à la maison ? Il y aura non seulement Alistair pour me dire ce que je peux et ne peux pas faire, mais Blake aura aussi son mot à dire.

— Vous avez raison, et vous adorerez ça.

— C'est vrai.

Sa mère n'allait pas rentrer de sitôt, pensa Blake. Pas alors qu'elle avait l'air d'avoir été renversée par un bus, et bougeait avec difficulté. Pas avant que de la couleur revienne sur ses joues et que la douleur se soit amenuisée. Et surtout pas avant qu'Andrew et son équipe aient trouvé ce qui n'allait pas chez elle.

— Je resterai la semaine prochaine, maman.

Et peut-être plus, selon comment elle irait.

— Tu n'es pas obligé, mon fils.

— J'y tiens.

L'amour qui se peignit sur le visage de sa mère faillit l'achever. Il ne faisait que ce que n'importe quel fils ferait, mais il n'avait pas toujours été là pour ses parents, alors elle avait sans doute du mal à y croire.

— Je suis sérieux, insista-t-il.

Georgie se mit de côté pour laisser entrer une infirmière.

— Je vais y aller. Je te vois plus tard ?

Oui, s'il te plaît.

— Si nous allions manger ensemble ? À la Ale House, par exemple ?

— Ça me plairait. Alistair pourrait se joindre à nous, si tu penses qu'il a besoin de compagnie. Je peux te partager, ajouta-t-elle avec un sourire.

— Je lui demanderai. Mais il préférera peut-être venir ici, et me voir ensuite à la maison, plus tard.

— Fais comme tu le sens. Je te retrouverai au pub ?

Elle semblait contente de passer plus de temps avec lui, ce qui acheva de lui ôter ses doutes.

— Parfait.

Mais d'abord il y aurait des examens, des scanners, des discussions avec le spécialiste. Et les réponses à assimiler, bonnes ou mauvaises. Blake but son café et s'assit au chevet de sa mère pour passer le temps en attendant que la journée commence vraiment.

Que mettre ? Georgie passa mentalement en revue sa garde-robe en rentrant chez elle en voiture, après le travail. Ce haut bleu ciel, tout neuf, mettait en valeur le bleu de ses yeux et rendait bien lorsqu'elle lâchait ses cheveux sur ses épaules. Et ce joli chemisier à fleurs bleues et roses qui faisait ressortir son cou mince ? Ou la robe à rayures blanches et rouges ?

Elle rit. Elle se sentait si bien après le soir précédent, malgré le départ abrupt de Blake. Au début elle en avait été un peu contrariée, puis elle s'était rappelé qu'il avait beaucoup de soucis qui n'avaient rien à voir avec elle, ni avec le fait qu'ils avaient fait l'amour. Mais ce nouveau sentiment de bonheur venait de lui, elle le savait. Elle n'avait pas l'habitude de rire comme ça, pour rien. Et en vérité il ne s'agissait pas de rien ; il s'agissait de prendre du bon temps avec un homme. Un homme canon, qui la troublait dès qu'elle pensait à lui. La veille au soir, elle avait porté une tenue assez simple, alors qu'ils dînaient dans un restaurant un peu plus chic, et pas un instant elle ne s'était sentie mal à l'aise. Alors pourquoi tous ces embarras pour se rendre dans un pub ?

Parce que cela n'avait rien à voir avec leur destination, et tout à voir avec l'effet qu'elle voulait produire sur Blake. Elle tenait à ce qu'il la voie sous son meilleur jour. Elle espérait même paraître sexy. Elle défaisait les nœuds qui tenaient son cœur fermé, prenait un risque en s'attachant à quelqu'un qui pourrait la faire souffrir. Avoir l'air sexy aiderait.

Elle avait blessé son ex-mari plus qu'il ne l'avait blessée. À cause de ces nœuds et de la peur de perdre de nouveau quelqu'un de proche. Comme son bébé à naître. C'était ainsi qu'elle avait perdu Tommy et était devenue encore plus déterminée à se protéger. Jusqu'à ce que Blake apparaisse. Et maintenant, toute prudence s'était envolée par la fenêtre. Elle voulait plus. De Blake, de la vie, de tout.

Ce serait la robe rouge et blanche.

Lorsqu'elle vit les yeux de Blake s'élargir et sa bouche s'incurver en un sourire intéressé, alors qu'elle se garait à quelque distance du pub, elle sut qu'elle avait fait le bon choix. Ses orteils se crispèrent et sa peau la picota, tandis que son cœur battait la chamade. Avait-elle déjà ressenti ça ? Bien sûr. Quand elle était tombée amoureuse la dernière fois, elle avait été aux anges et très excitée, mais avec Blake il y avait quelque chose de plus. Il était sexy, beau à se pâmer, à la fois sérieux et drôle, concentré sur son métier mais capable de se comporter autrement qu'en chirurgien. Il était différent de tous les hommes qu'elle avait connus ; elle avait envie de l'attraper à deux mains et de ne pas le lâcher. C'était un tel revirement par rapport à sa réticence habituelle vis-à-vis des hommes que cela aurait dû la terrifier. Mais non. Elle ne le connaissait peut-être pas très bien, mais elle savait ce qu'il avait traversé ces treize dernières années.

— Bonsoir.

Elle se pencha pour l'embrasser sur la joue.

Il tourna la tête afin que leurs lèvres se touchent. Son baiser fut léger, bref et excitant en même temps. Puis il s'écarta et la regarda avec ce qui semblait être du soulagement.

— C'est bon d'être avec toi. Papa ne se joindra pas à nous, il préfère rester avec maman, mais il m'a dit de te dire qu'il nous accompagnerait une autre fois, quand elle irait mieux.

— Bon. Comment s'est passée ta journée ?

— Mes sœurs sont venues voir maman, et elles m'ont entraîné au restaurant pour déjeuner. Mon Dieu, ce qu'elles parlent !

— Pas étonnant que tu aies l'air épuisé, plaisanta-t-elle.

Il la prit par le bras.

— J'ai réservé une table près de la fenêtre. Qu'aimerais-tu boire ?

— Du pinot gris serait parfait.

Elle prit place sur la chaise qu'il lui présentait.

— Tu as pris plaisir à retrouver tes sœurs ?

Il s'assit à côté d'elle, pas en face. Cela devait être un bon signe.

— Tu parles ! Comme d'habitude, elles m'ont tancé parce que je suis encore célibataire et que je peux faire ce qui me plaît. Et j'ai dû regarder des centaines de photos des enfants sur leurs portables.

— Je suis sûre que tu as adoré.

Une serveuse arriva avec le vin de Georgie et leur tendit des menus.

— Le plat du jour est du filet mignon de porc. Je vous laisse quelques minutes pour vous décider.

Pourquoi cette urgence ? La salle n'était pas comble. Georgie ouvrit le menu.

— Je me laisse aller, à manger deux fois dehors en une semaine.

— Nous pourrions accroître ce nombre.

Il lui toucha brièvement la cuisse.

— Que fais-tu demain soir ?

— À toi de me le dire.

Si nous faisions de nouveau l'amour ? Lentement, cette fois, en apprenant à connaître un peu mieux les désirs de l'autre.

Elle prit son verre et but une gorgée. Comment empêcher ses joues de rougir ?

— Qui sait ce que demain apportera ? dit-il, redevenu sérieux.

— Blake, je sais que tu es malade d'inquiétude. C'est normal. Nous le sommes tous. Mais souviens-toi que Sarah est entre de bonnes mains.

Il hocha la tête.

— Je sais. Et merci de me supporter quand je suis d'humeur maussade.

— Tout va bien. Chaque fois que tu voudras parler, je serai là pour écouter – à partir du moment où tu feras la même chose pour moi.

— Pas de problème. Parle-moi de ta journée.

Georgie s'adossa à sa chaise et décida de prendre les choses comme elles venaient. S'il avait envie de se déstresser, elle était partante. Cela les rapprocherait peut-être encore plus.

— Papa doit être à la maison, maintenant. Regrettant sans doute de n'avoir pu rester avec maman toute la nuit, dit Blake alors qu'ils marchaient vers la voiture de Georgie, après dîner.

— Ont-ils toujours été aussi proches ?

— Absolument. Ils se sont mariés en hâte, parce que j'étais en route, mais ils ont toujours dit que c'était la meilleure chose qui pouvait leur arriver.

Il sourit pour lui-même.

— Ils ont toujours été très aimants l'un avec l'autre. À part peut-être un léger froid quand j'avais environ dix ans.

Son sourire s'estompa.

— Je suppose que toutes les relations ont leurs hauts et leurs bas.

— La mienne a certainement eu des bas.

— Combien de temps as-tu été mariée ?

Il avait été triste quand il avait appris par ses parents qu'elle s'était séparée de son mari, pensant qu'elle n'avait pas besoin de plus de chagrin dans sa vie.

— Un peu plus de trois ans.

— Tu crois que la mort de Noah y a été pour quelque chose ?

— Oui. Je n'étais pas aussi prête que je le pensais.

Ses mots furent un peu secs. Il sentit la douleur qui était derrière. C'était exactement pourquoi il évitait de s'engager avec une femme. Sauf que les choses changeaient en lui depuis qu'il avait retrouvé Georgie. Prenant sa main dans la sienne tandis qu'ils longeaient le trottoir, il attendit de voir si elle allait en dire plus.

Elle lui serra les doigts.

— Quand je suis tombée amoureuse de Tommy, j'ai cru que j'étais ouverte à l'amour, que je pouvais l'aimer autant qu'il m'aimait.

Elle marqua une pause. Ils avaient atteint sa voiture et il resta près d'elle tandis qu'elle promenait son regard autour d'elle.

— J'ai essayé. J'ai vraiment essayé. Mais ça n'a pas suffi. J'avais peur de perdre de nouveau quelqu'un à qui je tenais autant.

Elle releva les yeux vers lui, battant des cils.

— Et j'ai fait souffrir Tommy.

Sans hésiter, Blake la prit dans ses bras et appuya le menton sur le dessus de sa tête.

— Qui t'a fait du mal à son tour.

Il se balança sur les talons, les mains dans son dos, la sentant trembler.

— Tout va bien, Georgie.

Elle releva la tête pour le regarder.

— Non. J'ai infligé le genre de douleur que j'essayais d'éviter pour moi-même. C'était égoïste.

— Mais tu n'as pas noué cette relation rien que pour toi, n'est-ce pas ?

Il ne pouvait croire qu'elle lui parlait ainsi, et en même temps ce n'était pas une telle surprise, étant donné la façon dont ils s'étaient bien entendus dès qu'ils s'étaient revus à la clinique. Et ils s'étaient beaucoup parlé, depuis. En outre, il y avait entre eux une empathie née du passé.

— Bien sûr que non.

Elle appuya la tête sur son torse.

— Ou en tout cas je n'en avais pas conscience.

Il opina, puis se pencha pour poser un léger baiser sur ces belles lèvres qu'il n'avait pas pu se sortir de l'esprit depuis qu'il les avait embrassées, la veille.

— Nous nous connaissons depuis longtemps, hein ? Et mieux que je ne le pensais, à mon avis.

Elle sourit et pressa sa bouche sur la sienne, approfondissant le baiser pour en faire un échange total, propre à lui échauffer le sang.

— Georgie, Georgie.

Il grogna et la serra plus fort, la tenant si près qu'elle lui donnait l'impression de faire partie de lui. Puis il se mit à lui rendre son baiser, lui donnant tout ce qu'il avait. Comment avait-il vécu sans elle ? Elle le faisait devenir vivant rien qu'en étant elle-même. C'était une femme différente de celle qu'il avait désirée des années plus tôt, si vive, si extravertie, mais elle était tout aussi fascinante et excitante. Même si elle était plus réservée, ce qui n'était pas une mauvaise chose. Était-il prêt à aller où ceci pouvait éventuellement conduire ?

Il ne le savait pas et ne s'en souciait pas, pour l'instant. Il s'empara totalement de la bouche de Georgie, glissant la langue dans sa chaleur humide, émerveillé.

— Prenez une chambre, dit une voix d'homme, s'immisçant dans la brume qui habitait sa tête.

Dans ses bras, Georgie se raidit, s'écarta et regarda autour d'elle.

— C'est une idée, dit-elle.

Il la contempla avec un grand sourire.

— Tu crois ?

Alors qu'elle venait d'évoquer l'échec de son mariage ? Même s'ils avaient fait l'amour la veille, ceci arrivait trop vite. La nuit dernière, il s'était agi de déstresser, de ne pas lutter contre l'intense attirance qui les liait. Ce soir-là, ce serait plus personnel. Georgie avait besoin de savoir ce qu'elle faisait, où elle allait, sans quoi elle en serait blessée. Parce que lui, il savait ce qu'il faisait ? Non. Il n'en avait aucune idée. Il savait seulement que la tenir contre lui, l'embrasser et désirer davantage l'entraînait sur une route à sens unique et qu'il n'avait pas envie de faire demi-tour. Pas encore.

S'ils avaient une brève liaison ? Ce pourrait être le meilleur pour eux, *si* Georgie était du même avis. Ils en retireraient définitivement du plaisir, s'il fallait en juger par la nuit dernière. Et peut-être qu'en parallèle ils pourraient définir ce qu'ils recherchaient vraiment, découvrir si ceci pourrait aller plus loin et devenir quelque chose de spécial et de durable.

— Je ne sais pas, mais j'ai décidé de me débarrasser de mes blocages.

Elle se haussa sur la pointe des pieds et l'embrassa.

— Rentrons chez moi pour un café et la suite se décidera d'elle-même.

Elle battit des cils, comme si elle réalisait ce qu'elle venait de suggérer. Un rire léger s'échappa de ses superbes lèvres.

— Je ne suis vraiment pas douée pour ce genre de chose.

— Tu es plus que douée. Exceptionnelle, même.

Il ouvrit la portière de la voiture.

— Allez, monte. Je te suivrai jusque chez toi et alors nous verrons comment nous nous sentons.

Dix minutes de pause n'étaient pas beaucoup, mais quelquefois il suffisait de soixante secondes de bon sens pour faire changer quelqu'un d'avis.

Son sourire lui alla droit au cœur, l'ouvrant en deux et laissant s'échapper un surcroît d'émotions. Georgie était vraiment magnifique, et excitante, et tant d'autres choses merveilleuses qu'il avait encore à découvrir. Son rire lui nouait les entrailles. Et il était peu probable que le bon sens le touche de son aile.

Elle avait mis un pied dans la voiture quand son portable sonna. Elle le tira de son sac et fixa l'écran, la déception chassant le rire de son visage.

— Je suspecte un contretemps fâcheux.

Elle porta l'appareil à son oreille.

— Bonsoir, ici Georgie Price.

Une pause tandis qu'elle écoutait, puis :

— De combien sont distantes ses contractions ?

Blake attendit, la tension sexuelle disparaissant lentement de ses reins, alors qu'il avait pensé que seul le fait de faire l'amour à Georgie pourrait l'apaiser. Apparemment, les chances d'en arriver là fondaient à vue d'œil, se dit-il en écoutant la fin de la conversation.

— Je serai là sous peu. Dites à Anna de ne pas paniquer.

Elle coupa la communication.

— Tu as entendu ?

— Qui a voulu être obstétricienne, hein ?

Elle lui toucha doucement le bras.

— Je suis désolée. Plus que je ne peux te le dire, en vérité.

Il passa un pouce sur sa joue chaude.

— Ça tombe mal, mais cela aurait pu être pire.

— C'est probablement la première fois que je regrette d'être médecin, dit-elle avec un sourire vacillant.

— Alors il faut que tu sortes plus souvent.

Il sourit largement.

— Que fais-tu ce week-end ? Sans parler de bébés et d'opérations urgentes.

— Je passerai du temps avec toi, j'espère.

Réponse parfaite.

— Si nous allions à Akaroa pour la journée ? Ou alors, nous pourrions y rester pour la nuit ? Tu n'as pas besoin de décider maintenant. Nous en parlerons demain.

— J'aimerais partir avec toi pour une nuit.

Blake respira mieux. Il avait craint qu'elle regrette d'être allée trop vite.

— Je m'occupe de tout.

— Crois-le ou non, j'allais te laisser faire.

Son sourire était presque timide. Il comprit que cela faisait longtemps, pour elle.

Mais pour lui aussi. Il ne comptait pas les liaisons éphémères qu'il avait eues les dernières années. Elles n'avaient rien signifié, à part de brefs moments de plaisir avec de jolies femmes. S'il y réfléchissait bien, il n'avait pas eu de relation sérieuse depuis ses dix-neuf ans. Il était temps de faire quelque chose à ce sujet. Première étape : partir en week-end avec Georgie.

Soudain, le sourire de cette dernière s'effaça.

— Attends. Et Sarah ? Tu ne voudras pas passer une nuit ailleurs alors qu'elle est encore clouée au lit ?

— Nous sommes dans un monde moderne. Nous avons des téléphones. En outre, papa veut avoir maman pour lui tout seul quand il n'est pas au travail.

Il appellerait si souvent que ses parents finiraient sans doute par bloquer son numéro.

— Je ne partirais pas si je n'étais pas sûr qu'ils me préviendront si quelque chose ne va pas. Et puis nous ne serons qu'à un peu plus d'une heure de route.

Quelque temps plus tôt, il aurait jugé qu'un trajet de cinq minutes était trop. Georgie le changeait.

— Si tu es sûr.

— Oui.

Il pouvait se détendre avec Georgie comme avec personne d'autre.

— Appelle-moi quand tu sauras comment cet accouchement se passe.

— Il pourrait prendre des heures, mais comme Anna n'est qu'à trente-quatre semaines, je ne pense pas que le bébé ait l'intention d'attendre. Les prématurés sont souvent pressés de connaître leur mère.

— Je croise les doigts pour que ce soit le cas de celui-ci.

Blake rit. Peu lui importait s'il devait attendre vingt-quatre heures, il serait là quand Georgie aurait terminé et serait prête à se détendre. Puis ils s'en iraient pour le week-end.

— Je parie que tu as un programme chargé demain, également.

Elle sourit.

— Bien sûr. Pendant que tu veilleras Sarah toute la journée.

— C'est vrai.

Il ne pouvait pas être déçu. Si sa mère n'avait pas eu besoin de cette intervention, il n'aurait peut-être pas renoué avec Georgie. C'était la meilleure chose qui pouvait sortir de ce cauchemar.

— À demain. Prends soin de toi.

Elle effleura sa bouche d'un léger baiser.

— Toi aussi.

— Tu réalises que demain est l'anniversaire de la mort de Noah ? demanda Georgie sur la route d'Akaroa, le samedi matin.

Ils venaient de sortir de la fromagerie où ils avaient acheté une sélection de fromages, pour les grignoter plus tard.

— Oui, répondit-il sèchement.

N'aurait-elle pas dû le mentionner ? Mais comment aurait-elle pu ne pas le faire, quand cette disparition faisait tellement partie de la personne qu'elle était maintenant ? Et elle gageait que c'était la même chose pour Blake, même s'il ne voulait pas l'admettre.

— Treize ans. Ça fait longtemps, mais parfois ça ne semble pas aussi loin.

— Oui, dit-il plus doucement, cette fois.

— Je ne sais pas ce que tu en penses, mais je crois que nous sommes sur la même longueur d'onde à propos de Noah et de la douleur que nous avons éprouvée tous les deux.

Il posa une main sur sa cuisse et lui décocha un sourire d'excuse.

— Georgie, je suis désolé. Je ne voulais pas être aussi abrupt. Continue à parler de lui, je t'en prie.

— Pas si cela te bouleverse.

Mais alors cela revenait à se cacher la vérité et elle avait commencé à s'éloigner de ce genre de réaction. Ce qu'il devait faire aussi.

— J'ignore pourquoi, mais être avec toi m'a rendu plus facile de parler de lui, pour la première fois.

Non pas qu'ils en aient beaucoup parlé, mais elle sentait qu'elle le pouvait, si elle le voulait.

— Ce sujet a été tabou si longtemps que je tire automatiquement le rideau, même maintenant où je me sens plus détendu que je ne l'ai jamais été vis-à-vis de lui. C'est bon pour moi et pour toi aussi, je l'espère. On est liés, pour ainsi dire.

— Absolument.

Elle jeta un coup d'œil de côté à son ami. Oui, ils étaient amis, quoi qu'il advienne.

— Depuis que tu es revenu dans ma vie, c'est comme si un énorme poids avait été ôté de mes épaules. Je ne me sens plus écrasée.

Blake se gara sur le côté de la route, coupa le moteur et se tourna pour prendre ses mains dans les siennes.

— C'est la chose la plus adorable que j'aie jamais entendue. Merci. Je commence à avoir des sentiments similaires à propos de tout.

Il se pencha pour l'embrasser, gentiment mais d'une façon qui la transporta.

Elle ferma les yeux et accepta ce baiser comme si elle n'avait jamais été embrassée auparavant. Il lui donnait une impression de douceur, d'émerveillement et de soulagement, le tout à la fois. C'était comme si elle avait enfin atterri sur ses pieds. Comme si elle avait trouvé ce qu'elle avait cherché pendant treize ans sans en avoir conscience.

— Blake, murmura-t-elle contre sa bouche. Je suis contente que tu sois revenu.

Il l'embrassa légèrement.

— Je suis content d'être venu, moi aussi. Sinon, je ne me serais jamais rapproché autant de toi. Je te suis si reconnaissant d'être là pour nous tous, et je suis si heureux que nous nous entendions si bien.

— C'est un bonus, c'est sûr.

Elle toucha son visage.

— Je veux aller de l'avant. Je veux cesser de penser à Noah et à ce que j'ai perdu chaque fois que je me rapproche de quelqu'un. Je veux me jeter dans cette histoire avec toi et juste en profiter.

— Une histoire avec Georgie Price. Qui l'eût cru ?

Il l'embrassa de nouveau.

— On y va.

— En commençant tout de suite.

C'était tout ce qu'ils pouvaient avoir, étant donné qu'ils vivaient dans des régions différentes du pays, avec chacun une carrière que ni l'un ni l'autre ne voudraient abandonner. Une ombre tomba sur Georgie. Elle se sentait déjà triste de ne pas pouvoir envisager avec lui un avenir où ils ne feraient pas que se voir occasionnellement, pour s'amuser et faire l'amour. Mais mieux valait être pratique qu'irréaliste. Et heureuse plutôt que triste.

Se renfonçant dans son siège, Blake mit le contact et lui décocha un sourire à lui faire fondre le cœur.

— Tu es prête à t'amuser, alors ?

— C'est parti.

Ils étaient sur la route, se dirigeant vers le début de quelque chose de merveilleux. C'était ainsi qu'elle verrait cette aventure, se dit-elle. Une histoire était exactement ce que son médecin lui prescrirait, pour le moment.

— Bonne idée.

Il paraissait de nouveau détendu.

Georgie regarda le paysage qui défilait, contente de rouler de nouveau vers cet amusement qu'il avait mentionné avec une lueur coquine dans les yeux. Ils se rapprochaient l'un de l'autre, et aucun d'eux ne savait à quoi cela pouvait conduire, finalement. Pour l'heure, ils allaient profiter au maximum de ce qu'ils avaient. Blake ne vivait pas ici et resterait juste le temps de voir Sarah remise sur pied, mais cela ne les empêcherait pas de tirer le meilleur profit de cette période et d'apprendre à se connaître mieux, plus profondément. Elle ne perdrait pas de temps à se demander à quoi cela pourrait les mener, car alors elle devrait se rappeler qu'elle aurait peut-être à en souffrir, et pour la première fois depuis des années elle n'avait pas envie d'y penser. Ce serait gâcher ce qu'ils avaient à vivre.

— Si nous commencions par une promenade le long de la jetée ? demanda Blake alors qu'il roulait dans la courte rue principale, bordée de vieilles boutiques et de vieilles maisons de style français.

— D'accord.

Elle regarda la mer, qui était calme.

— Il n'y a pas de vent pour m'arracher mon chapeau.

La veille, alors qu'elle était à la galerie marchande pour faire une course, elle était passée devant une devanture qui exposait des chapeaux de soleil. Un chapeau de paille à large bord, orné d'un gros nœud jaune, lui avait tapé dans l'œil et elle l'avait acheté. Il était assorti au haut crème et jaune qu'elle portait avec un pantalon trois quarts bleu roi.

— Si cela arrive, ne me demande pas de plonger pour aller le récupérer dans l'eau, dit Blake en riant.

— Je croyais que tu étais un gentleman, rétorqua-t-elle en riant à son tour.

Quand Blake se gara, il sortit de la voiture pour lui ouvrir sa portière avant même qu'elle ait pris son chapeau et son sac sur le siège arrière.

— Permettez-moi, madame, dit-il avec un grand sourire.

— Impertinent !

Elle voulut poser un baiser sur sa joue, mais il tourna la tête, leurs bouches se joignirent et ils s'embrassèrent intensément. Lorsqu'il la prit dans ses bras, son corps se moula aussitôt au sien et elle oublia tout sauf lui.

Puis il s'écarta légèrement pour la regarder dans les yeux.

— Georgie, tu me rends si heureux.

Son souffle se coinça dans sa poitrine.

— Je peux t'en dire autant.

— Bon.

Il lui donna un autre baiser, plus bref, puis la prit par la main pour l'entraîner vers la jetée.

La main de Blake était forte et ferme, et par comparaison la sienne paraissait douce et féminine. Le haut de son bras qui frôlait son épaule la faisait se sentir petite et protégée. Mais surtout, le bonheur habitait totalement Georgie, ce qui lui mettait un sourire aux lèvres et donnait de la vivacité à son pas. Elle savait qu'il était très possible qu'elle soit blessée. Si elle tombait amoureuse.

Alors ne le fais pas.

Elle s'amuserait, profiterait au maximum de ce qui lui serait offert, donnerait autant qu'elle recevrait, puis elle irait de l'avant. Au moins, elle serait peut-être libérée de la peur qui l'avait fait rester seule si longtemps. Libérée, ou entravée encore plus étroitement par une nouvelle douleur ?

Elle poussa un profond soupir. Elle n'allait pas recommencer. Elle serait forte et regarderait vers l'avant, quoi qu'il advienne. Elle en avait assez de rester sur le côté, à regarder passer la vie. S'ils ne devaient avoir qu'une brève liaison, elle en saisirait chaque instant, sans se permettre d'avoir des regrets. Sauf qu'elle commençait déjà à se demander si elle ne voulait avoir qu'une histoire sans lendemain. Certes, il y aurait des obstacles à surmonter pour vivre quelque chose de plus, mais ils pourraient sûrement en venir à bout, s'il le fallait ?

Blake s'arrêta et montra quelque chose dans l'eau.

— Ce sont des dauphins, là, au milieu du port ?

Georgie laissa tomber ses questions et regarda dans la direction de son doigt. Elle hocha la tête.

— Un grand banc, à en juger par l'agitation de l'eau. J'espère qu'ils vont s'approcher.

Ils continuèrent jusqu'au bout de la jetée et contemplèrent le spectacle. Appuyée à la balustrade, Georgie ne pouvait cesser de sourire. C'était un parfait début à leur week-end dans un endroit merveilleux.

Puis elle se tourna et s'adossa à la balustrade pour regarder Blake. Il était très beau à voir, avec un côté nature et grands espaces. Bronzé, avec des yeux séduisants qui ne laissaient rien passer, pour autant qu'elle le sache. Musclé de la tête aux pieds, mais pas trop. Et ses longues jambes lui emballaient le pouls quand elle les imaginait nouées aux siennes.

— Pourquoi me regardes-tu ainsi ? demanda-t-il. J'ai un reste de petit déjeuner sur la figure ?

Si seulement c'était aussi simple.

— Oui, répondit-elle, et elle rit lorsqu'il s'essuya la bouche. Je t'ai bien eu.

Il l'attrapa et la renversa en arrière sur la balustrade. Puis il s'appuya sur elle et l'embrassa avec une passion qui la rendit folle de désir. Elle se saisit de ses bras et lui rendit son baiser avec tout le besoin qu'elle avait de lui.

— Waouh.

Blake recula et la redressa.

— Tu t'enflammes en un instant.

Sa poitrine se soulevait et s'abaissait rapidement. Il laissa retomber ses mains sur les côtés et l'observa.

— Tu me rends fou, Georgie.

— Je sais de quoi tu parles.

Était-il sage d'être aussi franche avec lui ? Mais ils n'avaient qu'une semaine à passer ensemble, et elle ne voulait pas arriver à la fin sans avoir donné à Blake une indication de ce qu'elle éprouvait.

— Je veux bien le croire.

Il l'observait toujours, un éclat sérieux dans ses yeux gris. Puis il lui prit la main.

— Viens. Nous allons pique-niquer sur la plage.

Il se mit à remonter la jetée à vive allure.

Georgie n'avait pas fait de pique-nique depuis qu'elle était enfant. Elle espéra que celui-ci serait plus amusant. Et peut-être pourrait-elle aller nager, ensuite.

— Je suis pleine d'impatience, dit-elle.

5.

Du calme, mon gars. Vas-y doucement.

Il y avait beaucoup en jeu, à savoir deux cœurs qui pouvaient être terriblement meurtris s'ils n'étaient pas raisonnables. Blake acceptait le fait que Georgie et lui mènent des vies différentes dans différentes parties du pays – des vies auxquelles aucun d'eux n'aurait envie de renoncer, il en était certain. Tous deux avaient travaillé si dur pour arriver là où ils en étaient ; il ne serait pas facile de tout laisser tomber pour repartir de zéro. Mais s'il s'entichait sérieusement de Georgie ? Alors quoi ? Depuis qu'il avait renoué avec cette femme adorable, il avait commencé à se libérer un peu de la peur du passé. Mais pas assez pour vouloir risquer de tomber amoureux d'elle.

Et il allait trop vite en besogne. Ils commençaient une simple histoire. C'était ce dont ils étaient convenus.

— Le chat a mangé ta langue ? demanda Georgie tandis qu'ils mettaient le pied dans le sable de French Bay.

— Quelque chose comme ça.

Un regard à Georgie et sa langue était nouée, sa gorge serrée de désir.

Tu es méchamment mordu, mon pote. Les mots de Noah s'insinuèrent dans sa tête. Il trébucha, se redressa, les mains crispées sur la glacière qu'il portait. Son ami le chambrait toujours lorsqu'il le surprenait à observer sa sœur. Se doutait-il que son adoration pour Georgie allait plus loin qu'une toquade d'adolescent lubrique bavant devant une fille hyper sexy ? Il ne le saurait jamais et il en était content. Il se sentait plus détendu sans Noah pour le tenir à l'œil, ce qui était une première : il ne lui était jamais arrivé de ne pas vouloir que Noah se mêle de ce qui se passait dans sa vie.

— L'eau est si tentante, dit Georgie en posant son sac et le parasol qu'ils avaient apporté sur la partie herbeuse de la plage. J'y vais.

Aussitôt, elle fit passer son T-shirt par-dessus sa tête et le jeta sur son sac, révélant le haut de son corps vêtu d'un bikini. Puis elle tortilla son joli postérieur pour sortir de son pantacourt, dont elle se débarrassa aussi.

La glacière heurta le sol avec un bruit sourd : les doigts de Blake avaient lâché la poignée. Georgie était pulpeuse et désirable, ses mains le démangeaient de la toucher. Sa peau hâlée semblait si douce. Et lorsqu'elle leva les bras pour relever ses cheveux sur sa tête, ses seins pointèrent en avant, lui coupant le souffle.

— Tu viens ? demanda-t-elle avec un grand sourire.

— Dans une minute. Je vais étaler la couverture et planter le parasol, d'abord.

Sans parler de reprendre sa respiration et de dompter ses hormones avant de se comporter comme un idiot. Pas grand-chose n'avait changé depuis son adolescence, finalement.

— Tu as apporté ton maillot ?

Elle le regardait de haut en bas, le bout de la langue au coin de sa bouche.

Ce qui lui accéléra encore le cœur. Il n'était pas question de se calmer.

— Ce short est mon maillot.

Elle fronça les sourcils en continuant à le détailler.

— Tu as mis de l'écran solaire ?

— Oui, maman.

Il aurait dû dire non et laisser ces doigts fins lui passer de la crème, lui mettant la peau en joie.

Un autre large sourire et elle détala, courant vers l'eau comme une prisonnière que l'on aurait libérée pour la journée.

Il la regarda entrer dans la mer sans perdre de temps à tester la température, avançant à longues enjambées jusqu'à ce que l'eau atteigne ses cuisses, puis elle plongea.

— Sapristi.

Blake planta le parasol de travers, ôta sa chemise, quitta ses tennis et partit derrière elle. Elle nageait déjà vers le large, avec des mouvements puissants et réguliers.

Il pouvait en faire autant, et même plus. En quelques minutes il la rejoignit et la dépassa, ne s'arrêtant pour faire du surplace que lorsqu'il se jugea assez loin de la plage pour être seul avec elle. Il l'attrapa dès qu'elle arriva à sa hauteur et l'enlaça.

— Salut, Rayon de soleil.

Elle noua les bras et les jambes autour de lui, le laissant assurer leur équilibre.

— Salut, toi.

Elle planta un baiser salé sur sa bouche.

Ils flottèrent, montant et descendant, en s'embrassant plus profondément. Puis Blake dégagea sa bouche, inspira et dit :

— Je pense que nous ferions mieux de retourner là où nous avons pied.

Ce qu'ils firent. Après quoi Georgie l'attira à elle et se remit à l'embrasser comme si elle avait plus besoin de lui que d'air pour respirer.

Sous les paumes de Blake, sa peau était à la fois chaude et fraîche, lisse et mouillée, et des frissons de désir le parcoururent. Ses seins revêtus du petit bikini jaune étaient pressés contre son torse et ses jambes étaient nouées autour de ses hanches. Sa réaction fut élémentaire. Il la voulait. Maintenant. Son sexe était si dur qu'il en était douloureux.

— Georgie, marmonna-t-il contre son cou, en suçant sa peau.

Il grogna quand elle fit descendre ses doigts le long de son dos, jusqu'à ses fesses. Elle les pressa fermement. Son cœur s'emballa de plus belle et il eut l'impression qu'il allait éclater du besoin d'elle.

Glissant une main entre eux, il enfila les doigts dans son minuscule slip et la caressa. Puis il glissa un doigt en elle. Elle était moite et brûlante.

— Oh ! oui. Ne t'arrête pas, murmura-t-elle en le prenant dans sa main et en le caressant à son tour.

Il n'aurait pas pu s'arrêter même si la plage s'était brusquement remplie d'un flot de touristes. Dieu merci, il avait choisi un endroit discret, et normalement ils ne devraient pas être dérangés. Du moins l'espérait-il, car il ne pouvait plus contenir son besoin.

— Blake, s'écria-t-elle dans un souffle. Oui, encore. Encore.

Il lui obéit, la sentant se crisper tandis qu'elle atteignait l'orgasme.

Ils s'affalèrent l'un contre l'autre, inspirant de grandes goulées d'air. Il la sentit rire avant de l'entendre, et plongea son regard dans ses yeux étincelants.

— Tu es magnifique.

Surtout lorsqu'elle était détendue et que ses cheveux s'échappaient de son chignon. Son visage mouillé et son expression comblée ajoutaient à son charme.

Elle eut un grand sourire.

— Tu dis des choses très gentilles.

— Je le pense.

Son sourire s'estompa un peu et elle le fixa.

— Merci.

Elle n'était pas habituée à recevoir des compliments ? Ou peut-être qu'elle ne les croyait pas. Il faudrait qu'il lui en fasse d'autres. Ce ne serait pas difficile, car elle était splendide, et tellement sexy.

— Tu es devenu bien sérieux, dit-elle en s'écartant.

Il la ramena à lui et la serra contre sa poitrine.

— Crois-moi, ce que j'avais à l'esprit ne l'était pas.

Elle pencha la tête en arrière pour pouvoir le regarder en face.

— Nous venons de faire une expérience stupéfiante, non ?

— C'était sublime.

Il se pencha pour l'embrasser.

— La prochaine fois, ce sera encore mieux. Viens. Allons ouvrir la bouteille de vin qui est dans la glacière.

Elle haussa les sourcils.

— Tu t'es vraiment bien préparé, hein ?

Elle n'en savait pas encore la moitié. Une fois qu'ils avaient décidé de venir à Akaroa, il s'était affairé à trouver des restaurants et un endroit où passer la nuit. Ce déjeuner qui attendait dans la glacière faisait partie de ses plans.

— Je n'étais pas préparé à ce que nous venons de faire, mais pour tout le reste, oui. Un bon début pour le week-end.

Il sourit largement, se sentant si bien avec Georgie que c'en serait effrayant s'il songeait à quoi cela les menait. Alors il ne le ferait pas. Il profiterait au maximum de chaque instant et laisserait le reste de côté.

Il la prit par la main et la ramena sur la plage. Elle se laissa choir sur la couverture.

— Je n'ai pas passé une journée comme ça à la plage depuis une éternité.

— Combien de fois as-tu fait ça dans l'eau ? demanda-t-il en riant.

— Détends-toi, c'était une première, répondit-elle avec un grand sourire.

Il se sentit absurdement content. Ouvrant la glacière, il en sortit le vin et leur servit à boire.

— Au week-end, dit-il alors qu'ils trinquaient.

Elle resta silencieuse, savourant le chardonnay et promenant les yeux sur la plage tandis qu'il sortait les plats de la glacière.

— J'espère que tu aimes toujours la langouste ?

— Tu sais certainement comment gâter une femme.

Elle rit doucement en le regardant déballer la salade, la langouste et des petits pains frais.

— Ce n'est pas quelque chose que je fais très souvent, mais je n'ai pas pu résister à prévoir quelque chose de spécial pour aujourd'hui. Attention ! dit-il en redressant son verre de vin, alors qu'elle se penchait vers lui.

Son baiser fut comme une chaude caresse sur son menton. Elle avait manqué sa bouche à cause de son mouvement brusque. Il fut prompt à y remédier, et couvrit ses lèvres des siennes. Il pourrait continuer à l'embrasser tout l'après-midi et loin dans la nuit. Elle faisait chanter son cœur et rendait son corps brûlant. En inspirant longuement, il s'écarta et lui tapota le menton.

— Mangeons.

Avant que je perde la tête et te prenne ici même, sur la plage.

Georgie contemplait la plage et l'eau scintillante tout en sirotant son vin. Si on lui demandait de se lever et de marcher, ou même d'aller nager, elle devrait refuser. Ses muscles semblaient avoir perdu la faculté de fonctionner correctement. Elle se sentait toute ramollie.

Elle jeta un coup d'œil de côté et but du regard le beau corps d'homme étalé près d'elle, ses longues jambes, son ventre plat, son torse large. Il était superbe. Son visage était détendu, ses yeux cachés derrière des lunettes noires, ses boucles brunes raidies par le sel. Oui, il était vraiment superbe.

Elle se déplaça sur la couverture pour s'allonger à côté de lui.

— C'était un déjeuner somptueux.

Elle adorait la langouste et n'en mangeait pas très souvent pour ne pas perdre le sentiment de délice qu'elle éprouvait à déguster ce mets d'exception.

— Je t'en prie. J'espère juste que tu auras assez d'appétit pour le dîner.

Il posa la main sur sa cuisse, ses doigts caressant sa peau.

— Je dois m'attendre à meilleur encore ?

— Bien meilleur, murmura-t-il.

Le cœur de Georgie se gonfla et elle rit.

— Je peux m'y faire.

Blake roula sur le côté et posa la tête sur sa paume.

— Tu te souviens quand tes copines et toi partiez faire la fête le samedi soir ?

— Bien sûr.

— Noah, moi et d'autres copains, on vous regardait partir et on rêvait de vous accompagner. Vous étiez toutes super sexy, mais toi en particulier, pour moi.

— On vous disait toujours de nous laisser tranquilles.

Blake essayait d'attirer son attention, mais elle n'aurait pas cru qu'il était toqué d'elle à ce point-là. Et c'était aussi bien, car elle aurait trouvé cela choquant, étant donné qu'il était le copain de son petit frère. Leur différence d'âge paraissait énorme, à l'époque.

— Pour ça oui.

Il se pencha et l'embrassa.

— L'attente a été longue, mais elle en valait la peine.

Georgie se blottit contre lui et lui rendit son baiser. Puis elle l'embrassa encore et perdit toute notion du temps et de l'endroit où ils étaient. Peu importait. Elle était dans une bulle avec Blake, leurs corps se touchaient et la vie était un rêve.

Le rêve se poursuivit tout l'après-midi. Lorsqu'ils finirent par avoir trop chaud et par être tendus de désir, Blake ramassa leurs affaires et lui prit la main pour retourner à la voiture. Puis il les conduisit, non loin de là, jusqu'à un luxueux bungalow situé sur une autre plage. C'était là qu'ils devaient passer la nuit. Tout de suite après avoir ouvert les portes et les fenêtres pour laisser entrer la brise de mer, ils culbutèrent sur l'immense lit, se dévêtirent et firent l'amour.

Plus tard, Georgie repéra un spa sous la véranda et s'empressa de s'y installer. Blake apporta des verres de vin et la rejoignit pour détendre son corps courbatu.

— Je ne suis pas habitué à faire autant d'exercice, dit-il avec un grand sourire.

Tant mieux. Elle détesterait penser qu'il avait fait l'amour à foison avec une autre femme, se dit-elle en savourant son vin et en s'enfonçant un peu plus dans l'eau brûlante. Ah, cette chaleur ! Même par un jour d'été, c'était merveilleux pour relaxer ses muscles endoloris.

— Je pourrais rester ici sans fin.

— Tu ressemblerais à un pruneau.

— Merci !

Elle changea de sujet.

— Tu ne penses pas que tu devrais appeler Sarah ? Pour savoir comment elle va ?

Elle n'aimerait pas que quelque chose arrive et que Blake ne l'apprenne pas tout de suite. Rien ne pourrait gâcher davantage leur week-end.

— Je suppose que mon père et elle font la sieste ensemble sur cet étroit lit d'hôpital, mais oui, c'est une bonne idée.

Il rentra téléphoner et revint dix minutes plus tard.

— Tout va bien. Andrew a même dit que maman pourrait rentrer à la maison demain. Ses analyses de sang sont bonnes, il n'y a pas d'infection.

— C'est une bonne nouvelle.

— Oui, dit Blake en poussant un soupir soulagé.

Il se tendit de nouveau.

— Maintenant, il faut espérer que les résultats du labo seront négatifs.

— Ne pense pas au pire.

Georgie sortit du spa et s'enveloppa dans une serviette, puis elle enlaça Blake et le serra fort.

— Je sais que c'est difficile, mais Sarah va mieux. Tiens-toi à ça.

Il posa un baiser sur son front.

— J'essaye.

Il avait besoin d'une diversion, et elle avait une idée. Glissant une main dans son short, elle saisit son sexe et se mit à le caresser doucement. Il prit une grande inspiration.

— Attends, Georgie. Je ne veux pas être le seul à prendre du plaisir. Tu vas venir avec moi.

Il la souleva dans ses bras et se dirigea vers la chambre.

Le dîner dans un restaurant français de la grand-rue fut délicieux. En retournant au bungalow main dans la main avec Blake, Georgie ne pouvait imaginer que la vie puisse être meilleure.

— C'est magique, dit-elle. Je ne me souviens pas d'avoir jamais passé des moments aussi merveilleux.

— Cela me fait penser à ce que j'ai pu manquer en me tenant éloigné de tout le monde.

Il lui serra la main.

— Nous aurions peut-être dû nous retrouver beaucoup plus tôt.

Elle réfléchit.

— Je ne sais pas. Je n'étais pas prête à avoir une relation, ni même une histoire, après l'échec de mon mariage.

— Tu avais trop souffert ?

Il était loin de tout savoir.

— J'ai perdu un bébé, déclara-t-elle d'un ton monocorde, en s'efforçant d'endiguer la douleur de son cœur. Tommy et moi essayions d'avoir un enfant depuis un moment, et alors qu'il semblait que je ne tomberais jamais enceinte, c'est arrivé. Puis j'ai fait une fausse couche.

Aussitôt, il la prit dans ses bras et la serra contre lui.

— Oh ! Georgie, c'est affreux. Comment t'en es-tu sortie ?

— J'ai juste continué à vivre, répondit-elle contre sa poitrine. Et décidé que je ne traverserais plus jamais une telle épreuve.

— Je ne peux pas imaginer par quoi tu as dû passer. Perdre de nouveau quelqu'un de proche est l'un de mes cauchemars, et cependant tu as survécu.

Il la serra plus fort.

— Tu ne cesses pas de me surprendre.

Il caressait ses cheveux dans son dos.

— Je suis à court de mots.

— Il n'y a rien à dire.

Continue juste à me tenir.

— Tu es si forte. Si résistante. Je n'en reviens pas.

Pressée contre lui, elle se sentait en sécurité. Il prenait soin d'elle. Elle sourit doucement.

Le lendemain matin, quand Blake l'éveilla avant le lever du soleil et suggéra qu'ils montent au sommet d'une colline voisine pour marquer l'anniversaire de Noah, elle l'embrassa.

— Je vais prendre quelques-unes de ces fleurs, là, et j'éparpillerai les pétales sur l'herbe.

Noah adorait être au grand air, il passait beaucoup de temps à randonner dans les collines et à skier. Sur cette colline, regardant le soleil se lever, elle ne pourrait pas être plus proche de lui.

Plus tard, alors qu'ils étaient assis au sommet, Blake dit :

— Il était le meilleur ami que l'on puisse souhaiter. Il n'a jamais cessé de me manquer.

Georgie égrena les pétales et hocha la tête.

— À moi aussi. Je serais même heureuse qu'il soit là maintenant, à nous embêter.

Blake se tut un moment, avant de reprendre :

— Ces quelques jours avec toi m'ont aidé à commencer à laisser partir la douleur. Et à regarder vers l'avant, à accepter que je peux poursuivre mes rêves d'être heureux sans craindre ce qui peut aller de travers.

Des larmes montèrent aux yeux de Georgie, à cet aveu. Treize ans, c'était trop long pour souffrir autant. Pour Blake comme pour elle. Ils avaient gâché leur jeunesse alors qu'ils auraient tous les deux pu être heureux avec un partenaire, une famille. À la place, ils avaient poursuivi intensément leur carrière, en négligeant ce qu'il fallait pour mener une vie équilibrée.

— Moi aussi. Nous ne pouvons pas revenir en arrière et retrouver ce que nous avons perdu, mais nous pouvons profiter au maximum de chaque jour à venir.

— Tu crois ?

— Je le sais.

Elle en était certaine, au fond d'elle-même. En regardant autour d'eux – les collines, la mer, la ville au-dessous, les pétales de fleurs répandus sur l'herbe – elle sentit d'autres nœuds se défaire. Elle était libre d'avancer, d'aimer et d'être heureuse. Elle n'avait pas à se sentir coupable de vivre, à avoir peur de ce qui pourrait lui arriver de mal. Elle avait survécu et pouvait maintenant aller de l'avant, l'esprit ouvert. Chercher l'amour.

Un coup d'œil de côté lui dit qu'elle était près de le trouver avec Blake. À moins qu'elle ne se trompe. En quelques jours, toutes sortes de choses s'étaient mises à affluer – de l'espoir, de l'excitation –, l'emplissant d'émerveillement. Elle avait besoin de ralentir. De prendre les choses une par une, en commençant par soutenir cet homme qui avait tissé un sortilège autour d'elle et lui avait fait regarder le monde d'un autre œil.

— Ta confiance me plaît, dit-il. Je vais prendre un jour après l'autre, désormais.

— C'est bien.

Elle se tourna et passa les bras autour de ce corps qu'elle avait appris à connaître si bien au cours des vingt-quatre dernières heures.

— Blake, tu es merveilleux.

Une expression étonnée se peignit dans ses yeux gris, et lorsqu'il ouvrit la bouche pour répondre elle la couvrit de la sienne. Elle ne voulait pas l'entendre dire qu'elle ne l'intéressait que comme une amie devenue une amante. Ils avaient une histoire qui serait probablement très courte, puisqu'il rentrerait à Auckland dans une semaine, mais elle ne voulait pas y penser maintenant, en plein air, avec la nature autour d'eux et son cœur qui chantait gaiement dans sa poitrine.

Il lui rendit son baiser avec une ferveur qu'elle n'avait jamais connue auparavant. C'était comme s'il avait décidé, comme elle, de vivre pleinement ici et maintenant, sans perdre de temps à penser à autre chose.

Ce qui lui convenait parfaitement. Se renversant en arrière, elle s'allongea sur l'herbe et entraîna Blake avec elle.

Finalement, ils durent retourner à la réalité et à la vie de l'autre côté de Little River, ce qui arriva beaucoup trop vite. Georgie soupira en bouclant sa ceinture avec réticence pour le trajet du retour.

— J'ai passé des moments fantastiques, merci, Blake.

Il sourit.

— Merci, Georgie. C'était bien, là-haut sur la colline. C'était la première fois que je me souvenais de Noah, pour cet anniversaire, sans me mettre en colère contre l'injustice de la vie. À la place, je me suis rappelé quel amour il avait du plein air et de la nature, et avec quelle persévérance il s'entraînait pour ses randonnées. Je te le dois.

— C'est à nous, que tu le dois. Être ensemble a été bon à tant de niveaux. Noah n'en est qu'un parmi d'autres.

Elle faillit pouffer, et se ressaisit.

— Je n'ai jamais autant fait l'amour. Je vais avoir mal de la tête aux pieds pendant des jours.

Blake lui décocha un sourire coquin.

— Voilà qui ferait bien dans mon CV, si je devais le réécrire.

Il était de nouveau heureux. Ce qui la rendait encore plus heureuse.

— À quel genre de poste postulerais-tu, avec de telles références ?

— Tu aimerais bien le savoir, hein ?

Il rit, puis fronça les sourcils en regardant le fourgon qui roulait devant eux.

— Oh là ! Attention !

— Qu'y a-t-il ? demanda Georgie.

— Ce fourgon a mordu sur la ligne blanche. Le conducteur a dû être distrait un instant.

— La route est dangereuse, par ici.

C'était une route sinueuse qui grimpait au flanc d'une colline, et n'était pas large. Georgie essaya de voir à l'intérieur du fourgon.

— On dirait qu'il y a plusieurs personnes, et qu'elles discutent. Ce n'est pas l'idéal pour se concentrer.

— Ce n'est pas une façon de conduire. Bon sang ! jura Blake en freinant brusquement. Qu'est-ce que…

Horrifiée, Georgie vit le fourgon manquer un virage et capoter par-dessus bord pour tomber dans le précipice.

— Arrête-toi, Blake ! cria-t-elle.

Il était déjà en train de se garer sur le côté de la route et de mettre ses warnings. Tous deux sortirent précipitamment de la voiture. Téléphone en main, Georgie s'apprêtait déjà à appeler les secours d'urgence. Du bord de la route, elle vit l'accident et son cœur sombra. Le fourgon avait fait au moins un tonneau et s'était miraculeusement arrêté contre un arbre qui l'empêchait de tomber plus bas. Mais la situation était précaire.

— J'appelle le 111, dit-elle.

— Je descends, annonça Blake.

Son appel passé, Georgie le suivit, dérapant et glissant dans la pente. Au-dessus d'eux, elle entendit d'autres véhicules qui s'arrêtaient.

— Hé, vous voulez un coup de main ? cria quelqu'un.

— Je ne sais pas encore quelle est la situation, répondit Blake.

— Si vous avez les secours d'urgence, dites-leur qu'il y a deux médecins sur place et que nous aurons sans doute besoin d'un hélicoptère, ajouta Georgie.

Pendant ce temps, Blake essayait de distinguer quelque chose à travers le pare-brise en miettes.

— Une femme a été éjectée, dit-il. La conductrice, je pense. Et je peux voir trois personnes à l'intérieur. Non, quatre.

— Ne t'avise pas d'entrer dans le fourgon avant d'avoir vérifié qu'il est bien calé et ne peut pas rouler dans le précipice, prévint Georgie, les dents serrées.

Un désastre suffisait, et la pensée de Blake blessé lui nouait l'estomac.

Pendant qu'il s'en assurait, elle rejoignit la femme qui gisait dans l'herbe en un tas informe. Du sang coulait de sa tête et ses jambes formaient un angle bizarre avec son corps.

— Hello, je suis Georgie, médecin. M'entendez-vous ?

Pas de réponse. Elle lui prit le pouls : il battait faiblement. Elle était vivante. Mais Georgie n'avait rien pour panser sa blessure. Elle ne pouvait pas faire grand-chose jusqu'à ce que les secours arrivent, et Blake avait peut-être besoin d'aide pour les personnes coincées dans le véhicule accidenté.

Elle alla au fourgon et inspira vivement en voyant Blake comprimé dans l'espace réduit entre deux femmes. Il était en train d'en examiner une comme si tout était normal. Son cœur s'émut pour cet homme qu'elle adorait déjà.

— Tu as besoin d'aide ?

— Personne n'est sérieusement blessé à l'avant, pour autant que je puisse le voir, dit-il. Mais tu peux m'aider à évaluer l'état des deux hommes sur le siège arrière.

Georgie se faufila avec difficulté dans l'habitacle. Un homme avait un pied coincé sous le siège de devant. L'autre saignait abondamment et ne réagissait pas. Elle ne voulait pas le bouger, de crainte qu'il ait des fractures.

Enfin, une femme apparut à la portière, annonçant qu'elle entendait des sirènes.

Georgie s'extirpa du fourgon pour aller revoir sa première patiente. Elle ne réagissait toujours pas, et son pouls n'avait pas changé de rythme.

— Que pouvons-nous faire ?

D'autres personnes descendaient la pente.

— Essayez de garder tout le monde sur la route, répondit Georgie. Il n'y a pas beaucoup d'espace plat et nous n'avons pas besoin qu'il soit encombré par des curieux.

Là-dessus, quelqu'un la prévint que Blake voulait la voir. Elle retourna au fourgon et le trouva occupé avec les hommes affalés à l'arrière.

— Qu'est-ce que tu as trouvé ? demanda-t-elle.

— Une hémorragie interne causée par cet accoudoir.

— Il est toujours inconscient ?

— Oui, sa tête a dû heurter le siège de devant. Je ne sais pas comment nous allons sortir ces gens de là.

— Les pompiers auront ce qu'il faut. J'ai examiné la conductrice et je pense qu'elle a dû avoir une rupture d'anévrisme, ce qui a causé l'accident. Il faut que cet hélicoptère arrive le plus vite possible.

— Je crois que je l'entends, dit quelqu'un. Et des secouristes arrivent.

Le soulagement envahit Georgie.

— Je vais leur parler.

En l'espace d'un quart d'heure, la conductrice fut chargée sur une civière et remontée jusqu'à l'hélicoptère, pendant que les pompiers découpaient la carrosserie du fourgon pour en extraire les autres blessés. Quand l'appareil décolla, Blake vint rejoindre Georgie.

— Laissons faire les secouristes. Ils ont le matériel qu'il faut et des ambulances pour emmener tout le monde à l'hôpital. Tout est sous contrôle.

Elle s'appuya un instant contre lui et prit une grande inspiration.

— Quel horrible accident ! Ça a dû être terrifiant pour les passagers de se voir plonger dans le précipice.

Il la serra dans ses bras.

— Oui. Je suis heureux que nous ayons été là. Sinon, qui sait combien de temps aurait pu s'écouler avant qu'on les trouve ?

Un frisson parcourut l'échine de Georgie. Elle n'avait pas pensé à ça.

— Les conséquences auraient pu être terribles pour la conductrice. Mais elle n'est pas encore tirée d'affaire.

Blake la serra plus fort.

— Docteur un jour, docteur toujours.

Elle soupira.

— Oui. Nous sommes en permanence sur le pont. Pas moyen de prendre quelques jours de repos.

— Et tu ne changerais cela pour rien au monde, dit-il.

Il lui prit la main.

— Qui plus est, nous avons fait ça ensemble.

Une sensation de chaleur se répandit en Georgie.

— Oui.

Il était bon de penser qu'ils avaient agi sans le moindre tiraillement ni le moindre conflit. Ils avaient simplement fait ce qu'il y avait à faire, chacun dans son rôle.

— Viens. Nous avons encore une pente à remonter.

Maintenant que les victimes de l'accident étaient en route pour l'hôpital, Georgie se laissait aller. Elle avait l'impression que ses jambes étaient en gelée. Et la pente qui leur faisait face lui semblait redoutable.

— Un pas après l'autre, dit-elle.

Un peu comme elle voyait sa nouvelle relation avec Blake. Un pas – ou un baiser – à la fois. Et cela ne pouvait pas être meilleur. Elle ne s'était pas sentie aussi excitée par quoi que ce soit depuis longtemps. Quoi qu'il advienne à l'avenir, quelle que soit la façon dont les choses tourneraient, elle profiterait au maximum du jour présent.

C'était sa nouvelle devise.

6.

Blake, assis sous le porche arrière de la maison de ses parents, prenait son petit déjeuner en profitant du soleil et en écoutant les oiseaux qui volaient d'arbre en arbre. Des tuis cravate-frisée, spécifiques de la Nouvelle-Zélande. Dès qu'il aurait fini, il se rendrait à l'hôpital pour passer du temps avec sa mère. Il espérait qu'elle se sentirait mieux, ce jour-là. L'infection qui s'était déclenchée le dimanche, après son coup de fil, avait été enrayée, mais elle l'avait laissée épuisée. Et c'était surtout sa léthargie qui les inquiétait tous. Elle semblait avoir perdu l'envie de se battre. La semaine avait été longue.

La sonnerie de son téléphone le tira de ses pensées.

— Bonjour, maman.

— Blake ! glapit Sarah. Je n'ai pas de cancer ! C'est vrai. Andrew est venu et a parlé à Alistair pendant qu'il était là. Je suis sauvée. Hors de danger.

— Vraiment ?

Blake s'affala sur sa chaise.

— Le ciel soit loué.

Il se frotta le visage, mais des larmes continuèrent à rouler sur ses joues. Le plus grand obstacle était levé. Sa mère irait bien.

— Je suis hors de danger, répéta-t-elle comme si elle ne parvenait pas à le croire.

Mais après tout, c'était beaucoup à absorber d'un coup, après ces longs jours d'attente, à redouter le résultat.

— Je vais bien, insista-t-elle encore.

Blake se sentait mieux que bien. Son soulagement était intense. Tout allait être formidable.

— Je viendrai dans un moment, dit-il.

Il bondit et descendit du porche, regardant le jardin où il avait travaillé ces derniers jours pour essayer d'oublier ses nombreux soucis. La santé de sa mère, avec cette infection qui s'était déclarée. Son histoire avec Georgie. Georgie qui savait le ramener sur terre et lui donner envie de regarder vers l'avant, et non en arrière. Georgie et son corps si sexy qui provoquait son désir en une fraction de seconde. Elle s'était glissée sous sa peau et il ne savait pas ce qu'il allait faire de cette nouvelle réalité. Comment quitter Christchurch après de telles montagnes russes émotionnelles ? Il le devait. Il avait un travail auquel il lui fallait retourner. Une situation pour laquelle il avait travaillé dur et à laquelle il ne renoncerait pas facilement.

Mais là, tout de suite, il fallait qu'il partage avec Georgie les nouvelles de sa mère. Elle était au travail, sûrement en train d'aider une femme ou une famille, alors il tomberait sans doute sur son répondeur. Tant pis. Il devait essayer. Entendre sa voix le mettait toujours en forme pour le reste de la journée. Et étonnamment, elle lui répondit.

— Salut, Blake. Tu m'appelles au bon moment, je suis en train de prendre un café dont j'avais grand besoin. Que se passe-t-il ?

Lui n'avait pas besoin de café pour que son cœur s'accélère. Georgie suffisait.

— Maman n'a pas de cancer.

— Fantastique ! Quel soulagement ! Tu as illuminé ma journée. C'est formidable. Embrasse-la pour moi, veux-tu ?

Elle rit.

— Je parle, je parle, mais attendre a été très stressant. Et je voudrais pouvoir t'embrasser toi, en cet instant.

Blake sentit son cœur se gonfler un peu plus.

— Je t'envoie des baisers par téléphone. Veux-tu que nous dînions quelque part, ce soir ?

— J'ai une meilleure idée. Pourquoi ne passerions-nous pas le week-end ensemble, chez moi ?

— À quelle heure dois-tu rentrer ? J'attendrai sous le porche.

— Dieu merci, tu acceptes. Je me suis soudain demandé si je n'allais pas trop vite en besogne.

Elle rit doucement.

— C'est dingue, et j'aime ça. Il y a une clé de la porte de derrière dans l'abri de jardin, sous les sachets de graines.

Il rit à son tour. C'était si facile, avec cette femme.

— Je n'ai pas droit à la porte de devant ?

— La semaine prochaine, peut-être. Oh ! je dois y aller. On a besoin de moi aux urgences.

Elle hésita.

— Prends soin de toi.

Avait-elle été sur le point de dire autre chose ? Quelque chose de plus intense ? De plus spécial ?

Probablement pas. C'était trop tôt. Depuis Akaroa, ils avaient passé tous leurs moments libres ensemble, toute la semaine. Ils avaient dîné, fait l'amour, parlé du passé et du présent, mais jamais de l'avenir, et c'était bien comme ça. Ils avaient une brève histoire, et quelle histoire ! Mais le moment crucial approchait. Quand sa mère avait contracté cette infection qui l'avait beaucoup fatiguée, il s'était dit qu'elle ne serait pas d'aplomb avant un certain temps et il avait prolongé son congé de près de deux semaines, afin d'être là pour soutenir sa famille et aider dans la maison.

Il devait être de retour à Auckland pour une réunion du conseil d'administration le vendredi en quinze. Les associés seniors ne tolèreraient pas qu'il n'y assiste pas. D'ici là, il aurait été absent près de quatre semaines. Il avait encore du mal à se faire à cette idée. Il ne restait jamais aussi longtemps avec les gens qu'il aimait, de peur de trop s'impliquer et de ne pas pouvoir repartir. Mais là, il devait rentrer. Il ne pouvait pas s'attarder plus longtemps. En particulier pour poursuivre une liaison… Il en rirait, si cela ne faisait pas aussi mal. Qu'avait-il fait ? Georgie était si spéciale, et elle avait enfoncé ses barrières si facilement qu'il se demandait s'il avait essayé de la tenir à distance, en fait.

Glissant son téléphone dans sa poche arrière, il se mit à arracher des mauvaises herbes et à jardiner. Ces gestes mécaniques l'apaisèrent. Des souvenirs de son enfance lui revinrent. Il se revit courant sur la pelouse avec ses sœurs, jouant au foot avec son père, écoutant les histoires que sa mère racontait pendant qu'elle plantait des bulbes. Il avait eu une enfance formidable. Il s'était senti aimé, sécurisé, et on lui avait appris comment travailler pour obtenir ce qu'il voulait. Apparemment, ses sœurs et leur mari faisaient la même chose avec leurs enfants. À quoi cela ressemblait-il, d'élever des enfants ?

Regardant le terrain autour de lui, il s'imagina en train de jouer avec un jeune enfant. Il se vit même le pousser sur la balançoire plantée dans un coin. Et pas n'importe quel enfant, mais le sien. Des rires et des cris excités empliraient l'air. Ou bien il entendrait pleurer un bébé attendant d'être nourri. Et son cœur battrait fort. Son cœur *battait* fort.

Il planta sa bêche dans le sol. Il n'y avait pas de bébé ou d'enfant pour interférer dans les décisions que Georgie et lui prendraient. Et cela n'arriverait pas. Il se protégeait toujours. Sans exception. Il y avait fort à parier que Georgie ne voudrait pas risquer de tomber enceinte, non plus. Elle ne voudrait pas revivre la douleur de perdre un bébé – ou craindre que cela arrive durant toute une grossesse. Ses battements de cœur ralentirent. Bon sang. Il devrait en remercier le ciel, parce qu'il s'était juré de ne jamais devenir parent.

Et vlan, et vlan, continuait la bêche. Dans ses réflexions, il avait associé Georgie et l'avenir, constata-t-il. C'était sans doute parce que leur relation avait progressé à une telle vitesse qu'il avait encore du mal à s'y faire.

Ils étaient heureux ensemble. Cela n'avait rien à voir avec ce qu'ils avaient connu quand ils étaient jeunes et qu'ils s'agaçaient mutuellement. C'était différent. Confortable. Ils se comprenaient, prenaient soin l'un de l'autre. Et il aimait ça. Ce qui ne voulait pas dire qu'il aimait Georgie. Non, il ne l'aimait pas, amoureusement parlant. Alors pourquoi ce sentiment qu'il ne pourrait peut-être plus vivre sans elle ? N'était-ce pas de l'amour ? Doucement.

Il allait trop vite. Trop d'émotions l'habitaient depuis l'appel de sa mère. Il était trop tôt pour penser à ce genre de chose.

Il rentrerait bientôt à Auckland. Cela, c'était un fait solide. Pas question de le changer.

Ce soir, il allait rester chez Georgie, dans son espace, et se détendre. Enfin, ils pourraient passer de bons moments sans être suspendus à des résultats de laboratoire.

Georgie consulta sa montre pour la énième fois depuis une heure. 16 h 35. Qu'est-ce qui faisait que le temps passait si lentement ? Mis à part le fait que sa dernière patiente de la journée était en retard pour sa consultation et qu'elle était assise là à se tourner les pouces, alors qu'elle aurait pu s'occuper autrement. Ce qui lui donnait cette impression, c'était Blake, bien sûr. Elle avait envie de rentrer chez elle, de s'asseoir avec lui pour discuter de leur journée et de la merveilleuse nouvelle concernant Sarah, de prendre un verre de vin et de préparer le dîner.

Lorsqu'elle aurait fini ici, à la clinique Scott, des patientes attendraient sa visite à l'hôpital. Elle devrait patienter durant des heures avant d'être de retour à la maison et de pouvoir passer du temps avec Blake. Des heures ! Elle se moqua d'elle-même. Deux heures, peut-être deux heures et demie. Serait-elle distraite à ce point lorsqu'il rentrerait à Auckland et qu'elle ne le verrait plus du tout ? Des appels téléphoniques quotidiens ne changeraient rien. Ils ne feraient que lui rappeler ce qui lui manquerait : faire l'amour, partager un repas, se promener le long de l'Avon. Mille petites choses qui constituaient pour elle ce qu'ils étaient ensemble. Ce qu'ils vivaient était plus qu'une brève histoire. Pour elle, en tout cas. Elle était tombée amoureuse de lui, vite et bien, et soudain elle ne pouvait plus imaginer sa vie sans Blake.

— Georgie, Sonia Davis est là pour vous voir.

Jane, la réceptionniste, fit entrer une jeune femme dans le cabinet.

— Bonjour, Sonia, dit Georgie en tendant la main. Je suis Georgie Price. Asseyez-vous, je vous en prie.

— Bonjour, docteur. Je suis désolée d'être en retard, mais j'ai crevé en route.

Elle avait l'air un peu essoufflée.

— Ce n'est pas grave.

Georgie referma la porte et regagna son bureau.

— Vous m'avez été adressée par votre généraliste parce que vous souffrez d'endométriose, c'est ça ?

— Oui. Je suis prête à subir une hystérectomie, maintenant que j'ai eu mon deuxième enfant.

Où était le mari ? Ou le partenaire ? Georgie savait que c'était quelque chose d'assez dur à traverser pour n'importe quelle femme, sans avoir en plus à le faire seule.

— Vous avez bénéficié d'une aide psychologique, pour ce qui vous attend ? Votre partenaire et vous ?

— Oui. David aurait aimé être ici, mais il est retenu à Dunedin par son travail. Ma mère s'occupe des enfants.

— C'est dommage. Cependant, je vais vous examiner, puis nous nous occuperons de la procédure. Je ferai une demande de réservation pour la salle d'opération et nous aurons une réponse d'ici demain. Il faut espérer que votre famille pourra s'arranger afin de vous soutenir au moment de l'intervention.

Le soulagement se peignit sur le visage de Sonia.

— Merci beaucoup. David prévoit de prendre un congé et il a prévenu sa direction que cela pourrait être n'importe quand au cours des prochaines semaines. J'aurais vraiment voulu qu'il soit là aujourd'hui, pour pouvoir vous poser des questions, mais il n'a pas pu éviter ce déplacement.

— Il vaut toujours mieux venir accompagnée. Deux paires d'oreilles sont plus fiables qu'une seule. Et si vous avez des inquiétudes après le rendez-vous d'aujourd'hui, appelez le bureau. Ils me transmettront votre message et je vous rappellerai.

Georgie se leva.

— Bon. Pouvez-vous vous asseoir sur la table d'examen, pour que je regarde ça ?

Quand Sonia s'en alla un quart d'heure plus tard, Georgie gagna sa voiture pour se rendre à l'hôpital, afin d'effectuer ses visites. Lorsqu'elle arriva chez elle, il était presque 7 heures et elle bourdonnait d'excitation. Blake restait avec elle pour le week-end. Youpi !

Elle fut vite déçue quand elle constata qu'il ne l'attendait pas sous le porche. Il n'était pas non plus à l'intérieur.

Détends-toi. Il va arriver.

On pouvait compter sur lui.

Et ainsi, elle aurait le temps de prendre une douche et de se changer pour mettre une tenue décontractée. Elle se servit d'abord un verre de vin et le goûta. Il était un peu aigre. Elle avait ouvert la bouteille dans la semaine et il avait dû tourner. Elle prit une autre gorgée, et cette fois elle lui parut correcte. Bizarre…

Lorsqu'elle sortit de la salle de bains, une demi-heure plus tard, une odeur délicieuse lui monta aux narines. Elle eut un grand sourire. Blake était là. Elle entra d'un pas nonchalant dans la cuisine.

— J'espère que c'est le dîner, que je sens !

— Il va refroidir si tu ne mets pas autre chose que cette serviette.

Il la saisit par la taille.

— Mais tu es merveilleuse, comme ça.

Il couvrit sa bouche de la sienne et durant quelques minutes elle ne fut consciente que de lui. Lorsqu'ils se séparèrent, tous deux avaient le souffle haché. Elle riva les yeux sur lui. Il rit.

— Au diable le dîner.

Le prenant par la main, elle le conduisit dans sa chambre et laissa tomber la serviette en chemin. Ce week-end allait être le week-end de sa vie.

Le week-end se prolongea par la semaine suivante. Ils passèrent des heures à faire l'amour au lit, sur le canapé du salon ou dans d'autres endroits qu'ils n'avaient jamais essayés.

— Je suis surprise de pouvoir encore marcher, dit Georgie

un soir, alors qu'ils rentraient de sous le porche. J'ai l'impression que chaque os et chaque muscle de mon corps sont laminés par l'exercice physique.

Elle sourit largement.

— Tiens, voilà qui te décontractera.

Blake lui tendit un verre de vin bien frais. Elle le goûta et frémit.

— Il est un peu aigre. Je vais plutôt prendre de l'eau gazeuse.

Il lui prit son verre et le goûta à son tour.

— Moi je le trouve bon.

Il haussa les épaules et retourna sous le porche, le verre à la main.

— Je vais faire griller des steaks au barbecue.

Ils vivaient beaucoup dehors, ce qui changerait quand Blake rentrerait à Auckland. Elle essaya de ne pas penser à son départ, mais alors que les jours défilaient à toute allure, il devenait plus difficile de nier que leur histoire allait vers sa fin.

Son cœur ralentit. Il ne lui restait que quelques jours pour profiter au maximum de lui. Il allait tellement lui manquer que c'était difficile à concevoir. Il lui était impossible d'envisager de ne pas le voir régulièrement, de ne pas l'avoir à proximité, de ne pas pouvoir déstresser avec lui après une journée difficile au travail. Qu'allaient-ils faire ? Aller chacun de son côté, Blake venant la voir lors des rares occasions où il rendrait visite à ses parents ? Ou bien passerait-elle ses week-ends à prendre l'avion pour Auckland, afin d'être avec lui ?

— Blake…

Elle s'arrêta.

— Oui ?

Elle voulait savoir tant de choses. Mais pas maintenant. Ils avaient encore des jours devant eux pour faire l'amour, rire, parler, partager du temps et de l'espace.

— Tu veux une salade, avec le steak ?

— Elle est dans le frigo.

Je l'aime.

La bouteille d'eau lui glissa des doigts. Elle la rattrapa et s'en servit un verre. D'une manière quelconque, sans le moindre effort, elle s'était mise à aimer Blake Newman. Elle n'aurait jamais cru qu'elle tomberait amoureuse si rapidement. Après l'échec de sa première relation, elle s'était bien dit que dorénavant elle irait doucement et s'assurerait que tout allait bien avant de s'engager. Puis son mariage avait échoué aussi. Ce qui montrait à quel point elle pouvait se tromper. Il n'y avait rien eu de lent, avec Blake, elle n'avait pas vérifié où il en était exactement, dans cette histoire. Il y avait de fortes chances qu'il lui dise : « Merci pour tout, mais rien n'a changé, je te verrai la prochaine fois que je viendrai ici. » Puis il sortirait et refermerait la porte derrière lui.

Il fallait qu'elle définisse quoi faire. Et d'abord qu'elle sache s'il éprouvait pour elle plus que de l'amitié ou si elle perdait son temps, infligeant à son cœur une souffrance dont il n'avait pas besoin. Mais pas ce soir. Ce soir, elle voulait simplement profiter. Et ce week-end aussi. Elle lui parlerait peut-être lundi. Ou mardi. Quand était-elle devenue aussi lâche ? Au moment où elle avait réalisé que Blake représentait beaucoup plus qu'un ami pour elle, beaucoup plus qu'un amant de passage, se dit-elle.

Ce n'est pas la façon de t'y prendre, Georgie. Tu es arrivée aussi loin dans la vie en étant forte.

Est-ce qu'être forte signifiait se cacher derrière ses parents, les utiliser comme une excuse pour rester à Christchurch ? Se servir de la mort de Noah comme un prétexte pour ne devenir proche de personne ?

— Ça va ? demanda Blake d'un ton soucieux.

Il se tenait de l'autre côté du comptoir et l'observait. Il adorerait sans doute savoir ce qu'elle avait à l'esprit.

— Tout va bien.

— Vraiment ?

— Vraiment.

Elle allait bien, si elle faisait taire son cerveau et prenait les choses comme elles venaient.

Elle ouvrit des tiroirs pour prendre des assiettes et des couverts, ainsi que les couverts à salade à porter sur la table du porche. La table sur laquelle ils avaient fait l'amour. Comme sa vie avait changé ces dernières semaines ! En mieux.

— Tiens, prends ça. J'apporte la salade et la sauce.

Il l'observait toujours avec bien trop d'attention pour qu'elle se sente à l'aise.

Elle effleura son menton des lèvres et frissonna, troublée par le contact de sa barbe naissante. Puis elle sourit du fond d'elle-même.

— Je rêvassais à nous deux.

Malgré toutes les inquiétudes relatives à l'avenir, elle était heureuse. Ils étaient si bien ensemble, de tant de manières.

Au lieu de prendre les assiettes et les couverts, Blake saisit son menton dans sa paume. Il caressa sa bouche de l'index.

— Pourquoi rêvasser quand nous avons la réalité pour nous ?

— Parce que je suis avide et que je veux tout.

Ses yeux gris s'élargirent à ces mots. Il s'écarta d'un pas, sans cesser de la regarder.

Elle se figea, silencieuse, ce qui ne fit que souligner ce qu'elle venait de dire. Alors qu'elle n'avait pas eu l'intention de le faire. Pas comme ça. Et certainement pas maintenant.

— Nous nous entendons si bien que je ne peux pas imaginer que cela se termine.

Blake prit les assiettes et lui décocha un sourire un peu crispé.

— Je ferais mieux d'aller voir les steaks.

— Blake, je n'essaie pas de te mettre la pression. Ni de me la mettre à moi. Être avec toi, avoir cette histoire avec toi est si merveilleux que parfois je dois me pincer pour me convaincre que c'est réel.

Elle ne penserait pas à la façon dont elle s'en sortirait une fois qu'il serait parti. Revenir à la normale, passer du temps avec des amis, avec ses parents, chez elle avec un bon livre, se promener dans Hagley Park lui semblait aussi morne que possible. Pourtant, elle avait été heureuse ainsi jusqu'à ce que Blake revienne dans sa vie. Mais à présent, retourner à tout cela lui paraissait aussi excitant qu'un porridge sans crème et sans sucre.

— C'est bel et bien réel, dit-il avec un grand sourire.

Et il retourna sous le porche. Le bruit de la viande qui grésillait donna envie à Georgie de le suivre. Elle sourit pour elle-même. Il leur restait encore plein de jours pour faire l'amour, beaucoup.

Un week-end entier sans bébés au programme les attendait. Un week-end à passer exclusivement avec Blake. Elle allait le saisir à deux mains et profiter au maximum de tout ce qui se présenterait à elle. Blake était la meilleure chose qui lui soit jamais arrivée.

Le samedi matin ils allèrent faire des courses au centre commercial Riccarton Mall.

— Autre chose que nous avons en commun, grommela Blake en empilant des sacs de vêtements à l'arrière de la voiture de Georgie.

— Oh ! allez ! Je n'achète des habits qu'une fois par saison.

L'air avait été un peu frais ce matin-là, quand ils avaient réussi à sortir du lit.

— L'automne arrive et je ne veux pas être prise de court.

— Tu veux dire que dans ces deux penderies pleines à craquer que tu as il n'y a pas de vêtements convenant à la saison à venir ?

Il rit en refermant la portière.

— Nous nous ressemblons comme deux gouttes d'eau, hein ? observa-t-elle.

— Je ne sais pas, mais j'avoue que j'ai des costumes à revendre. C'est ma tenue de travail.

— Tu en portes un différent chaque jour du mois ? Et tu changes de chemise deux fois par jour ?

Il en avait acheté six.

— Je donne beaucoup à des œuvres de charité.

Elle rit.

— Bon, ça va, alors.

C'était quelque chose qu'elle pourrait faire aussi. Ses penderies étaient si pleines que c'était compliqué d'y trouver ce qu'elle voulait porter. Les habits étaient son truc, mais elle avait tendance à préférer les tenues discrètes pour le travail. Elle n'avait pas beaucoup de jolies robes et de chemisiers fantaisie, parce que, pour elle, les occasions de s'habiller étaient rares. Ou l'avaient été avant que Blake apparaisse. Et maintenant qu'elle s'était mise à porter des vêtements plus à la mode, elle ne cesserait pas de le faire lorsqu'il partirait. Un autre cran dans la fameuse fermeture Éclair qui remontait peu à peu. Elle se retrouvait telle qu'elle était avant, et cela lui plaisait.

— Et maintenant ? demanda Blake. Café ? Déjeuner ?

— Si nous allions déjeuner à Lyttleton ? Il paraît qu'il y a un très bon bar-restaurant qui surplombe le port.

— Je peux conduire ?

— Je croyais que tu n'aimais pas avoir les genoux dans le volant.

Elle lui lança les clés. Ce n'était pas souvent qu'elle était la passagère, et elle aimait ça. Comme si on la dorlotait un peu.

Blake recula le siège du conducteur.

— Je ne comprends pas pourquoi tu as une si petite voiture. Elle a de l'allure, elle est assez puissante, mais il n'y a pas de place.

— Elle est économique, je la gare facilement et elle fonce quand j'en ai envie.

Elle ne conduisait pas spécialement vite, mais quelquefois elle aimait appuyer sur le champignon, sur l'autoroute.

— Je suis pratiquement assis sur le siège arrière, dit-il en riant.

— Bouge-toi, ou le bar sera fermé le temps que nous arrivions.

— Oui, madame.

Pour terminer le samedi, ils firent l'amour sous la douche et prirent une tisane au lit, ensuite.

— Comme deux petits vieux, plaisanta Blake en portant son mug à ses lèvres.

— Bien au chaud dans un lit douillet.

Le dimanche se passa à peu près de la même façon, puis le lundi Georgie retourna travailler en se sentant comme une ado surexcitée. Blake était merveilleux, tout ce qu'elle avait rêvé de trouver chez un homme à l'époque où elle rêvait encore à ces choses-là. Quand elle était jeune et insouciante.

Après avoir claqué sa portière, elle esquissa quelques pas de danse, puis regarda autour d'elle pour s'assurer que personne ne l'avait vue. Insouciante. C'était le terme qui correspondait le mieux à ce qu'elle éprouvait. Pas un souci au monde.

Sauf que ce n'était pas vrai. Elle pratiquait bien le jeu de l'autruche, si elle croyait ça.

Blake partirait le jeudi soir. Quatre jours et il ne serait plus là. Il ne sortirait pas définitivement de sa vie. Ce n'était pas possible après l'histoire qui avait été la leur. Ils se fabriquaient quantité de souvenirs vivaces et précis, certes, mais les souvenirs ne suffiraient pas. Elle voulait vivre la réalité – pour toujours.

Il fallait qu'ils parlent. Que chacun fasse savoir à l'autre ce qu'il ressentait et pensait vraiment, même si s'ouvrir ainsi pouvait paraître effrayant. Mais surtout, se dit-elle en soupirant, ils avaient besoin de temps, et le temps s'épuisait rapidement.

Du temps, elle en avait eu beaucoup au fil des années, depuis l'échec de son mariage. Elle l'avait rempli en se cachant du passé et en niant que l'avenir puisse être excitant, plaisant, plein de toutes les choses qu'elle aimerait avoir pour être heureuse. Maintenant, le besoin de vivre pleinement, joyeusement, de savourer tout ce qui se présentait à elle, de tirer le meilleur profit de toutes les occasions, d'aimer de tout son cœur, prenait le dessus.

Et tout cela devait inclure Blake. Alors elle devait lui parler. Avant qu'il s'en aille. Il venait de la prévenir par texto qu'il avait dû avancer son vol de retour à cause d'une réunion à laquelle il était obligé d'assister. Ce qui mettait en lumière les problèmes auxquels ils allaient se heurter.

Elle pénétra d'un bon pas dans la clinique et prit la pile de notes qui se trouvait dans sa corbeille personnelle.

— Bonjour, tout le monde.

— Bonjour, Georgie. On dirait que vous avez passé un excellent week-end, à vous voir, dit Jane.

— Oui. Un week-end fantastique.

— Vous avez une jupe et un chemisier neufs ?

— Oui. Vous aimez ?
— Beaucoup. Andrew veut vous voir.
Elle se demanda ce que son collègue lui voulait.
— J'y vais.
Son téléphone vibra de nouveau. Blake.

Passe une très bonne journée. xxx

Toi aussi. xxxx

Je fais la cuisine, ce soir.

En souriant, Georgie se rendit dans le bureau voisin du sien.
— Bonjour, Andrew.
— Vous êtes pétillante, ce matin, dit-il en se levant pour aller fermer la porte.
Il devait s'agir de quelque chose de sérieux. Comme il était l'un des associés seniors de la clinique, elle lui accorda toute son attention. Elle s'assit sur le siège qu'il lui indiqua et attendit.
En venant s'asseoir sur la chaise voisine, il lissa son pantalon et rejeta les épaules en arrière.
Une réunion sérieuse, à n'en pas douter. Elle commença à s'inquiéter. Avait-elle commis une erreur avec une patiente ? Mais elle serait la première à le savoir, non ? Elle passa en revue les dernières semaines. Rien pour l'alerter. Alors quoi d'autre ? Cela devait être important, à en juger par l'expression solennelle d'Andrew. Ses paumes devinrent moites. Sa bouche s'asséchа.
— Que se passe-t-il ? demanda-t-elle d'un ton un peu trop vif.
— Détendez-vous, Georgie. Tout va bien.
Alors pourquoi donnait-il l'impression d'être sur le point de lancer une grenade dégoupillée ?
— Je l'espère.
Ouille. Voilà qui paraissait faible, et elle n'était jamais faible quand elle était à la clinique. Ou elle ne le montrait pas, même à cet homme qui l'avait soutenue durant toute sa formation de gynécologue et d'obstétricienne, qu'elle avait faite sous sa tutelle. Il connaissait certaines de ses faiblesses, cependant, comme son besoin aigu de réussir. Il avait même essayé de lui dire de prendre du temps pour elle, de moins se focaliser sur

sa carrière, sans quoi elle pourrait faire un burn-out. Jusqu'ici, il s'était trompé.

— Bon, laissez-moi vous exposer la chose. Tom a décidé de prendre sa retraite le mois prochain.

Il marqua une pause.

— Et vous êtes en haut de la liste pour le remplacer comme associée senior.

Quoi ?

— C'est vrai ?

C'était un rêve devenu réalité. Depuis qu'elle avait commencé à travailler ici, elle avait rêvé de devenir associée senior. Franchir la première étape comme associée junior avait été merveilleux, mais ceci était plus qu'excitant.

— Oui, c'est vrai.

Andrew sourit.

— Nous avons eu un petit déjeuner de travail ce matin et tout le monde est d'accord. Vous êtes idéale pour le poste.

Elle devait respirer à fond. Donner une réponse à cet homme. Elle n'avait pas à perdre du temps pour réfléchir.

— Merci beaucoup. C'est incroyable, vraiment.

Andrew lui tendit la main.

— Félicitations. Vous le méritez.

Alors qu'elle lui serrait la main, elle se dit qu'elle souriait comme une idiote, mais ceci avait été son objectif pendant si longtemps.

— Je vous remercie encore. Énormément.

Elle était surexcitée. Blake. Elle ne pouvait attendre pour le lui dire. Il serait fou de joie pour elle, non ?

Je veux ceci. Plus que tout.

Un nœud se forma dans son estomac. Maintenant qu'elle avait eu un aperçu de ce qu'elle pouvait avoir avec Blake, cette promotion était-elle toujours la chose la plus importante de sa vie, en ce moment ? Bonté divine, oui.

Elle regagna son bureau, abasourdie, sautillant presque. Associée senior. Oh là là ! C'était super, non ?

Elle serra les bras autour d'elle, souriant jusqu'aux oreilles.

Associée senior. Il fallait qu'elle le dise à quelqu'un. Blake. Elle prit son téléphone.

— Hé, j'ai une nouvelle sensationnelle ! On m'a offert un poste d'associée senior.

— C'est génial ! Georgie, je suis si fier de toi. Sérieusement. Tu dois être aux anges.

— Je ne cesse de me pincer. Je suis encore en train de digérer la nouvelle. Nous devons absolument fêter ça ce soir.

— Tu parles ! J'achète le champagne.

On frappa à sa porte, et la réceptionniste passa la tête dans le bureau.

— Il faut que j'y aille, dit Georgie. Nous parlerons plus tard.

Et elle partagerait quelques délicieux baisers à ce moment-là.

7.

Plus tard cet après-midi-là, Blake se tenait sous le porche arrière de la maison années 20 de ses parents et regardait ses neveux et nièces courir partout comme des fous.

Ainsi, Georgie s'était vu offrir un poste d'associée senior. Tant mieux pour elle. Elle le méritait. Et elle semblait transportée, ce qu'il comprenait. Le jour où on lui avait offert son poste à la clinique orthopédique, il avait été fou de joie. Il le serait encore plus si… non, *quand* on lui offrirait un poste d'associé senior. C'était l'avant-dernière étape dans leur carrière, et Georgie y était parvenue. Ce serait à fêter ce soir.

— Ces petits diables ne sont-ils pas mignons ? demanda sa mère assise près de lui.

Elle paraissait encore fatiguée, mais depuis qu'elle était rentrée chez elle, elle avait commencé à reprendre des couleurs et pouvait se mouvoir sans difficulté.

— Ils le seront moins quand ils finiront par tomber. Ce sera la pagaille et le chahut.

Il y avait néanmoins un sourire dans son cœur pour ces jeunes enfants. Quelque chose en eux le touchait sans qu'il le veuille. Il les aimait, point. Ça avait été formidable de retrouver ses sœurs et leur famille. Chaque heure était gravée dans son cœur et il les emporterait toutes à Auckland lorsqu'il rentrerait le lendemain.

— Je ne les vois pas assez souvent.

Dès qu'il eut prononcé ces mots, il sut qu'il avait commis une erreur.

Et bien sûr, sa mère renchérit tout de suite.

— Tu peux toujours revenir ici.

Mais était-il prêt à ramener toute sa vie à Christchurch ? Le lendemain, il retrouverait sa véritable existence : une existence stérile, tranquille et vouée au travail. Pourtant, Georgie lui emplissait le cœur. Ses sourires, sa compréhension, sa façon de faire l'amour. Bonté divine, tout en elle le touchait plus que de raison. Ce qui avait commencé comme une simple histoire qui devait les aider à laisser le passé derrière eux était devenu quelque chose de bien plus sérieux, qui obligeait à penser à l'avenir.

Il devait affronter le fait qu'il était peut-être en train de tomber amoureux de Georgie, qu'il le veuille ou non. Et d'une façon qui ne lui était jamais arrivée avant. Les autres femmes avaient été faciles à garder à distance. Ce n'était pas le cas de Georgie.

Et puis il y avait la nouvelle de la journée. On lui avait fait une proposition qu'elle n'hésiterait pas à accepter, et il ne pouvait l'en blâmer. Alors renoncer à ce partenariat dont elle était si fière n'arriverait pas. Il ne pouvait pas lui demander ça. Ce serait plus qu'égoïste. Il revenait donc à la case départ. Il vivait à Auckland, elle habitait Christchurch. Si quelqu'un devait se déplacer, c'était lui, et il n'était pas sûr de pouvoir y arriver. S'il revenait ici et que les choses ne marchent pas entre eux ? D'une manière ou d'une autre, s'ils voulaient être ensemble, l'un d'eux aurait à faire d'énormes sacrifices.

Blake jura à mi-voix. La Nouvelle-Zélande n'était pas exactement un grand pays. Il y avait moins d'une heure et demie de vol entre les deux villes. Ils pouvaient être facilement ici ou là pour toute fête, tout dîner ou toute réunion de famille. Ce n'était pas comme s'ils vivaient à l'autre bout du monde, par rapport aux gens qui comptaient le plus pour chacun d'eux. Ils pourraient voir comment cela se passait avant de procéder aux changements nécessaires pour vivre ensemble. Sauf qu'il ne s'agissait pas là d'un engagement complet, ce qu'il voudrait s'il devait franchir le pas. Georgie le voudrait aussi. Et elle ne méritait pas moins.

Que pensait-elle de tout cela ? Allait-elle dire : « Hé, ces quelques jours ont été formidables, mais c'est fini et maintenant nous revenons à la normale » ? Allait-elle lui rappeler qu'il n'avait pas été pressé de vivre quelque chose de plus qu'une brève histoire ? D'une certaine manière, il en doutait. Elle avait dit combien être avec lui l'avait fait se sentir heureuse et à l'aise dans une relation pour la première fois depuis des années. Il voulait partager ça avec elle, l'aider à dissiper toute crainte d'aller de l'avant. Un engagement signifiait s'ouvrir à tout.

Une chose qu'il ne comprenait que trop bien, et qu'il avait évitée pendant trop longtemps. Maintenant, avec Georgie, il avait le sentiment qu'il pourrait mettre cartes sur table sans se sentir exposé. Elle ne tirerait pas avantage de sa douleur. Une douleur qui diminuait, d'ailleurs, au fur et à mesure qu'il passait du temps avec elle. Ils se comprenaient, ils savaient ce que l'autre avait traversé. Il était prêt à aller de l'avant pour la première fois depuis que Noah était mort. Presque prêt. Tout cela parce qu'elle l'avait mis dans sa poche.

Mais cela signifiait-il qu'ils étaient ensemble à propos de tout ? Et puis quoi, encore ? Il cherchait sans doute des complications là où les réponses pouvaient être toutes simples.

Il lui envoya un message. Une autre nouvelle habitude, celle de rester en contact avec elle pour des bagatelles.

À quelle heure penses-tu avoir fini ? Je me réjouis que nous passions la soirée ensemble.

Il sourit pour lui-même. Il était loin de dire tout ce qu'il avait dans le cœur, mais minimiser les choses était sa façon de s'arranger avec les émotions.

Bientôt.

Blake fit sauter le bouchon et emplit deux verres de champagne. Il en tendit un à Georgie et se pencha pour l'embrasser.

— À toi, femme étonnante. Félicitations pour ta promotion.

Elle fit tinter son verre contre le sien, les yeux brillant de joie.

— C'est assez excitant.

Elle but une petite gorgée, puis s'appuya de la hanche contre le comptoir et tapota le carrelage du pied.

— En fait, c'est tellement incroyable que je dois me pincer sans arrêt.

— Tu ressembles à la Georgie que j'ai connue à l'époque. Tu ne peux pas garder les pieds tranquilles et tu ne peux pas t'empêcher de sourire.

Bientôt, elle allait danser dans la pièce.

Elle se déplaça et posa un gros baiser sur sa joue.

— Depuis que tu es arrivé ici, ma vie a changé dans toutes les directions.

Elle rit, dardant sur lui ses yeux bleus étincelants.

— L'histoire la plus merveilleuse avec un homme qui me comprend mieux que je ne me comprends moi-même, parfois. Et qui est si sexy, par-dessus le marché. Et puis la bombe d'aujourd'hui.

Elle eut un grand sourire et but un peu de son champagne.

— À nous.

Il trinqua de nouveau avec elle et prit une gorgée.

— À nous.

À eux. À eux et à ce qui les attendait, quoi que ce soit.

Elle inspira et dit d'une voix plus calme :

— Blake, ces semaines ont été les meilleures de ma vie. Vraiment les meilleures.

— Pour culminer par cette nouvelle, dit-il tranquillement.

Ce que Georgie avait avoué était énorme, mais cela soulevait des questions concernant ce qu'ils allaient faire quand il aurait quitté Christchurch. Il ne souhaitait pas mettre un terme à ce qu'ils vivaient, mais en même temps il comprenait que cela ne pouvait pas continuer. C'était la ligne de partage entre deux avenirs et il n'était pas sûr de pouvoir tout abandonner pour risquer son cœur – et celui de Georgie.

— Tu rentres demain retrouver ta carrière. J'ai gravi un échelon dans la mienne. Je ne vois pas comment nous pouvons poursuivre notre liaison et en être heureux. Faire des allées et venues à travers le pays pour passer une nuit ou deux ensemble ?

Elle secoua la tête.

— Je ne pense pas que je puisse le faire. Avec moi, c'est tout ou rien. Surtout rien.

Il crut l'entendre murmurer :

— Jusqu'à maintenant, en tout cas.

Le cœur de Blake sombra. Il ne pouvait imaginer de ne pas faire partie de sa vie. Alors était-il prêt à tout laisser tomber et à revenir s'installer ici ? Sa gorge se serra. Comme ça, tout simplement ? Prêt à renoncer à tout ce qu'il avait obtenu à force de travail ? Peut-être pas. Pourquoi ? Parce qu'il avait peur. Parce qu'il ne se faisait pas confiance pour être capable de lâcher complètement le passé.

Il s'éclaircit la voix.

— Georgie, quelque chose m'inquiète. Je crains que si nous décidions de continuer le passé puisse interférer et tout gâcher.

— Moi aussi, murmura-t-elle. Je veux penser que je suis capable de gérer ce qui pourra advenir entre nous, quoi que ce soit. Capable d'encaisser les coups. Mais je ne peux pas te demander de renoncer à ce qui est important pour toi.

— Georgie…

Il avait besoin de temps pour réfléchir à fond à tout cela. Elle était tout pour lui, mais il faudrait qu'il ait le cran de franchir le pas et de tendre la main. Pouvait-il le faire ? Est-ce que dans quelques mois il ne se demanderait pas s'il avait fait une erreur ? Il était amoureux de Georgie, mais l'aimait-il vraiment ? De toutes les façons possibles ? Pouvait-il risquer son cœur ? La prudence était une telle habitude, chez lui. Il ne savait pas ce qu'il voulait ou n'était pas prêt à accepter. Il devait être honnête. C'était la seule manière de s'y prendre.

Posant une main sur la joue de Georgie, il dit doucement :

— Je ne pense pas que l'un et l'autre nous soyons prêts à vivre davantage que ce que nous avons eu. Nous avons besoin de temps pour être certains de la prochaine étape à franchir.

La couleur se retira de ses joues et elle se redressa.

— Tu es sûr que tu ne fuis pas de nouveau ?

Quand elle voulait faire mal, elle s'attaquait à la jugulaire, apparemment.

La douleur le frappa à la poitrine, durement. Il était amoureux de cette femme. Il *l'aimait* probablement. Oui, il était prêt à l'admettre.

Alors dis-le-lui, mets-toi à genoux et implore son pardon. Dis-lui ce que tu éprouves et ce que tu espères voir arriver entre vous.

Elle se laissa choir sur un tabouret et prit une grande gorgée de champagne.

— Je suis désolée. Je n'avais pas à dire ça. Tu as raison, nous avons tous les deux à prendre des décisions majeures.

— Oui.

Il se pouvait qu'il fuie de nouveau. Il avait peur de franchir le pas et de prendre des coups. Il avait peur d'être blessé, de perdre quelqu'un à qui il aurait donné son cœur. Soudain, Auckland lui paraissait sûr. Beaucoup plus sûr que de rester ici et de s'engager vis-à-vis de Georgie. Mieux valait la laisser tomber maintenant plutôt que de la blesser gravement plus tard, si leur relation ne marchait pas. Un « non » retentissant résonna dans son esprit. Non. Il ne fuyait pas. Il devait faire passer Georgie avant ses propres besoins. Mais comment, alors que son cœur était impliqué à ce point ?

— Je ne veux pas continuer notre liaison pour la voir s'étioler peu à peu et se réduire à néant. Moi, je dis que c'est fini, déclara-t-elle.

Ses doigts frottaient ses cuisses avec force. Son sourire était vacillant, mais ses yeux étaient emplis de ce qui semblait être de l'amour.

Les côtes de Blake lui faisaient mal, à force de subir les assauts de son cœur. Ils en étaient vraiment là ? Il ne le voulait pas, mais il n'était pas prêt non plus à plonger et à dire qu'il l'aimait, pour se rendre compte ensuite qu'il s'était trompé et la faire souffrir.

— Renouer avec toi n'a pas été ce que j'aurais imaginé, jamais, mais je n'ai pas de regrets, dit-il.

Son cœur se serra de nouveau. Vraiment ? Alors qu'elle était son soleil et sa lune ? Comment allait-il faire pour la laisser en arrière, demain ? Il le fallait. Il ne pouvait pas lui faire plus de mal. Rentrer chez lui lui donnerait l'espace dont il avait besoin pour se regarder sans complaisance, et pour décider de ce qu'il allait faire.

— Tu es honnête jusqu'à la moelle. Mais je ne voudrais pas qu'il en soit autrement.

Elle se redressa.

— Cela a été une sacrée journée, et je suis brisée. Je pense que je vais me faire une infusion et me pelotonner dans mon lit.

L'autre nuit, assis tous les deux dans son lit avec une tisane, ils avaient ri de se voir comme un vieux couple. Maintenant ils étaient sur le fil du rasoir, leur avenir dans la balance.

Il brûlait de la toucher, de l'attirer dans ses bras une dernière fois, mais ça ajouterait à la douleur qui lui comprimait la poitrine, qui atteignait jusqu'à son âme.

— Tu vas me manquer, quand je rentrerai chez moi demain.

Il ne pouvait commencer à imaginer ne pas être à côté d'elle, épaule contre épaule, cuisse contre cuisse lorsqu'il s'endormait, ou main dans la main pour se promener le long de la rivière, ou… Stop. Ceci ne leur faisait du bien ni à l'un ni à l'autre.

Elle se tourna et sortit de la pièce.

— Bonne nuit, Blake.

Sortait-elle aussi de sa vie pour toujours ? Non. Il ne pouvait pas le supporter. Il l'aimait.

— Georgie ! appela-t-il.

Elle ne marqua pas d'hésitation, ne regarda pas en arrière, elle continua à avancer vers sa chambre.

Et à chaque pas qu'elle faisait, le cœur de Blake se fendait un peu plus. Il l'aimait.

Alors rejoins-la, donne-lui ton cœur et dis-lui que tu feras tout ce qu'il faudra pour assurer son bonheur.

En était-il absolument certain ? Aimer Georgie signifiait s'engager totalement envers elle. Faire le nécessaire pour la garder heureuse et en sécurité. Et s'il n'y parvenait pas ? Elle avait dit qu'elle n'avait pas assez aimé son mari. Si la même chose arrivait avec lui ? Ou s'il découvrait qu'il ne pouvait pas suffisamment se détacher du passé pour être à son côté tout au long du voyage de leur vie ? Son cœur chuta. Il y avait tant à perdre. Pour eux deux.

— Bonne nuit, Georgie, murmura-t-il en quittant la maison.

Il avait le cœur lourd, sa tête le faisait souffrir. Et si quelque chose de mauvais se produisait ? Pas qu'elle cesse d'être amoureuse de lui, si jamais c'était le cas, mais un accident, une maladie qui la lui enlèverait ? Si cela lui arrivait à lui et qu'elle se retrouve de nouveau seule ? Pourrait-il vivre avec cette crainte ? Il avait laissé tomber tant de gens après la mort de Noah. En laissant la culpabilité et la peur racornir sa vie, il avait fait souffrir sa famille. Il ne pouvait pas faire la même chose à Georgie.

Il avait besoin de temps. De temps tout seul pour réfléchir sérieusement à tout ça. C'était ainsi qu'il fonctionnait le mieux. Sans personne pour interférer dans ses pensées. C'était dans ces conditions qu'il était le plus honnête avec lui-même. Il venait de passer près de quatre semaines entouré par Georgie et sa famille. Il y avait longtemps qu'il n'avait pas été en compagnie à ce point-là. Il lui fallait de l'espace. De l'isolement.

Mais d'abord, il avait une réunion à laquelle il avait promis d'assister.

Ensuite, il définirait ce qu'il allait faire. Même s'il le savait déjà à moitié. Quitter Georgie, entendre sa porte d'entrée se refermer derrière lui, lui avait porté un coup terrible. Il y avait des choses capitales à régler avant qu'il puisse mettre son cœur en jeu, car quand il le ferait, il faudrait qu'il n'ait plus de problèmes en suspens au-dessus de lui.

La semaine n'en finissait pas. Chaque soir après son travail, Georgie tondait la pelouse, désherbait le jardin, nettoyait la maison et pensait sans arrêt à Blake. Le matin, la plupart du temps, elle arrivait à la clinique ou à l'hôpital bien trop tôt.

Avant que sa première patiente se présente, elle passait une heure à boire de copieuses quantités de thé et à se demander comment elle allait traverser les semaines à venir.

Ou Blake l'aimait, ou il ne l'aimait pas. Il lui semblait qu'il ne l'aimait pas. Il n'avait pas pris contact avec elle, mais elle ne l'avait pas appelé non plus, espérant que lui laisser les coudées franches œuvrerait en sa faveur. Il avait dit qu'elle lui manquerait. La belle affaire. Lui, il lui manquait autant que lui manquerait une jambe amputée.

Donc leur histoire était finie. Terminée. Comme ce genre d'histoire avait tendance à le faire. Mais elle était tombée amoureuse de lui. Dire qu'elle avait voulu éviter de souffrir de nouveau ! Cette fois paraissait pire que les autres. Bien pire. Pour elle, Blake était son autre moitié, l'homme avec qui passer le reste de sa vie. Avec qui élever des enfants. Avec qui être heureuse, purement et simplement. Ce qui n'arriverait pas.

Le jeudi matin, Jane passa la tête dans son bureau.

— Megan Roper est à la réception. Elle a eu des saignements au cours de la nuit et elle est dans tous ses états.

Megan avait subi sa troisième insémination artificielle huit semaines plus tôt, et depuis elle était sur des charbons ardents.

— Je vais la recevoir tout de suite. Et pouvez-vous m'apporter une tasse de thé ? Je n'ai pas eu le temps d'en prendre, ce matin.

— Pas de problème. Mais vous êtes sûre que vous ne voulez pas du café ?

Georgie frémit à cette pensée. Ce qui était bizarre, elle adorait le café.

— Du thé, pour changer.

— Vous voulez un sandwich, aussi ? Je présume que vous n'avez rien mangé non plus.

— Ce serait bien, merci.

Avant de s'en aller, Blake préparait des toasts pour eux deux, le matin. Mais les derniers temps elle ne touchait pas aux siens. Elle s'était dit qu'il ne vaudrait mieux pas qu'elle ait une gastro pendant qu'il était encore là. Le temps qui restait était pour lui, pas pour se mettre au lit avec un microbe quelconque.

— Docteur Price, je suis désolée d'arriver sans rendez-vous, mais je ne peux pas perdre un autre bébé, dit Megan, debout sur le seuil, pâle et tremblante. Ce n'est pas possible.

— Vous savez que je suis là chaque fois que vous avez besoin de moi. Entrez, fermez la porte et dites-moi ce qui s'est passé.

Assise dans son bureau, Georgie fixait son téléphone. Sa main frottait légèrement son ventre. Elle avait souvent fait ce geste depuis que Megan Roper était partie, ce matin. La jeune femme avait paniqué à l'idée de perdre son bébé, une peur que Georgie ne se rappelait que trop bien. Cette panique pure qui empêchait de penser clairement, suivie par l'angoisse, le sentiment d'échec et le chagrin. Le chagrin était le pire.

Heureusement, elle avait pu rassurer Megan : elle ne faisait pas une fausse couche. Ces petites pertes étaient normales. Mais comme la jeune femme avait déjà perdu deux bébés, elle n'était pas entièrement convaincue. Georgie pouvait seulement lui dire que le temps jouait en sa faveur.

Ce qui n'était pas le cas pour elle. Pas si ses suspicions étaient fondées. Mais comment pouvaient-elles l'être alors qu'ils avaient utilisé des préservatifs chaque fois qu'ils avaient fait l'amour, sans exception ? Elle avait le ventre serré, sa poitrine et sa nuque étaient contractées. Elle se mettait ça dans la tête parce que cela correspondait très bien à l'image qu'elle se faisait d'elle, de Blake et d'une famille. Une image dont il ne voulait pas. Il avait été catégorique, il ne voulait pas être père. Il avait peut-être été proche d'elle, mais des enfants n'étaient pas dans ses prévisions. Il ne l'avait pas redit après cette fois-là, mais ce n'avait pas été la peine. Elle avait bien compris le message.

Elle avait eu aussi la sensation qu'il ne l'aimait pas. Mais bonté divine, elle l'aimait, elle, et elle aimerait leur bébé comme elle n'avait jamais aimé auparavant. Elle se vouerait à lui ou à elle avec ferveur. Totalement.

Maintenant elle attendait un autre message – du laboratoire, cette fois. Alors que Megan quittait le cabinet et que Jane lui apportait son sandwich, en un éclair elle avait pensé : « Je suis enceinte. C'est pour cela que je ne pouvais plus prendre de petit déjeuner, ces derniers temps. » Cela expliquerait aussi pourquoi le vin lui avait soudain paru aigre.

Si elle était enceinte, il était très tôt pour qu'elle ait ce genre de symptômes, mais elle savait par ses patientes qu'il n'y avait pas de règles établies dans ce domaine. La dernière fois, elle n'avait pris conscience de sa grossesse que lorsqu'elle n'avait pas eu ses règles deux fois de suite. Et même alors, elle avait douté, pensant que cela ne pouvait pas arriver alors que Tommy et elle n'avaient pas décidé d'être parents aussi vite. Mais dès l'instant où elle avait vu le trait bleu sur le bâtonnet, elle avait été transportée de joie, se disant qu'enfin sa vie allait se remettre d'aplomb.

Ce n'était pas une bonne idée de se remémorer tout ça. Elle devait prendre les choses une par une. Un résultat d'abord.

Elle fixait toujours son téléphone. Il était silencieux, bien trop silencieux.

Elle devrait appeler Blake. Il la soutiendrait dans son attente. Sa main trembla lorsqu'elle voulut prendre son portable. Stop. C'était la dernière chose qu'elle devait faire. Si Blake était au courant, il espérerait un résultat négatif, alors qu'elle... Voulait-elle un bébé ? Elle avait toujours espéré qu'un jour elle évoluerait et serait capable d'essayer de nouveau, mais cela impliquait d'être dans une relation avec quelqu'un. Ce quelqu'un avait maintenant un nom, un visage aimant, un esprit qu'elle adorait. Blake. Et il était trop tard à présent pour se demander si elle voulait un bébé. Soit elle était enceinte, soit elle ne l'était pas. Et si elle l'était, alors oui, ce serait merveilleux et elle aimerait son enfant à la folie. Au diable tout le reste. Elle en avait fini de se retenir d'aimer.

S'adossant à sa chaise, elle regarda par la fenêtre. Jusqu'à ce qu'elle ait des nouvelles du labo, elle ne pouvait rien faire.

Le téléphone vibra.

Elle l'attrapa vivement et fixa l'écran. Le message disait :

Georgina Price HCG 45 mIU/ml.

Le taux d'hormones de croissance l'indiquait. Elle était enceinte. Blake et elle allaient être parents. C'était trop, il fallait qu'elle parle à quelqu'un, et la seule personne à qui elle voulait le dire était Blake, cela ne pouvait pas être quelqu'un d'autre. Elle ne pouvait pas annoncer sa grossesse à un tiers avant qu'il soit au courant. Comment allait-il prendre la nouvelle, quand c'était la dernière chose qu'il souhaitait ?

Il fallait qu'il sache.

Elle devait le lui dire. Mais ce n'était pas quelque chose à faire par téléphone. Elle voulait être là, voir ses réactions, savoir ce qu'il pensait. Ce qui signifiait voler jusqu'à Auckland et frapper à sa porte pour mettre son monde sens dessus dessous. Au moins, ce faisant, elle pourrait lui tenir la main.

Elle fixa le résultat affiché sur l'écran. Une tempête d'émotions la souleva. Elle était enceinte. Un bébé à aimer. Quelqu'un à qui donner son cœur sans aucune restriction. Des larmes coulèrent sur ses joues. Ce jour devait être l'un des plus beaux jours de sa vie. Si seulement Blake était là pour partager la nouvelle avec elle, pour s'en réjouir autant qu'elle !

Elle devait l'informer, quelle que soit la façon dont il le prendrait. Même si elle n'était pas face à lui. Elle connaissait sa voix, ses intonations, elle saurait ce qu'il éprouvait. Elle prit son téléphone, afficha le numéro de Blake et appela.

Elle eut son répondeur. Il devait avoir une journée chargée, au travail. Elle coupa. Pas question de lui annoncer une nouvelle pareille dans un message. Et il valait mieux qu'elle le fasse de vive voix. Elle prendrait l'avion le samedi, après ses rondes matinales.

De retour chez elle, Georgie se fit un sandwich au jambon, sortit son ordinateur portable et tapa « postes de gynécologue à Auckland ». Puis elle retint son souffle. Au début, cela lui parut prometteur, mais en y regardant de plus près elle se rendit compte qu'il y avait très peu d'opportunités.

Elle referma son portable, soulagée. Elle n'avait vraiment pas envie d'aller là-bas. Il serait difficile de recommencer au bas de l'échelle. Mais si Blake ne voulait pas revenir ici, elle considérerait cette possibilité pour le bien de leur enfant, au moins.

Si elle le portait jusqu'à terme. Un frisson glacé la parcourut, comme chaque fois qu'elle repensait à sa fausse couche. Ce souvenir l'ébranlait comme rien d'autre ne le pouvait. Elle voulait ce bébé. Elle l'aimait déjà. Si elle le perdait, elle ne savait pas comment elle s'en remettrait.

Blake, je t'aime. Tout entier. Les meilleurs morceaux comme les moins bons, comme quand tu tires le drap à toi ou laisses ta tasse de café sur la table en partant.

Si seulement elle lui avait dit ça avant de s'en aller, le dernier soir, en le laissant planté dans la cuisine, l'air dérouté. Il aurait ri.

Et là, elle rit pour la première fois depuis ce soir-là. Blake lui faisait cet effet quand elle n'était pas tendue au sujet de ce qu'ils allaient faire.

Blake, je viens te voir samedi, et tu ferais bien d'être préparé à des nouvelles susceptibles de changer ta vie.

Le vendredi après-midi, Georgie mit au monde des jumeaux, mais ces naissances ne lui remontèrent pas le moral comme elles auraient normalement dû le faire. Tout ce qu'elle éprouvait, c'était de la tristesse devant ce que Blake et elle manquaient. En particulier Blake. Elle était enceinte et il n'était pas là. Non pas qu'elle ait déjà changé d'aspect. Et il était trop tôt pour que le bébé donne des coups de pied. Mais elle portait son enfant et elle était certaine qu'il voudrait faire partie de la vie de cet enfant, même s'il avait juré de ne jamais être père. Il fallait espérer qu'il voudrait aussi faire partie de sa vie à elle. Elle sortit de la clinique pour rentrer chez elle et préparer son sac de voyage.

Dehors, sur le parking, son téléphone sonna.

Blake.

Son cœur tressauta.

— Bonjour.

Où étaient passées toutes les choses qu'elle voulait lui

dire ? Sa bouche était aussi sèche qu'un désert et sa langue lui semblait trop grosse.

— Blake ? demanda-t-elle d'une voix étranglée.

— Georgie, désolé de ne pas avoir appelé plus tôt. Le rythme a été trépidant, ici, et j'ai eu peu de temps à moi.

— Je me demandais si tu voulais garder le silence. Mais tout va bien. Je ne veux pas te perdre de vue.

C'est tout pour moi.

Elle pourrait essayer de le supplier de donner une chance à leur relation, mais supplier n'était pas dans ses habitudes.

— Nous n'allons pas nous perdre de vue.

Il s'exprimait avec force, comme si c'était le plus important pour lui.

— Bon.

Parce qu'elle allait le voir le lendemain.

— Tu es occupé, ce week-end ?

Devrait-elle lui annoncer la nouvelle maintenant ? Ainsi, lorsqu'elle arriverait à Auckland, il aurait eu le temps d'en absorber les implications.

— Oui, je suis pris. Oh ! zut, désolé, Georgie. Il faut que j'y aille. Prends soin de toi. On se reparle bientôt.

Fin de l'appel.

— Quoi ? Ohé, Blake ! Ne m'appelle pas pour raccrocher aussitôt. On se reparle bientôt. Tu parles !

Sa patience s'évapora en un instant. Si elle en avait eu, pour commencer. Elle rappela Blake et eut le répondeur. D'un ton coupant, elle lâcha :

— Ne m'écarte pas, Blake. Je mérite mieux que ça. Et toi aussi.

Elle leva la main qui tenait le téléphone et visa le mur en face d'elle. Puis elle prit deux grandes inspirations et abaissa son bras.

— Maudit sois-tu, Blake Newman. Je t'aime, et c'est bon pour nous deux.

Aller s'installer à Auckland ne serait peut-être pas la chose à faire, finalement, si Blake ne devait pas être disponible. Elle serait seule, avec un nouveau poste, une nouvelle maison, un nouveau-né. Elle secoua la tête. Il avait dit qu'il était occupé. Un vendredi en fin d'après-midi ? Bon, cela arrivait, elle le savait. Mais pourquoi téléphoner alors qu'il y avait toute chance qu'il soit dérangé ?

Se montrait-elle juste ? Il ignorait qu'elle était enceinte. Pour le moment. Le lendemain, il aurait peut-être une autre vision des choses.

Elle s'était enracinée à Christchurch. La majeure partie de son histoire s'était déroulée ici. Il y avait eu un moment où elle avait envisagé de partir, mais elle s'était servie de sa famille comme excuse pour renoncer à ce rêve – et elle avait continué de la sorte chaque fois que quelque chose de risqué était intervenu dans sa vie.

Elle songea à l'excitation de sa mère devant l'énorme camping-car que ses parents avaient acheté quelques mois plus tôt. Elle avait été aux anges de penser qu'ils pourraient sillonner le pays de haut en bas pendant leurs vacances sans rien avoir à prévoir. Ils n'étaient pas allés loin, jusqu'ici, et n'étaient partis que quelques nuits car ils devaient travailler. Mais la retraite les attendait à la fin de l'été et ils affirmaient qu'ils prendraient la route, alors. Ils iraient passer l'hiver au chaud dans le Nord, visiteraient les sites à voir et profiteraient des terrains de golf qu'ils rencontreraient. Non, ils n'avaient pas besoin qu'elle reste à proximité, à leur disposition. Ils avaient évolué et profitaient de tout ce qui passait à leur portée.

Pas comme elle. Elle adorait son travail, et avait cru qu'elle n'en changerait pour rien au monde. Mais il y avait à présent en elle un vide qui attendait d'être comblé par de l'amour et des rires, un partenaire et des enfants. Elle avait dépassé la peur d'être dévastée de nouveau par la perte d'un être aimé, et était immédiatement tombée amoureuse de l'homme qui l'avait aidée à le faire. Alors ne devrait-elle pas aider Blake à dépasser ses démons, aussi ? Ici ou à Auckland, cela n'avait pas vraiment d'importance à partir du moment où ils seraient ensemble. Enfin, s'il souhaitait être avec elle. Et acceptait d'être un père pour leur bébé.

Blake s'installa à sa place, boucla sa ceinture et regarda par le hublot la piste de décollage. Georgie avait laissé un message sur son téléphone. Elle était très en colère et il ne l'en blâmait pas, mais il avait pensé qu'il aurait quelques minutes pour lui parler avant que le taxi arrive à l'aéroport. Maintenant, il devrait l'amadouer lorsqu'il arriverait chez elle. Il espérait qu'elle lui accorderait un peu de son temps afin qu'il puisse lui expliquer ce qu'il avait fait depuis son départ la semaine précédente.

Le travail avait été frénétique, ce qui d'ordinaire lui convenait parce que cela tenait les fantômes à distance, mais tant d'autres choses avaient requis son attention qu'il avait été frustré toute la semaine. Et étrange comme il ne s'était pas senti bien dans sa maison après avoir quitté Christchurch et laissé Georgie derrière lui. Elle lui avait paru trop grande et lugubre, vide, sans rires pour lui crisper les reins et adoucir son cœur. Ces derniers jours, le flot incessant de patients et d'opérations n'avait fait que le frustrer davantage ; il avait réalisé qu'il n'avait pas vraiment envie de rester à Auckland pour poursuivre sa carrière de rêve, si cela signifiait ne pas faire partie de la vie de Georgie. Il avait toujours peur de ce qui pourrait aller de travers, et de la souffrance que cela leur causerait à tous les deux, mais il était prêt à franchir le pas et à saisir sa chance avec Georgie. Sinon, que faisait-il de sa vie ? Pourquoi se préoccuper de sa carrière s'il ne pouvait pas en partager les hauts et les bas avec elle ? Pourquoi rendre sa maison magnifique s'il n'utilisait que la cuisine, la salle de bains et une chambre ? Elle lui semblait déserte, après les nuits passées chez Georgie.

Sapristi, plus rien n'avait été pareil à dater du moment où Georgie était venue voir sa mère à la clinique. À partir de là, il avait livré une bataille perdue d'avance pour garder son cœur en sécurité. Non pas qu'il ait essayé trop dur, ni qu'il ait beaucoup hésité à céder au désir qu'elle provoquait en lui. Et face à son sourire qui lui nouait les entrailles, il avait vite été perdu.

Il l'aimait. Il n'était pas seulement amoureux d'elle. Il l'aimait vraiment. Pas de « si », de « mais » ou de « peut-être ».

Alors qu'allait-il faire ?

D'abord, il renonçait à sa position d'associé.

Il allait être heureux pour la première fois depuis des années. Ou plutôt, il allait continuer à être heureux comme il l'avait été avec Georgie.

Il allait refaire partie de sa famille.

Agrandir cette famille en épousant Georgie, si elle voulait de lui.

Et enfin, il y avait la grande affaire qui le faisait inspirer vivement chaque fois qu'il y pensait. Il voulait avoir un enfant avec elle. Peut-être pas tout de suite. C'était trop tôt. Ils pouvaient d'abord prendre plaisir à apprendre à se connaître encore mieux.

Georgie ou Auckland ? Il avait pris sa décision. Tout simplement. Il ne lui demanderait pas de venir s'installer ici alors qu'elle était bien installée là où elle était. Bien mieux que lui, en réalité.

Le fait était qu'il bataillait pour traverser chaque journée sans elle. Sa décision avait été prise des semaines plus tôt, sans qu'il s'en rende compte ; ne pas la voir, ne pas la tenir, le rendait fou. L'amour était une sacrée affaire. Il s'emparait de votre cœur et n'avait pas l'intention de le lâcher.

Il s'adossa à son siège, ferma les yeux et attendit que l'avion décolle d'Auckland.

Un peu plus d'une heure après, il regarda par le hublot Christchurch qui commençait à apparaître. Son chez-lui. L'endroit où il était né et avait été élevé, où il était allé à l'école et s'était fait le meilleur ami qu'un garçon pouvait espérer. La ville s'était étendue et avait changé au cours des années où il avait été absent, un peu comme lui. Elle paraissait à la fois ancienne et nouvelle. Il se sentait à la fois fort et avide de changer. De prendre un nouveau départ. Les séquelles du passé avaient disparu et il pouvait aller de l'avant, le cœur léger comme il ne l'avait pas eu depuis longtemps, sinon jamais.

Tout cela grâce à Georgie. Qui l'eût cru ? Il aurait pu le croire, s'il avait jamais pris le temps d'y réfléchir. Après tout, il lui était très facile de se rappeler comment son sang s'échauffait en la voyant, quand il était adolescent. Mais à l'époque, il avait su d'instinct qu'il n'avait aucune chance de se rapprocher d'elle. Elle était la sœur de son meilleur copain. Elle avait aussi quelques années de plus que lui, et elle ne l'aurait regardé que comme un gamin. Il avait appris à garder ses pensées pour lui. Tandis qu'il continuait à avancer dans la vie, à étudier et à devenir adulte, il s'était arrangé pour mettre ces sentiments de côté au point de croire qu'il avait oublié Georgie, ne voyant plus en elle que la sœur de Noah et quelqu'un à qui demander des informations lorsqu'il était entré à l'université.

Mais en réalité, s'était-il jamais remis de ces sentiments pour elle ? Ou les avait-il enfouis avec toutes les autres émotions suscitées par la mort de Noah ? C'était plus que probable. Sinon, pourquoi aurait-il réagi si vite et d'une façon si positive quand il avait revu Georgie ? Cela avait été comme si son corps avait attendu qu'elle réapparaisse dans sa vie. Et quand il disait son corps… Il ferait mieux de dire son cœur – son cœur qui n'avait jamais été si impliqué avec une autre personne.

Il était si attaché à elle qu'il ne pouvait imaginer la vie sans elle à son côté, le poussant à être le meilleur possible dans tout ce qu'il entreprenait. Elle ne le laisserait pas tomber, elle ne dirait pas qu'il n'était pas assez bien pour elle – parce qu'il s'assurerait de l'être.

Tu l'as laissée en plan à Christchurch. Tu es parti comme s'il ne pouvait y avoir aucun avenir avec elle.

Oui, il l'avait fait, parce qu'il devait être absolument certain de faire ce qu'il fallait pour eux deux. Il ne lui avait pas fallu longtemps pour savoir qu'il ne pouvait pas vivre sans Georgie. Maintenant il revenait, espérant la convaincre qu'il l'aimait et qu'il voulait passer le reste de sa vie avec elle. Maintenant il comprenait que la vie brisait les gens, les blessait terriblement, parfois, et si cela arrivait il serait là pour Georgie, quoi qu'il advienne. Elle était spéciale, elle méritait de l'amour, de la gentillesse, de l'attention, elle méritait qu'on ne la laisse pas tomber. Et elle avait fait de lui quelqu'un d'entier, de nouveau. Il espérait pouvoir faire la même chose pour elle.

Elle était son cœur.

Blake vérifia que sa ceinture était bouclée et s'adossa à son siège relevé, fermant les yeux et inspirant profondément tandis qu'il attendait que l'avion atterrisse.

Bon sang, comme le sourire de Georgie lui avait manqué ! Son beau visage. Ces longs cheveux soyeux qui glissaient entre ses doigts. Sentir son cœur s'adoucir chaque fois qu'elle était près de lui ou qu'elle pressait son corps divin contre le sien lui manquait. Mais surtout, c'était ce sourire. Il le touchait chaque fois qu'elle l'arborait.

Il avait fallu moins de quatre semaines pour mettre son monde sens dessus dessous. Presque quatre semaines de jours et de nuits enchantés. Des heures de plaisir et d'excitation portant la marque de Georgie. Des journées passées à parler, à partager des points de vue sur la politique et la médecine, à ne pas être d'accord sur des modèles de voiture ou sur la pêche. Des jours ordinaires qui étaient pleins d'amour, et d'étonnement. Comment pouvait-il être si heureux avec quelqu'un ?

Boum. L'avion avait touché le sol.

Il était revenu à la maison. Maintenant, tout ce qu'il avait à faire était de convaincre Georgie de lui donner une chance. Il l'aimait. L'aimait-elle ? Il y avait eu quelque chose comme de l'amour dans ses yeux lorsqu'ils avaient mis fin à leur histoire. Elle voulait tout ou rien. Eh bien, il allait tout lui offrir.

Une portière de voiture claqua dans l'allée et Georgie se redressa sur son siège, sous le porche de derrière. Qui venait lui rendre visite ? Ses parents étaient partis et sa meilleure amie travaillait aux urgences, en ce vendredi soir.

Les poils de ses bras commencèrent à se dresser. Est-ce

qu'il se pourrait… Non, c'était impossible. Il ne lui avait pas retourné ses appels, hormis cette fois plutôt abrupte. *Calme-toi, mon cœur.* Il n'allait pas revenir.

Blake tourna au coin de la maison et apparut à sa vue troublée.

Blake. Que faisait-il là ? Sa bouche s'assécha et le sang dans ses veines sembla refluer vers le bas de son corps. Elle posa les mains sur son ventre encore plat.

— Blake.

Il était superbe. Si beau que sa peau s'enflamma. Mais elle était partiale. Son rêve devenu réalité se tenait devant elle, lui tendant les mains, et elle était incapable de bouger, de peur de s'éveiller.

— Bonsoir, Georgie.

Il s'approcha, lui prit les mains et la mit gentiment sur ses pieds.

— J'ai pensé que j'allais venir te voir. Sans prévenir, ajouta-t-il avec un sourire plein d'espoir. Je ne voulais pas que tu me rembarres.

Heureusement qu'il la tenait, autrement elle se serait affalée sous le porche.

— Je ne te rembarrerai jamais. Tu ne peux pas savoir ce que je ressens en te voyant là. Oh ! mon message sur ton téléphone. Désolée, j'étais frustrée que tu ne puisses pas parler plus longtemps. Maintenant, j'ai dépassé ça. Et tu ne partiras pas avant au moins une heure.

Elle avait l'impression que son sourire était de biais et elle avait peut-être quelques larmes aux yeux, mais son dos était très droit et son menton déterminé. Il était revenu. Pourquoi ? Pour combien de temps ?

— Tu m'as manqué.

Il l'enlaça et frotta le menton sur le dessus de sa tête.

— Tu m'as tellement manqué que j'en ai mal.

Elle s'écarta.

— Doucement, Blake. Je veux savoir de quoi il retourne.

Il riva ses yeux gris sur elle et déclara clairement :

— Je suis revenu, Georgie. Pour te retrouver. Ma famille

aussi, mais surtout toi. Je sais que j'ai été réservé, parfois, mais il m'a été difficile d'accepter que je puisse changer, aller de l'avant, et c'est à toi que je le dois.

Elle en resta bouche bée. C'était ce qu'elle avait espéré, mais elle ne s'était pas attendue à ce que cela arrive. Pas avant longtemps, en tout cas.

— Tu es sérieux ? murmura-t-elle.

Il hocha la tête.

— Je ne pourrais l'être davantage. Je ne suis pas venu pour passer une nuit avec toi. Je suis venu pour le lot complet. Je t'aime. Follement. J'aime tout en toi. Je t'aime, Georgie.

Son cœur s'envola. Blake était sérieux. Sérieux à propos de lui-même et d'eux. Aussi sérieux qu'elle l'était.

— Blake, je t'aime aussi. J'ai failli te le dire l'autre soir, mais j'ai pris peur, pensant que tu partirais en courant.

— Ce que j'ai fait, en quelque sorte.

Il resserra les bras autour d'elle.

— Quand j'ai dit que j'avais été occupé, je ne parlais pas seulement du travail. J'ai renoncé à ma position d'associé et j'ai mis ma maison en vente. Je suis sérieux, quand je dis que je reviens. Et encore plus sérieux quand je dis que je t'aime.

Il posa la bouche sur la sienne. Son baiser lui fit passer un frisson excité dans le dos, lui fit fondre le cœur, une joie immense la parcourut tout entière.

Blake était revenu à elle, pour être avec elle. Elle s'écarta. Il y avait une autre nouvelle à partager. Une nouvelle qui pouvait tout ruiner, mais en voyant l'amour sincère qui brillait dans ses yeux gris, elle commençait à en douter. Il paraissait si heureux, aussi heureux qu'elle-même.

— J'irais jusqu'au bout du monde et je reviendrais si cela pouvait faire ton bonheur.

Il souriait. Il pensait ce qu'il disait.

— Tu n'as pas besoin d'aller aussi loin.

Une onde de chaleur l'envahit, se propageant autour de leur bébé dont il ne savait rien.

— Viens, rentrons.

Il la suivit et referma la porte derrière eux.

— Cet endroit m'a manqué, être ici avec toi m'a manqué. J'ai fini par trouver ce que je cherchais sans le savoir.

— Quand vas-tu terminer à la clinique ? demanda-t-elle afin de se donner un moment pour rassembler ses pensées.

— Je dois travailler encore deux mois, puis je commencerai ici, à la clinique orthopédique. Cela donnera le temps à mes associés de trouver un remplaçant, et à moi de faire mes cartons. Avant de faire des plans ici, avec toi.

Voilà, on y est.

— Blake, avant que nous allions plus loin, je dois te dire quelque chose.

Elle inspira profondément.

— Je suis enceinte.

Il donna l'impression qu'on lui braquait un projecteur en plein visage.

— Tu es quoi ?

— Je porte notre bébé. J'ai fait le test hier.

Il battit des cils, puis un sourire se peignit sur son visage, illuminant ses yeux.

— Tu es enceinte. Waouh ! Qui aurait pu le penser, alors que nous avons été si prudents ? Je n'en reviens pas. Nous allons avoir un bébé !

Il la souleva dans ses bras et la fit tournoyer.

— C'est de mieux en mieux. C'est la meilleure nouvelle que j'aie entendue, après celle que tu m'aimes. Je pensais que nous pourrions essayer d'avoir un enfant, mais pas si tôt.

— Nous n'avons pas eu besoin d'essayer.

Georgie rit, soulagée, libérée de sa tension. Blake acceptait sa grossesse. Il était aussi ravi qu'elle. Il la regardait avec un grand sourire.

— Je suis stupéfait, mais aussi très excité. Je ne peux pas croire combien cette nouvelle me rend heureux. Je suis venu ici pour te dire que je t'aime et pour te demander de m'épouser, et maintenant ceci. Je disais bien que je ne voulais pas avoir d'enfants, mais je n'aurais pas cru il y a quelques semaines que je tomberais amoureux de toi et que je voudrais avoir le tableau complet.

Il la serrait contre lui, posait des baisers sur ses joues, sa gorge, sa bouche. C'était ce qui lui avait tant manqué. Elle l'embrassa avec tout l'amour contenu dans son cœur.

— Je t'aime, Georgie.

Il se remit à l'embrasser. Il était sérieux, quand il disait qu'il voulait être avec elle. Vraiment sérieux. Elle passa les bras autour de son cou et le tint serré. Elle avait l'impression que c'était elle qui était rentrée à la maison.

Soudain, il s'écarta pour la regarder dans les yeux.

— Je pensais ce que j'ai dit. Veux-tu m'épouser, Georgie Price ?

— Bien sûr ! Je t'aime aussi, et je souhaite plus que tout être Mme Newman.

Son sourire la pénétra tout entière.

— Dieu merci. Je t'aime, Georgie. Je t'ai toujours aimée et je t'aimerai toujours.

— Moi aussi, Blake.

Elle l'embrassa comme si sa vie en dépendait. Ce qui était vrai. Lorsqu'ils se séparèrent enfin pour reprendre leur souffle, elle eut un grand sourire.

— Tu penses que tu aimerais t'installer avec moi ?

— J'adorerais, en commençant tout de suite. Dès maintenant, mon adresse officielle est chez ma fiancée.

Georgie passa une main sur son ventre.

— Tu entends ça, bébé ? Papa revient à la maison.

Blake détourna le regard, s'essuya les yeux et lui refit face.

— Je t'aime au-delà de tout. Pourquoi a-t-il fallu si longtemps pour que nous en arrivions là ?

— Je suppose qu'il devait en être ainsi.

La fermeture Éclair était remontée jusqu'au dernier cran. Le passé n'avait pas disparu, mais il ne gâchait plus l'avenir. Elle était si heureuse que sa poitrine en était douloureuse.

Blake souriait jusqu'aux oreilles.

— Ne tardons pas trop à nous marier. Je ne veux plus perdre de temps.

— J'avais atteint le point où je ne pouvais plus continuer cette liaison, mais je ne voulais pas te perdre non plus. T'entendre partir ce soir-là a été très dur, mais je ne pouvais pas te courir après et te demander de rester. Il fallait que tu sois prêt.

— Je le suis. Totalement.

Sept mois plus tard, un message sur la page web de Georgie et Blake Newman

À toute notre famille et à tous nos amis – Jacob Noah Newman est arrivé il y a quatre heures, pesant trois kilos cinq cents. Il est en bonne santé et a déjà un sourire impertinent. Je me demande de qui il le tient. Georgie est superbe, mais quand ne l'est-elle pas ? Moi ? Je suis fou de joie. Je n'aurais jamais cru que je pourrais être aussi heureux.

Blake. X

Oh ! et oui, j'aime ces deux-là si fort que cela fait mal, mais je peux faire avec.

SHELLEY RIVERS

Ce tendre miracle

Traduction française de
SOPHIE BRUN

BLANCHE

HARLEQUIN

Titre original :
THE MIDWIFE'S NINE-MONTH MIRACLE

1.

Clinique médicale Mart, Londres

D'un geste instinctif, Gila Wright se caressa le ventre. Elle se retenait de sourire devant les mines horrifiées des sept jeunes filles, pendant la projection du film documentaire sur l'enfantement. C'était toujours pareil : la scène de l'accouchement suscitait une réaction de dégoût mêlé d'appréhension chez les adolescentes en passe de devenir mères.

— Ça ne donne pas franchement envie, commenta l'une d'elles avec une grimace, tout en triturant nerveusement la bride de son sac à main.

— Ne vous inquiétez pas, répondit Gila d'un ton réconfortant. La nature est bien faite. Vous serez tellement tendues vers l'objectif de mettre votre enfant au monde que vous ne vous préoccuperez de rien d'autre.

Aucune des participantes n'eut l'air convaincu par son discours pourtant destiné à les rassurer. Chacune avait à cœur de mener sa grossesse à terme dans les meilleures conditions, tout en redoutant l'étape ultime et leurs futures responsabilités maternelles. Gila les comprenait. Elle-même vivrait cette expérience pour la première fois d'ici un mois. Sa situation s'avérait néanmoins bien différente : elle avait trente-deux ans et était mariée. Du moins officiellement…

Depuis qu'elle avait ouvert ses portes, deux ans plus tôt, la clinique Mart dispensait des cours de préparation à l'accouchement et à la parentalité destinés spécifiquement aux adolescentes. Ce programme, qui avait débuté comme un projet pilote, permettait d'alléger la charge de travail de l'hôpital local. Ici, les jeunes filles bénéficiaient d'informations, d'aide et de soins quels que soient les circonstances ou leur statut social. Elles ne subissaient ni jugement ni critiques. Ces sessions avaient remporté un tel succès qu'il avait été décidé de les maintenir de façon permanente. La plupart des intervenants étaient des bénévoles employés dans les établissements médicaux voisins.

Gila exerçait en tant que sage-femme dans une maternité des environs. Elle avait rejoint l'équipe de la clinique Mart au début de son congé maternité, deux mois auparavant. Elle y travaillait deux jours par semaine. C'était mieux que de passer ce temps sur la péniche de son oncle, à se morfondre et à ressasser des idées noires.

Elle retint un soupir de soulagement en voyant le mot « Fin » s'afficher sur l'écran. Elle se réjouissait d'avoir terminé sa semaine, car elle avait mal au dos et les pieds en feu à force de s'activer. Depuis une bonne heure, elle rêvait d'une pomme nappée de caramel au beurre salé et d'un bain chaud.

— Des questions ? s'enquit-elle. Il s'agit de notre dernière session ensemble. Je passe le relais à ma collègue Sarah. Si vous souhaitez éclaircir un point particulier d'ici votre prochaine séance, adressez-vous à vos sages-femmes ou vos médecins traitants respectifs. N'hésitez pas. Rien de ce qui peut vous inquiéter n'est anodin ou ridicule et, croyez-moi, ils en ont déjà entendu des vertes et des pas mûres ! Alors, n'ayez pas honte de leur confier vos doutes ou vos angoisses. D'accord ?

— Moi, j'ai une question, déclara l'une des participantes après avoir levé la main comme si elle se trouvait sur les bancs de l'école. Combien de temps faut-il attendre avant de laisser nos partenaires s'approcher de nouveau… sexuellement, je veux dire ? Parce que, après avoir vu ça – elle pointa l'écran du doigt –, j'envisage sérieusement de me faire stériliser après la naissance du bébé !

Gila lutta pour garder son sérieux.

— Cela dépend de la façon dont se passe l'accouchement, mais en règle générale, on recommande un délai de six semaines. Dès lors que vous tiendrez votre nouveau-né dans les bras, vous oublierez vite les efforts que vous avez dû fournir pour le mettre au monde, je vous assure. À ce propos, si vous le souhaitez, je peux demander à Sarah de programmer une session sur les différentes méthodes de contraception adaptées aux jeunes mamans.

Plusieurs jeunes filles manifestèrent leur approbation, puis toutes se dirigèrent vers la sortie, échangeant leurs points de vue sur ce qu'elles venaient de voir.

Lorsque la dernière eut refermé la porte derrière elle, le silence retomba. Gila se leva lentement tandis qu'un profond sentiment de mélancolie l'envahissait. Ce qui la différenciait de ces sept adolescentes, ce n'était pas uniquement son âge. C'était aussi qu'elles ne seraient pas seules lors de leur premier accouchement. Leur petit ami ou, à défaut, leur mère ou leur sœur demeurerait à leur côté pour les soutenir. Gila, elle, n'aurait personne pour l'encourager, lui tenir la main, lui murmurer des mots d'amour. Absolument personne. Le père de son enfant serait absent, comme il l'avait été durant ces quatre derniers mois, depuis qu'elle avait préparé une petite valise et l'avait quitté.

Le soleil de l'après-midi répandait une douce chaleur à travers la baie vitrée donnant sur le parking et faisait apparaître les particules de poussière en suspension dans l'air. Gila soupira et fourra quelques dossiers et objets dans sa sacoche médicale. Sa mission s'achevant la semaine suivante, elle rapatriait peu à peu ses affaires afin de ne pas avoir à tout emporter le dernier jour. Elle avait aimé son travail à la clinique, mais sa grossesse touchant à sa fin, elle avait de moins en moins d'énergie. Or, il lui restait beaucoup à organiser avant l'arrivée du bébé. Des tâches qu'elle avait volontairement remises à plus tard, espérant que la situation avec le père de son enfant s'arrangerait et qu'ils s'en acquitteraient ensemble. Mais tel n'avait pas été le cas, et maintenant elle avait intérêt à se dépêcher si elle ne voulait pas se trouver prise au dépourvu.

Alors qu'elle ramassait son agenda posé sur le bureau, son

regard tomba sur la mince bande de peau blanche qui ceignait son annulaire gauche. Elle avait ôté son alliance une semaine plus tôt, lors d'une crise de larmes et d'apitoiement sur elle-même, lorsque la vue de ce symbole et le souvenir de tout ce qu'il avait représenté lui étaient devenus insupportables, lui rappelant trop sa naïveté d'avoir cru à l'amour et à la félicité conjugale.

Après son enfance chaotique, elle aurait pourtant dû savoir qu'une vie normale et heureuse n'était pas faite pour elle. L'exemple de son père qui changeait de maîtresse comme de chemise, et déménageait sans cesse d'une ville à une autre, voire d'un pays à un autre, l'entraînant dans son sillage, aurait dû lui apprendre que le couple idéal n'était qu'un leurre, un mirage qui demeurerait à jamais hors de sa portée. Et dire qu'elle rêvait d'une existence stable et épanouie !

Elle s'était promis, enfant, de ne pas suivre les traces paternelles. Combien de fois s'étaient-ils retrouvés à la rue parce qu'ils étaient à court d'argent et que le patron de l'hôtel où ils séjournaient les avait flanqués à la porte ? Combien de fois avait-elle attendu sur un balcon tandis que son père se livrait à des ébats avec la femme – la dernière en date – dont il s'était amouraché ? À la longue, elle avait fini par cesser de les compter, mais elle s'était juré que, adulte, elle ne reproduirait pas le modèle paternel.

Or, elle aussi avait pris ses désirs pour des réalités. Elle avait succombé pour un homme qui, de toute évidence, l'aimait beaucoup moins qu'elle ne se l'était imaginé. Et maintenant, à quelques semaines de mettre au monde leur enfant, elle mesurait chaque jour davantage le poids de sa solitude.

Un coup frappé à la porte interrompit le cours de ses pensées.

— Entrez ! lança-t-elle, s'efforçant d'adopter un ton enjoué.

Trudy, la responsable de l'accueil, se matérialisa sur le seuil. Comme à son habitude, elle était vêtue à la manière d'une starlette de Hollywood des années 1950. À côté de cette créature svelte et élégante jusqu'au bout des ongles, Gila, avec ses rondeurs de femme enceinte, se faisait l'effet d'un Bibendum mal fagoté.

— Tu as terminé ? s'enquit sa visiteuse avec un sourire chaleureux.

— Oui, je finis juste de rassembler mes affaires. Pour ne rien te cacher, j'ai hâte de rentrer chez moi et de me reposer. Je me sens fourbue.

— Moi aussi. Pas pour la même raison, bien entendu. Heureusement, c'est le week-end de Pâques ; j'aurai trois jours pour me relaxer. Tu as prévu quelque chose de spécial ?

— Oui, mentit Gila, et j'ai bien l'intention d'en profiter. Par ailleurs, il me reste une tonne de choses à faire avant le jour J.

En profiter ? C'était un bien grand mot, compte tenu du désert qu'était devenue son existence. Mais cela, Trudy n'avait pas besoin de le savoir. Pas plus qu'elle n'avait besoin d'apprendre que son programme consisterait essentiellement à finir la petite couverture en tricot jaune citron qui, bien qu'elle se soit appliquée, n'offrait qu'une vague ressemblance avec le modèle sur le catalogue, ou encore à songer à la manière dont sa vie idéale s'était métamorphosée en un champ de ruines en l'espace de seulement quelques mois…

— Je suis venue t'avertir que Reese Newman est là avec son petit copain. Elle se plaint de douleurs au ventre et te réclame à cor et à cri. Tu voudrais bien prêter main-forte au médecin qui est en train de l'ausculter ? Il n'y a que toi pour réussir à l'amadouer.

L'adolescente en question était enceinte de cinq mois et rejetait en bloc les contraintes liées à son état. Elle avait passé la moitié de sa jeune existence au sein de familles d'accueil et s'était fait exclure de deux établissements scolaires, un exploit dont elle avait informé Gila avec fierté dès leur première rencontre. Elle se montrait volontiers impolie voire, par moments, carrément agressive. Rebelle, elle ignorait les prescriptions médicales et traînait la plupart du temps avec un garçon de son âge – le père de son futur bébé –, qui avait déjà un casier judiciaire long comme le bras. Pour compléter le tableau, elle n'entretenait plus aucune relation avec ses parents biologiques. En résumé : un électron libre au tempérament volcanique.

Pour autant, Gila ne pouvait s'empêcher de la trouver attachante… à sa façon.

— Est-ce vraiment indispensable ?

Elle était tellement lasse que la perspective d'affronter les jérémiades de Reese achevait de l'épuiser.

— Elle est avec le nouveau médecin. Je doute que cela se passe bien. Tu connais sa défiance à l'encontre des gens qu'elle ne connaît pas.

— Un nouveau médecin ? répéta Gila d'un air distrait.

Une partie des effectifs de la clinique étant des bénévoles, le taux de rotation du personnel était assez élevé. Certains restaient plusieurs mois ; d'autres s'en allaient au bout d'une semaine ou deux.

— Attends de l'avoir vu ! s'exclama Trudy en lui adressant un clin d'œil. L'homme est à tomber à la renverse. Beau comme un dieu et sacrément sexy dans le genre ténébreux. De quoi faire fantasmer la plus prude d'entre nous !

— Ce n'est pas le Dr Peters qui assure la permanence le vendredi après-midi ?

Le Dr Peters était le chef du service des urgences de l'hôpital local, ce qui ne l'empêchait pas d'effectuer gratuitement des consultations à la clinique Mart trois fois par semaine.

— En temps normal, si. Malheureusement, il a dû partir en catastrophe aux États-Unis. D'après mes informations, sa petite-fille est gravement malade, et sa fille l'a appelé à la rescousse. Il a donc demandé à un confrère de le remplacer pendant son absence. Et quel confrère ! J'ai failli tourner de l'œil quand il s'est présenté à l'accueil.

— À ce point ?

Sa question était davantage destinée à se montrer amicale envers Trudy qu'à marquer un réel intérêt vis-à-vis de cet inconnu au physique d'apollon. Gila ne s'intéressait pas particulièrement à ce type. Il était beau ? Grand bien lui fasse ! Pour ce qui la concernait, les hommes étaient le cadet de ses soucis. Son unique source de désir à l'heure actuelle était gustative.

Elle aurait pu avaler n'importe quoi ou presque pourvu que ce soit nappé d'une épaisse couche de caramel au beurre salé !

— Ça te dirait qu'on boive un café ensemble avant que tu partes ?

Gila grimaça, l'idée même lui révulsant l'estomac. Depuis qu'elle était enceinte, elle ne supportait plus le goût ni l'odeur du café qui, dans son esprit, s'apparentait aux nausées du matin.

— Je préférerais un thé, si tu en as. La simple vue du café me donne mal au cœur.

Trudy éclata de rire.

— Je comprends. Quand j'attendais les jumeaux, j'ai ingurgité une telle quantité de tartines de confiture parce que, paraît-il, cela atténue la sensation d'écœurement matinale que depuis, je déteste ça. À propos, je ne t'ai pas encore demandé si tu connaissais le sexe du bébé.

— Non. Je préfère avoir la surprise. Dans quelle salle de consultation se trouve Reese ? dit Gila, changeant brusquement de sujet avant que les questions deviennent trop personnelles.

— La 3, celle au bout du couloir. Et n'oublie pas de passer par la salle de repos avant de t'en aller. N'espère pas t'éclipser sans que je m'en rende compte !

— Je viendrai prendre un thé. Promis !

Satisfaite, Trudy tourna les talons, et Gila se dirigea vers la salle de consultation n° 3. Parvenue devant la porte, elle hésita, saisie d'une certaine appréhension. Elle ignorait dans quel état d'esprit elle allait trouver Reese. Son intuition lui soufflait que les dix prochaines minutes ne seraient pas une partie de plaisir. Or, son intuition la trompait rarement…

Bien que d'un naturel patient, Leo Wright commençait à en avoir marre. Depuis que les deux adolescents avaient pénétré dans la pièce, ils n'avaient cessé d'ergoter et de se disputer. Leo avait tenté à plusieurs reprises d'intervenir et de calmer le jeu afin d'identifier la véritable raison de leur visite, il n'en avait toujours pas la moindre idée. Il avait néanmoins noté que la jeune fille posait souvent la main sur son ventre, du côté droit, en grimaçant.

— Reese, si vous arrêtiez de vous agiter, cela me faciliterait nettement la tâche, déclara-t-il de son ton le plus amical et persuasif.

— Autrement dit, boucle-la et laisse le docteur t'examiner, assena le jeune homme, sans lever les yeux de l'écran de son téléphone portable.

Leo soupira tandis que la querelle reprenait de plus belle. Les seules raisons pour lesquelles il se trouvait ici étaient qu'il devait un service à son patron et qu'il espérait y rencontrer son épouse. Au cours de ces derniers mois, il avait dû se contenter de l'apercevoir par la fenêtre car, bien qu'elle eût quitté le domicile conjugal, elle résidait non loin de chez lui. Des moments fugaces durant lesquels il la voyait de dos, qui s'éloignait. Il souhaitait mettre les choses à plat entre eux mais, de toute évidence, elle le fuyait. Communiquer par textos ou par mails au sujet de leur futur bébé ne lui suffisait pas, et n'avait que trop duré. D'autant que la naissance n'était plus que l'affaire de quelques semaines, et il s'avérait vital pour lui de s'impliquer davantage. De quelle façon ? Il ne le savait pas encore précisément.

Toujours est-il qu'il était temps pour lui de réparer les dégâts qu'il avait causés. À présent, il avait conscience d'avoir involontairement blessé la personne à laquelle il tenait le plus au monde : *sa femme*.

Il ne se pardonnerait jamais d'avoir trahi sa confiance, de lui avoir brisé le cœur et d'avoir fait naître dans ses magnifiques yeux gris cette lueur d'anxiété. Il avait détruit leur couple et meurtri la plus douce, la plus merveilleuse des femmes. Et tout ça pourquoi ? Parce que le tourment qui s'était emparé de son âme après le décès de sa sœur avait pris un tel ascendant qu'il s'était replié sur lui-même, se fermant à tout ce qui n'était pas sa douleur. Il aurait dû, au contraire, se raccrocher à celle qui l'aimait et ne demandait qu'à le soutenir, comme un naufragé s'agrippe à une bouée de sauvetage. Rongé par un sentiment de culpabilité, il était resté sourd à ses tentatives pour le sortir de l'état dépressif dans lequel il avait sombré.

En novembre dernier, sa sœur cadette était morte d'une overdose. Malgré toutes ses années d'études et de pratique de la médecine, malgré toutes ses lectures d'ouvrages et de revues médicales consacrés à l'addiction, il n'avait pas réussi à la sauver. Il venait en aide à des malades qu'il ne connaissait ni d'Ève ni d'Adam, mais il s'était montré incapable de secourir sa propre sœur. Pire encore, il avait fini par lui tourner le dos au moment où elle avait le plus besoin de lui.

Pendant trois jours, Leo n'avait pas quitté le chevet de Jodie, priant le ciel pour qu'elle se réveille de son coma. Des prières restées vaines. La jeune fille avait finalement abdiqué et poussé son dernier soupir sans lui donner une chance de solliciter son pardon, ni de lui dire au revoir.

À partir de là, il n'avait plus été le même. Le remords et la honte s'étaient immiscés en lui, gangrenant tout son être, ne lui laissant aucun répit. Au lieu de chercher du réconfort dans les bras de son épouse, Leo s'était détourné de Gila… pour la protéger, ne pas l'entraîner dans la noirceur de la détresse qui menaçait de l'engloutir, mais aussi pour ne pas avoir à lui avouer sa part de responsabilité dans le drame. Si Gila avait appris la vérité, elle aurait cessé de le considérer comme son protecteur, son héros, l'homme sur lequel elle pensait pouvoir compter en toutes circonstances.

Avec le recul, il ne comprenait pas pourquoi il s'était abandonné à ce point au désespoir, pourquoi il n'avait pas réagi à temps pour sauver son couple. Sans doute n'en avait-il alors pas la force. Fermant les yeux, il répéta mentalement les mots que lui avait conseillé de formuler son psychothérapeute dès que les émotions risquaient de le submerger. Avec le concours de celui-ci, il avait entrepris de se reconstruire. Un processus lent et difficile, mais au fil des séances hebdomadaires, il commençait à faire son deuil, à comprendre qu'il n'aurait pas pu empêcher la mort de Jodie. Tôt ou tard, la drogue l'aurait tuée.

Ce thérapeute, c'était son patron et ami, le Dr Peters, qui le lui avait recommandé après avoir identifié chez lui les symptômes de l'anxiété et de la dépression. S'il n'était pas intervenu, Leo aurait certainement perdu son job à l'hôpital. Le métier de médecin urgentiste exigeait une implication et une concentration sans faille, un mauvais diagnostic ou une décision hâtive risquant de se révéler fatals.

C'était aussi le Dr Peters qui était venu le trouver deux jours auparavant dans un état de stress épouvantable et l'avait supplié de le remplacer temporairement à la clinique Mart afin qu'il puisse se rendre aux États-Unis, au chevet de sa petite-fille gravement malade. Leo avait accepté sans l'ombre d'une hésitation, heureux d'avoir l'occasion de l'aider à son tour, tout en redoutant la réaction de Gila lorsqu'elle découvrirait qu'il travaillait dans le même établissement qu'elle.

La technique du psychothérapeute fonctionna et Leo put reporter son attention sur la jeune patiente assise sur la table d'examen.

— Et si vous m'expliquiez pourquoi vous posez si souvent votre main sur votre ventre, du côté droit ?

Une fois de plus, l'adolescente ignora délibérément sa question.

— Est-ce à cet endroit que vous avez mal ?

— Ça ne vous regarde pas !

Leo commençait à perdre patience quand un coup frappé à la porte lui évita d'exploser. Exaspéré, il se dirigea vers la porte qu'il ouvrit à la volée… et se retrouva nez à nez avec celle qui occupait ses pensées jour et nuit. Serrant plus fort la poignée, il baissa instinctivement le regard vers la forme rebondie qui se devinait sous l'uniforme bleu. Cet enfant, il le désirait plus que tout. Garçon ou fille, il s'en fichait. La seule chose qui comptait, c'était qu'il ait la possibilité de le voir grandir, de participer activement à son éducation, d'assumer son rôle de père. Pour cela, il devait convaincre Gila d'enterrer la hache de guerre.

— Bonjour, dit-il d'une voix douce pour ne pas l'effaroucher. Je t'en prie, entre.

— Leo ?

Gila eut un mouvement de recul, et son cœur se mit à cogner dans sa poitrine. Que faisait-il à la clinique Mart, le seul endroit où elle se pensait à l'abri ? Elle ne croyait pas aux coïncidences, et la présence de Leo ne pouvait être le fruit du hasard. Sentant ses jambes se dérober, elle s'appuya contre le chambranle pour éviter de s'effondrer par terre devant lui, telle une poupée de chiffons. Se serait-il seulement donné la peine de la relever ou l'aurait-il ignorée, ainsi qu'il l'avait fait au cours des semaines précédant leur séparation ?

— Enfin un visage connu, ce n'est pas trop tôt ! Mademoiselle Wright, pouvez-vous dire à ce type de me ficher la paix ?

— Pardon, j'ai dû me tromper de salle de consultation, marmonna Gila bien qu'elle eût reconnu la voix de Reese.

Elle recula d'un pas, pressée de se soustraire au regard insistant de cet homme et aux souvenirs que ses traits ravivaient. Comme elle avait aimé caresser et embrasser ce visage !

— Gila…

Elle se figea en l'entendant prononcer son prénom après des semaines où ils n'avaient échangé que par textos et mails. Elle regarda celui qu'elle avait adoré et qui avait détruit tout ce qu'ils avaient partagé, puis secoua la tête. Pas même le bien-être de Reese et de son bébé ne l'inciterait à entrer dans cette pièce ! C'était au-dessus de ses forces.

Après des jours et des jours passés à se torturer l'esprit, elle commençait tout juste à recoller les morceaux de sa vie, à rétablir un semblant d'équilibre. Et voilà qu'il réapparaissait, menaçant de tout remettre en question.

— Non, vraiment… Désolée…

— Gila, s'il te plaît, attends.

Leur dernière discussion, qui avait achevé de la convaincre qu'elle avait idéalisé leur relation, lui revint en mémoire.

— Non, impossible, déclara-t-elle en baissant les yeux.

C'était trop tard… ou alors trop tôt pour une telle rencontre.

Il esquissa un geste pour la retenir, mais elle s'esquiva. Comme il lui semblait loin le temps où elle n'aspirait qu'à se blottir entre ses bras, à lui offrir son corps sans retenue ni pudeur ! Le temps où ils s'étaient juré devant l'autel de s'aimer et de se soutenir jusqu'à ce que la mort les sépare. Il ne s'était pourtant écoulé que quelques mois d'un bonheur qu'elle pensait parfait avant que son mari se lasse d'elle.

— Hé, mademoiselle Wright, protesta Reese, qui n'avait manifestement pas perçu la tension entre eux, j'ai besoin de vous parler.

Leo se retourna.

— Écoutez, mademoiselle Newman, la salle d'attente est remplie de patientes qui, elles, ont un réel problème. Aussi, si vous ne voulez pas poireauter pendant des heures au service des urgences le plus proche, je vous suggère de m'expliquer ce qui vous inquiète.

Mettant de côté ses griefs et ses émotions, Gila se décida à pénétrer dans la salle. Elle s'approcha de la table d'examen.

— Reese, dites au Dr Wright ce qui ne va pas. Il peut vous aider.

La jeune fille se renfrogna et croisa les bras.

Malgré son tumulte intérieur, Gila avait de nouveau endossé son rôle de sage-femme. Elle adressa un sourire à l'adolescente butée. La méthode douce finissait toujours par désamorcer l'esprit de révolte derrière lequel se réfugiait Reese ; elle l'avait testée sur elle à plusieurs reprises. Derrière le comportement frondeur, elle reconnaissait l'insécurité et le doute propres à ceux qui s'imaginent que les autres les considèrent comme les parias de la société parce que leur parcours familial ne rentre pas dans le moule. Par son expérience personnelle et professionnelle, Gila savait que la famille parfaite n'existait pas.

— Vous êtes venue pour une bonne raison, poursuivit-elle d'un ton conciliant. Pas simplement pour nous faire perdre notre temps. Vous connaissant, j'en ai la conviction. Vous êtes très pâle. Prenez-vous le complément alimentaire riche en fer qui vous a été prescrit ?

— J'ai perdu l'ordonnance, déclara la jeune fille, l'air coupable.

— Dans ce cas, je vais demander au Dr Wright d'en rédiger une nouvelle. Et maintenant, montrez-nous où vous avez mal.

Reese poussa un soupir excédé et jeta un regard mauvais en direction de son ami qui ricanait.

— Je ne suis pas une poule mouillée. Je souffre vraiment, là, sur le côté, et j'ai dégobillé plusieurs fois. Je croyais que c'était à cause du bébé, mais je ne sais pas, j'ai l'impression qu'il y a autre chose.

— Êtes-vous d'accord pour que je vous examine pendant que le Dr Wright observe ?

— Allez-y, concéda l'adolescente.

Son expression trahit soudain une profonde vulnérabilité.

— Vous pensez qu'il y a un problème avec le bébé ?

— Inutile de s'inquiéter avant d'en avoir le cœur net. Maintenant, étendez-vous, s'il vous plaît.

Gila plaça les doigts sur le bas du ventre, à l'endroit que lui indiquait la jeune fille, et appuya sur la zone sensible.

— Avez-vous plus ou moins mal quand je relâche la pression ? s'enquit-elle en ôtant sa main.

— Plus, gémit Reese avec une grimace de douleur.

— Et donc, vous avez vomi à plusieurs reprises.

— Oui.

Gila jeta un coup d'œil à Leo qui lui répondit par un discret signe de tête. Apparemment, ils étaient arrivés à la même conclusion. Elle lui passa le relais.

— Il semble qu'il s'agisse d'un début d'appendicite, déclara-t-il. Une ambulance va vous conduire à l'hôpital où des tests complémentaires seront effectués afin de s'en assurer.

— Est-ce dangereux ? s'enquit le jeune homme. Risque-t-elle de perdre l'enfant ?

— Je ne vais pas vous mentir. Si ça n'est pas traité à temps, cela peut devenir très dangereux, et même dans certains cas, coûter la vie au malade. C'est pourquoi il est indispensable que Reese aille à l'hôpital sur-le-champ, vous comprenez ?

Les deux adolescents hochèrent la tête, l'air subitement désemparé.

— Je vous prépare une nouvelle ordonnance pour remédier à votre carence en fer et je vous retrouve à l'accueil.

Gila aida Reese à descendre de la table d'examen, puis emboîta le pas au jeune couple sans un mot ni un regard pour Leo, qui ne tenta pas de la retenir. Elle avait rempli sa mission. À présent, Leo n'avait qu'à se débrouiller sans elle.

2.

— Surprise !

Gila sursauta à la vue du petit groupe rassemblé dans la salle de repos. Elle réprima une furieuse envie de tourner les talons et de s'enfuir en courant, ou plutôt, compte tenu de son état, de se dandiner le plus vite possible jusqu'à la sortie la plus proche.

Médecins, infirmières, et même le personnel administratif de la clinique avaient les yeux braqués sur elle, attendant sa réaction. Elle regretta de ne pas être partie aussitôt après sa journée de travail. Elle avait hésité à le faire, mais sa conscience l'avait rappelée à l'ordre. Trudy avait eu la gentillesse de l'inviter à boire un thé, elle ne pouvait pas se dérober. À présent, elle comprenait qu'elle ne rentrerait pas chez elle de sitôt.

Ceci expliquait l'insistance de Trudy. Elle avait organisé en douce une petite réception. Une charmante attention dont Gila, fatiguée moralement et physiquement, se serait volontiers passée. Trop tard pour battre en retraite. À présent, il ne lui restait plus qu'à donner le change. Elle avisa, sur la table, une pile de paquets enveloppés de papiers aux couleurs vives. Encore une fête prénatale ! Elle en avait déjà subi une organisée par ses collègues de la maternité, à son départ en congé. Elle avait alors dû jouer la comédie de la future maman nageant dans le bonheur et ne pas montrer que ce témoignage de sympathie avait bien failli lui déclencher une crise de larmes.

Et voilà que cette épreuve lui était de nouveau infligée ! Le problème c'était que, cette fois, sa rencontre inopinée avec Leo l'avait fragilisée et que se retenir d'éclater en sanglots compulsifs lui demanderait encore plus d'efforts.

Elle se força à sourire, espérant qu'elle parviendrait à tromper son entourage.

— Je ne sais pas quoi dire.

Trudy s'avança vers elle et, glissant un bras sous le sien, elle l'entraîna au centre de la pièce.

— Ce ne sont que quelques babioles pour le bébé. Nous souhaitions célébrer le futur événement, alors nous avons décidé de nous cotiser pour offrir ces menus présents qui, plus tard, te feront penser à nous.

La gorge serrée par l'émotion, Gila perçut un mouvement dans son dos. Il s'en fallut de peu que les larmes ne débordent de ses paupières quand, tournant la tête, elle découvrit Leo qui la regardait. Il avait troqué sa tenue médicale blanche contre une veste noire qu'elle ne connaissait que trop bien et un jean délavé. Elle dut résister à l'envie ridicule de se jeter dans ses bras.

Trudy s'était montrée dithyrambique au sujet du physique de Leo, et elle n'exagérait pas. Gila fut de nouveau frappée par la beauté de l'homme qu'elle avait épousé. Elle aurait pu dessiner les yeux fermés son menton volontaire et carré, son regard ténébreux qui, la plupart du temps, exprimait une grande douceur, son épaisse chevelure brune et bouclée qui descendait presque jusqu'aux épaules et qu'il coiffait vers l'arrière, son nez légèrement de travers à la suite d'un accident de scooter quand il était adolescent. Pris individuellement, ses traits présentaient quelques défauts, mais ensemble, ils formaient un visage parfaitement harmonieux, comme si les doigts habiles d'un sculpteur bourré de talent s'étaient ingéniés à les façonner jusqu'à atteindre la perfection.

Gila se détourna. Elle se composa le masque du bonheur, celui qui était devenu comme une seconde peau au cours des derniers mois, qui dissimulait son chaos intérieur et qu'elle n'abandonnait qu'une fois seule.

— Vous… vous n'auriez pas dû vous donner toute cette peine, dit-elle d'une voix un peu tremblante. Je vous remercie du fond du cœur.

Elle s'approcha des cadeaux et entreprit d'en déballer

quelques-uns. Elle feignait de s'y intéresser mais, en réalité, son esprit était concentré sur Leo. Malgré la distance qui les séparait, elle sentait sa présence, comme s'il avait marqué sa chair d'une empreinte indélébile. Que faisait-il dans cette clinique ? D'après Trudy, le Dr Peters lui avait demandé d'assurer son remplacement. Pourquoi lui ? Leo n'était pas un débutant, il n'avait plus à faire ses preuves auprès de son patron. Sa compétence lui avait valu de devenir en un temps record le bras droit du chef de service des urgences, et il adorait son travail. Alors, pour quelle raison venir ici ? Cela n'avait aucun sens. Un junior aurait très bien convenu.

Elle jeta un coup d'œil en coin à l'homme qui occupait ses pensées. Il s'était avancé dans la pièce et portait maintenant une immense girafe en peluche sous le bras.

Rien ne collait dans ce scénario. Une autre bouffée d'émotion lui serra la gorge. Gila mourait d'envie de quitter cette pièce pleine de gens chaleureux et joyeux pour se réfugier dans sa tanière, de fuir celui qu'elle avait follement aimé, qui avait contribué à créer le petit miracle qu'elle portait dans son ventre, et qui, maintenant, se tenait là, une peluche dans les bras et l'air aussi mal à l'aise qu'elle. Personne ici ne connaissait son mari et elle n'avait pas l'intention de révéler que le nouveau médecin était le père de son enfant, ni que leur union avait volé en éclats. Tout ce qu'elle souhaitait, à cet instant précis, c'était tenir encore un quart d'heure sans craquer nerveusement.

Aurait-elle la force de continuer à travailler à la clinique au risque d'y croiser Leo ? N'avait-elle pas intérêt à mettre prématurément un terme à sa mission en prétextant qu'elle était trop fatiguée pour continuer jusqu'au bout, et de prier Mart de lui trouver une remplaçante pour les deux jours qu'il lui restait à effectuer, la semaine prochaine ? Cet endroit avait été son sanctuaire. À s'occuper des problèmes des autres, elle en était presque arrivée à oublier les siens. Du moins, pendant ses heures de travail. La présence de Leo allait forcément compromettre la qualité de sa prestation. Avant, cet homme était tout pour elle : sa vie, ses projets, ses rêves. Maintenant, il était celui par qui le malheur était arrivé.

Trudy la rejoignit. Elle était accompagnée de Leo qui serrait toujours la peluche dans ses bras.

— Cette adorable girafe a été laissée à ton attention par le Dr Peters, expliqua-t-elle.

Gila sourit et, pour la première fois depuis longtemps, elle ressentit un élan de joie. Elle appréciait beaucoup le Dr Peters, qu'elle avait rencontré à plusieurs reprises par l'intermédiaire de Leo. Que pensait-il d'elle aujourd'hui ? La jugeait-il comme une épouse indigne, pour avoir quitté son mari bouleversé par la disparition de sa sœur ? Lorsqu'un couple se séparait, les gens avaient tendance à prendre parti pour l'un ou pour l'autre. Avait-il pris celui de Leo ? Le cas échéant, il ne lui aurait sans doute pas offert ce cadeau.

— Comme c'est gentil de sa part, murmura-t-elle.

Elle tendit la main pour caresser l'animal et effleura par inadvertance celle de Leo. Elle la retira aussitôt.

— Leo, pourquoi ne poserais-tu pas cette jolie bestiole sur une chaise ? suggéra Trudy, qui ne semblait pas percevoir le malaise entre eux. Ensuite, je te présenterai au reste de l'équipe.

Gila les regarda s'éloigner vers un autre groupe. Elle savait par avance que Leo ferait l'unanimité parmi leurs collègues. Il avait le don d'inspirer de la sympathie. Elle sut alors avec une absolue certitude qu'elle ne parviendrait pas à surmonter l'épreuve de la promiscuité, même pour quelques jours. Or, elle doutait que la direction de la clinique entérine son refus de travailler dans le même bâtiment que son mari dont elle s'était séparée. D'autant que c'était le Dr Peters qui avait choisi cette nouvelle recrue pour le remplacer durant son absence. Elle partirait donc plus tôt que prévu ; elle n'avait pas d'autre choix.

Pourquoi Leo avait-il consenti à assurer cette mission ? L'avait-il fait sciemment ?

Quelqu'un tendit à Gila un verre de jus d'orange. Elle l'accepta et jeta un regard discret en direction de la pendule. Combien de temps avant qu'elle puisse s'esquiver sans paraître indélicate ? Elle en était là de ses pensées quand Trudy revint vers elle.

— Ne t'inquiète pas, lui glissa-t-elle à l'oreille. Ils vont tous devoir repartir sous peu vaquer à leurs occupations.

Gila lui adressa une moue coupable.

— Suis-je à ce point transparente ?

— Non. Simplement, je me souviens de ce que ressent une femme enceinte de huit mois. J'ai passé les dernières semaines de ma grossesse tiraillée entre le désir de tout réorganiser dans ma maison et le besoin permanent de dormir.

Gila lui sourit.

— J'avoue que je paierais cher pour pouvoir m'allonger sur mon canapé !

Trudy eut un rire complice.

— J'ai l'impression que Leo va très vite s'intégrer. Regarde, elles le dévorent littéralement des yeux !

Leo conversait avec deux jeunes femmes employées au service administratif. Effectivement, elles semblaient fascinées par le charme de son mari, et rivalisaient pour accaparer son attention. Malgré elle, Gila éprouva un pincement au cœur. Serait-elle jalouse ? Non, impossible. De toute façon, elle avait perdu toute voix au chapitre quand elle avait rompu.

Son téléphone portable bipa, et elle décida de saisir cette occasion inespérée pour battre en retraite.

— Désolée, mais je dois y aller. J'ai un rendez-vous, mentit-elle.

— Oui, bien sûr. Je vais demander à Leo de porter cette girafe très encombrante.

— Non merci, c'est inutile. Je me débrouillerai seule.

Moins elle passerait de temps avec lui, mieux ce serait ! Elle prévoyait de profiter de son congé maternité et de se préoccuper exclusivement du bébé. Toute décision concernant Leo et l'avenir pouvait attendre. Elle avait quelques économies et habitait à titre gratuit sur la péniche de son oncle pendant qu'il faisait la tournée des vignobles en France, ce qui limitait ses dépenses.

— Pas question, rétorqua Trudy. Et puis, je le trouve craquant avec cette peluche. Je me demande s'il a des enfants. À ton avis, il est marié ? Depuis mon divorce, je ne m'intéresse pas trop aux hommes, mais je ferais bien une exception pour celui-ci !

Gila récupéra la girafe et la cala sous son bras.

— Méfie-toi. Il m'a tout l'air du beau parleur qui ne respecte pas ses promesses.

— Tu penses ?

— Seule une idiote pourrait tomber amoureuse d'un type comme lui. Crois-moi sur parole.

— Gila.

Son pouls s'accéléra, mais elle ignora délibérément Leo, qui l'avait rattrapée dans le couloir interminable menant à la réception de la clinique. Il allait forcément comprendre qu'elle n'avait pas envie de lui parler et se décourager.

— Gila, il faut que nous discutions !

— Désolée, je n'ai pas le temps.

Tremblante, elle accéléra le pas, pressée d'échapper à cet homme et à tous les souvenirs qu'il faisait remonter à la surface. Des souvenirs de jours heureux où le monde lui paraissait merveilleux et où elle croyait avoir trouvé l'homme de sa vie… jusqu'à ce qu'il détruise tous ses rêves.

— S'il te plaît, Gila !

— Que veux-tu, Leo ? lança-t-elle, d'un ton impatient.

Elle refusait qu'il l'entraîne de nouveau dans le tumulte émotionnel qu'elle avait mis des semaines à surmonter. Pourquoi souhaitait-il soudain lui parler ? Pourquoi pas il y a des mois quand elle s'était agenouillée devant lui, avais pris ses mains entre les siennes et l'avait supplié de lui confier ce qui le torturait ? Pourquoi pas quand cela aurait compté et aurait fait une différence ?

— Une chance de m'expliquer.

Un instant, elle fut tentée d'accepter, mais à quoi bon ? Tout ce qu'elle risquait de récolter, c'était une nouvelle déception.

— Inutile, murmura-t-elle d'une voix étranglée.

Elle ne se sentait pas prête à entendre ce qu'il avait à lui dire. La grossesse avait tendance à la rendre plus sensible, la fragiliser. Elle devait se protéger, protéger son bébé.

Leo tendit la main comme s'il s'apprêtait à la toucher, mais il laissa aussitôt retomber son bras. Il n'y a encore pas si longtemps, elle adorait la caresse de ses doigts sur sa peau. Désormais, elle préférait éviter tout contact.

— Il est temps que nous ayons une conversation franche et sérieuse, insista-t-il. Pas par messagerie interposée. Il me semble important d'instaurer entre nous une relation plus apaisée avant la…

— À quoi est dû ce besoin subit de communication ? Durant des mois, tu m'as complètement ignorée, comme si je n'existais plus pour toi.

— C'est faux. Je ne t'ai pas ignorée. J'ai répondu à chacun de tes messages. Je voulais te donner du temps pour réfléchir, et mon…

D'un geste, elle l'interrompit. Pas question d'écouter ses fausses excuses. Elle avait tout donné à cet homme, son cœur, son corps, son âme, et il l'avait abandonnée, comme d'autres avant lui.

Une ride profonde se creusa sur le front de Leo.

— Cette hostilité ne nous mènera nulle part.

— À qui la faute ?

Exaspération, chagrin, rancune, frustration : lequel de ces sentiments avait pris le pas sur les autres ? Elle n'aurait su le dire.

— Et puis, pourquoi es-tu venu travailler ici ?

S'attendait-il à ce qu'elle se comporte comme si rien ne s'était passé, comme si aucun lien particulier ne les avait jamais unis ?

— Je t'en prie, allons quelque part où nous pourrons avoir une discussion en privé, à l'abri des oreilles indiscrètes. Je te raconterai tout, et…

— Pourquoi as-tu accepté une mission à la clinique Mart ? répéta-t-elle.

— Parce que je n'avais pas le choix. Il m'était impossible de refuser ce service au Dr Peters.

— Tu ne m'as pas fait assez de mal comme ça, à ton avis ?

Il faut, en plus, que tu m'imposes ta présence ici ! Quelqu'un d'autre aurait tout aussi bien pu remplacer le Dr Peters. L'idée que je ne voulais pas te voir ne t'a-t-elle même pas effleuré l'esprit ?

Leo se rapprocha. Ils s'affrontèrent du regard.

— La situation est délicate, j'en conviens, mais j'avais une dette envers le Dr Peters. Laisse-moi t'expliquer…

— Non !

Elle s'écarta. Dans sa hâte à battre en retraite, elle heurta une table placée contre le mur, renversant un présentoir à brochures, dont le contenu s'éparpilla sur le sol.

Il secoua la tête.

— Je suis vraiment désolé, Gila. Désolé pour ma présence manifestement inopportune, désolé d'avoir omis de t'en informer au préalable… désolé pour tout ce gâchis.

— Je n'ai que faire de ton mea culpa, répliqua-t-elle froidement.

Où était-il pendant les premiers jours de leur séparation ? Lorsqu'elle restait prostrée dans la péniche de son oncle, guettant jour et nuit le bruit de ses pas sur le ponton, espérant qu'il viendrait frapper à sa porte pour la supplier de rentrer chez eux. Avec le recul, cette attente vaine lui paraissait pathétique. Au début, elle avait cru que tout finirait par s'arranger, qu'ils régleraient leurs différends. Mais rien de tel ne s'était produit. Leo n'avait pas donné le moindre signe de vie, achevant d'anéantir ses dernières illusions.

Alors, elle avait senti un vide abyssal se creuser en elle et l'amour déserter son cœur au profit d'une tristesse insondable.

— Je te déteste, chuchota-t-elle. Tu ne comprends pas ça ? Je te déteste de m'avoir prouvé à quel point j'ai été stupide de t'accorder ma confiance.

Leo tressaillit, puis son expression de stupeur douloureuse se mua en un masque dur, impénétrable.

— Si, je le comprends. Cependant…

Avant qu'il ait fini sa phrase, elle s'éloigna, malgré ses jambes qui menaçaient de se dérober à tout moment. Cette fois, il n'y aurait ni pleurs ni supplications. Cette fois, elle partirait la tête haute, son avenir bien protégé au creux de son corps.

Instinctivement, elle toucha son ventre et sentit vaguement le bébé réagir par un petit coup de pied. Son enfant se doutait-il que celui qui avait contribué à lui donner la vie représentait désormais pour sa mère son pire échec ? Qu'il était le fruit d'un amour à sens unique ?

En voyant Gila fuir aussi vite que son état le lui permettait, Leo eut l'impression que son cœur se déchirait dans sa poitrine. Avant, c'était pour se précipiter dans ses bras qu'elle courait. Maintenant, c'était pour mettre autant de distance que possible entre eux, comme si elle avait le diable à ses trousses, comme si sa vie en dépendait.

Qu'elle le déteste ne l'étonnait pas. S'il comprenait son ressentiment, les mots qu'elle avait employés lui avaient fait l'effet d'un coup de poignard et avaient rouvert des blessures qu'elle seule avait le pouvoir de refermer. À présent, il savait qu'il n'en serait rien.

Il aurait dû l'avertir quand le Dr Peters lui avait demandé d'assurer son remplacement à la clinique Mart, mais il n'avait pas anticipé, ou plus exactement, il n'avait pas voulu envisager les complications que son arrivée ici risquait d'engendrer pour son épouse. Il avait préféré attendre de voir sa réaction et aviser en conséquence, plutôt que de lui téléphoner ou de lui envoyer un SMS. À présent, il se disait qu'il avait commis une erreur de jugement. Son initiative n'avait fait qu'ajouter un grief supplémentaire aux nombreux autres qu'elle nourrissait à son encontre.

Comment apaiser les tensions entre eux alors qu'elle refusait de l'écouter et que l'amour avait déserté son beau regard gris, laissant place à la défiance, au chagrin et à l'hostilité ?

Il n'avait à s'en prendre qu'à lui-même. Au lieu de tenter de la retenir, puis de la convaincre de revenir après son départ, il s'était renfermé sur lui-même, sourd à tout ce qui n'était pas sa propre souffrance. Il avait agi comme le pire des égocentriques, traitant Gila comme si elle ne comptait pas. Elle ne lui pardonnerait jamais de l'avoir trahie.

Baissant les yeux, Leo aperçut un petit paquet enveloppé de papier rouge vif que Gila avait sans doute laissé tomber en se cognant contre la table, dans son empressement à le fuir, lui et tout ce qui, un jour, les avait unis. Il eut, malgré lui, un sourire attendri. Ces présents étaient pour son enfant. Lors de la distribution des cadeaux, il avait dû lutter pour ne pas proclamer devant tout le monde qu'il était le père du bébé et le mari de Gila, celui qui, malgré ses égarements, n'avait jamais cessé de l'aimer.

Aussitôt, sa décision fut prise. Il ramassa le paquet et se lança à la poursuite de la jeune femme, espérant la rattraper avant qu'elle quitte le parking. Qu'elle le veuille ou non, ils devaient cesser de communiquer par des moyens électroniques et s'expliquer de vive voix. Il n'abdiquerait pas ; il en allait de sa future relation avec son enfant.

D'un pas résolu, Leo franchit les portes vitrées de la clinique. Il repéra sans peine la silhouette vêtue d'un uniforme bleu un peu plus loin, et une angoisse sourde lui étreignit la gorge. Gila s'appuyait d'une main sur le capot d'une voiture, la tête penchée en avant, comme si elle s'apprêtait à faire un malaise.

Il se précipita vers elle.

— Ça ne va pas ?

— Leo ?

Elle leva le visage vers lui. Il constata qu'elle était d'une pâleur alarmante.

— Dis-moi ce qui ne va pas.

— Rien de grave. Je me sens juste un peu faible, admit-elle avec une réticence manifeste.

— Depuis combien de temps ?

Instinctivement, il glissa un bras autour de sa taille. Contre toute attente, elle ne le repoussa pas, ce qui eut pour effet de l'inquiéter davantage.

— Deux minutes à peine.

— Nous devrions peut-être retourner à l'intérieur afin que tu puisses t'asseoir, le temps de récupérer des forces ?

— Non. Je veux rentrer chez moi, et mon bus ne va plus tarder.

— Oublie le bus, rétorqua Leo, troublé par la vulnérabilité que trahissait son regard.

Son enfance chahutée et peu conventionnelle avait appris à Gila à ne rien laisser paraître de ses émotions. Seules quelques rares personnes proches avaient le privilège de savoir ce qu'elle ressentait vraiment.

— Tu pourras toujours prendre celui d'après, ajouta-t-il. Sinon, je peux te raccompagner.

— Non merci. Je préfère encore marcher.

— Ne sois pas butée, Gila. Ce n'est pas comme si nous habitions à des kilomètres l'un de l'autre.

— Cela ne change rien.

— Gila…

— Ça suffit. Fiche-moi la paix !

— Tu refuses d'avoir affaire à moi, et je le comprends. Néanmoins…

— Dans ce cas, n'insiste pas.

Il approcha le visage tout près du sien et s'efforça de prendre son air le plus convaincant.

— Néanmoins, disais-je, le bébé que tu portes si magnifiquement est aussi le mien. En tant que futur papa et que médecin, il m'est impossible de ne pas intervenir. Alors, que puis-je faire pour t'aider ?

— Je crois que je devrais m'asseoir quelques instants, finit-elle par admettre à regret.

Leo jeta un coup d'œil autour d'eux. Il ne vit ni banc ni muret assez bas.

— Il n'y a rien ici qui convienne. Accepterais-tu de t'installer dans ma voiture, sur le siège passager, jusqu'à ce que tu te sentes mieux ?

La proposition ne parut pas l'enthousiasmer, mais elle s'y résolut.

— D'accord.

Glissant un bras sous le sien, il l'escorta jusqu'à son véhicule garé non loin, lui ouvrit la portière et la débarrassa de la girafe qu'il lança sur la banquette arrière.

— Pourquoi fais-tu ça ? s'enquit-elle d'un ton suspicieux après avoir pris place à l'avant.

— Parce que tu as besoin d'assistance.

— Bien sûr, murmura-t-elle d'une voix acerbe. À quelle autre raison devrais-je sinon ce soudain intérêt pour ma personne insignifiante ?

Leo encaissa le coup sans broncher. Ce n'était pas le moment de la détromper sur ses intentions, ni de lui avouer combien leur couple comptait à ses yeux. Le temps des explications arriverait bientôt. Pour l'heure, la priorité, c'était de la convaincre de se laisser raccompagner en voiture.

— Décris-moi très précisément ce que tu as ressenti.

Elle poussa un soupir.

— Je te l'ai dit, j'ai eu une sorte de vertige.

— S'agit-il de la première fois ?

Il craignait que sa sage-femme soit passée à côté d'un éventuel problème médical.

— Je t'arrête tout de suite, Leo ! Au cas où tu l'aurais déjà oublié, tu n'es pas le seul professionnel de santé ici. Il n'y a rien d'inquiétant, ni de surprenant. Je n'aurais pas dû m'agiter autant à ce stade de la grossesse, c'est tout.

— Comment est ta pression artérielle ?

— Normale… enfin, sauf quand je tombe nez à nez avec mon ex-mari sur mon lieu de travail.

— Que cela te plaise ou non, nous sommes toujours mariés. Sache aussi que je me soucie de ton bien-être ainsi que de celui de *notre* enfant.

— Sur le papier uniquement, rétorqua-t-elle.

— C'est toi qui m'as quitté, rappelle-toi, pas l'inverse.

Leo se pencha pour attraper une bouteille d'eau dans le vide-poches. Il la déboucha et la lui tendit.

— Tiens, bois quelques gorgées.

Elle obtempéra sans rechigner.

— Maintenant, il faut vraiment que j'y aille.

— Repose-toi encore un peu. Tu n'as pas bonne mine.

Il avait tellement envie de la toucher, de poser la main sur son ventre, de respirer le parfum de sa peau, ce parfum naturel et unique dont il ne se lassait pas et qui avait le don d'attiser son désir.

Mais ses sentiments et ses pulsions n'avaient plus lieu de s'exprimer. Il avait perdu le privilège de célébrer ce corps comme il méritait de l'être. Ses relations avec la femme qu'il chérissait de tout son cœur, de toute son âme, ne tenaient plus qu'à un fil. Au cours des derniers mois, il avait eu à combattre d'autres démons, terrifiants, et voilà qu'à présent il se retrouvait confronté à un second échec : celui de son couple.

— La supérette est à deux pas. Tu veux que j'aille t'acheter de quoi grignoter ? Tu as peut-être eu une fringale.

Gila tourna la tête en direction du petit supermarché.

— Oh non ! marmonna-t-elle.

— Qu'y a-t-il ?

— À tous les coups, j'ai raté le bus. Il me semble l'avoir vu passer à l'instant. Maintenant, je vais devoir attendre une demi-heure avant le prochain.

— Pas question. Je te reconduis à la péniche.

Elle devait être proche de l'épuisement, car elle capitula.

— D'accord, mais c'est simplement parce que j'ai cette grande girafe à transporter, répondit-elle, dans une ultime tentative pour ne pas perdre la face.

Décidément, ce petit bout de femme ne s'avouait jamais vaincue, et ne manquait pas de cran. La première fois qu'il avait posé les yeux sur elle, deux ans auparavant, elle était accroupie devant une patiente en train d'enfanter dans la salle d'attente de l'hôpital. Au milieu de la panique générale, et alors qu'il était trop tard pour transférer la jeune maman en salle d'accouchement, elle avait pris le contrôle de la situation et mené à bien cette intervention aussi délicate qu'inédite.

C'est cet après-midi-là qu'il était tombé amoureux de

Gila. Il s'en souvenait comme si c'était hier. Que de chemin parcouru en si peu de temps ! Aujourd'hui, sa priorité était de raccompagner Gila chez son oncle et de veiller à ce qu'elle se repose. Et demain ? Demain serait un autre jour…

3.

Lorsque Leo se fut garé sur le petit parking réservé aux résidents du canal, Gila mit un point d'honneur à s'extraire de la voiture sans solliciter son concours, malgré quelques difficultés.

Ces vingt minutes de trajet l'avaient soumise à rude épreuve sur le plan tant physique qu'émotionnel. Elle avait dû lutter contre le besoin de le toucher, contre l'envie de poser la main sur sa cuisse comme elle avait l'habitude de le faire avant.

— Je t'aurais aidée, déclara-t-il en contournant le véhicule et en s'immobilisant devant elle.

Très tôt, Gila avait compris l'importance de rester autonome, et elle n'avait pas l'intention de devenir dépendante sous prétexte que son ventre arrondi gênait ses mouvemcnts. La vie s'était chargée de lui enseigner que compter sur autrui n'engendrait que regret et désillusion. Elle ne commettrait pas cette erreur.

— Je ne suis pas infirme.

Elle ouvrit la portière arrière pour récupérer la girafe qu'elle serra contre elle, un peu à la manière d'un bouclier, puis elle attendit que Leo s'écarte de son chemin.

— OK, soupira-t-il, battant en retraite.

Elle avait mal au dos, mal aux pieds, et n'aspirait qu'à trois choses : un bain, une coupe de glace au caramel au beurre salé et une bonne crise de larmes. Dans cet ordre très précis.

Sans un regard pour Leo, elle s'engagea dans la petite allée pavée qui menait au canal bordé de part et d'autre par un large ruban boisé. Gila adorait cette oasis de verdure et mesurait le privilège qu'elle avait de vivre dans un havre de paix, non loin pourtant de l'agitation du centre de Londres.

Située derrière une rangée de maisons mitoyennes hors

de prix, dans un quartier autrefois considéré comme miteux, cette voie navigable artificielle ainsi que de nombreuses autres avaient contribué à l'essor industriel de la capitale anglaise. Un haut mur de brique et les arbres de la coulée verte séparaient les jardins riverains des bateaux amarrés le long de la berge, assurant ainsi le respect de l'intimité de leurs occupants.

Désormais, le canal accueillait des vacanciers, et quelques personnes résidaient à l'année dans des péniches décorées avec soin. C'était le cas de Gila depuis qu'à l'âge de quatorze ans elle avait emménagé chez son oncle Art, son père n'ayant plus les moyens de l'élever.

— Tu veux bien arrêter d'être aussi…, protesta Leo, qui lui avait emboîté le pas.

Elle stoppa net et fit volte-face, soudain prête à lancer les hostilités s'il s'agissait du seul moyen de se débarrasser de lui.

— Aussi quoi ?

Il parut désarçonné par l'attaque.

— Non, rien, oublie. Je souhaite juste que nos relations s'améliorent avant l'arrivée du bébé.

À son grand désarroi, elle émit un grognement pour toute réponse.

Leo écarquilla les yeux.

— Je rêve ou tu viens de grogner contre moi ?

— Désolée, ça m'a échappé.

Ce comportement étrange avait complètement échappé à son contrôle. Fallait-il y voir un effet pervers du dérèglement hormonal lié à la grossesse ou la réaction d'une femme désabusée, délaissée par son époux ?

Préférant ne pas s'appesantir sur le sujet, elle reporta son attention sur la péniche amarrée un peu plus loin. Encore quelques pas, et elle serait à l'abri chez elle.

Chez elle ?

Elle contempla l'embarcation d'un marron sale et rejeta cette idée. Non, ce n'était pas chez elle, du moins plus depuis le jour où Leo et elle s'étaient installés ensemble.

Malgré elle, son regard dériva vers la péniche voisine, à la coque couleur lilas et aux petits volets en bois bleu pastel au centre desquels était découpé un motif en forme de cœur. C'était l'œuvre de Leo lors d'une journée oisive d'été, l'an dernier. Ils avaient aussi transformé le pont et le toit en un charmant jardin verdoyant où proliféraient des fleurs, des légumes et des arbustes.

Lorsque ce bateau avait été mis en vente, plusieurs mois avant leur mariage, ils avaient sauté sur l'occasion. Les prix de l'immobilier dans ce quartier frisaient l'indécence, et Gila souhaitait ne pas trop s'éloigner de son oncle, un original, mais le seul parent qui lui restait. Pour elle, il s'agissait d'une véritable aubaine. Leo avait accepté sans hésitation. À l'époque, seul le bonheur de Gila comptait. Certes, l'espace dans une péniche était exigu et nécessitait une certaine ingéniosité en termes d'aménagement. Au quotidien, le mode de vie s'avérait très différent de celui dans un logement classique, surtout avec l'arrivée d'un enfant à bord. Néanmoins, elle n'avait pas besoin d'une maison pleine de meubles et d'objets qui, finalement, n'avaient rien d'indispensable.

Cette péniche lilas, c'était son vrai foyer. Celui que Leo et elle avaient rénové avec enthousiasme, où ils avaient passé leur nuit de noces et vécu des instants magiques. Un cocon qui avait abrité leur amour et leur bonheur jusqu'à ce que tout explose. Jusqu'à ce que leur couple idéal se révèle, en réalité, incapable de surmonter le premier obstacle que le destin avait placé sur sa route.

Gila sentit son cœur se serrer affreusement au souvenir de cette période bénie. Avant l'overdose qui avait emporté la sœur de Leo et anéanti leur mariage. Avant que Leo sombre et l'exclue de l'univers sinistre dans lequel il semblait se complaire. Peut-être la faille entre eux existait-elle déjà et la disparition de Jodie l'avait-elle transformée en un gouffre ?

— Je t'accompagne à l'intérieur, dit-il.

Gila acquiesça d'un hochement de tête. Sans doute ne s'attarderait-il pas après avoir déposé les cadeaux destinés au bébé. Elle avait remarqué qu'en dehors de ses heures de travail il sortait deux fois par semaine. Non pas qu'elle l'ait espionné.

Elle n'était pas comme ces épouses séparées qui épiaient les moindres faits et gestes de leur futur ex-mari. Leo pouvait bien aller où il voulait et faire ce que bon lui semblait de son emploi du temps. Simplement, elle n'avait pas pu s'empêcher de noter qu'il s'absentait deux soirs par semaine, durant environ une heure, et cela l'intriguait. Peut-être avait-il déjà tourné la page, bien que leur rupture remonte à quelques mois seulement ? À l'hôpital, il ne devait pas manquer d'opportunités, infirmières ou femmes médecins prêtes à consoler un si bel homme en mal de compagnie.

Pour sa part, Gila se considérait encore comme engagée par les liens du mariage. La marque plus claire à son annulaire gauche lui rappelait qu'elle était toujours Mme Gila Wright… sans oublier, bien sûr, la rondeur de son abdomen.

— Finalement, je préfère que tu laisses ces paquets dehors, devant la porte, déclara-t-elle, se ravisant. Je les rentrerai moi-même.

Elle n'avait pas envie qu'il envahisse son petit refuge. Les vingt minutes de trajet en voiture, côte à côte, avaient déjà été assez pénibles. Inutile de s'infliger une épreuve supplémentaire. Et puis, s'il entrait, les lieux resteraient marqués de sa présence et du parfum de son after-shave, même après son départ.

— Gila, quand pouvons-nous avoir une conversation sérieuse ? Donne-moi juste un jour et une heure. C'est tout ce que je te demande.

« Quand les poules auront des dents ! » faillit-elle répondre. Qu'avaient-ils à se dire ? Rien. De toute façon, elle ne se sentait pas d'humeur à palabrer. Durant des semaines, elle l'avait supplié de sortir de son mutisme, et il n'avait pas desserré les dents. Alors, tant pis pour lui. Il n'avait qu'à se contenter des messages électroniques qu'elle lui adressait pour l'informer de l'état de santé du bébé. Mieux valait ces SMS et mails factuels qu'une discussion personnelle qui dégénérerait invariablement en querelle. Beaucoup trop de paroles blessantes avaient été échangées quand Gila avait enfin acquis la conviction que Leo ne faisait pas uniquement son deuil, il s'éloignait d'elle.

Y avait-il une raison particulière pour qu'il tienne soudain à rétablir la communication ? Une femme, par exemple ? Avait-il rencontré quelqu'un et avait-il hâte d'en finir avec son ancienne vie afin d'en commencer une autre ?

Elle chassa cette hypothèse de son esprit. Elle devait se concentrer sur l'essentiel, à savoir son bébé. Et pour cela, elle avait besoin de solitude et de calme.

— Pas aujourd'hui, Leo. Je suis fatiguée et je n'ai qu'une envie : me reposer.

— Prends-tu assez de fer ? Tu es très pâle.

— Tu n'es pas mon médecin traitant.

— Exact, ce qui ne m'empêche pas de me soucier de ton sort.

Elle lui jeta un regard noir.

— Pas assez, c'est tout le problème, répliqua-t-elle en montant à bord. En fin de compte, tu m'as démontré que tu ne t'en souciais pas tant que ça.

— C'est faux. Accorde-moi au moins une chance de m'expliquer.

Dans son empressement à se réfugier à l'intérieur, elle buta contre une planche et trébucha. Deux bras robustes l'enlacèrent, et elle se retrouva serrée contre Leo, qui avait lâché le sac de cadeaux pour la retenir. Elle éprouva une stupide sensation de bien-être, laquelle s'effaça aussitôt au souvenir de ce qu'elle avait enduré par sa faute.

Elle l'avait quitté dans l'espoir de provoquer un électrochoc. Dans sa grande candeur, elle s'imaginait qu'il réagirait, qu'il sortirait de son indifférence. Elle s'était trompée. Il n'avait pas pris la moindre initiative pour la reconquérir. Il avait continué de vivre de son côté. Au fil des jours, puis des semaines, le fossé s'était creusé.

Alors, pour la première fois depuis leur rencontre, Gila s'était résolue à regarder la triste réalité en face. Bien qu'elle eût aimé Leo de toutes les fibres de son être, ses sentiments n'avaient pas été payés de retour, du moins pas avec la même intensité. Sinon, pourquoi se serait-il désintéressé d'elle ? Pourquoi n'avait-il rien tenté pour sauver leur couple ?

Elle se dégagea de son étreinte et pénétra dans l'espace de vie aménagé de façon assez spartiate par son oncle, célibataire endurci, et qu'elle n'avait pas eu le courage de décorer. En partant, elle n'avait emporté que le strict minimum, à savoir ses tenues de grossesse et ses affaires de toilette, parce qu'elle pensait naïvement que cette séparation ne durerait pas. Puis, la situation s'éternisant, l'énergie lui avait manqué pour rendre ce lieu plus cosy par quelques touches féminines.

Si elle pensait avoir découragé Leo, elle constata qu'elle se trompait. Il avait toujours eu de la suite dans les idées.

— Étends-toi un moment, déclara-t-il en arrangeant les coussins sur le sofa. Je vais prendre ta tension et, après, promis, je te fiche la paix.

— Je me porte bien, protesta-t-elle pour la forme.

Elle obtempéra néanmoins. Dans son for intérieur, elle était partagée entre l'émotion que lui causait la sollicitude de Leo à son égard et l'envie de le voir partir.

— Cela ne coûte rien de nous en assurer.

— Je suis sûre que tu as une tonne de choses plus importantes à faire.

— En tout cas, rien de plus important que ta santé et celle de notre enfant. Je vais chercher ma sacoche médicale et je reviens.

Son ton n'admettait pas de réplique.

— Inutile, j'ai un tensiomètre et un stéthoscope ici.

Elle lui indiqua à contrecœur le tiroir où elle rangeait l'équipement médical destiné à son usage personnel.

— Arrête de bouder, dit-il en revenant avec les instruments et en s'accroupissant à côté d'elle.

— Je ne boude pas.

Il esquissa un sourire dubitatif, mais s'abstint de tout commentaire.

— À quelle fréquence se produisent ces pertes d'équilibre et ces sensations de vertige ? s'enquit-il en enroulant le brassard autour de son bras.

— C'est la première fois que je manque de tomber. En revanche, j'ai eu la tête qui tournait à plusieurs reprises. Cela n'est pas régulier et ne dure que quelques secondes. Tu sais comme moi que ce genre de malaise passager arrive de temps à autre chez les femmes enceintes. J'en ai d'ailleurs parlé à ma sage-femme.

— Parfait.

Il insuffla de l'air dans le brassard à l'aide de la poire en caoutchouc, appliqua le stéthoscope sur l'artère humérale, puis relâcha la pression.

— Tu as une tension un peu trop élevée.

— Tu ne m'apprends rien. Je la contrôle régulièrement. D'après ma sage-femme, il n'y a pas de quoi s'inquiéter.

— Tu devrais tout de même veiller à te reposer. Tu as l'air fatigué.

— Merci du compliment. Au cas où tu l'aurais déjà oublié, je suis enceinte de huit mois !

Ce commentaire sur son aspect physique l'avait piquée au vif. Elle ne se sentait pas d'humeur à entendre ce genre de remarques peu flatteuses, surtout de la part d'un homme d'une beauté indécente. Et puis, elle n'allait certainement pas lui avouer qu'elle dormait d'un sommeil agité, peuplé de rêves souvent angoissants dont il était le principal protagoniste !

— Mon propos ne se voulait pas désobligeant.

Il se redressa.

— Avant que tu t'en ailles, puis-je avoir ta parole que tu te montreras discret à la clinique Mart ? Il me reste deux jours à effectuer la semaine prochaine et je préférerais ne pas t'y croiser.

— Est-ce vraiment ce que tu souhaites ? s'enquit-il d'une voix égale.

Elle s'efforça de ne rien laisser paraître de ses émotions, de ses doutes et de ses désillusions. Pas question de lui montrer que sa seule présence suffisait à lui chambouler le cœur.

— Oui.

Il poussa un soupir, puis se dirigea vers la porte. Avant de sortir, il se retourna.

— Ce n'est pas de *ton* enfant dont il te faut prendre soin. C'est du *nôtre*.

— Va-t'en ! lança-t-elle, au comble de l'indignation.

Comment osait-il lui donner des leçons de morale ? C'est lui, par son indifférence et son égoïsme, qui avait provoqué la dissolution de leur couple, et il essayait de se faire passer pour une victime ! Il aurait dû, au contraire, lui savoir gré de l'avoir tenu informé de l'état de santé du bébé. Beaucoup de femmes dans sa situation ne se seraient pas donné cette peine. Il aurait aussi dû comprendre que, pour elle, le bien-être et le bonheur de son enfant passaient avant les siens. Sinon, pour quelle autre raison aurait-elle continué de l'impliquer ?

— Va-t'en ! répéta-t-elle, de plus en plus agacée.

Leo referma doucement la porte derrière lui, puis s'engagea sur la passerelle. Le crissement du gravier sur le chemin de halage bordant le canal attira son attention. À la vue de l'homme qui approchait, une sourde appréhension lui noua la gorge. L'après-midi n'avait déjà pas été très réjouissant. À quelle nouvelle tuile fallait-il s'attendre ? Le retour inopiné de l'oncle de Gila ne lui disait rien qui vaille.

— Bonjour, Leo.

Le ton était plutôt chaleureux, toutefois Leo n'était pas dupe. Art Brown s'était toujours beaucoup investi dans l'éducation de sa nièce, au point de la recueillir quand elle avait quatorze ans. Il se montrait à son égard aussi protecteur qu'un père, et tous deux partageaient une grande complicité.

— Vous êtes-vous finalement rabibochés ?

Leo crut déceler une note d'espoir dans sa voix.

— Non, soupira-t-il, le cœur gros. Disons que nous en sommes toujours à l'étape des négociations et que le climat entre les deux parties demeure très tendu.

Art se rembrunit.

— Oh ! je vois.

— Il faut que tu saches que Gila souffre de légers malaises depuis quelque temps. Le dernier en date a eu lieu à la clinique. Devant mon insistance, elle a fini par accepter que je la raccompagne en voiture et que je l'examine. Je lui ai vivement recommandé de se reposer, mais tu la connais : une vraie tête de mule. Peut-être parviendras-tu à la convaincre qu'elle doit vraiment ralentir le rythme ?

— Une chance que tu te sois trouvé là pile au bon moment, murmura Art, que cette coïncidence semblait intéresser au plus haut point.

Leo se contenta de hausser les épaules. Il n'avait pas l'intention de lui expliquer la raison de sa présence à la clinique. Les problèmes familiaux du Dr Peters ne regardaient personne.

— Cela tombe bien que Gila soit à la maison. Il faut que je lui parle.

— Dans ce cas, je vous laisse.

— Il serait préférable que tu assistes à notre conversation.

— Je doute que ta nièce soit ravie, étant donné qu'elle vient de me mettre à la porte. A priori, elle n'a pas apprécié certains de mes commentaires.

Art eut un sourire amusé.

— Nous autres, hommes, faisons parfois preuve d'un manque de délicatesse. Viens quand même. Ce que j'ai à dire te concerne aussi.

Après quelques secondes d'hésitation, Leo lui emboîta le pas, avec l'intention de rester en retrait. Il ignorait ce qu'Art s'apprêtait à leur apprendre, mais il avait le pressentiment que cette nouvelle affecterait Gila.

4.

— Art !

Gila se redressa. La dernière chose à laquelle elle s'attendait après le départ de Leo, c'était que son oncle apparaisse. Quelle bonne surprise ! La gentillesse de celui qui lui avait servi de tuteur et de confident saurait la réconforter.

En trois enjambées, il fut près d'elle, lui saisit les mains et y planta deux baisers sonores comme il l'avait toujours fait depuis qu'elle était enfant.

— Bon sang, tu t'es bien arrondie depuis la dernière fois que je t'ai vue ! s'exclama-t-il d'un ton taquin.

Il s'assit à côté d'elle sur le sofa et contempla son ventre rebondi d'un air attendri avant d'y poser la paume.

— La grossesse te sied à merveille, ma chérie.

Il lui adressa un clin d'œil complice accompagné d'une grimace cocasse. Gila sentit son cœur s'alléger. Son oncle avait le don de mettre de la gaieté dans les moments qu'ils partageaient, et il n'hésitait jamais à lui témoigner son affection. Joie et chaleur humaine : tout ce dont elle avait besoin et qui lui manquait si cruellement ces derniers temps.

— Ne te moque pas de moi, s'il te plaît. Je ressemble plus à une baleine qu'à une sirène.

Art éclata de rire avant de la contempler avec le plus grand sérieux.

— Je le pense sincèrement. N'est-ce pas qu'elle est ravissante, Leo ? Je n'ai jamais rencontré une femme enceinte aussi resplendissante.

Gila se figea et tourna la tête vers la porte. La silhouette de Leo se découpa soudain dans l'embrasure, à contre-jour. Le beau regard ténébreux se fixa sur son ventre. Elle frémit malgré elle sous l'effet de cette caresse impalpable.

— Je suis entièrement d'accord.

Ces mots firent vibrer une petite corde sensible au plus profond de son être, suscitant une crispation familière qui n'avait rien à voir avec la grossesse. Elle ignora délibérément la réaction de son corps. L'échec de son mariage avait anéanti toute confiance en elle sur le plan de la séduction. Elle se jugeait quelconque et sans grâce. Pourtant, l'intensité du regard de Leo parvint presque à neutraliser ce réflexe de dévalorisation. L'espace d'un instant, elle se sentit belle et désirable.

Troublée, elle reporta son attention sur son oncle. Art avait l'air heureux et détendu. Son voyage en France lui avait manifestement réussi. Ce qui soulevait une interrogation : pourquoi ce retour anticipé ?

— J'avais cru comprendre que tu ne rentrerais pas en Angleterre avant fin juin.

Elle ne pouvait s'empêcher d'éprouver un fond d'inquiétude. Art avait eu quelques ennuis de santé, l'an passé, lesquels avaient été traités à temps. Pourvu qu'il n'ait pas fait une rechute.

— C'était bien le projet initial. Cependant, un événement inattendu m'a incité à modifier mes plans.

Remplie d'appréhension, Gila retint son souffle tandis qu'un étau se refermait sur sa poitrine. Cette sensation, elle ne la connaissait que trop bien. Elle remontait à l'enfance. Elle surgissait quand son père émettait ce genre de déclaration avant de lâcher une bombe dans leur vie déjà chaotique. Il avait une idée assez vague de la façon dont un parent était censé s'occuper de son enfant. Il l'emmenait partout, d'un endroit à un autre, au gré de ses rencontres, la stabilité étant pour lui une notion abstraite et la scolarité le cadet de ses soucis.

Homme à femmes, il tombait amoureux avec la fréquence et la régularité d'un métronome. Gila était le fruit de l'une de ses idylles. Elle avait à peine six mois quand sa mère avait disparu définitivement des écrans radars. Avoir une petite fille à sa charge n'avait en rien changé le mode de vie de son père. Il avait continué à passer d'une liaison à une autre, d'un pays à un autre. Gila avait cessé de compter le nombre de maisons et de villes où ils avaient brièvement séjourné, parfois à l'invitation de la conquête du moment et dans la légalité, parfois un peu moins… Un esprit libre : c'est ainsi qu'il se considérait, tandis que les personnes sensées le qualifiaient de père incompétent et irresponsable.

— Qu'y a-t-il, Art ?

Son oncle était-il souffrant ? Leo assistait-il à cet entretien pour adoucir le choc d'une mauvaise nouvelle ? Savait-il quelque chose qu'elle ignorait ? Cherchaient-ils à la ménager en raison de son état ? Autant de questions qui se bousculaient dans son esprit tandis que son regard inquiet allait de l'un à l'autre.

Art exhala un profond soupir et serra ses mains entre les siennes.

— Je suis obligé de rentrer, ma petite chérie. Je n'ai pas le choix.

— Que veux-tu dire ? s'exclama-t-elle.

Revenait-il pour de bon ? Le cas échéant, c'était une annonce réjouissante. Toutefois, ils avaient déjà partagé l'espace exigu de sa péniche, alors pourquoi faire tant de mystère, comme s'il hésitait à lui révéler l'essentiel ? Ce suspense la mettait au supplice.

— Il s'agit en quelque sorte d'une urgence…

Elle l'interrompit.

— Une urgence de quel genre ? Tu es retombé malade ?

— Non, pas du tout, rassure-toi. En fait… j'ai rencontré une femme. Elle s'appelle Maggie.

— Ah…

Elle s'en voulut de ressentir un léger pincement au cœur. Elle réagissait de façon mesquine et ingrate. Cela ne lui ressemblait pourtant pas de céder à une pulsion égoïste, surtout envers un homme à qui elle devait tant.

— Et alors ?

— Elle faisait partie du groupe avec lequel j'ai effectué la tournée des vignobles. C'est une personne merveilleuse. Tu vas l'adorer, j'en suis certain. Nous avons abrégé notre voyage parce qu'elle a reçu un coup de fil de l'hôpital pour l'informer que la date de son intervention chirurgicale était avancée en raison d'un désistement. Le problème, c'est qu'elle doit se soumettre à une batterie d'examens avant l'opération et de contrôles après, ce qui l'oblige à demeurer à Londres. Comme elle habite dans le Devon, je lui ai proposé de l'héberger. Ce sera l'affaire d'une dizaine de jours, tout au plus. Nous sommes devenus très proches, elle et moi, et je tiens à me montrer solidaire.

Dix jours ! Comment allaient-ils réussir à cohabiter dans un espace aussi restreint qui ne comportait que deux chambres minuscules ?

— Pourquoi ne séjourne-t-elle pas à l'hôtel ?

— Les établissements de moyenne gamme affichent tous complet. Or, Maggie n'a pas les moyens de s'offrir un 4-étoiles. Ne t'inquiète pas, nous nous débrouillerons. Elle dormira dans ma chambre, et moi sur le canapé. Elle a beaucoup d'humour. Je suis sûr que vous vous entendrez bien.

La perspective de vivre à trois dans une péniche plus petite que celle qu'elle possédait avec Leo ne l'enchantait guère. Quant à celle de devoir supporter la compagnie de deux tourtereaux – l'étincelle dans le regard de son oncle ne trompait pas –, elle la terrifiait !

— Je pourrais peut-être m'installer ailleurs le temps de sa visite, histoire de respecter votre intimité. En cherchant bien, je trouverai forcément un B & B disponible.

— Sinon, il y a chez nous… enfin, si cela te convient, suggéra Leo. Je crains que les B & B soient également complets. Beaucoup de touristes sont attendus à Londres durant ce week-end de Pâques. Par ailleurs, la grande compétition d'aviron, dimanche, attire un monde fou tous les ans.

— Non merci.

Pas question de retourner vivre avec Leo ! Comment osait-il lui proposer un tel arrangement ? Et tant pis si le coût d'un hébergement à Londres pendant dix jours grevait son budget !

Mieux valait puiser dans ses économies que de s'infliger une telle épreuve.

— Il me reste à préciser que Maggie arrive à la gare demain matin, déclara Art, manifestement gêné. Elle est allée récupérer quelques affaires et des documents chez elle.

— Demain ! murmura Gila.

Cela ne lui laissait guère de temps pour se retourner. Elle n'avait même pas la possibilité de demander à une amie de l'héberger, puisqu'elle n'avait parlé à personne de sa situation, sauf à Bea qui était en pleins préparatifs de fiançailles.

— Je vous abandonne, décréta Leo. Vous avez besoin de discuter entre vous. Si tu changes d'avis, Gila, sache que la porte t'est grande ouverte. Tenez-moi simplement au courant.

— Content de te revoir, Leo.

— Moi aussi, Art… Tu vas bien, Gila ?

Quelle question absurde ! Bien sûr que non, cela n'allait pas ! Elle aurait rêvé de remonter le temps jusqu'à plusieurs mois en arrière. Mais les contes de fées avaient été inventés par les adultes pour les enfants et, de toute façon, même dans sa jeunesse, elle n'y avait pas cru. Elle aurait voulu se cacher sous sa couette et imaginer un monde où père, oncle et mari ne la laissaient pas tomber.

— Ça va.

Art attendit que le bruit des pas de Leo s'éloigne pour se tourner de nouveau vers elle.

— Je suis vraiment désolé de te prévenir à la dernière minute. Une dizaine de jours, ce n'est rien. Je suis certain qu'en y mettant un peu de bonne volonté nous réussirons à nous organiser.

Pour Gila, ces dix jours représentaient une éternité. Dix jours à tenir la chandelle tandis que son oncle et cette mystérieuse Maggie fileraient le parfait amour. Car Art paraissait très épris. Gila ne l'avait jamais vu dans un tel état de félicité.

— Mieux vaut néanmoins que j'aille m'installer momentanément ailleurs. La promiscuité complique souvent la situation.

Il la dévisagea un long moment.

— Pourquoi es-tu encore ici, ma chérie ?

Elle poussa un soupir.

— Je te l'ai déjà expliqué par téléphone.

— Je sais que les relations se sont tendues entre vous après le décès de sa sœur, mais tout de même, le quitter en plein deuil…

Gila se raidit.

— Tu essaies de me culpabiliser ? Tu ne crois pas que j'ai tout tenté pour éviter que nous en arrivions là ?

— Quand tu étais enfant et que la vie chez toi devenait trop insupportable, comment réagissais-tu ?

— Je ne me rappelle plus, mentit-elle en haussant les épaules.

— Tu t'enfuyais et je te découvrais cachée ici. Il me semble que tu as fait la même chose avec Leo. Le problème, c'est que lui n'est pas venu te chercher.

— Il n'a même pas frappé à la porte, murmura-t-elle, s'efforçant de maîtriser le tremblement de sa voix. Pourtant, je lui avais laissé un mot en lui indiquant où je me trouvais.

Art l'attira contre lui et l'embrassa sur le front.

— Il faut que tu cesses de fuir, que tu affrontes la réalité en face. Tu es une femme adorable à tous points de vue, mais tu dois apprendre à tenir bon, à ne pas t'esquiver quand quelque chose ou quelqu'un te blesse.

— En partant, je souhaitais provoquer un électrochoc. J'espérais qu'il se rendrait compte à quel point nos rapports s'étaient détériorés. Je n'ai cessé de lui demander comment je pouvais l'aider, mais il s'est systématiquement dérobé. Je n'existais plus pour lui.

Comme lorsqu'elle était petite, elle posa la tête contre l'épaule de son oncle, en quête de réconfort.

— Il ne m'aimait pas assez pour tenter de me récupérer.

— Tu en es sûre ?

— Certaine. La preuve, je suis toujours là.

Là, à se morfondre, à se torturer l'esprit pour comprendre ce qui la rendait si peu digne d'être aimée.

— D'accord, il a agi comme un idiot. Cependant, la vie n'est pas toujours simple, et il arrive que des personnes chères à notre cœur se comportent d'une manière inexplicable.

— Tu penses peut-être que je n'en ai pas conscience ?

— Le contexte n'a rien de comparable, ma grande. Ton mari ne ressemble pas du tout à ton père.

— Il s'est désintéressé de moi, comme papa.

— Vraiment, ou ne serait-ce pas plutôt parce que tu as mis la barre trop haut vis-à-vis d'un homme à la dérive ? Crois-moi, faire son deuil est une épreuve longue et douloureuse. Je sais de quoi je parle.

Art évoquait rarement la femme qu'il avait adorée et perdue, de nombreuses années auparavant.

— Je l'ignore.

— Leo ne va pas disparaître dans la nature. Pendant les dix-huit prochaines années, au moins, vous serez amenés à vous rencontrer et à discuter. Il est donc important que vous parveniez à un accord concernant l'éducation et l'avenir de votre enfant.

— Et ensuite ? demanda Gila, redoutant la réponse de son oncle.

— Ensuite, si la situation ne s'améliore pas entre vous, vos chemins se sépareront. D'ici là, le bébé que tu portes mérite de connaître une enfance stable et heureuse, avec des parents capables de communiquer normalement. Il va falloir que tu te fasses à cette idée sans tarder, je le crains.

Gila prit le gilet rose – son préféré bien qu'elle ne puisse plus le boutonner à cause de son embonpoint – et le fourra dans sa valise où ses vêtements s'entassaient pêle-mêle. Retour à la case départ, mais sans l'espoir, cette fois, que tout finirait par s'arranger. Car à l'absence de communication avec Leo avaient succédé de rares échanges concentrés exclusivement sur le bébé. Sans doute devait-elle s'estimer heureuse qu'il continue à se soucier de l'enfant bien qu'il se soit lassé de la mère.

En ouvrant les yeux, Gila avait aussitôt été assaillie par de sombres pensées, lesquelles convergeaient vers un unique sujet : le naufrage de son couple. Non seulement elle allait devoir supporter la présence de Leo à la clinique, mais elle se retrouvait sans domicile. Enfin, pas exactement, mais c'était encore pire.

Elle avait consacré une bonne partie de la soirée de la veille à chercher sur Internet un hébergement disponible. En vain. Elle avait recommencé ce matin sans plus de succès. Les hôtels et les B & B affichaient complet. Pas question que son oncle de soixante-quinze ans dorme sur le sofa. Elle avait eu beau tourner et retourner le problème dans tous les sens, elle en était arrivée à la même conclusion : elle n'avait pas d'autre solution que d'accepter l'invitation de Leo, du moins pour la première nuit.

Elle s'assit lourdement sur son lit, prenant la pleine mesure de la situation. En d'autres circonstances, elle s'en serait réjouie. Elle adorait le cocon douillet qu'ils avaient créé ensemble, à une époque où l'avenir lui souriait. Aujourd'hui, elle ne voyait plus la vie en rose, et la perspective de cette cohabitation forcée, même brève, l'angoissait au plus haut point. Comme si elle n'avait pas assez de stress à gérer !

Elle quitta à regret la péniche de son oncle. Art avait disparu depuis plus d'une heure. Sans doute avait-il informé Leo que, faute de mieux, elle acceptait sa proposition, avant de foncer à la gare retrouver son amie. Une courte distance séparait les deux péniches, mais Gila dut s'arrêter sur le chemin de halage pour reprendre son souffle. Elle inspira profondément et contempla le bateau coquet qui lui avait servi de refuge pendant trop peu de temps. Dix jours dans ce cadre qu'elle avait décoré avec soin, il y avait pire calvaire. Par ailleurs, elle avait l'intention de vérifier sur Internet tous les jours si une chambre se libérait. Avec un peu de chance, leurs emplois du temps respectifs leur permettraient de ne pas se croiser trop souvent, entre les gardes de Leo à l'hôpital et son propre travail à la clinique Mart. Durant son temps libre, elle se ferait discrète. D'autant qu'il lui restait quelques courses à faire avant la naissance et qu'elle avait rendez-vous avec la sage-femme en début de semaine. Elle en profiterait aussi pour se promener et déjeuner une fois ou deux dans un restaurant du quartier.

En revanche, elle doutait de trouver la sérénité nécessaire pour réfléchir à ses futures relations avec le père de son enfant. Art avait pourtant raison sur un point : elle devait cesser de fuir face à l'adversité. Il lui fallait prendre le taureau par les cornes, décider de ce à quoi ressemblerait son avenir et admettre une bonne fois pour toutes que les héros n'existaient que dans les films, Leo fût-il beau comme un dieu.

Malgré ce regain d'énergie, sa gorge se serra quand elle aperçut le petit cœur cloué sur la porte à double battant, et ses bonnes résolutions volèrent en éclats. Elle hésita quelques secondes, puis frappa un coup discret pour annoncer son arrivée et tourna la poignée.

Pendant plus d'un an, cet endroit avait été son véritable foyer, celui qu'elle partageait avec Leo, leur petit nid d'amour, comme ils se plaisaient à l'appeler. Ce lieu avait été le témoin de leur passion, de leurs ébats, de leurs rares querelles d'amoureux, aussi. C'est ici qu'ils avaient conçu le petit être qui naîtrait sous peu.

Contre toute attente, Gila avait l'impression de rentrer chez elle, malgré les semaines d'absence, malgré la rupture. Elle descendit les marches étroites menant à la kitchenette et eut la surprise de constater qu'aucun désordre n'y régnait. Pas de vaisselle sale dans l'évier, ni de casserole abandonnée sur la plaque de cuisson. Quelque part, elle s'était imaginé que Leo se laisserait aller après son départ. Là encore, elle s'était trompée.

Elle passa dans le séjour où trônait le Chesterfield bleu canard. Ici non plus, rien n'avait changé. Chaque objet, jusqu'au moindre bibelot, occupait la même place qu'avant. Étrangement émue, elle traversa la pièce pour rejoindre la chambre. Elle y découvrit Leo en train de sortir des vêtements de la commode.

— Bonjour. Art t'a averti ?

— Oui. Je t'ai libéré deux tiroirs.

— Oh ! merci, mais il ne fallait pas te donner cette peine. Aussitôt que j'aurai trouvé un autre logement, je…

— Pas de problème, tu peux rester aussi longtemps que tu le souhaites. Je dormirai sur le canapé.

Il fixa son ventre d'un regard insistant avant d'ajouter avec un sourire :

— Le lit te revient de droit.

— Je ne veux pas te déranger.

La perspective de dormir dans ce lit où ils avaient partagé tant de moments de bonheur ne la séduisait guère, mais celle de passer ses nuits sur le sofa la tentait encore moins.

— Cela ne me dérange pas. Et puis, dans ton état, un couchage confortable s'impose. Ce lit, c'est toi qui l'as déniché chez un brocanteur, rappelle-toi.

Comment aurait-elle pu l'oublier ? Dès qu'elle avait posé les yeux sur lui, elle avait flashé. Un pur spécimen du style Arts déco. Elle avait immédiatement téléphoné à Leo, de garde à l'hôpital, et lui avait envoyé des photos. Deux minutes plus tard, il lui donnait son feu vert. Ni elle ni lui ne s'étaient souciés de savoir si ce meuble tiendrait ou non dans leur chambre assez exiguë. C'était ce lit et pas un autre qu'il leur fallait.

Leo finit de rassembler ses affaires. Lorsqu'il passa devant elle, il la frôla presque. Elle frémit et éprouva une envie soudaine de se jeter dans ses bras, de lui dire qu'ils devaient se donner une seconde chance, qu'ils pouvaient tout recommencer. Elle savait hélas qu'il n'en était rien. Serait-elle capable de reléguer aux oubliettes les événements qui l'avaient contrainte à partir, ces semaines interminables durant lesquelles elle avait espéré en vain un signe de sa part ? Elle en doutait.

— Je t'en prie, installe-toi confortablement. Tu es chez toi, ici.

— Non, je ne le suis plus, répliqua-t-elle sèchement.

Une gifle n'aurait pas produit plus d'effet. Gila vit le regard de Leo se durcir et son expression devenir distante, comme avant, quand il l'excluait de son univers. Sauf que, cette fois, elle n'avait à s'en prendre qu'à elle-même. Sa remarque était inutile et cruelle.

— Je te laisse, déclara-t-il avec froideur. J'ai un rendez-vous et je dois passer à l'hôpital. Je te verrai ce soir, à moins que tu sois déjà couchée.

— Ce sera certainement le cas.

Il tourna les talons sans ajouter un mot. Peu de temps après, elle entendit la porte d'entrée se refermer derrière lui. Elle regarda le lit où ils avaient fait l'amour tant de fois, ri aux éclats, échangé des confidences, paressé le dimanche matin en prenant leur petit déjeuner…

Alors seulement, les larmes se mirent à couler.

5.

Le lendemain matin, Gila se réveilla avec le corps endolori, à force de s'être agitée dans le lit autant que son embonpoint le lui permettait. Elle avait surtout mal au dos. Elle n'était toutefois pas convaincue que l'inconfort de la grossesse constitue la principale raison de son manque de sommeil. Savoir Leo à quelques mètres d'elle ne contribuait pas au repos de son esprit.

Les yeux fixés sur le plafond, elle caressa tendrement son ventre arrondi, attentive aux bruits environnants. Aux chants d'oiseaux et au clapotis de l'eau contre la coque se mêlaient par intermittence les craquements du plancher, ce qui indiquait que Leo était levé et se préparait à partir travailler. À son retour, hier soir, elle n'était pas encore couchée, et il avait mentionné le fait que sa garde du lendemain commençait assez tôt.

Avait-il conservé sa routine matinale ou avait-il modifié ses habitudes au cours des quatre derniers mois ? En avait-il pris de nouvelles qu'elle ne connaissait pas ?

Gila s'étira et inspira profondément dans l'espoir de se décontracter. Leo monopolisait beaucoup trop ses pensées à son goût. Si elle ne se trouvait pas des occupations pour les prochains jours, sa santé mentale risquait d'en pâtir.

Tout ça à cause de son oncle ! Elle avait cependant le sentiment qu'Art n'était pas l'unique fautif ; le destin s'était aussi ligué contre elle.

Et Leo dans tout ça ?

Ses pensées revenaient invariablement vers l'homme qui se trouvait dans la pièce d'à côté. Elle poussa un soupir d'exaspération. Qu'adviendrait-il de leur couple ? Tôt ou tard, il leur faudrait prendre une décision. Leo insistait pour lui parler et lui expliquer la situation. Comme si elle ne la connaissait pas ! Avait-elle réellement envie de l'entendre se justifier ? Cela ne changerait rien à l'affaire, alors à quoi bon remuer la boue ?

Quoi qu'il lui en coûte, elle devrait sans doute dans un avenir plus ou moins proche envisager le divorce. *Divorce* : elle exécrait ce mot, et encore plus l'idée. Lorsqu'elle avait juré devant l'autel d'aimer son époux, de l'honorer et de le chérir, elle pensait s'engager pour la vie. Or, il avait suffi d'un an à peine pour que leur bonheur explose en vol. S'accrocher à une union qui ne signifiait plus rien n'avait aucun sens.

Une procédure de divorce supposait d'entamer d'âpres négociations pour la répartition des biens matériels. Jusqu'à présent, ils avaient évité de s'abaisser à ce genre de tractations sordides, leurs échanges tournant exclusivement autour de leur enfant à naître. Accepter de tourner la page, c'était commencer à organiser sa vie future et, pour le moment, cet effort lui semblait au-dessus de ses forces.

Gila se remémora les paroles d'Art. Elle n'avait pas besoin de dix jours pour réfléchir à ses sentiments pour Leo. Elle n'en éprouvait plus aucun. Désormais, elle ressentait surtout de la colère et de la frustration pour s'être laissé aveugler comme une midinette. Rien à voir en tout cas avec un cœur brisé et un ego piétiné. Comment continuer d'aimer Leo après son silence et son indifférence durant des semaines ? Elle avait l'impression qu'un grand vide s'était creusé à l'endroit où son amour se nichait auparavant.

Toute la difficulté néanmoins consistait à parvenir à s'en convaincre.

La pression s'accentuant sur sa vessie, Gila se résigna à se lever. De toute façon, ses réflexions ne la mèneraient nulle part. Elle n'était pas prête à prendre une décision définitive. Elle enfila sa tenue de yoga. Leo ne tarderait sans doute pas à partir, ce qui lui permettrait de pratiquer ses exercices de yoga en toute tranquillité avant de prendre une douche.

— Bonjour. Bien dormi ? demanda Leo dès que Gila pénétra dans le séjour, son tapis de yoga roulé sous le bras.

Il avait volontairement retardé quelque peu son départ pour l'hôpital, espérant la voir. Il lutta contre la tentation d'aller à sa rencontre, de la prendre dans ses bras et de l'embrasser longuement sur les lèvres comme il le faisait chaque matin… avant.

Son absence lui avait tant pesé au cours des derniers mois que, malgré sa froideur manifeste, Leo se réjouissait qu'elle ait accepté son offre de cohabitation. Il la dévisagea et la trouva plus adorable que jamais avec son regard encore embrumé de sommeil, ses joues légèrement roses et sa queue-de-cheval de travers. Il baissa les yeux vers son ventre rond, s'attardant au passage sur sa poitrine dont la grossesse avait accentué la rondeur. Même enceinte de huit mois, elle était absolument désirable.

Il s'apprêtait à déclarer qu'il la trouvait magnifique, mais il se ravisa, soupçonnant qu'elle n'apprécierait pas un tel compliment de sa part. Quoi qu'il dise, elle se braquait. Une maladresse de sa part, et elle plierait bagage. Et cela, il ne le voulait pas, pas avant qu'il ait eu l'occasion de s'expliquer.

Il sentit son estomac se nouer, comme chaque fois qu'il songeait à son attitude complètement irrationnelle après le décès de Jodie et aux conséquences désastreuses sur son couple. Telle n'était pas son intention, bien sûr, mais il avait blessé son épouse, profondément, et il craignait que les dégâts se révèlent irrémédiables.

— Je dois faire des exercices d'étirement, annonça Gila en étendant son matelas le plus loin possible de l'endroit où il se trouvait. Je n'en ai pas pour longtemps.

Il se contenta de hocher la tête et termina à regret sa tasse de thé qui avait refroidi. D'un côté, son cœur lui enjoignait de rester ; de l'autre, la raison lui dictait le contraire. Le spectacle de ce corps qu'il avait si souvent serré contre lui risquait de lui faire perdre le contrôle, compromettant ainsi les résolutions qu'il avait prises au petit matin tandis qu'il s'efforçait de trouver la position la moins inconfortable sur le canapé. La principale était de jouer franc jeu avec Gila, de se livrer à elle, de lui parler du chemin de croix qu'avaient été ces derniers mois, de lui expliquer qu'elle se trompait en imaginant que son départ de la péniche n'avait généré aucune réaction de sa part.

À regret, il finit son thé.

— Pas de problème. De toute façon, je m'en vais. Je rentrerai sans doute tard, ce soir. Je dois aller quelque part après ma garde.

— OK.

Il attrapa sa clé de voiture tout en observant la jeune femme qui enchaînait avec grâce les postures de l'arbre, de la demi-lune et du chat-vache. Il ne put réprimer un sourire en la voyant effectuer celle du guerrier, sourire qui se mua en un froncement de sourcils quand il l'entendit étouffer un cri de douleur. Il se précipita aussitôt vers elle.

— Tu t'es fait mal ? Je peux t'aider ?

Elle hocha la tête en signe de dénégation.

Chaque jour, il l'avait observée à distance et avait assisté à sa transformation physique liée à la grossesse. Chaque jour, il avait lutté contre le désir de poser les mains sur ce ventre abritant le petit être qu'ils avaient conçu ensemble, de se rapprocher de cette femme qui avait ravi son âme et portait l'enfant qu'il ne connaissait pas encore.

Il avait hélas perdu le privilège de la toucher, des mois auparavant. Aussi demeura-t-il les bras ballants.

— Non merci. Le bébé a décidé de changer de position en même temps que moi, ce qui a provoqué un élancement. Une douche chaude et tout ira mieux.

Leo ravala sa frustration et attendit qu'elle ait disparu dans la salle de bains pour exhaler un soupir de découragement. Au plus profond de lui, le désir le disputait à la mélancolie. Comment parvenir à réparer ses torts alors qu'elle s'esquivait à la moindre tentative de rapprochement ? Comment obtenir son pardon sachant qu'il ne le méritait pas ? Après la mort de Jodie, il s'était mal comporté vis-à-vis d'elle. Certes, il n'avait pas agi délibérément avec cruauté, mais petit à petit, il s'était replié sur lui-même, se détournant d'elle, sourd à sa peine et son désarroi. Pas étonnant qu'elle s'obstine à le maintenir à distance. Il avait trahi sa confiance et, d'une certaine manière, il l'avait abandonnée, comme d'autres avant lui.

Le cœur lourd d'avoir gâché une merveilleuse relation qui, jusqu'au drame, le comblait de bonheur, Leo se dirigea vers la porte. D'une façon ou d'une autre, il devait reconquérir Gila, lui prouver que jamais il ne la blesserait de nouveau, ni ne se désintéresserait de leur enfant. Le problème, c'est qu'il ignorait par quel moyen et, surtout, si cet objectif était réaliste.

Leo gara sa voiture devant le vieux cimetière, franchit les imposantes grilles noires et remonta l'allée sur sa droite. De part et d'autre, s'alignaient des tombes très anciennes dont les pierres, envahies par la mousse par endroits, avaient subi les outrages du temps. Une sépulture bien plus récente se démarquait du lot. Sur le marbre était inscrit en lettres dorées : *Jodie Margaret Wright.*

Leo s'arrêta devant l'ultime demeure de sa petite sœur, de douze ans sa cadette. Une sœur qu'il avait passé la majeure partie de son existence à tenter de protéger contre elle-même. Une sœur à qui il n'avait cependant pas tendu la main au moment crucial. Il s'accroupit et caressa le marbre avec la même tendresse que lorsqu'il essuyait les larmes de Jodie, enfant.

— Salut, sœurette, chuchota-t-il. Comment ça se passe là-haut ? Je parie que tu leur en fais voir de toutes les couleurs, hein ?

Depuis qu'elle s'était détruite aux narcotiques et à l'alcool, il venait se recueillir dans ce lieu paisible une fois par semaine. Il se remémorait alors la jeune fille gaie, promise à un avenir brillant sur la scène de la danse.

La mort prématurée de son fiancé, Russ, dans un accident tragique avait sapé sa joie de vivre, son énergie et ses ambitions. Jodie avait cherché l'oubli dans la drogue, fréquentant le monde glauque des dealers et des junkies. Au lieu de s'investir davantage dans sa passion, elle avait sombré peu à peu dans l'addiction, son unique obsession étant de savoir comment elle se procurerait la prochaine dose de ces substances qui ruinaient sa vie et anéantissaient ses rêves.

Et pour Leo aussi, le cauchemar avait commencé. Des années de galère à se ronger les sangs quand elle disparaissait des semaines entières, puis réapparaissait, amaigrie, sans une explication et séjournait chez lui le temps de lui voler tout ce qui pouvait avoir une valeur marchande avant de s'enfuir de nouveau. Des années à essayer de croire à ses promesses de suivre une cure de désintoxication… jusqu'à ce qu'il trouve la force de mettre un terme à cette spirale infernale qui les entraînait tous deux au fond du gouffre.

Incapables de surmonter la honte d'une telle déchéance, leurs parents étaient partis s'installer dans leur villa en Espagne, laissant une fois de plus à l'aîné de la fratrie la responsabilité de veiller sur cette fille indigne qu'ils désavouaient.

Quand il avait rencontré Gila, puis l'avait épousée, Leo avait délibérément pris du recul par rapport aux problèmes de sa sœur, afin de préserver sa relation avec celle dont il était tombé éperdument amoureux. Jodie en avait tenu rigueur à Gila, multipliant les initiatives malveillantes et les coups bas. À bout, Leo avait dû choisir entre les deux ; il avait choisi sa femme.

Deux mois plus tard, sa sœur mourait d'une overdose. S'agissait-il d'un acte ultime de vengeance ou d'une imprudence ? Il ne le saurait jamais. Depuis, la culpabilité le torturait sans relâche. N'avait-il pas précipité la fin de sa sœur en privilégiant son couple ?

— Gila est rentrée à la maison, confia-t-il à la sépulture, se doutant que la nouvelle n'aurait pas réjoui Jodie. Elle ne l'a pas fait de gaieté de cœur, et ce n'est que temporaire, mais j'espère parvenir à la convaincre de rester.

L'appel vespéral d'une corneille interrompit son monologue.

— J'ai bien l'intention de ne pas gâcher cette seconde chance, ajouta-t-il avec un sourire triste. Je suis désolé de t'avoir laissée tomber. Cependant, je ne pouvais plus te permettre d'approcher Gila. Tu étais devenue imprévisible et j'avais peur qu'au cours d'une crise tu t'en prennes physiquement à elle et au bébé. Je ne voulais pas courir ce risque, tu comprends.

Au souvenir de leur dernière altercation, il sentit sa gorge se serrer. Lorsqu'il avait annoncé sans ambiguïté à Jodie qu'il ne se soumettrait plus à ses caprices, et ne lui donnerait plus d'argent, il ne lui avait pas expliqué pourquoi, mais sa sœur le connaissait suffisamment pour deviner les raisons l'incitant à la tenir à l'écart de sa vie.

Pour protéger sa femme, Leo avait dû abandonner sa sœur, et il lui avait fallu beaucoup de temps pour assumer cette décision lourde de conséquences. À présent, il ne doutait plus de son bien-fondé. Compte tenu des circonstances, il n'avait pas vraiment eu le choix.

Il fouilla dans sa poche et en sortit un petit œuf en chocolat enveloppé dans un papier métallisé argenté qu'il plaça sur la tombe.

— Joyeuses Pâques, sœurette ! J'espère que tu es plus heureuse dans les cieux que tu ne l'as été sur Terre.

Puis, il s'éloigna, plus que jamais déterminé à se battre pour sauver sa vie du naufrage qu'il avait lui-même provoqué.

6.

Gila contempla le bouquet qu'elle tenait à la main et, pour la énième fois, elle s'interrogea sur la réaction de Bea si elle lui posait un lapin à sa fête de fiançailles. Lui en tiendrait-elle rigueur ? À tous les coups, sa meilleure amie lancerait une équipe à sa recherche et son fiancé serait le premier à y participer.

Gila ne se sentait pas d'humeur festive, mais son amitié avec Bea lui interdisait d'infliger une telle déception à celle qu'elle connaissait depuis tant d'années et qu'elle considérait comme une sœur. Par ailleurs, elle n'avait aucune envie d'essuyer un sermon en règle ! Il lui suffirait de rester assez longtemps pour offrir les fleurs, féliciter le couple, saluer quelques connaissances, puis se fondre dans la foule avant de s'éclipser. C'était l'affaire d'une heure tout au plus. Il y avait fort à parier que, happée par ses invités, Bea ne se rendrait même pas compte de son départ.

Gila, toujours hésitante, se tenait donc à l'entrée du jardin du restaurant privatisé pour l'occasion, cherchant du regard son amie et Nick pour mettre son plan à exécution dans le délai imparti.

Son peu de goût pour les mondanités, lequel s'était accru ces derniers mois, n'était pas la raison principale de son manque d'enthousiasme. Si cette invitation lui inspirait autant de réticence, c'était parce que Leo participerait aussi aux festivités en sa qualité de meilleur ami du fiancé.

C'est à eux que Bea et Nick devaient de s'être rencontrés. Tous deux avaient eu la même idée : faire la connaissance de cette personne à propos de laquelle leur ami respectif ne tarissait pas d'éloges et s'assurer qu'il s'agissait de quelqu'un de bien. Aussi dubitatifs, voire cyniques, l'un que l'autre au sujet de l'amour avec un « A » majuscule, ils ne croyaient pas au concept de l'âme sœur. Lassés d'entendre énumérer les innombrables qualités de l'extraordinaire Leo ou de la splendide Gila, ils s'étaient invités sans prévenir au quatrième rendez-vous des tourtereaux. Lorsqu'ils avaient interrompu le tête-à-tête romantique au pub, à peine à un quart d'heure d'intervalle, ils ignoraient que les flèches de Cupidon ne les épargneraient pas. À la fin de la soirée, ils décidaient de se revoir dès le lendemain soir.

Gila poussa un soupir de lassitude. Comme si cela ne suffisait pas de croiser Leo sans arrêt ! Il fallait, en plus, qu'elle subisse sa présence ici. La perspective de voir les jeunes femmes papillonner autour de lui durant tout l'après-midi la crispait au plus haut point.

Malgré son attitude hostile à son encontre, elle ne pouvait pas nier son attirance. Elle avait craqué pour son physique au premier regard et était tombée amoureuse lorsqu'elle avait découvert sa personnalité. Art lui avait répété à plusieurs reprises que, le jour où elle rencontrerait l'homme de sa vie, elle le saurait immédiatement. C'était exactement ce qui s'était passé avec Leo : un véritable coup de foudre et la certitude absolue qu'elle avait trouvé celui qu'elle attendait.

— Te voilà enfin ! s'exclama une voix perçante qui fit se retourner plusieurs personnes.

Ce cri arracha Gila de ses pensées. Elle sourit en voyant Bea quitter un groupe d'invités pour fondre littéralement sur elle et lui sauter au cou, du moins autant que la protubérance de son ventre le lui permettait.

— Mon Dieu, ce bébé est en train de devenir énorme ! Comment réussis-tu à transporter un tel poids ?

Gila éclata de rire. Il y avait longtemps qu'elle ne s'offusquait plus des commentaires souvent cash de son amie. Ce que certains qualifiaient de manque de tact, d'autres de spontanéité excessive, faisait partie de son charme.

— Le miracle de la nature. Pour ne rien te cacher, il m'arrive aussi de me poser la question.

Bea lui jeta un regard soupçonneux.

— Je m'attendais à ce que tu te défiles, que tu trouves un prétexte bidon pour rester chez toi à broyer du noir.

— *Moi ?* se récria Gila avec un air innocent. Pourquoi aurais-je fait une chose pareille ?

— Parce que ta virile moitié est ici, et que j'imagine que tu préférerais l'éviter. Quand allez-vous vous décider à enterrer la hache de guerre tous les deux ?

— Tiens, ce bouquet est pour toi. Quel effet cela te fait-il d'être fiancée ? s'enquit Gila, désireuse d'orienter la conversation vers un autre sujet.

Était-ce vraiment trop demander que de pouvoir s'amuser une heure ou deux et oublier momentanément ses problèmes personnels ?

— Je me sens bizarre. Maintenant, dis-moi la vérité : vous en êtes où tous les deux ?

Une autre « qualité » de Bea : elle ne s'avouait jamais vaincue !

— Au même point que la dernière fois que nous nous sommes parlé, mentit Gila.

Elle n'avait pas la moindre intention de révéler à son amie qu'elle avait momentanément réintégré le domicile conjugal. De toute évidence, Leo n'en avait pas non plus informé Nick. Si jamais elle lâchait ce scoop, Bea irait s'imaginer toutes sortes de scénarios. Or, elle avait une imagination débordante.

— D'accord, il s'est comporté avec toi comme un idiot et il t'a blessée, mais n'y a-t-il vraiment aucun espoir de réconciliation ? Tu sais autant que moi que les hommes ont une fâcheuse tendance à se regarder le nombril et que même les plus gentils…

— Bea, stop ! Inutile d'en rajouter !

Elle n'avait aucune envie d'écouter sa sempiternelle rengaine féministe.

— Désolée. Je crains, hélas, d'avoir été livrée sans filtre ! Mais cela me fend le cœur de te voir aussi malheureuse. Veux-tu que je lui flanque un coup de pied dans les mollets comme je le faisais à l'école aux garçons qui t'embêtaient ?

— Surtout pas ! répliqua Gila en s'esclaffant. Ne t'inquiète pas pour moi, je m'en sortirai.

— Je l'espère bien ! À ce propos, quand on parle du loup…

Gila suivit le regard de son amie, et aperçut Leo qui venait dans leur direction.

— Bonjour, et félicitations, Bea !

— Merci. Si tu cherches Nick, tu le trouveras à l'intérieur du restaurant. Il joue aux fléchettes avec un cousin qui lui a lancé un défi. Comment vas-tu ?

— Bien, répondit-il sobrement.

— Viens vite, maman a besoin de toi ! Dépêche-toi, c'est important !

Lola, la jeune sœur de Bea, les avait rejoints et piaffait d'impatience.

Bea jeta un regard entendu à Gila.

— Je reviens dans cinq minutes, promis.

— Comment allons-nous gérer ça ? demanda Leo après un moment de silence embarrassant. Tu as une suggestion ?

— Ça quoi ?

Elle préférait feindre de ne pas comprendre plutôt que d'avouer combien cette situation la mettait mal à l'aise. Une technique un peu puérile, certes, mais qui lui permettait de sauver la face.

— Dois-je me tenir à un bout du jardin et toi à l'autre afin d'éviter de nous croiser ? Devons-nous nous surveiller du coin de l'œil pour ne pas nous rencontrer au buffet ?

Il y avait une pointe d'ironie dans son ton.

— Je suis sûre que nous pouvons nous comporter de façon civilisée, comme les adultes que nous sommes, répondit Gila avec une conviction qu'elle était loin d'éprouver.

En présence de Leo, elle se sentait plutôt fébrile.

— Tu as raison. Ce sera un excellent entraînement, puisque nous sommes appelés à cohabiter.

— Temporairement, ajouta-t-elle aussitôt. Le temps pour moi de trouver une chambre disponible quelque part.

— Inutile de me le rappeler, Gila. Je ne risque pas de l'oublier, crois-moi.

Que signifiait exactement cette phrase ? Avait-il, lui aussi, entamé un compte à rebours des jours qu'il leur restait à vivre ensemble ? Regrettait-il déjà de l'avoir accueillie sur la péniche ?

Un mouvement d'agitation du côté de la terrasse attira soudain son attention, interrompant le cours de ses pensées. Elle tourna la tête dans cette direction et aperçut une personne étendue sur le sol.

— Bon sang, s'exclama Leo, c'est la tante de Nick !

Gila la connaissait depuis peu, mais elle s'était vite rendu compte que la vieille dame avait un tempérament bien trempé, et elles n'avaient pas tardé à sympathiser.

Sans se concerter, ils se précipitèrent pour lui porter secours.

— Eh bien, tante Tom, que t'est-il arrivé ? s'enquit Leo en s'accroupissant près de la vieille dame toute frêle qui, dans cette position, ressemblait à un oisillon tombé du nid.

— Mon pied a buté contre un siège, et je me suis étalée de tout mon long. C'est à cause de ces maudites chaussures neuves. Je savais bien que je n'aurais pas dû les acheter. Je n'ai jamais réussi à marcher correctement avec des talons, même jeune fille. Comment peut-on être encore aussi stupide à quatre-vingt-cinq ans ?

Thomasina March – Tom pour les intimes – leur adressa un sourire chaleureux.

— Malgré les circonstances, cela me fait plaisir de vous voir tous les deux. Soyez gentils : aidez-moi à me relever et à m'asseoir sur une chaise. Cette terrasse n'est pas confortable pour un postérieur aussi maigrichon que le mien et le froid commence à me glacer les os.

— Avant, je vais t'examiner pour m'assurer que tu n'as pas de fracture. As-tu mal à un endroit précis ?

— C'est surtout mon amour-propre qui en a pris un coup, mon garçon, répondit Tom avec une grimace dépitée. J'ai beau lutter de mon mieux pour préserver ma dignité, les méfaits de l'âge se rappellent trop souvent à mon bon souvenir !

— Rien de cassé, à votre avis ? demanda Gila en s'agenouillant péniblement.

D'instinct, elle posa la main sur l'épaule de Leo pour conserver son équilibre. Elle se félicitait d'avoir opté pour une salopette lui laissant une plus grande liberté de mouvements et non pour une robe qui aurait risqué de dévoiler ses dessous peu sexy de femme enceinte.

— Non, rien. Je suis vieille, mais pas encore maboule ! Je me suis juste cognée un peu fort en atterrissant sur ces dalles.

— Mieux vaut quand même vérifier, insista Leo, qui luttait manifestement contre un fou rire.

Tante Tom agita sous son nez un long doigt osseux.

— Bas les pattes, jeune homme ! Je te connais depuis que tu as appris à marcher. Pas question de me laisser palper par toi ! Toutefois, j'accepte que ta charmante épouse s'en charge.

Réprimant elle aussi son hilarité, Gila s'exécuta. Avec des gestes doux, elle examina la vieille dame qui, à en juger par son esprit de repartie, ne souffrait pas de commotion cérébrale ! Elle ne découvrit ni entaille ni bosse. En revanche, l'enflure du poignet droit l'alarma.

— Avez-vous mal au poignet, tante Tom ?

— Malheureusement oui. Voilà ce qui se produit quand on essaie d'amortir le choc avec sa main.

— Vous vous l'êtes certainement foulé. Néanmoins, d'après son aspect, on ne peut exclure l'hypothèse d'une fracture.

— Quelle vieille idiote je fais !

— Pas du tout, voyons ! se récria Gila. Vous avez trébuché, ce qui peut arriver à tout le monde. Il faut cependant vous emmener aux urgences. Là-bas, ils vous feront passer une radio et vous administreront un analgésique.

— Quelle barbe ! Est-ce vraiment la peine ? gémit Thomasina. Je ne veux pas gâcher cette belle fête.

— Gila a raison : c'est indispensable, lui affirma Leo.

— Pourvu que je ne rate pas le voyage en car organisé par mon club du troisième âge, à cause de cette stupide chute ! Il a lieu la semaine prochaine.

Gila lui adressa un sourire rassurant.

— Ne vous inquiétez pas. Un bras en écharpe n'a jamais empêché personne de voyager, et certainement pas vous.

— Maintenant, Nick et moi allons t'installer sur une chaise avant que tu attrapes froid, déclara Leo avec une grande douceur.

Il semblait éprouver une profonde affection pour la vieille dame. Ils la soulevèrent délicatement et l'aidèrent à s'asseoir. Gila profita de ce que l'attention se concentrait sur Tom pour se relever le moins disgracieusement possible.

— Je vais chercher de la glace pour résorber le gonflement, annonça Leo avant de se diriger vers le restaurant tandis que Nick s'éloignait pour téléphoner à l'hôpital.

— Je comprends que vous l'ayez épousé, commenta Thomasina en suivant Leo du regard. C'est un homme séduisant dans tous les sens du terme. Enfant déjà, il était adorable, et beau comme un ange.

Gila se retint d'émettre des réserves. Elle pensait la même chose de Leo jusqu'à ce qu'il se lasse d'elle et la laisse tomber.

— C'est un très bon médecin, se contenta-t-elle de répondre.

— Et un homme charmant, insista tante Tom. L'accouchement est prévu vers quelle date ?

— Dans quatre semaines environ.

Thomasina observa son ventre et esquissa une moue dubitative.

— Vous en êtes sûre ? À mon humble avis, l'enfant ne patientera pas aussi longtemps. Ne m'en veuillez pas, mais j'ai hérité ce don de ma grand-mère qui, elle-même, le tenait de sa mère.

— De quel don s'agit-il ?

— Je sais prédire à quel moment aura lieu une naissance. Jusqu'à présent, je ne me suis jamais trompée.

Perplexe, Gila fronça les sourcils. Ses menstruations étant régulières, la date du terme ne faisait guère de doute, à deux ou trois jours près. D'autant que les premiers bébés avaient davantage tendance à arriver avec du retard qu'avec de l'avance.

— J'ai de la peine pour ce pauvre Leo, ajouta Tom, changeant de nouveau de sujet.

Gila se figea, attendant la suite. Nick aurait-il informé sa tante de leur séparation ? En tant que leurs meilleurs amis respectifs, Bea et lui étaient les seules personnes dans la confidence.

— Il n'a eu ni une enfance ni une adolescence faciles,

poursuivit Thomasina, qui n'avait manifestement pas remarqué son trouble. Il a grandi dans une famille que beaucoup qualifieraient de privilégiée, je suppose. Des parents riches qui ne se privaient pas de le montrer. Cependant, à la naissance de sa sœur, il est devenu par la force des choses une sorte de parent de substitution. Il n'avait pourtant que douze ans. Son père et sa mère occupaient des postes élevés, aussi lucratifs qu'exigeants, dans le secteur de la finance. Pour l'un comme pour l'autre, la réussite sociale et professionnelle primait sur tout le reste, de sorte qu'ils travaillaient du matin au soir, six jours sur sept, parfois sept. Les enfants étaient confiés à des nurses, certaines compétentes, d'autres moins, qui se succédaient à une cadence hallucinante. Aucune ne restait très longtemps en raison des conditions de travail qui s'apparentaient à de l'esclavage moderne. Leo s'efforçait de compenser ce manque d'affection et de stabilité auprès de sa cadette. Une lourde responsabilité pour un jeune garçon. Les services sociaux auraient dû s'en mêler mais, compte tenu de la situation aisée de la famille, personne ne s'est préoccupé du sort de ces pauvres gosses souvent abandonnés à eux-mêmes.

— Vous si, apparemment, fit remarquer Gila qui tombait des nues.

Le portrait que dressait la vieille dame l'effarait. Pourquoi Leo ne lui avait-il rien dit ? Ils avaient pourtant parlé de leur passé, et elle avait eu alors l'impression qu'il avait vécu une enfance normale, ce qui, a priori, était loin d'être le cas.

— Nick m'a appris que la mort de Jodie avait anéanti Leo. Cela ne m'étonne pas. Il a certainement éprouvé une peine équivalente à celle que ressent un père à la perte de son enfant. Il a dû être rongé par la culpabilité. Un médecin incapable de sauver sa propre sœur qu'il avait élevée et protégée comme s'il s'agissait de sa fille. J'ai cru comprendre que ses parents le lui ont d'ailleurs reproché. Un beau tandem d'égocentriques, ces deux-là !

Thomasina s'interrompit en voyant Leo approcher. Il

apportait une grande serviette de table et un sac en plastique rempli de glaçons.

— Faute de mieux, cela soulagera un peu la douleur et réduira le gonflement, déclara-t-il.

Gila l'aida à placer la poche de glace et le bandage de fortune autour du poignet de la vieille dame. Il positionna ensuite le bras de tante Tom afin qu'elle souffre le moins possible. Il procédait avec des gestes sûrs et minutieux. La patience était l'une des qualités qu'elle admirait le plus chez lui. Même dans des circonstances propices au stress, il conservait son sang-froid. Son pragmatisme avait été d'un grand réconfort pour Gila dont le père avait toujours cédé à ses pulsions, avec souvent des conséquences désastreuses.

Nick ne tarda pas à les rejoindre.

— Papa va te conduire au service des urgences, tante Tom, annonça-t-il.

La vieille dame esquissa une grimace, mais accepta de se faire escorter par son frère et son neveu jusqu'au véhicule qui les attendait. Gila et Leo les accompagnèrent, puis demeurèrent sur le trottoir jusqu'à ce que la voiture ait disparu à l'angle de la rue.

— Je crois que je vais rentrer, déclara Gila lorsqu'ils se retrouvèrent seuls après que Nick eut rejoint les invités. Je ne me sens pas d'humeur à supporter ces mondanités. Avec un peu de chance, Bea ne s'apercevra pas de mon absence.

— Cela t'embête si je rentre moi aussi ?

— Non, pas du tout, répondit-elle après une seconde d'hésitation.

Elle lui adressa un sourire timide, ne sachant soudain plus quelle attitude adopter. Les révélations de Thomasina l'avaient troublée. Pourquoi M. et Mme Wright en voulaient-ils à leur fils pour la mort de Jodie ? Et, surtout, pourquoi Leo ne lui en avait-il jamais parlé ? Redoutait-il sa réaction ou, pire encore, n'avait-il pas jugé utile de l'en informer ? Cette sordide histoire suffisait-elle à expliquer pourquoi il s'était replié sur lui-même et l'avait exclue de sa vie des semaines avant qu'elle prenne la décision de partir ?

Pas une seule fois, elle n'avait envisagé que l'existence de Leo ait pu être moins idéale qu'elle ne le paraissait, hormis, bien sûr, les problèmes de drogue de Jodie. Elle n'avait pas cherché à regarder au-delà des apparences, pas mesuré à quel point cet homme au tempérament égal cachait en lui une profonde blessure qui remontait à l'enfance. Leo s'était toujours arrangé pour espacer et écourter leurs rencontres avec ses parents. Souhaitait-il ainsi la préserver ou éviter qu'elle découvre une réalité plutôt glauque derrière la façade scintillante et hautaine qu'affichaient les Wright ?

Il était peut-être temps d'avoir une vraie discussion avec celui qu'elle avait épousé, mais dont elle ignorait en grande partie l'histoire – elle s'en rendait compte à présent. Sinon, impossible de décider en toute connaissance de cause de l'avenir de son couple et, donc, de celui du bébé.

Quel plaisir de retrouver le calme de la péniche après l'animation de la fête de fiançailles ! Gila se déchaussa et remua les orteils avec délectation. Elle prit une pêche dans le compotier en porcelaine qu'elle avait chiné dans une brocante, et s'apprêtait à croquer dedans quand Leo entra dans le séjour.

— Je te fais couler un bain. J'imagine que tu commences à avoir mal au dos, non ?

Elle acquiesça et sourit, désarmée. La capacité de Leo à deviner ce qu'elle ressentait physiquement ou moralement l'avait toujours impressionnée. D'instinct, il savait si elle avait envie du réconfort de ses bras ou si elle préférait qu'on lui fiche la paix. Personne d'autre n'avait ce don.

— J'ai l'impression d'avoir la colonne vertébrale en charpie.

— Va te chercher un drap de bain pendant que je te sers un verre de jus d'orange. Tu le boiras en te détendant dans l'eau chaude.

— Merci, murmura-t-elle, touchée malgré elle par tant d'attentions.

Une fois dans la chambre, elle se dévêtit et ceignit son

corps rebondi de la serviette. Pour la première fois depuis des semaines, elle se sentait choyée. Elle poussa un soupir plein de nostalgie et se dirigea vers la minuscule salle de bains où ils avaient néanmoins réussi à caser une baignoire. Leo l'attendait sur le seuil.

— Voilà qui devrait contribuer à te requinquer, dit-il en lui tendant le verre.

Elle hésita quelques secondes avant de se hasarder à poser la question qui lui brûlait les lèvres.

— Leo, tu veux bien que nous discutions tous les deux ?

Il la dévisagea d'un air surpris.

— D'accord. Tu n'auras qu'à laisser la porte de la salle de bains entrouverte, comme ça, nous pourrons nous entendre. Y a-t-il un sujet particulier que tu souhaites aborder ?

— Cela risque de te paraître étrange... J'aimerais que tu me parles de ton enfance.

Leo s'assit à même le sol et s'adossa contre la paroi séparant la salle de bains du petit couloir. Il s'était attendu à ce que Gila veuille discuter de leur future organisation parentale, et sa curiosité soudaine à propos de son enfance le prenait de court. Pourquoi s'intéressait-elle tout à coup à une période de sa vie qu'il jugeait préférable, pour son propre équilibre, de ne pas dévoiler ? Toutefois, il ne pouvait pas se dérober. Pour une fois qu'elle semblait disposée à communiquer sans animosité !

Il ferma les yeux et huma les senteurs mêlées de rose et de concombre qui s'échappaient par la porte entrouverte. Gila se parfumait rarement, préférant les fragrances plus discrètes et originales de son gel de douche. Le souvenir de leurs nuits, blottis dans les bras l'un de l'autre, peau contre peau, lui revint en mémoire.

— Leo ?

— Je ne sais pas très bien par où commencer, avoua-t-il. Tu connais la majeure partie de ce qu'il y a à savoir. Mon père et ma mère travaillaient beaucoup...

— Parle-moi plutôt de ton quotidien, à cette époque, l'interrompit-elle. La tante de Nick m'a appris que tes parents avaient recours à des nurses pour s'occuper de toi et de ta sœur.

Voilà donc la raison de ce subit intérêt ! Tante Tom avait révélé quelque chose à Gila à propos de son passé, et celle-ci souhaitait avoir confirmation de cette information. L'idée qu'elles discutent de lui dans son dos le dérangeait un peu. Il avait volontairement limité les occasions de rencontre entre ses parents et Gila afin de la préserver. Bourrés de préjugés, ils n'avaient pas accueilli sa fiancée à bras ouverts, c'était le moins que l'on puisse dire ! Ils considéraient cette union comme un inconvénient temporaire, et le père de Leo avait grossi le trait jusqu'à donner à son fils une carte de visite avec les coordonnées d'un avocat réputé, spécialisé dans les affaires de divorce, le jour même du mariage. Bristol que Leo s'était empressé de jeter à la poubelle.

— Oui, cela a été la valse des nurses, murmura-t-il, songeur, jusqu'à ce que l'agence cesse d'en envoyer de nouvelles. Mes parents avaient tendance à exploiter ces pauvres femmes. Après tout, pourquoi auraient-ils perdu leur temps à s'occuper de leurs enfants quand ils avaient la possibilité de déléguer cette tâche fastidieuse pour se consacrer à des activités plus passionnantes ou divertissantes ?

— C'est pourtant le devoir des parents.

— Tu sais par expérience qu'il en existe de toutes sortes. Certains se montrent à la hauteur de leurs responsabilités, d'autres pas.

— Et les tiens ?

— Ils appartiennent à la seconde catégorie. Je ne les voyais que très peu. Pour eux, avoir des enfants ne devait pas les empêcher de mener la vie professionnelle et sociale qui leur plaisait. Ils avaient procréé par souci du qu'en-dira-t-on, parce que leurs relations avaient toutes des enfants. En revanche, leur progéniture ne devait pas encombrer leur maison parfaitement décorée avec ses jouets, ni sa présence.

— Quelle horreur !

— Nous n'avons néanmoins manqué de rien sur le plan financier. Une façon pour eux de compenser l'amour qu'ils étaient incapables de nous prodiguer. L'important dans tout ça, c'est que toi comme moi en ayons tiré les leçons afin de ne pas commettre les mêmes erreurs.

— Tu as raison, mais…

Il perçut une pointe d'inquiétude dans la voix de Gila.

— Mais quoi ?

Après qu'il avait échoué lamentablement dans son rôle de frère et de mari, doutait-elle qu'il puisse être un bon père ? Le cas échéant, comment la convaincre du contraire alors que, d'une certaine manière, il l'avait abandonnée ? La marge de manœuvre était mince.

— Nous aussi, nous nous investissons beaucoup dans nos métiers respectifs.

— Je ferai toujours passer mes enfants avant ma carrière, déclara-t-il d'un ton qui sonnait un peu trop solennel.

— Moi aussi… Oh ! Leo, que nous est-il arrivé ?

Une bouffée d'émotion lui noua la gorge. Cette question, il se l'était souvent posée.

— Après le décès de ma sœur, je me suis renfermé et je t'ai tourné le dos. Si tu savais comme je le regrette !

— Ai-je fait quelque chose de mal ? Peut-être ai-je été égoïste ? Peut-être as-tu eu le sentiment que je ne te soutenais pas, que je n'étais pas assez présente pour toi ?

La peine manifeste de Gila acheva de le bouleverser.

— Tu n'as rien à te reprocher, répondit-il, s'efforçant de maîtriser le tremblement de sa voix, absolument rien. Tout est ma faute.

— Quoi qu'il en soit, je n'ai pas réussi à trouver l'attitude adéquate et les mots justes quand Jodie est morte. Je me suis contentée de t'accompagner à l'hôpital, sans vraiment te montrer que je compatissais à ta douleur. J'ai pourtant appris durant mes études de sage-femme le comportement à adopter vis-à-vis des familles en deuil. Avec toi, j'ai essayé, mais je n'y suis pas parvenue. Tu étais verrouillé à double tour, et moi j'étais complètement démunie, comme bloquée.

Leo fut alarmé par le sentiment de culpabilité qu'elle exprimait.

— Avec le recul, je pense que Jodie ne voulait pas se sortir de son addiction. Sa descente aux enfers, c'était sa manière à elle de se sentir plus proche de Russ après sa disparition tragique. La Jodie que je connaissais est morte en même temps que lui. La femme qu'elle est devenue par la suite était, en réalité, une étrangère avec laquelle j'avais un lien de parenté étroit. Il m'a fallu du temps pour m'en rendre compte, et plus encore pour être capable de le verbaliser.

— Dès le début de notre relation, elle m'a clairement signifié que j'étais de trop.

Leo se souvenait de toutes ces fois où Jodie avait tenté de semer la zizanie entre eux, de sa façon d'ignorer ostensiblement Gila, des mensonges qu'elle débitait dès qu'il avait le dos tourné afin d'instiller le doute dans l'esprit de celle qu'elle considérait comme sa rivale.

— Elle a très vite compris que tu représentais un véritable danger pour elle. Jusqu'alors, elle n'avait jamais eu à me partager. Je l'avais toujours protégée et consolée quand elle avait du chagrin. Russ aussi lui apportait un soutien sans faille. Après l'accident, Jodie n'avait plus que moi à qui se raccrocher. Pas étonnant qu'elle ait éprouvé une jalousie féroce à ton encontre.

Plongé dans ses souvenirs, Leo n'entendit pas la porte de la salle de bains s'ouvrir. Quand il leva les yeux, il vit Gila debout dans l'embrasure. Drapée dans sa grande serviette rose, des gouttes d'eau perlant encore sur ses épaules et dans son décolleté, elle lui parut tout à la fois adorable et désirable.

Elle s'accroupit avec difficulté à côté de lui.

— Je suis désolée pour Jodie, Leo, murmura-t-elle.

Il résista à l'envie de la prendre dans ses bras et de s'emparer de ses lèvres roses et sensuelles pour oublier le temps d'un baiser le cauchemar de son absence.

Il déglutit péniblement.

— Ce qui compte avant tout, c'est le bébé. Je te jure, Gila, que je serai un meilleur père que je n'ai été un bon mari.

Elle eut un sourire triste qui lui chamboula le cœur.

— Tu veux sentir notre enfant bouger ? murmura-t-elle, presque timidement.

Sans attendre sa réponse, elle lui prit la main et la posa sur son ventre. Il perçut à l'intérieur un mouvement, comme une vague, suivi d'un léger coup de pied contre sa paume. Son premier contact direct avec son fils ou sa fille.

— Oh ! merci, ma chérie, chuchota-t-il d'une voix étranglée.

Alors, une larme de joie roula sur sa joue.

7.

Gila arrosa consciencieusement les légumes qui poussaient dans de jolis bacs en bois peints, certains sous des cloches en verre pour les protéger de la relative fraîcheur printanière, puis elle reposa le petit arrosoir rose.

Elle était montée sur le toit de la péniche, aménagé par ses soins en mini-potager, afin d'essayer de démêler l'écheveau des pensées contradictoires qui se télescopaient dans son esprit. Cet endroit paisible, surtout en ce début de soirée, était propice à la réflexion.

Quelle décision prendre au sujet de son couple ? Toutes les certitudes qu'elle s'était forgées au cours des derniers mois se trouvaient soudain remises en question depuis qu'elle avait mis de côté son propre ressenti pour évaluer la situation depuis la perspective de Leo. Ne s'était-elle encore jamais prêtée à ce genre d'exercice ? L'affreuse vérité, c'était que non…

D'où lui venait un tel égoïsme ? Ce n'était pas dans sa nature de ne penser qu'à son nombril, de n'envisager les choses qu'au travers de son propre prisme. Elle avait beau se remémorer parfaitement les semaines ayant suivi le décès de Jodie, cette époque horrible durant laquelle Leo lui avait opposé un mutisme et une indifférence insupportables, elle ne parvenait pas à se rappeler si elle avait pris le temps de réfléchir vraiment à ce qu'il éprouvait, ni si elle avait pleinement mesuré la complexité de ses émotions. Pour autant, elle ne s'était pas montrée complètement insensible. Elle avait conscience de sa douleur, bien sûr, mais elle n'avait pas envisagé que sa détresse aille au-delà de celle inhérente à tout deuil familial. Pas une fois, elle n'avait soupçonné que s'y mêlait un terrible sentiment de culpabilité lié au fait qu'il avait veillé sur sa sœur depuis sa naissance et n'avait cependant pas su lui épargner le pire.

D'un autre côté, comment aurait-elle pu s'en douter ? Leo n'avait jamais évoqué avec elle cet aspect de sa vie d'avant leur rencontre. Et comment aurait-elle pu l'aider puisqu'il s'était muré dans un silence obstiné, refusant de se confier à elle ? Si Leo ne parvenait pas à vaincre le poison qui le rongeait de l'intérieur, leur couple n'avait pas la moindre chance d'avenir.

Gila songea aux heures éprouvantes qu'ils avaient passées ensemble dans la chambre d'hôpital de Jodie. Elle avait trouvé étrange que M. et Mme Wright n'aient pas cru bon d'effectuer le voyage depuis l'Espagne. À présent, elle en connaissait la raison. Le sort de leur fille, déshonneur de la famille, leur importait aussi peu que le chagrin de leur fils.

Valait-elle mieux que ces égocentriques ? Pas sûr. Le mariage était un partenariat pour le meilleur et pour le pire. Or, n'avait-elle pas pris le meilleur et fui le pire ? Elle aussi, à sa manière, avait abandonné Leo, l'homme qu'elle avait pourtant juré d'aimer et de soutenir… *son homme.*

Ils avaient trahi leurs vœux et s'étaient perdus l'un l'autre, faute de communication. Maintenant qu'elle connaissait les tenants et les aboutissants, elle devait bien admettre que les torts étaient partagés.

Quel gâchis !

Le cœur lourd, elle poussa un soupir de lassitude. Ces interrogations qui tournaient en boucle dans sa tête l'épuisaient moralement. Indifférent à ses états d'âme, un groupe de canards longea le bateau en caquetant. Plus loin, un rouge-gorge s'envola de la branche sur laquelle il s'était posté et se posa sur le pont d'une péniche amarrée à quelques mètres, surprenant ses occupants en train de prendre l'apéritif.

Ces jolies scènes de nature ne réussirent néanmoins pas à la divertir. Art ne se trompait pas quand il disait qu'elle avait tendance à se dérober face à l'adversité. C'était exactement ce qu'elle avait fait lorsque, blessée par l'attitude de Leo, elle s'était réfugiée chez son oncle. Un sentiment de culpabilité la submergea.

Elle se remémora les débuts de leur relation. Une période de vie intense où tous deux n'aspiraient qu'à passer ensemble le peu de temps libre dont ils disposaient. Ils n'avaient livré sur leur environnement familial que des informations succinctes. Était-ce parce que l'un et l'autre avaient honte de leur enfance et préféraient garder secret ce passé peu reluisant afin d'apparaître sous leur meilleur jour ?

Il s'agissait sans doute de la première erreur qu'ils avaient commise. Comment construire un couple durable en cachant des événements qui avaient forgé leur personnalité dès leur plus jeune âge ? Entre eux, tout était allé très vite. Peut-être n'avaient-ils pas pris le temps de savoir à qui ils avaient réellement affaire, d'aller au-delà des apparences ?

Autant de questions auxquelles Gila n'avait pas de réponse. Ce qu'elle savait, en revanche, c'était que les rapports entre Leo et sa sœur avaient été bien plus complexes que ceux habituels au sein d'une fratrie. Tante Tom avait raison quand elle affirmait que Leo avait considéré la mort de sa cadette après plusieurs jours de coma comme un échec non seulement personnel, mais aussi professionnel.

Lorsqu'ils avaient commencé à se fréquenter, Gila avait tenté de se rapprocher de Jodie, d'instaurer une relation de confiance. Mais, très vite, la jeune fille lui avait clairement fait comprendre qu'elle ne voulait pas de son aide et qu'elle désapprouvait sa présence auprès de son frère. Devant cette hostilité manifeste, Gila avait laissé passer plusieurs semaines avant d'effectuer une seconde tentative, tout aussi vaine. Jodie l'avait de nouveau rejetée et avait fini par l'accuser de harcèlement.

Puis les mensonges avaient commencé. D'abord insignifiants, ils étaient devenus de plus en plus pervers. Un soir où Leo était de garde à l'hôpital, Jodie l'avait même appelée sur son portable pour l'informer qu'elle avait vu son frère au restaurant avec une superbe créature et qu'ils paraissaient très complices.

La jeune fille avait multiplié les manigances pour semer le doute dans les esprits, essayant de les monter l'un contre l'autre.

Ne sachant pas comment gérer la situation et ne croyant pas un mot de ce que pouvait lui raconter sa belle-sœur, Gila avait suivi le conseil de Leo : se montrer patiente jusqu'à ce que Jodie apprenne à la connaître et à l'apprécier. Les arguments qu'il avait fournis pour excuser l'attitude de sa sœur l'avaient frustrée, mais elle s'était convaincue qu'il la comprenait mieux qu'elle et qu'avec le temps les choses s'arrangeraient. Malheureusement, cela n'avait pas été le cas, et Jodie avait insisté par la suite pour rencontrer son frère en tête à tête et ailleurs que sur la péniche.

Gila n'avait pas été mécontente de ne plus avoir affaire au comportement puéril et toxique de Jodie. Lorsqu'elle avait épousé Leo, elle ne s'était pas attendue à ce que le ressentiment et l'addiction à la drogue de sa cadette pèsent à ce point sur leur couple. Ironie du sort, la mort de celle-ci par overdose, plus que son manège malsain de son vivant, avait eu raison de leur union.

Le drame avait anéanti Leo. N'ayant ni frère ni sœur, Gila n'avait qu'une vague notion de la force des liens qui unissent une fratrie. Elle savait en revanche que son mari n'était pas du genre à se dérober devant ses responsabilités. La preuve : il avait veillé à ce qu'elle ne manque de rien, même après son départ. Chaque mois, il transférait sur son compte en banque une somme d'argent non négligeable à laquelle elle ne touchait pas. Elle l'avait prié d'interrompre ses virements, mais il n'avait rien voulu entendre.

Avant de le rencontrer, elle ignorait tout de l'amour véritable. Avec lui, cela avait été le coup de foudre, et elle s'était livrée sans retenue à cet homme, le seul en dehors d'Art à lui inspirer une totale confiance. Or, l'amour n'exigeait-il pas de privilégier l'être cher en reléguant au second plan ses propres états d'âme ?

Et si le piètre exemple de son père l'avait endurcie ? Peut-être l'instabilité sentimentale était-elle héréditaire ? Peut-être, comme lui, n'était-elle capable d'aimer que pour une période limitée dans le temps ?

Elle en était là de ses pensées moroses quand un bruit attira son attention. Elle tourna la tête. Leo gravissait les marches permettant d'accéder au toit. En apprenant qu'elle attendait un enfant, il avait insisté pour équiper de deux rampes métalliques ce petit escalier très raide.

Gila sentit son pouls s'accélérer. Pas de doute : cet homme lui faisait encore de l'effet… beaucoup trop à son goût. Il suffisait qu'il approche de son pas décidé, comme si le monde lui appartenait, pour que son cœur s'emballe, que sa libido se réveille, et qu'elle brûle d'envie de se blottir entre ses bras, de poser ses lèvres sur la cicatrice au coin de sa bouche, souvenir d'une chute lors d'une randonnée à VTT sur des sentiers escarpés et rocailleux.

— Comment trouves-tu ton jardin potager ?

— Parfaitement entretenu.

Elle faillit exprimer son étonnement, mais se ravisa de crainte de le blesser. La soirée était agréable, de la musique classique s'échappait en sourdine d'une péniche voisine. Pas question de risquer de rompre l'espèce de trêve qui s'était instaurée entre eux depuis leur retour de la fête de fiançailles de Bea et Nick.

— J'ai fait de mon mieux pour qu'il ne dépérisse pas en ton absence, murmura Leo qui, elle l'aurait parié, avait deviné son étonnement.

Gila avait eu l'idée de créer ce mini-potager sur le toit. Elle avait semé et pris le plus grand soin de chacun de ces légumes sans imaginer, alors, qu'elle n'habiterait plus là au moment de la récolte. Pour quelle raison l'homme qu'elle avait quitté s'était-il donné la peine de désherber et d'arroser les plantations, sachant que le jardinage, ce n'était pas son truc ? Espérait-il qu'elle changerait d'avis et reviendrait ?

Elle l'observa à la dérobée tandis qu'il contemplait le paysage, goûtant apparemment la douceur vespérale. Il avait l'air presque détendu.

— C'est si calme ici, chuchota-t-il.

— Oui, contrairement à nos vies.

Il se tourna vers elle et lui adressa un sourire triste.

— Il est vrai que le cours de notre existence traverse pas mal de turbulences depuis quelque temps.

Comme pour le confirmer, le bébé s'agita. Gila posa la main sur son ventre et le caressa.

— J'ai l'impression que notre enfant est d'accord avec toi !

— As-tu tout ce qu'il faut pour lui ? Puis-je être utile à quoi que ce soit ?

— Il me reste plusieurs choses à acheter, notamment une poussette. J'ai attendu le dernier moment par superstition, je crois. Une attitude d'autant plus ridicule pour une sage-femme.

— Moi, je ne trouve pas ça ridicule du tout. Tu es impatiente de le ou la voir ?

— Oui. Cependant, j'éprouve aussi une certaine appréhension. J'ai aidé des centaines de femmes à mettre leurs enfants au monde, mais il n'en reste pas moins que, me concernant, ce sera la première fois. Je n'apprendrai pas en lisant des ouvrages spécialisés ou en observant mes patientes, mais en expérimentant moi-même ce qu'une femme éprouve lors d'un accouchement. Et toi, tu as hâte de faire sa connaissance ?

— Il me tarde de devenir papa, répondit-il sur un ton enthousiaste.

Elle hésita quelques secondes avant d'aborder le sujet délicat de l'après.

— Il me semble que nous devrions d'ores et déjà réfléchir à la façon de nous organiser après la naissance, au partage de nos responsabilités parentales.

Il lui prit la main et planta son regard dans le sien.

— Il n'y a pas d'urgence. Nous avons encore largement le temps de prendre ce type de décision.

Gila fronça les sourcils. Bien que son cerveau lui ordonne de libérer sa main, elle ne parvenait pas à s'y résoudre.

— Tu crois ? Les jours défilent à une telle vitesse.

Il serra ses doigts un peu plus fort.

— Gila, j'ai quelque chose à te dire.

Elle sentit son sang se glacer dans ses veines. Ce genre de préambule préfigurait généralement une mauvaise nouvelle.

À tous les coups, il s'apprêtait à lui annoncer qu'il souhaitait divorcer, qu'il n'envisageait plus leur avenir en commun.

— Cela peut attendre, marmonna-t-elle.

— Non, il faut que tu le saches, c'est important.

Son ton déterminé montrait que cela ne servirait à rien d'essayer de détourner la conversation. L'expression de son visage rappelait à Gila celle de son père quand il l'informait qu'ils allaient vivre avec une nouvelle femme, une de plus, ou partir s'installer à l'étranger.

Elle tourna la tête. Son regard tomba sur un papillon qui virevoltait de fleur en fleur. En cet instant, elle aurait payé cher pour échanger les rôles, troquer son existence contre celle, libre et insouciante, de ce bel insecte.

Encore cette fichue réaction de fuite… Il était temps pour elle de se comporter en adulte et d'affronter les situations, aussi pénibles soient-elles.

— Je t'écoute.

Il parut soudain très mal à l'aise.

— Voilà… Depuis plusieurs semaines, je vois…

— Stop ! Tais-toi, *s'il te plaît*, Leo !

Elle retira sa main d'un geste brusque. Elle avait envie, telle une petite fille, de se boucher les oreilles, pour éviter que le pire soit prononcé, pour faire comme si tout cela n'existait pas.

— Je devine ce que tu as à me dire, et je ne veux pas le savoir… Du moins pas ce soir.

Surtout pas ce soir, alors qu'elle venait de réaliser que les torts liés à l'échec de leur mariage n'étaient pas tous imputables à Leo. Elle songeait à battre en retraite quand il la retint par le bras.

— Que crois-tu que je vais te dire, Gila ?

Elle inspira profondément, s'efforçant de chasser la peur qui la poursuivait depuis sa plus tendre enfance. Combien de fois encore un homme chercherait-il à influer sur le cours de son existence sans se soucier de ce qu'elle pouvait éprouver ? Combien de fois son père avait-il fait passer sa nouvelle conquête avant les intérêts de sa propre fille ? Leo avait-il l'intention d'achever de lui briser le cœur en lui démontrant à quel point elle était insignifiante à ses yeux ?

— Si tu souhaites divorcer, je préfère que l'on en discute après la naissance du bébé. Laisse-moi le temps de me concentrer sur notre enfant et d'oublier temporairement tout le reste. *S'il te plaît, Leo.*

Leo eut l'impression de recevoir un uppercut. Divorcer ? S'imaginait-elle vraiment qu'il lui annoncerait ce genre de nouvelle à quelques semaines de la venue au monde de leur enfant ? Si c'était le cas, elle avait une bien piètre opinion de lui.

Ne se rendait-elle pas compte qu'il l'avait dans la peau ? Que nulle autre femme n'existait plus pour lui ? Qu'aucune n'avait le pouvoir, par un simple sourire, de faire battre son cœur, ni d'attiser son désir ? À quoi bon le lui dire ? De toute évidence, elle n'avait plus la moindre confiance en sa parole et, malheureusement, il n'avait à s'en prendre qu'à lui-même. Il faudrait du temps pour réparer les dégâts qu'il avait causés… à supposer qu'ils soient réparables.

Ce soir, il avait attendu avant d'aller retrouver Gila. Il s'était attelé à rattraper son retard dans le traitement de quelques dossiers administratifs. Peine perdue. Sa conversation avec la jeune femme l'avait trop troublé pour qu'il parvienne à se concentrer. Le souvenir de sa main sur le ventre rond qui portait leur bébé et du petit coup de pied qu'il avait senti contre sa paume, comme un signal que le contact était établi, l'émouvait encore.

Maintenant qu'il avait commencé à se dévoiler, il voulait aller jusqu'au bout. Finis les secrets, les non-dits et les malentendus. Il avait l'intention de lui révéler tout ce qu'il s'était efforcé de lui cacher, et pourquoi. Pour prendre un nouveau départ, sur des bases saines, il devait faire table rase du passé une bonne fois pour toutes.

Il rassembla son courage et emprisonna son beau visage entre les mains. Contre toute attente, elle ne chercha pas à s'esquiver, mais son regard trahissait son envie de fuir.

— Tu crois réellement que je souhaite le divorce ?

— N'est-ce pas le cas ? Ne veux-tu pas en finir avec moi afin de commencer une nouvelle vie ?

— Pas le moins du monde, ma chérie. Ce ne sera jamais fini entre nous puisque nous allons avoir un enfant ensemble.

Et parce que mon cœur t'appartient à jamais.

Cette dernière phrase, il la garda pour lui.

— Comment en es-tu arrivée à une telle conclusion ?

Elle rougit.

— Cette hypothèse m'est venue à l'esprit quand tu as insisté pour que nous ayons une discussion. J'ai pensé que, peut-être, tu avais fait la connaissance d'une autre.

— Eh bien, dépêche-toi de chasser cette idée de ta tête, car je ne m'intéresse à personne d'autre. Par ailleurs, il me paraît plus prudent de laisser passer un peu de temps avant de prendre une décision au sujet de nous deux… et bientôt, de nous trois.

— Tant mieux, murmura-t-elle d'une voix mal assurée.

Il lui sourit.

— Tant mieux ?

Il la sentit se tendre.

— Ce que je veux dire, c'est qu'une séparation est déjà assez difficile sans que s'en mêle une tierce personne.

— Je comprends que tu ne sois pas prête à entendre que toi seule compte à mes yeux. Plus tard peut-être ? J'avais juste envie que tu saches qu'effectivement je vois quelqu'un. Cependant, il ne s'agit pas de rencontres romantiques, mais de rendez-vous destinés à améliorer ma santé psychologique. Depuis quelques mois, en fait depuis que tu m'as quitté, je consulte un thérapeute une fois par semaine.

Gila eut l'air de tomber des nues.

— Un thérapeute ? *Toi ?*

Il se surprit à rougir à son tour. Non pas qu'il ait honte d'avoir cherché de l'aide auprès d'un professionnel, mais parce que l'aveu lui coûtait un véritable effort. Ne risquait-il pas de décevoir cette femme qui, avant, le considérait comme son héros ?

— Oui, *moi.*

— Mais pourquoi ?

— Ton départ a provoqué un électrochoc. J'ai enfin pris conscience du marasme dans lequel je me trouvais, et compris que, pour avoir une chance d'apaiser les tensions entre nous, j'avais intérêt à réagir vite, à me débarrasser de cette angoisse permanente qui me consumait.

— Je n'aurais jamais imaginé que tu t'adresses un jour à un thérapeute.

— Pour quelle raison ? Parce que je suis médecin ? Ou parce que je suis un homme ?

— Ni l'un ni l'autre. Simplement parce que tu n'es pas du genre à te confier facilement. Je l'ai appris à mes dépens.

Elle s'interrompit un instant avant d'ajouter avec un soupir lourd de tristesse.

— À nous deux, nous avons gâché pas mal de choses.

— C'est vrai. Toutefois, rien de rédhibitoire n'a été commis, et il n'est pas trop tard pour redresser la barre, non ?

Alors qu'elle tardait à répondre, il sentit son estomac se nouer. Et si elle considérait ce recours à un thérapeute comme une preuve de faiblesse ? Et si elle le voyait désormais comme un homme fragile, incapable d'assumer ses responsabilités de mari et de père ?

8.

Gila descendit de l'autobus et contempla la silhouette massive en béton de l'établissement hospitalier dont la construction remontait à la période de l'après-guerre. Un flot continu de personnes entrait et sortait. Deux ambulanciers, reconnaissables à leur tenue verte, poussaient un brancard, suivis de près par trois infirmières en pleine conversation. Sans doute rentraient-elles de leur pause déjeuner.

Gila inspira profondément pour se donner du courage, puis traversa la rue en direction de l'hôpital où travaillait Leo. Elle avait agi sur un coup de tête et, à présent, elle se demandait si elle ne s'apprêtait pas à commettre une énorme bêtise. Durant tout le trajet en bus, elle avait pesé le pour et le contre de sa décision, s'interrogeant sur ses conséquences potentielles.

Après la conversation de la veille au soir, elle avait compris que Leo prenait très à cœur ses futures responsabilités de père. Aussi avait-elle eu l'idée de l'associer aux ultimes préparatifs de la naissance en lui proposant de l'accompagner pour les dernières emplettes.

Dans les longs couloirs qui menaient aux urgences, elle croisa de nombreux autres visiteurs au visage rongé par l'angoisse. Les uns se rendaient à une consultation médicale, les autres venaient soutenir un parent ou un proche malade.

En arrivant dans le service, elle constata que la salle d'attente était bondée. Elle se dirigea vers l'accueil où se tenait une infirmière dont les traits accusaient une grande lassitude.

— Bonjour, puis-je vous aider ? dit celle-ci sur un ton qui manquait singulièrement d'enthousiasme.

Elle daigna enfin détourner le regard de son écran d'ordinateur.

— Je crains que vous vous soyez trompée de service, ajouta-t-elle aussitôt en découvrant le ventre rebondi de Gila. Celui de la maternité se trouve dans l'autre aile de l'hôpital. À moins que vous n'ayez une fracture, une brûlure ou une plaie grave, votre place n'est pas ici.

Gila ne se laissa pas décourager par cet accueil revêche.

— En réalité, j'aimerais m'entretenir avec le Dr Wright.

Sa requête parut surprendre son interlocutrice.

— Il doit être dans les parages. Je crois qu'il vient de terminer une consultation, mais à mon avis, il n'aura pas beaucoup de temps à vous accorder car, comme vous le voyez, nous sommes débordés aujourd'hui. Êtes-vous de la famille d'un patient ? Dans ce cas…

— Non, répondit Gila, l'interrompant avant que le cerbère avance un autre argument pour la chasser du service.

Elle hésita. Avait-elle encore le droit de se présenter comme l'épouse de Leo alors qu'ils n'avaient plus de relations maritales ? Il avait évoqué la veille son désir que la situation s'arrange entre eux. Devait-elle en déduire qu'il voulait reprendre la vie commune ou, au contraire, instaurer de nouvelles règles basées sur leur coparentalité ? Autre question et non des moindres : à supposer qu'ils en aient tous deux envie, réussiraient-ils à sauver leur couple après tant de malentendus et de blessures ? Un défi qu'elle ne se sentait pas forcément prête à relever, car perdre Leo une seconde fois lui briserait définitivement le cœur.

— Non quoi ? insista l'infirmière sans se donner la peine de cacher son impatience.

— Gila ?

Cette voix masculine si familière lui évita d'avoir à fournir de plus amples explications. Soulagée, Gila se tourna vers celui à qui elle souhaitait parler. Il était toujours aussi séduisant, malgré sa tenue d'urgentiste assez peu flatteuse.

L'air soucieux, il s'avança vers elle et lui prit les mains.

— Il y a un problème ?

— Non, rassure-toi. Le bébé et moi allons bien. Simplement…

Constatant que la femme de l'accueil écoutait ostensiblement leur échange, Gila se reprit.

— Pouvons-nous nous entretenir en privé quelque part ?

— Bien sûr. Excusez-nous, ajouta Leo en fusillant l'infirmière du regard, mon épouse et moi devons discuter.

— Votre épouse ?

Il ne se donna pas la peine de satisfaire sa curiosité et entraîna Gila à l'écart, près d'une grande baie vitrée ouvrant sur un agréable petit jardin, loin des oreilles indiscrètes. Plusieurs patients paressaient sur des bancs, profitant du calme de cette oasis de verdure au milieu du béton.

— La raison de ma présence, c'est…

La nervosité l'empêcha de poursuivre.

Comment formuler sa phrase pour ne pas avoir l'air de rechercher désespérément sa compagnie et lui laisser le choix de refuser sa proposition ? S'il déclinait l'invitation, elle ne s'en offusquerait pas et irait seule, comme prévu initialement. Il n'y avait pas de quoi en faire une montagne. Elle serait très déçue, bien sûr, mais elle comprendrait. Par ailleurs, elle s'y prenait à la dernière minute et il pouvait aussi avoir un réel empêchement.

— Gila ? Dis-moi ce qui t'amène.

Et puis, zut ! Il était trop tard pour changer d'avis, de toute façon !

— J'ai l'intention d'aller acheter un landau, et je pensais que tu aurais peut-être envie de m'accompagner.

— Avec grand plaisir ! s'exclama-t-il sans l'ombre d'une hésitation. Quand souhaites-tu y aller ?

— Aujourd'hui, déclara-t-elle, ignorant délibérément la joie excessive que cette réponse lui procurait.

Elle aurait tout le temps, plus tard, d'analyser sa propre réaction à tête reposée. Le plus important pour l'instant, c'était de filer d'ici avant que survienne une urgence qui l'empêcherait de mener à bien son projet.

Leo consulta sa montre.

— Ma garde se termine dans dix minutes. Pourquoi ne m'attendrais-tu pas dans ce jardin ?

Elle résista à l'envie de se jeter à son cou tant elle était contente. Pour la première fois depuis des semaines, elle se sentait pleine d'optimisme.

— D'accord.

Leo s'éloignait déjà quand il se retourna et lui adressa un sourire qui lui chavira le cœur.

— Gila ?

— Oui ?

— Merci, murmura-t-il.

— Celui-ci me plaît beaucoup, déclara Leo en désignant un landau rose.

Il le fit rouler d'avant en arrière, les mains posées sur les poignées en caoutchouc afin d'en vérifier la maniabilité. Ces mêmes mains tiendraient bientôt leur enfant. Cette pensée provoqua chez Gila une bouffée d'émotion incontrôlable.

— Il ne conviendra pas si nous avons un fils, objecta-t-elle en souriant.

Elle glissa un bras sous le sien et l'entraîna vers d'autres modèles.

— Il nous en faut un d'une couleur plus neutre et qui se convertit en poussette.

— Donc, ni rose ni bleu. À moins que tu connaisses le sexe du bébé.

— Non, et je ne veux pas le connaître avant la naissance.

Un rire joyeux fusa non loin de l'endroit où ils se tenaient. Elle observa le jeune couple au rayon layette. À en juger par les regards qu'ils s'échangeaient et leur complicité évidente, ces deux-là semblait très amoureux.

Sans doute serions-nous comme eux si j'étais restée assez longtemps pour mesurer l'ampleur de la détresse de Leo, songea Gila avec nostalgie.

Si seulement il avait accepté de se confier lorsqu'elle l'avait supplié de lui parler ! Si seulement elle avait insisté davantage au lieu de n'écouter que sa propre frustration et de se réfugier à son tour dans le mutisme en imputant à son mari l'entière responsabilité de l'échec de leur union !

Troublée, elle détourna le regard, concentrant son attention sur un modèle convertible noir à la doublure gris perle. Simple, solide, élégant et aux coloris adaptés autant à un garçon qu'à une fille.

— Celui-ci me paraît parfait. Qu'en penses-tu ?

Leo s'approcha pour l'examiner de plus près. Il était si proche qu'elle sentit un frisson la parcourir. Cet homme lui inspirait toujours autant de désir… même enceinte.

— Tu as raison. Il coche toutes les cases. On l'achète ?

Elle acquiesça. Elle imaginait déjà leur bébé en train de gigoter à l'intérieur. D'un geste instinctif, elle posa la main sur son ventre. Leo et elle ne tarderaient plus à faire la connaissance du petit être qu'ils avaient conçu ensemble. À quoi ressemblerait leur existence ensuite ? Quel avenir réservaient-ils à leur fils ou leur fille en vivant séparément et en entretenant des rapports polis, mais circonspects, afin de ne pas détruire un équilibre précaire ?

— Très bien. Dans ce cas, essayons de trouver une vendeuse.

Gila le retint par le bras.

— Tu es sûr qu'il te plaît aussi, n'est-ce pas ?

— Mon avis compte-t-il à ce point ? répondit Leo en plongeant son regard dans le sien.

Elle se figea, sidérée par le commentaire. Croyait-il réellement que son opinion n'avait guère d'importance ? Était-ce la raison pour laquelle il ne l'avait pas sollicitée lorsqu'il avait tant besoin de soutien ?

S'il croyait qu'elle se moquait de ce qu'il pensait ou ressentait, il se trompait lourdement. Elle y avait toujours prêté une grande attention, essayant de devancer ses attentes… jusqu'à ce qu'il se détourne d'elle et que, démunie, elle ne sache plus par quel bout le prendre.

— Bien sûr, murmura-t-elle, la gorge serrée. Cette décision nous appartient à tous les deux.

Il fourra les mains dans ses poches.

— De quoi s'agit-il exactement, Gila ?

— Je ne saisis pas le sens de ta question.

— Pourquoi insistes-tu tellement pour t'assurer que ce landau me convient ? Pourquoi ai-je l'impression qu'il y a un message sous-jacent ?

Passablement énervée par la perspicacité de sa remarque, elle se contenta de hausser les épaules.

— Je ne veux pas que tu te figures que je ne respecte ni tes jugements ni tes goûts, voilà tout ! Même si mes actes ou mes propos à la fin de notre vie commune ont pu te faire croire le contraire.

Il eut alors un sourire d'une grande douceur et l'attira contre lui.

— Je n'ai jamais rien imaginé de tel. Pas une seule fois.

— Vraiment ?

— *Vraiment.*

— Même quand je suis partie ?

— Oui, je te le promets. C'est moi qui n'ai pas fait assez attention à toi ; c'est pour ça que tu m'as quitté… Et si nous nous occupions de commander et de payer le landau, maintenant ? Pour éviter de nous encombrer, je suggère de nous le faire livrer directement à la maison.

— D'accord, répondit-elle, soulagée. D'autant qu'il reste deux ou trois autres emplettes à effectuer.

Ayant retrouvé son humeur légère, elle ne se déroba pas quand il la prit par la main pour la guider jusqu'au comptoir le plus proche. Là, une femme portant la tenue réglementaire de l'enseigne du grand magasin s'entretenait avec une jeune fille vêtue de façon identique et assise sur une chaise. Celle-ci semblait avoir du mal à s'exprimer et ne cessait de bouger la tête de droite à gauche.

Un sourire crispé aux lèvres, la femme la plus âgée se tourna vers Gila et Leo.

— Bonjour, puis-je vous aider ?

— Nous souhaiterions acheter le modèle de landau noir et gris qui se convertit…

Gila interrompit Leo en lui serrant la main.

— Qu'y a-t-il ?

— Regarde la jeune fille, chuchota-t-elle. Elle semble avoir de grosses difficultés respiratoires.

— Tu as raison… Excusez-moi, madame, votre collègue n'a pas l'air bien. Il y a un problème ?

— Je le crains, oui. C'est à peine si elle arrive à parler. Je lui ai conseillé d'aller dans la salle du personnel pour boire un verre d'eau, mais elle s'obstine à rester ici, au cas où il y aurait un afflux de clients. Elle est nouvelle. C'est son premier jour ici.

Gila passa aussitôt de l'autre côté du comptoir et s'accroupit devant la jeune vendeuse qui devait avoir tout juste une vingtaine d'années.

— Je la comprends car, quand vous avez du mal à respirer, mieux vaut ne pas absorber de liquide. Sinon, vous risquez une fausse-route… Bonjour, mademoiselle, que se passe-t-il ?

— Une… crise… d'asthme, répondit la jeune fille en haletant. Ça… ira… mieux… dans un moment.

— Vous avez pris de la Ventoline ? s'enquit Leo qui les avait rejointes et observait attentivement le visage de la vendeuse.

Celle-ci leva légèrement le bras pour leur montrer l'inhalateur qu'elle tenait entre ses doigts crispés.

— Combien de bouffées ?

Leo s'exprimait sur un ton très calme afin d'éviter d'ajouter au stress de la jeune fille, mais Gila devinait à son air concentré qu'il s'efforçait d'évaluer la gravité de la détresse respiratoire.

— Neuf… Ça n'a pas… beaucoup d'effet.

Gila lut le prénom indiqué sur le badge de la jeune fille et prit sa main entre les siennes.

— Kate, mon mari est médecin et je suis sage-femme. Il s'appelle Leo, et moi, Gila. Nous allons vous aider.

Kate acquiesça d'un signe de tête.

— Nous allons tout d'abord procéder à un rapide examen

préliminaire afin de déterminer ce qu'il convient de faire. D'accord ?

Kate hocha de nouveau la tête.

Faute de matériel médical à leur disposition, Leo prit manuellement son pouls, tandis que Gila contrôlait la couleur de ses ongles et de ses lèvres. La respiration s'avérait toujours aussi laborieuse et sifflante.

— Depuis quand souffrez-vous d'asthme ? demanda Leo.

— Depuis… toute… petite.

— Avez-vous une idée de ce qui a pu provoquer cette crise ?

Gila savait que, parfois, le déclenchement était dû à un problème lié à l'environnement immédiat ou de nature émotionnelle. Si la cause persistait, il ne fallait pas s'attendre à une quelconque amélioration.

— Du parfum… Une cliente… que j'ai servie… en avait mis… beaucoup trop.

— Nous allons appeler une ambulance pour qu'elle vous conduise aux urgences les plus proches, décréta Leo.

La jeune vendeuse fronça les sourcils, l'air angoissé, et tenta d'argumenter, sa diction étant de plus en plus hachée.

— Pas… pas l'hôpital… premier jour… directeur…

Gila jugea bon d'intervenir. L'état de la jeune fille empirait à vue d'œil, et parler lui demandait un effort épuisant.

— Je suis certaine que votre patron n'y trouvera rien à redire. Il comprendra que vous ayez besoin de soins appropriés. Seul l'hôpital peut vous les prodiguer, puisque votre inhalateur ne semble pas vous soulager.

— Il comprendra d'autant mieux que sa fille est aussi asthmatique, renchérit la vendeuse plus âgée. Je me charge de l'informer.

— Très bien. De mon côté, je demande une ambulance, conclut Leo. Quant à vous, Kate, concentrez-vous uniquement sur votre respiration. Inspirez le plus profondément possible et expirez lentement. Vous savez comment faire, car j'imagine que ce n'est pas la première fois que cela vous arrive, n'est-ce pas ?

Tandis qu'il s'éloignait de quelques pas, Gila demeura

auprès de la jeune fille. Elle tenait à s'assurer que ses lèvres ne prenaient pas une coloration violette, signe d'une détresse respiratoire sévère.

— Y a-t-il une personne à prévenir ?

Kate sortit son portable et sélectionna un numéro dans son répertoire.

— Ma mère, murmura-t-elle. Elle va… s'inquiéter… en ne me voyant pas… rentrer.

Gila n'eut qu'à appuyer sur le bouton représentant un téléphone vert pour passer l'appel. Au bout de plusieurs sonneries, une femme décrocha.

— Allô, ma chérie ?

— Bonjour, vous êtes bien la maman de Kate ?

— Oui, répondit son interlocutrice d'un ton circonspect. Et vous, qui êtes-vous ?

— Mon nom est Gila Wright. Je me trouve avec votre fille sur son lieu de travail. Je vous appelle pour vous informer qu'elle souffre d'un épisode d'asthme aigu grave.

— Oh ! mon Dieu !

— Mon mari et moi appartenons tous deux au corps médical. Nous pensons que son état nécessite un transfert aux urgences où ils lui administreront de l'oxygène afin de rétablir son taux de saturation. Nous avons pris l'initiative d'appeler une ambulance. Celle-ci ne devrait plus tarder.

— Merci de vous occuper d'elle ! Savez-vous à quel hôpital elle sera transportée ?

— Pas encore… Ah, attendez, j'aperçois les deux ambulanciers. Je leur demande.

Ceux-ci lui indiquèrent le nom de l'établissement le plus proche, et elle transmit l'information avant de raccrocher et de restituer son téléphone à la jeune fille.

— Votre mère part aussitôt pour l'hôpital avec votre dossier médical. Vous la retrouverez sur place. Tout va bien se passer maintenant, ne vous inquiétez pas.

Elle s'écarta afin de permettre à l'équipe des premiers secours de prendre la patiente en charge.

— Ils sont arrivés vite, dit-elle à voix basse à Leo.

— Le hasard a voulu que leur antenne se situe à deux pas d'ici. C'est leur troisième intervention de ce type depuis ce matin.

Ils saluèrent Kate, que les ambulanciers avaient installée dans un fauteuil roulant et poussaient vers la sortie.

— Une chance que nous nous soyons trouvés là au bon moment, fit observer Leo.

— Pourquoi faut-il qu'un incident se produise à chaque fois que nous sortons ensemble ? Tante Tom l'autre jour, et aujourd'hui, cette jeune fille. Nous sommes poursuivis par le sort, ma parole !

Il passa un bras autour de ses épaules avec un naturel qui la troubla. Comme si les tensions entre eux avaient disparu.

— C'est le lot de tous les professionnels de santé, je suppose. Que dirais-tu d'un chocolat chaud bien crémeux, avec un gâteau en prime, pour nous remettre de nos émotions ?

— J'accepte avec grand plaisir.

— Dans ce cas, dépêchons-nous d'acheter le landau avant que survienne une nouvelle urgence.

— Entièrement d'accord ! s'exclama Gila en riant. Il ne manquerait plus qu'un client fasse un malaise !

— Et cette thérapie, alors ?

L'idée que Leo éprouve le besoin d'exposer ses problèmes, à un professionnel, certes, mais un étranger tout de même, intriguait d'autant plus Gila qu'elle avait eu le temps de réfléchir à la question. Elle l'imaginait mal en train d'exprimer ses émotions, ses peurs et ses inhibitions devant un parfait inconnu, et ce à raison d'une heure par semaine. A fortiori sachant que le corps médical avait beau conseiller ce genre de traitement à ses patients, il rechignait souvent à y avoir recours lui-même.

Leo poussa un soupir qui en disait plus long que des mots. Autour d'eux, dans ce café situé au dernier étage du grand magasin, des clients discutaient, riaient, refaisaient le monde. Le brouhaha des conversations ne parvenait cependant aux oreilles de Gila que comme une rumeur étouffée, car toute son attention se concentrait sur l'homme assis en face d'elle et dont le front s'était plissé.

— Précise le sens de ta question.

Elle nota une certaine prudence dans son ton. Peut-être estimait-il qu'elle cherchait à le pousser dans ses derniers retranchements, qu'elle s'aventurait sur un terrain miné, mais elle avait besoin de comprendre. Et pour ce faire, il lui fallait davantage de détails. Rien à voir avec de la curiosité malsaine. Elle devait néanmoins veiller à ne pas blesser ni braquer Leo.

Elle se pencha vers lui pour éviter que leurs voisins de table entendent leur discussion.

— Quel motif t'a incité à entreprendre cette thérapie ?

Leo eut un petit rire ironique.

— Quelle personne, plutôt ! Le Dr Peters. Il a menacé de me virer si je n'allais pas consulter un psy. Je t'avais déjà perdue, je n'avais pas envie de perdre mon job par-dessus le marché. Je me suis vite rendu compte que ces séances m'aidaient à réfléchir sur mes rapports avec Jodie et à envisager la situation sous un angle différent. Après avoir passé mon temps à m'autoflageller, à culpabiliser au sujet de certaines de mes décisions, j'en suis venu à me poser la bonne question : qu'aurais-je pu faire d'autre ? Et la réponse, c'est : rien. Avec le recul, je suis convaincu que, seul, je ne serais jamais parvenu à cette conclusion.

Il but une gorgée de café avant de poursuivre.

— Durant des années, je me suis appliqué à refouler la colère que m'inspiraient les inconséquences de ma sœur et sa volonté délibérée de gâcher sa vie. J'ai toujours pris sur moi, mais ce ressentiment s'est accumulé au fond de moi, et la soupape a explosé au moment de sa mort.

— Tu te sens plus heureux, maintenant ?

— Non, pas plus heureux, parce que, pour effectuer ce long travail sur moi-même, je me suis fermé aux autres, et notamment à celle qui comptait le plus pour moi. Plus en paix avec ma conscience, ça oui. J'ai enfin admis que ni mon soutien indéfectible ni mes efforts n'étaient de taille à lutter contre les démons du passé et que, chez Jodie, certaines parties de son être étaient trop endommagées pour être réparées.

Émue, Gila posa la main sur la sienne et la serra très fort.

— Tu n'es pour rien dans ce qui est arrivé à ta sœur, pour rien du tout.

Il lui adressa un sourire où se mêlaient tristesse et gratitude.

— Finis ton chocolat chaud. Après cela, je te propose qu'on passe le reste de l'après-midi dans une salle obscure, ajouta-t-il avec un clin d'œil.

— Tu veux aller au cinéma ?

Elle n'en revenait pas. Elle s'était attendue à ce que, après les courses, chacun reparte de son côté. Or, il semblait que Leo eût envie de prolonger ces instants de partage, et cela lui faisait chaud au cœur.

— Pourquoi pas ? Ça te tente ?

— Oui, bien sûr.

— C'est ce que nous avons fait lors de notre premier rendez-vous. Tu te souviens ?

— Comment l'oublier ? Tu avais choisi un film d'horreur et quand un fantôme a surgi du grenier, tu as sursauté et renversé ton cornet de pop-corn par terre.

— Je n'ai pas sursauté ! protesta-t-il. J'ai juste fait un faux mouvement.

Gila partit d'un rire moqueur.

— Pile au même moment ? À d'autres !

— Il s'agissait d'un simple spasme musculaire, je t'assure. Cela n'a rien d'extraordinaire. Tu te portes comme un charme et, l'instant d'après, vlan, la crampe te prend au dépourvu !

Vlan ! Voilà qui résumait parfaitement ce qu'elle avait ressenti lors de leur première rencontre. Un choc, l'impression de recevoir un coup sur la tête. Elle avait posé les yeux sur ce séduisant médecin qui lui proposait son aide quand une jeune femme avait accouché dans la salle d'attente, et l'instant d'après, elle était tombée éperdument amoureuse.

Le problème aujourd'hui, c'était qu'elle n'aurait pas juré qu'elle n'éprouvait plus ce sentiment à son égard. Or, aussi merveilleuse que puisse paraître la perspective d'une seconde chance, cela supposait de s'exposer de nouveau à souffrir. Gila n'était pas sûre d'en avoir la force.

9.

— Bonjour ! lança Leo en pénétrant dans la kitchenette. Bien dormi ?

Dans une main, il tenait un sachet en papier, dans l'autre, sa clé de voiture.

— Oui. Et toi ?

Gila posa la théière rétro en porcelaine dans laquelle elle venait de verser de l'eau bouillante. Ce matin, elle se sentait plus décontractée qu'elle ne l'avait été depuis des jours, voire des semaines. Leur sortie de la veille au grand magasin, puis au cinéma, avait contribué à dissiper les tensions entre eux. Ils avaient retrouvé une certaine connivence, pas tout à fait comme avant, mais assez quand même pour que l'ambiance s'avère plus sereine.

Et après ? lui soufflait une petite voix insidieuse. Pour l'heure, Gila préférait ne pas réfléchir à la question. Chaque chose en son temps.

— Comme un bébé ! répondit-il d'un ton guilleret. Le shopping semble être un excellent remède contre les insomnies. Je tâcherai de me le rappeler !

Elle lui coula un regard en coin tandis qu'il ouvrait un placard pour y prendre une assiette. Ainsi, il souffrait de problèmes de sommeil. Quelle en était la cause principale : l'échec de leur couple ou le traumatisme lié à la mort de Jodie ? Elle avait envie de le lui demander, mais elle s'abstint, craignant de raviver ses blessures.

D'un autre côté, n'était-ce pas précisément pour cette raison que les malentendus s'étaient accumulés et avaient fini par les séparer ? Parce qu'elle n'avait pas osé l'interroger de manière trop frontale, par souci de discrétion, certes, mais aussi par peur des réponses ? Si, au lieu de fuir, elle l'avait poussé dans ses derniers retranchements, peut-être aurait-il réussi à s'extraire de son mutisme pour extérioriser ce qu'il ressentait au plus profond de lui. Peut-être aurait-elle su l'empêcher de sombrer dans cet état dépressif.

— Quel est ton programme, aujourd'hui ? s'enquit-il.

Fallait-il en déduire qu'il souhaitait y participer ? Ils avaient passé des moments très agréables ensemble, hier après-midi. Aspirait-il à rétablir entre eux la complicité qui les unissait auparavant ou prenait-elle ses désirs pour des réalités ?

— Je me suis lancée dans la confection d'une petite couverture en tricot pour le berceau et j'aimerais bien la terminer. Ensuite, j'envisage de revoir ma check-list prénatale afin de m'assurer que je n'ai rien oublié d'important.

— Excellente idée.

Il sortit une brioche odorante du sac en papier et la posa sur l'assiette. Il lui tournait le dos. Gila hésita quelques secondes.

— Leo ?

— Oui ?

— À propos d'hier…

— Oui ?

— J'apprécie la confiance que tu m'as témoignée en me parlant du thérapeute et de Jodie. Je mesure combien cela a dû être difficile pour toi…

Il se retourna, lui saisit la main et plongea son regard dans le sien.

— Tu as raison, ça l'est. Verbaliser ce que l'on ressent, mettre des mots sur ses émotions, est un exercice pénible, particulièrement pour ceux qui, comme moi, ont pris l'habitude de tout garder enfoui au fond d'eux.

— Pénible, mais salutaire ?

— Absolument. Je regrette juste de ne pas l'avoir entrepris plus tôt. Les choses se seraient sans doute passées différemment entre nous. J'ai toujours admiré la manière dont tu évoques ta propre enfance, avec sincérité, sans rien cacher. Mon éducation m'a marqué beaucoup plus que je ne le pensais, j'en ai peur. Je me suis pourtant juré de ne pas reproduire l'exemple de mes parents pour qui la réalité n'existe pas. Seules les apparences comptent.

— Rassure-toi, tu ne leur ressembles pas le moins du monde. La preuve, tu as toujours été là pour Jodie.

— Pas à la fin, hélas. Depuis sa naissance, je l'ai protégée, encouragée, soutenue. Cela ne me demandait pas d'effort. J'éprouvais pour elle une affection presque paternelle. Cependant, même le plus endurant des grands frères finit par se lasser d'être systématiquement roulé dans la farine. À la longue, l'amour s'émousse, et la patience avec, pour céder la place à une forme de rancune. Il m'a fallu du temps pour accepter le fait que personne ne pouvait aider Jodie. Ni moi, ni toi… *personne*. Le combat était perdu d'avance.

Gila perçut une telle tristesse dans son ton que sa gorge se noua.

— Je ne sais pas si je m'exprime de façon assez claire.

— D'autant plus claire que, pour moi non plus, l'existence n'a pas été un long fleuve tranquille. Je t'ai déjà raconté le mode de vie nomade auquel me soumettait mon père et combien je détestais déménager à tout bout de champ, d'une ville à l'autre, d'un pays à l'autre. Je n'ai jamais compris ce besoin qu'il avait de voyager en permanence. Moi, je mourais d'envie de suivre ma scolarité dans la même école où je me serais fait des camarades de classe et d'avoir une chambre bien à moi, avec mes affaires. Quand je n'ai plus pu le supporter, j'ai demandé à Art de m'accueillir chez lui. Mon père m'en a voulu, et nous ne nous sommes que très peu parlé par la suite. Il est mort d'une crise cardiaque en Afrique avant que nous ayons eu le temps de nous réconcilier.

— Gérer les membres de sa famille, ce n'est pas toujours simple, hélas, surtout ceux qui ne pensent qu'à eux. Je n'ai quasiment plus aucun contact avec mes parents.

— Tante Tom a vaguement mentionné le fait que tu avais un différend avec eux, mais elle n'est pas entrée dans les détails.

— C'est exact. Ils m'attribuent la mort de ma sœur. Selon eux, c'est ma faute si Jodie n'est pas redevenue l'enfant modèle dont ils étaient si fiers à une époque parce qu'elle était jolie, docile, et qu'elle dansait à merveille. Ils me reprochent de ne pas avoir su lui trouver une cure de désintoxication qui la débarrasse définitivement de son addiction.

— C'est injuste et ridicule ! s'insurgea Gila. Tu es médecin, pas magicien, et la dépendance obéit à des mécanismes plus complexes. Par ailleurs, ils feraient mieux de s'interroger sur leur propre responsabilité.

— Je sais. Toutefois, ils ne se remettront jamais en question, et ils n'admettent pas l'échec, quelle qu'en soit la raison.

— Si tu leur expliquais…

— Ils refuseraient de m'écouter, de la même manière qu'ils ont toujours rejeté tout ce qui ne cadrait pas avec leur mode de vie bien réglé, superficiel et destiné à impressionner les autres. Aucun des deux n'a gaspillé son temps si précieux à s'occuper de sa progéniture. Je me demande même s'il leur est arrivé une seule fois de changer nos couches ou de nous accompagner chez le médecin quand nous étions malades. Ils déléguaient ces corvées aux nurses qu'ils rémunéraient largement afin d'avoir la paix.

— Quelle tristesse ! Il est pourtant naturel pour un père ou une mère de veiller au bien-être de ses enfants.

— Ils ont une vision différente du rôle parental, apparemment. La raison pour laquelle ils n'ont pas pris la peine de rendre visite à Jodie à l'hôpital avant son décès n'a rien à voir avec le fait de ne pas avoir obtenu de billets d'avion à temps.

— Vraiment ?

— En réalité, ils n'ont pas jugé utile d'effectuer le déplacement parce que, étant dans le coma, Jodie ne se serait de toute façon pas rendu compte de leur présence. Et il ne s'agit pas d'un procès d'intention. Voilà, mot pour mot, ce qu'ils m'ont déclaré. Ils voulaient s'épargner la honte d'être considérés comme les parents d'une droguée.

Gila n'en croyait pas ses oreilles. Ces gens étaient des monstres, ni plus ni moins.

— Oh ! mon Dieu ! Pourquoi ne m'en as-tu rien dit ?

Il détourna le regard.

— Je ne voulais pas t'entraîner dans ce bourbier.

La douleur de Leo était presque palpable.

— Je suis heureuse que tu aies trouvé quelqu'un à qui parler, sincèrement heureuse, murmura-t-elle, émue aux larmes.

En tant que compagne, puis épouse, elle ne s'était pas montrée à la hauteur. Elle s'était lovée dans son cocon, aveugle et sourde à tout ce qui n'était pas son bonheur de femme amoureuse. Lequel des deux avait le plus trahi l'autre ? À présent, elle n'était plus aussi sûre de la réponse. Elle se sentait terriblement égoïste.

— Durant des années, j'ai tenu Jodie à bout de bras pour lui éviter de sombrer complètement. Un exercice aussi épuisant physiquement que moralement. Je devais mener de front ma carrière et ma vie privée, tout en restant disponible pour elle en permanence, au cas où elle aurait besoin de moi. À part moi, elle n'avait plus personne sur qui compter, plus personne qui l'aime assez pour la soutenir envers et contre tout. Néanmoins, quand j'ai appris que nous allions avoir un bébé, j'ai décidé que ce sacerdoce avait assez duré. Jodie avait un comportement imprévisible, et je craignais que, par jalousie, elle tente de vous nuire, à toi et au bébé. Elle t'en voulait de la place que tu avais prise dans mon existence. Je lui ai donc mis le marché suivant en main : soit elle acceptait de suivre une cure de désintoxication jusqu'à son terme, soit elle devrait se débrouiller toute seule.

— Comment a-t-elle réagi ?

— Mal, soupira Leo. Après cet ultimatum, j'ai eu honte.

— Honte ? Pourquoi ?

— Lorsqu'elle l'a rejeté, j'ai éprouvé un véritable soulagement. J'ai eu le sentiment d'être enfin libéré d'un poids énorme et, honnêtement, cela m'a procuré un bonheur fou. Pour la première fois depuis sa naissance, je ne m'estimais plus responsable d'elle, je n'avais plus à régler ses problèmes à sa place. Je pouvais me concentrer sur notre avenir à tous les deux et celui de notre enfant, sur ce que *j'aspirais* à faire et non plus sur ce que je *devais* faire.

Leo se rappelait cette confrontation comme si c'était hier. Jodie s'était comportée comme à son habitude lorsqu'il refusait de se plier à sa volonté. Possessive et très centrée sur elle-même depuis la disparition de son fiancé, elle ne supportait pas l'idée qu'il puisse s'intéresser à une autre. Elle l'avait accusé de la haïr, de l'abandonner lâchement. C'était sa faute si elle se droguait, s'il lui avait témoigné plus attention, elle ne serait pas dans un tel état.

Elle ne lui avait épargné aucun mensonge, ni aucune méchanceté. En réalité, elle n'avait eu besoin de personne pour commettre ses erreurs, erreurs qu'elle avait toujours refusé de reconnaître. Il avait tenté à maintes reprises de lui ouvrir les yeux. Peine perdue. Soit elle lui opposait un mutisme boudeur, soit elle criait à l'injustice et éclatait en sanglots.

Puis elle avait dirigé son amertume et sa colère contre le bébé que portait Gila. Ses paroles haineuses restaient gravées dans la mémoire de Leo. Il aurait pu lui pardonner de s'en prendre à lui – il avait l'habitude –, mais pas au petit être qu'il aimait déjà de tout son cœur. Il avait beau savoir que ses attaques étaient dictées par la rancune et la jalousie, elles n'en avaient pas moins distillé un venin dans son esprit. Au plus fort de sa crise d'hystérie, Jodie lui avait déclaré qu'il était un frère pitoyable et qu'il serait un père pire encore. Elle avait même poussé le vice jusqu'à insinuer que Gila le trompait et qu'il n'était pas le géniteur de cet enfant.

— Et puis, il y a eu l'overdose, murmura Gila, interrompant le cours de ses pensées.

— Oui.

Quelque temps après cette scène d'une violence inouïe, il avait reçu un coup de téléphone de l'hôpital l'informant que sa sœur avait été admise en réanimation et qu'elle se trouvait dans un coma profond. En voulant vivre sa vie, il l'avait condamnée à mort. Du moins, c'était ainsi qu'il avait interprété la situation à l'époque, avant qu'il entreprenne sa thérapie.

— Tu aurais dû m'en parler plus tôt, dit doucement Gila en posant la main sur son bras.

— À quoi bon ?

— J'aurais mieux saisi le contexte. Parfois, je me sentais exclue de votre relation qui me semblait fusionnelle. Pour moi, une belle-sœur s'apparentait à une amie. Avec Jodie, j'ai essayé de tisser ce lien. En vain. J'aurais tant souhaité que nous formions un trio. Ta sœur me rejetait et toi, tu me tenais à l'écart. J'avais l'impression de me mêler de ce qui ne me regardait pas.

— Telle n'était pas mon intention, je t'assure. Je souhaitais seulement te protéger de son potentiel de nuisance. Notre couple représentait pour moi une sorte de sanctuaire lumineux et joyeux, un havre de paix et de bonheur. Je ne voulais pas qu'elle gâche mon unique refuge.

— Si tu me l'avais expliqué, j'aurais compris.

Il perçut une note de reproche mêlé de tristesse dans son ton.

— À ce moment-là, je croyais agir pour ton bien. J'ai commis pas mal d'erreurs de jugement. La pire de toutes est de ne pas m'être confié à toi. J'en ai conscience à présent. J'avais peur de te perdre en t'avouant que, d'une certaine manière, j'avais hâté la fin de Jodie, alors qu'en fait, je t'ai perdue en ne te disant rien. N'est-ce pas le comble de l'ironie ? Je suis déso…

Un choc brutal contre la coque de la péniche l'empêcha d'achever sa phrase, expédiant Gila contre le placard situé à l'opposé.

— Gila ! s'écria-t-il, horrifié.

— Aïe ! gémit Gila, alors qu'une douleur fulgurante lui vrillait l'abdomen.

D'une main, elle s'agrippa au plan de travail pour se stabiliser, de l'autre, elle se massa le ventre, tout en s'efforçant d'inspirer profondément.

L'instant d'après, Leo se précipitait vers elle et l'enveloppait dans ses bras, comme s'il voulait la protéger de tout danger extérieur. Sa réaction instinctive la toucha.

— Ça va ? Tu n'es pas blessée ?

— Oui… enfin, je crois, répondit-elle, bien que ses jambes la portent à peine.

À regret, elle se libéra de son étreinte. Leur relation était déjà si compliquée qu'il valait mieux ne pas rajouter à la confusion des sentiments.

— Je me suis cogné la hanche et le ventre. Cela m'a fait mal sur le moment, mais la douleur commence à s'estomper.

— Laisse-moi t'examiner.

Elle se prêta sans protester à une rapide palpation. Les gestes de Leo étaient d'une douceur qui la réconforta.

— Et le bébé ? Tu es sûre qu'il n'a pas souffert ? Quand je t'ai vue heurter le placard, j'ai craint le pire.

Il avait l'air tellement inquiet pour elle et pour l'enfant qu'elle en eut le cœur chaviré.

— Ne dramatisons pas. Je t'assure qu'il y a eu plus de peur que de mal.

— Espérons-le.

Il plaça la paume sur son abdomen et se mit à le caresser, comme s'il souhaitait rassurer le petit être qui, sans doute sous l'effet du choc, s'agitait plus que d'ordinaire à l'intérieur.

Pour sa part, Gila s'efforçait de reprendre ses esprits et de rétablir un semblant de normalité. Sinon, elle risquait de commettre un acte aussi stupide que de se jeter au cou de Leo et de l'embrasser sur la bouche.

— Crois-tu qu'un bateau nous est rentré dedans ?

Ce genre d'incident se produisait régulièrement au printemps et en été lorsque des vacanciers inexpérimentés, et pour certains irresponsables, se mettaient en tête de louer une péniche. En règle générale, les dégâts se limitaient à des bris de vaisselle, mais cette fois, c'était son corps de femme enceinte qui avait fait les frais d'une erreur de manœuvre.

— Je vais jeter un coup d'œil dehors et leur dire ma façon de penser, à ces mariniers du dimanche, grommela Leo. J'en ai pour une minute. En attendant, assieds-toi pour récupérer.

Il sortit avant qu'elle ait eu le temps de l'en dissuader. Peu après, elle l'entendit parler à quelqu'un sans parvenir à distinguer ce qu'il disait. En revanche, le ton était incisif et autoritaire. Son interlocuteur avait manifestement droit à un sermon en règle.

Ses mains tremblaient encore quand Gila se servit une tasse de thé et s'installa sur le canapé. Contrairement à ce qu'elle avait prétendu devant Leo, le choc l'avait ébranlée et sa hanche l'élançait toujours. Elle en serait quitte pour un bel hématome. Ce qui, en revanche, la préoccupait davantage, c'était la sensation d'étau qui lui comprimait les reins depuis son réveil. Une douleur sourde, différente des maux de dos qu'elle éprouvait depuis quelques jours, et qui ne lui laissait aucun répit.

Les paroles de tante Tom s'immiscèrent dans son esprit, mais elle les chassa résolument. La vieille dame n'avait aucune compétence médicale. Elle avait travaillé dans une bibliothèque municipale jusqu'à ce que des coupes budgétaires drastiques entraînent sa fermeture dans les années 1990. Hormis son soi-disant don qu'elle tenait de sa grand-mère, elle n'avait aucune base solide pour affirmer que le bébé naîtrait avant terme.

Leo rentra peu après. Il avait les traits crispés, et le fait qu'il claque la porte derrière lui indiquait que sa conversation à l'extérieur n'avait pas contribué à adoucir son humeur.

— Quel abruti, ce type ! l'entendit-elle grommeler entre ses dents.

— Pas de voie d'eau dans la coque ?

— Non, heureusement, répondit-il en s'asseyant à côté d'elle. Néanmoins, comme si cet incident ne suffisait pas, il semble qu'un camion se soit renversé juste devant l'entrée de notre allée. Sa cargaison d'oranges s'est déversée sur la chaussée, de sorte que nous sommes tous bloqués sur nos péniches.

— Il y a des jours comme ça où tout va de travers. Cela dit, ça tombe bien que ni toi ni moi ne travaillions aujourd'hui et que tu aies eu le temps d'aller chez le boulanger avant l'accident.

— Oui, tu as raison. Restons positifs, d'autant que tu as de la chance de t'en sortir indemne après un tel vol plané ! Le bébé a dû se demander ce qui se passait.

— Cette acrobatie se soldera par quelques bleus, tout au plus.

Elle lui sourit, heureuse de la sollicitude qu'elle lisait dans ses yeux. Peut-être le lien qui les unissait évoluerait-il vers une relation platonique, basée sur une confiance réciproque. Pour le bien-être de leur enfant, cela vaudrait mieux que la tension et les malentendus ayant sonné le glas de leur couple, et, faute de mieux, elle saurait s'en contenter.

— Il y a intérêt car, avec l'accès au canal bloqué et aucune autre issue à moins d'un kilomètre de marche, je nous vois mal confrontés à une situation d'urgence médicale !

Gila acquiesça, s'efforçant d'ignorer la douleur lancinante dans le bas de son dos. Les tracas habituels durant les dernières semaines de grossesse, rien d'anormal. En aucun cas, il ne pouvait s'agir de la phase préliminaire du travail.

En fin d'après-midi, Gila souffrait toujours autant. Ni le bain chaud ni le fait de rester étendue sur le lit ne l'avaient soulagée. Pour la énième fois, elle se tourna sur le côté, serrant contre elle un oreiller dans l'espoir vain d'atténuer les souffrances qu'elle endurait depuis maintenant plusieurs heures.

Aucune raison cependant de paniquer : c'était du moins ce dont elle essayait de se convaincre. Les premiers bébés ne devançaient jamais l'appel, sauf lors d'une grossesse compliquée, ce qui n'était pas son cas. Il fallait même souvent déclencher l'accouchement, l'enfant n'étant pas pressé de pointer le bout de son nez.

En pareille situation, Gila aurait conseillé à sa patiente de se détendre et de ne pas imaginer de scénario catastrophe. Si tante Tom n'avait pas mentionné l'éventualité d'une naissance avant terme, elle n'aurait sans doute même pas envisagé une telle hypothèse. D'ordinaire, elle n'accordait aucune crédibilité à ces prédictions de bonne femme. Encore heureux que Thomasina lui ait épargné la séance du pendule pour déterminer le sexe de l'enfant !

Leo entra dans la chambre. Les sourcils froncés, il la dévisagea avec insistance, comme s'il cherchait une réponse à une question qu'il se retenait de formuler.

— Tu as l'air contrarié. Quelque chose ne va pas ? demanda-t-il enfin.

En réalité, rien n'allait. La douleur la rendait irritable, et elle détestait être de mauvaise humeur.

— J'ai vraiment mal dans les reins. J'ai beau me tourner et me retourner, je n'arrive pas à trouver une position confortable.

Il s'approcha et s'assit au bord du lit.

— Tu veux que je te masse ? Cela te soulagera peut-être.

Elle n'hésita pas une seconde.

— Volontiers… si cela ne te dérange pas.

Ce n'était probablement pas une bonne idée compte tenu de leur situation, mais elle se sentait prête à tout accepter pour quelques minutes de répit.

— Dans ce cas, tourne-toi.

Elle s'exécuta péniblement. Chaque mouvement lui coûtait un effort considérable et déclenchait de nouveaux élancements. Leo remonta son T-shirt au-dessus de ses hanches. Le contact de ses mains sur sa peau nue la fit frémir. Il commença par la masser le long de la colonne vertébrale.

C'était divin. Elle poussa un soupir de contentement, mais retint son souffle quand il faufila ses doigts sous la bande élastique de son pantalon qu'il fit ensuite glisser vers le bas.

— Tu as mal où ?

— À vrai dire, partout. La douleur irradie tellement que je ne saurais dire précisément.

Il se mit à pétrir doucement les muscles endoloris en effectuant des mouvements circulaires de plus en plus larges. Les tensions disparaissaient comme par miracle sous ses doigts experts.

— Ça te fait du bien ?

— Oh oui, continue, s'il te plaît ! Tu devrais proposer tes services aux maternités. Tu ferais fortune.

Sa remarque lui valut un rire amusé de Leo.

— Vraiment ? Tu accepterais de me recommander, j'espère.

Gila réfléchit à ce qu'impliquait sa suggestion. Elle imaginait les mains de Leo sur le corps d'une autre femme enceinte, sachant que, notamment au deuxième trimestre de la grossesse, les œstrogènes produits par le placenta avaient tendance à stimuler la libido. Cette scène la révulsa.

— Finalement, oublie ! grommela-t-elle. C'est une très mauvaise idée.

Elle réalisa trop tard ce qu'insinuait son commentaire, et enfouit le visage dans l'oreiller afin de dissimuler son embarras. Il se pencha au-dessus d'elle. Elle sentit son souffle chaud contre son oreille.

— Et pourquoi donc ? murmura-t-il d'un ton moqueur.

Pas question de lui avouer la vérité. Cela flatterait trop son ego.

— Parce que…

Elle suspendit sa phrase, cherchant désespérément une raison plausible à lui fournir, une raison qui ne la fasse pas passer pour une épouse jalouse. Car tel n'était pas le cas. Car être jalouse aurait signifié qu'elle avait encore des sentiments amoureux pour cet homme, et elle préférait ne pas songer à cette éventualité de peur d'avoir à admettre qu'elle n'avait pas progressé d'un pouce.

— Aïe !

Une douleur fulgurante, d'une autre nature que celle qui lui comprimait les reins depuis ce matin, venait de lui broyer le bas du ventre. S'agissait-il d'une contraction ?

— Qu'y a-t-il ? s'alarma aussitôt Leo, interrompant son massage. Je t'ai fait mal ?

— Non, répondit Gila sur un ton qu'elle voulait convaincant.

Mieux valait ne rien dire avant d'avoir identifié à quoi correspondait exactement ce nouveau symptôme. Il n'y avait pas lieu d'inquiéter Leo, du moins pour le moment.

— Tu as pourtant poussé un cri. Tu es sûre que ça va ?

— Absolument, mentit-elle.

C'était très probablement une contraction de Braxton-Hicks, indiquant que le corps se préparait à l'accouchement. Rien à voir avec une vraie contraction. Le travail n'avait pas débuté. C'était beaucoup trop tôt.

— Tu devrais essayer de dormir un peu.

Leo remonta son pantalon, sa main s'attardant sur sa hanche, comme s'il avait envie de prolonger le contact.

— L'allée est-elle toujours bloquée par le camion d'oranges ?

Elle s'était efforcée d'adopter un ton détaché.

— Oui. Apparemment, un très grave accident de la circulation a mobilisé tous les véhicules de dépannage. À mon avis, il va encore s'écouler plusieurs heures avant que la voie soit libre.

Gila sentit sa gorge se nouer. Peu encline à céder à la panique, elle dut néanmoins faire un effort sur elle-même pour garder son sang-froid et les idées claires. Elle n'allait tout de même pas s'affoler pour une simple contraction de Braxton-Hicks !

Bon sang, cela faisait un mal de chien ! Inutile de nier l'évidence. Les contractions se succédaient à intervalles de plus en plus rapprochés, et leur intensité ne cessait d'augmenter. En tant que sage-femme, elle ne pouvait ignorer ce que cela signifiait. L'accouchement était imminent.

Gila se leva péniblement et se dirigea vers le séjour. Elle s'arrêta sur le seuil, réfléchissant à la meilleure formulation pour annoncer la nouvelle à Leo, lequel, plongé dans la lecture, n'avait pas encore remarqué sa présence.

Leo, le travail a commencé.

Leo, je crois que le bébé a décidé d'arriver plus tôt que prévu.

Devine quoi, Leo, dans quelques heures, nous serons les heureux parents d'un petit garçon ou d'une petite fille.

Hé, Leo, ça te dirait de visiter la maternité ? À condition, bien sûr, que nous puissions la rejoindre à temps, sachant que la sortie est toujours bloquée par ce foutu semi-remorque et que nous sommes, en quelque sorte, coincés ici.

Au lieu de cela, elle se contenta d'un simple « Leo ? ».

Il leva les yeux de sa revue médicale.

— Salut ! Tu n'as pas dormi bien longtemps.

— Par intermittence seulement.

— Tu as toujours mal dans les reins ?

— Oui, et dans le bas du ventre aussi.

Il fronça les sourcils, l'air soucieux.

— C'est dû à quoi, à ton avis ?

Et dire qu'il est un excellent médecin urgentiste !

— Je me demande s'il ne s'agit pas…

Une nouvelle contraction la plia en deux.

En deux enjambées, Leo fut près d'elle.

— Gila, que se passe-t-il ?

— Eh bien… j'ai la nette impression que les contractions ont commencé. J'en ai depuis un moment.

— Quoi ? Depuis quand ? Depuis la collision avec l'autre péniche ?

Cette salve de questions montrait que, chez Leo, la nervosité montait d'un cran.

— Non, quelque temps après.

— Pourquoi ne m'en as-tu rien dit ?

— Je n'étais pas certaine.

— *Pas certaine ?* Alors que c'est ton métier ?

— D'accord, j'ai aidé des centaines de femmes à mettre leur enfant au monde, mais je n'ai encore jamais vécu cette expérience moi-même. Au cas où tu l'aurais oublié, c'est mon premier bébé.

— Oui, tu as raison, je comprends. Mais tu ne penses pas qu'il pourrait s'agir de contractions de Braxton-Hicks ?

Devant l'expression de Leo, Gila faillit éclater de rire. Elle aussi s'était accrochée à cet espoir plusieurs heures auparavant. À présent, il n'y avait plus de doute possible. L'enfant se moquait éperdument que le moment soit prématuré ou mal choisi : il avait décidé de naître aujourd'hui !

— Non, je ne crois pas… Oh ! mon Dieu !

— *Quoi ?* s'écria Leo.

— Je viens de perdre les eaux.

10.

Gila éprouva une angoisse sourde tandis que la réalité s'imposait à elle. Ils étaient coincés sur la péniche et le travail avait commencé. Elle n'avait plus qu'une envie : se lover entre les bras de Leo, nicher le visage au creux de son cou et fermer les yeux en attendant que tout s'arrange.

Mais elle ne pouvait rien faire de tout cela, primo parce qu'il était impossible de se retenir d'accoucher, et secundo, parce que sa relation avec Leo ne lui permettait pas ce genre d'abandon. La meilleure option consistait sans doute à oublier le passé au cours des prochaines heures pour se concentrer sur la naissance de leur bébé. Ensemble, comme un couple bien qu'ils n'en soient plus vraiment un. Ou comme deux amis proches, solidaires face à l'épreuve. Car, malgré sa formation et son expérience professionnelles, Gila ressentait ce que toute femme sur le point de mettre au monde son premier enfant ressent : de l'appréhension.

— La dépanneuse, à supposer qu'elle soit arrivée, cn aura pour un certain temps à redresser le camion. Cela dit, nous avons vraisemblablement un bon moment avant de devoir partir pour la maternité.

— J'espère que tu as raison.

Selon les statistiques, les premiers accouchements étaient rarement rapides. Il fallait compter plusieurs heures entre le début du travail et l'expulsion de l'enfant. Elle aurait donc le temps de rejoindre l'hôpital. Tout se passerait bien. Plus tard, l'histoire du camion renversé ne serait qu'une anecdote amusante. Il n'y avait pas lieu de paniquer.

— Je peux t'apporter quelque chose ? s'enquit Leo.

— Non merci.

Elle inspira profondément, bien déterminée à conserver son sang-froid. Pas question de se comporter comme une hystérique. Les femmes enfantaient depuis la nuit des temps et, en règle générale, Dame Nature veillait à ce que tout se déroule pour le mieux. Ignorant son cœur qui battait la chamade et ses nerfs à fleur de peau, Gila s'efforça de se détendre.

Pour sa part, Leo semblait soudain en proie à une étrange agitation. Il avait entrepris de débarrasser le sofa de ses coussins qu'il jetait un peu n'importe où. L'un d'eux atterrit aux pieds de Gila. Réprimant une furieuse envie de rire en dépit de la douleur, elle se baissa pour le ramasser. La scène s'avérait plutôt cocasse, et le contexte pour le moins original : un couple séparé depuis des mois, contraint par les circonstances à cohabiter, et confronté à la naissance imminente d'un enfant qu'ils n'élèveraient pas ensemble.

Leo continuait de s'activer. Quelle mouche l'avait piqué ? Si elle ne l'avait pas aussi bien connu, elle aurait juré qu'il avait perdu la tête.

Aïe ! Bon sang, cela fait un mal de chien !

Gila grimaça et serra le coussin contre elle alors qu'une nouvelle contraction lui labourait le ventre. Elle se concentra sur sa respiration, essayant de se remémorer les conseils qu'elle prodiguait à ses patientes dans pareille situation. Hélas, malgré tous ses efforts, elle ne parvenait pas à penser à autre chose qu'à la douleur.

Elle consulta sa montre. Les contractions étaient de plus en plus rapprochées. Le bébé n'était manifestement pas d'un naturel patient. Dépanneuse ou pas, il s'en fichait. Il avait bien l'intention d'imposer son rythme. Peut-être vaudrait-il mieux envisager la possibilité d'un accouchement à domicile et s'y préparer car, à cette cadence, ils n'auraient pas le temps d'atteindre l'hôpital.

— Tu veux bien me masser le dos, s'il te plaît ? demanda-t-elle afin de créer une diversion.

Si elle ne trouvait pas rapidement de quoi occuper Leo,

il risquait, après les coussins, de s'attaquer au mobilier ! N'était-ce pas la femelle, et non le mâle, qui était censée éprouver l'instinct de nidification avant la venue au monde de sa progéniture ?

Il accourut aussitôt.

— Bien sûr. Où as-tu mal ?

« Partout », s'apprêtait-elle à répondre quand une contraction, plus forte que la précédente, l'en empêcha. Pas de doute : le travail s'accélérait. Poussant un grognement étouffé, Gila se força à inspirer et expirer calmement pour évacuer la douleur. Pourquoi son cas n'obéissait-il pas à la règle générale, à savoir qu'un premier bébé se présentait à l'heure, voire en retard, mais certainement pas en avance, et qu'il prenait son temps ? Fallait-il y voir le signe d'un caractère bien trempé qui, par la suite, n'en ferait qu'à sa tête ?

— C'est ça, respire profondément, l'encouragea Leo. Tu t'en sors à merveille.

Gila souffrait le martyre, et la perspective d'accoucher ici, sans péridurale ni collègues pour lui faciliter la tâche, l'angoissait au plus haut point. Elle ne pouvait compter que sur elle-même et sur Leo pour gérer au mieux la situation. Ils appartenaient tous deux au corps médical, certes, néanmoins le fait qu'il s'agisse de leur propre enfant changeait considérablement la donne.

— Leo ?

— Oui, ma chérie ?

— Je crois que nous devrions rassembler toutes les couvertures que nous pourrons trouver et les étendre par terre.

Il fronça les sourcils.

— Des couvertures ? répéta-t-il, perplexe.

— Oui. Je pense que notre fils ou notre fille ne se donnera pas la peine d'attendre que la dépanneuse ait dégagé la voie d'accès aux berges. Le rythme des contractions s'intensifie. À mon avis, le bébé ne va plus tarder, et il nous incombe de l'accueillir dans les meilleures conditions possibles.

La couleur déserta le visage de Leo.

— *Quoi ?* Tu viens juste de perdre les eaux !

Elle lui adressa un sourire qu'elle voulait rassurant.

— Cela ne se déroule pas toujours comme indiqué dans les manuels. Ce petit être semble plus pressé que la moyenne de faire la connaissance de ses parents.

— Mais…

Elle lui prit la main et la serra.

— Leo, nous sommes toi et moi des professionnels de santé, ne l'oublions pas. Nous allons y arriver. De toute façon, nous n'avons pas le choix.

— C'est vrai. Toutefois…

— Mettre au monde un enfant est une expérience merveilleuse et totalement naturelle, ajouta-t-elle, répétant le discours qu'elle tenait à ses jeunes patientes.

Pour autant, elle ne s'imaginait pas que sa propre expérience serait « naturelle » à ce point. La vie vous réservait parfois des surprises dont vous vous seriez volontiers passé, mais auxquelles vous ne pouviez échapper.

— Quoi qu'il en soit, il s'agit de toi et de notre bébé, ce qui, tu l'admettras, complique un peu l'affaire.

Elle comprenait parfaitement. C'était une chose que d'aider des étrangères à accoucher, mais une tout autre que d'être impliqué personnellement, a fortiori sans assistance médicale d'aucune sorte.

Elle le vit déglutir avec difficulté.

— Tu es inquiète ?

— Non, bien sûr que non, répondit-elle alors que, en réalité, elle n'en menait pas large…

Leo réunit tout ce que Gila lui avait demandé. Dans son esprit, les idées les plus contradictoires se télescopaient, créant un ascenseur émotionnel véritablement épuisant.

A priori, Gila avait des contractions depuis plusieurs heures, et ne lui en avait rien dit. Pas un mot, pas même la moindre allusion. Comment avait-il pu être assez aveugle pour ne pas remarquer les symptômes, ni interpréter les signes, telles ces douleurs dans les reins apparues la veille. Et maintenant, ils n'avaient aucun moyen de rejoindre l'hôpital tant que le camion et sa cargaison d'oranges n'auraient pas été dégagés, Gila n'étant plus en état de parcourir le kilomètre qui les séparait de la sortie accessible la plus proche.

L'estomac noué, il s'assit lourdement sur le bord du lit et se prit la tête dans les mains. Cela n'était pas censé se dérouler de cette manière. Il était beaucoup plus prudent d'accoucher dans un environnement médicalisé et aseptisé, doté des équipements adéquats, surtout la première fois car il existait un risque accru de complications.

Leo se leva et se mit à arpenter la chambre. Bon sang ! Et si le contrôle de la situation leur échappait ? Cette hypothèse ne pouvait être écartée. Accouchement difficile, voire par le siège, détresse respiratoire du nouveau-né, hémorragie de la mère : il passait en revue les pires scénarios auxquels il se trouverait alors confronté, sachant qu'il devrait assumer seul, sans matériel, ni personne pour l'assister. Réussirait-il à les sauver ?

Et dire qu'il avait attendu ce moment avec tant d'impatience ! Le moment où sa famille s'agrandirait pour former non pas un duo, mais un trio. Il y avait souvent pensé, mais pas une fois il n'avait imaginé que la naissance aurait lieu à domicile, avec lui et seulement lui pour assister Gila.

Il perçut un gémissement étouffé en provenance du séjour, et la honte le submergea. Pendant qu'il perdait un temps précieux à se lamenter sur son sort, sa femme souffrait. Il ne craquerait pas ! Il était médecin, et même un excellent urgentiste à en croire ses confrères. Dans son métier, il avait l'habitude de traiter des cas autrement plus graves, ne sachant jamais à quoi il allait se trouver confronté lorsqu'il commençait sa garde. Aujourd'hui, Gila avait besoin de lui, et il ne la décevrait pas. C'était elle son urgence du jour, et il s'occuperait d'elle comme il le faisait pour ses patients à l'hôpital. À eux deux, ils cumulaient une vaste expérience médicale. Quoi qu'il advienne, ils sauraient affronter la situation. Le tout, c'était de laisser ses émotions de côté pour se concentrer sur l'objectif : mettre au monde ce bébé qui avait manifestement décidé d'arriver plus tôt que prévu. Partout dans le monde, des femmes accouchaient à domicile sans que cela pose de problème. Restait à espérer qu'il en irait de même pour Gila.

Il saisit la pile de couvertures et de serviettes, puis se ravisa et reposa le tout sur une chaise. Pas question que son épouse accouche sur le sol du séjour alors qu'elle pouvait le faire dans un lit confortable, celui-là même où ils avaient conçu cet enfant. Il rejoignit Gila pour lui soumettre son idée, laquelle remporta son approbation.

— D'accord. En revanche, il faudrait recouvrir le matelas d'une housse imperméable afin d'éviter de le tacher.

Leo acquiesça, puis se précipita de nouveau dans la chambre où il ôta les draps du lit. Il traversait le couloir au pas de charge en direction de la porte donnant sur le pont quand Gila l'interpella.

— Où vas-tu ?

— Il y a une bâche neuve dans le coffre de stockage. Ce sera parfait comme protection. Avec le drap-housse par-dessus, cela ne risque pas de t'irriter la peau.

Il mena l'opération tambour battant. Un quart d'heure plus tard, il était revenu auprès d'elle.

— Comment te sens-tu, ma chérie ?

— Prête. Et toi ?

— Moi aussi.

— Je vais prendre une douche avant que les événements se précipitent.

Une douche ? Et si le bébé décidait de profiter de l'occasion pour sortir ?

Rien que d'y penser, Leo en avait des sueurs froides. Il était diplômé de médecine, d'accord, mais pas spécialisé dans l'obstétrique. Ce domaine de compétences, c'était Gila qui le maîtrisait, pas lui. Il aurait mille fois préféré qu'elle se mette au lit et qu'elle y reste afin d'éviter toute mauvaise surprise.

Puisqu'ils devaient affronter cette épreuve, autant qu'ils se simplifient la tâche au maximum !

— Tu crois que c'est une bonne idée ? Ne serait-ce pas plus prudent que tu t'allonges bien tranquillement sur le lit ?

« Bien tranquillement » : l'expression était sans doute mal choisie compte tenu des circonstances, et elle lui valut un sourire moqueur.

— Il n'y a pas de contre-indications, je t'assure. Au contraire : bouger facilite le travail et la douche chaude permet de détendre les muscles. J'ai beaucoup lu sur le sujet. De toute façon, nous avons encore pas mal de temps devant nous.

— Dans ce cas…, répondit-il à contrecœur.

— Tout se passera bien, tu verras.

Il l'accompagna à la salle de bains, puis l'aida à ôter son T-shirt et son pantalon.

— Je te laisse finir. Tu peux te débrouiller seule ?

Elle acquiesça d'un signe de tête mais, comme il s'apprêtait à quitter la pièce, elle le rappela.

— Tu vas où ?

— J'attendrai dans le couloir que tu aies terminé.

— Non, s'il te plaît, tiens-moi compagnie.

Il y avait tellement d'émotion dans son ton qu'il en eut le cœur chaviré. Cette femme ne comprenait-elle pas à quel point il se sentait fragile face à elle ?

— Tu es sûre ? Étant donné la situation entre nous, je me disais…

— *S'il te plaît*, Leo, j'ai besoin de toi. J'ai l'air calme comme ça, mais il ne s'agit que d'une façade. Au fond de moi, je suis terriblement anxieuse, et ta présence m'apaise.

— D'accord, ma chérie. Nc t'inquiète pas, je reste auprès de toi.

Obéissant à une pulsion incontrôlable, il l'attira contre lui et l'embrassa sur le front.

Elle acheva de se déshabiller tandis qu'il s'efforçait de regarder ailleurs. Il ne put néanmoins s'empêcher de jeter un coup d'œil discret à ce corps magnifique aux formes épanouies par la maternité. Il y avait si longtemps qu'il ne l'avait pas contemplée dans toute sa nudité, si longtemps qu'il ne l'avait pas serrée dans ses bras.

— Je n'y arriverai jamais, gémit Gila, haletante, alors qu'une énième contraction lui tordait le ventre.

Elle avait envie de hurler, de pleurer. Heureusement qu'elle n'était pas du genre à s'abandonner à ses états d'âme. La crise d'hystérie, ce n'était vraiment pas son truc. Pourtant, cette fois, elle aurait volontiers fait une exception à la règle. Peut-être que s'époumoner aurait permis de souffrir un peu moins. Elle était à bout de forces car, maintenant, la douleur était omniprésente et ne lui laissait aucun répit.

— Gila ?

— Quoi ?

Elle eut aussitôt conscience de l'aigreur de son ton, mais elle était trop épuisée pour garder le contrôle de ses émotions. À quatre pattes au milieu du lit, elle luttait de son mieux, se répétant en boucle que l'accouchement sans péridurale était l'acte le plus naturel qui soit.

— Gila ? répéta Leo avec une grande douceur.

Elle poussa un soupir d'exaspération. Ne voyait-il pas qu'elle était trop occupée pour converser ?

— Oui ?

Il lui caressa la cuisse.

— Tu t'en sors à merveille, ma chérie. L'expulsion ne devrait plus tarder.

— Comment peux-tu le savoir ? Ce n'est pas toi qui as ce bébé à l'intérieur du ventre, bébé qui prend un malin plaisir à me déchirer les entrailles !

— Exact, répondit-il sans se départir de son calme. En revanche, n'oublie pas que je suis médecin et donc capable de mesurer la dilatation d'un col.

— Pff ! Tu as beau réparer des fractures et sauver des

gens, tu n'as pas l'habitude comme moi d'aider les femmes à accoucher. L'experte, ici, c'est moi, docteur Wright. Compris ?

Il eut un rire amusé.

— Je constate que l'enfantement te rend d'une humeur massacrante. Veux-tu que j'apporte le miroir de la salle de bains afin que tu puisses contrôler mes dires, ou acceptes-tu de te fier à mon jugement ?

Elle eut soudain honte de son attitude. Elle était injuste avec Leo. Jusqu'à présent, il l'avait assistée avec une patience exemplaire, répondant de façon précise et professionnelle à la moindre question, l'encourageant quand il sentait qu'elle commençait à désespérer.

— Je te fais confiance.

— Merci. Sache que je suis fier de toi et que je te trouve très belle.

— Affreuse, tu veux dire ! Comment pourrais-je être *belle* alors que je suis exténuée, rouge comme une tomate, et que je dégouline de sueur ?

— Peu importe. Moi, je ne vois qu'une femme superbe en train de se battre comme une lionne pour donner le jour à notre enfant.

— Pardonne-moi. Je suis une patiente détestable, n'est-ce pas ? Tu fais tout ce qui est en ton pouvoir pour m'aider et moi, je passe mon temps à t'agresser.

— Je te pardonne. J'ai eu affaire à des patients bien pires, crois-moi. Question agressivité, tu joues dans la cour des petits, comparée à d'autres.

— Merci du compliment.

— Et maintenant, concentrons-nous sur l'objectif. À la prochaine contraction, inspire profondément, bloque ta respiration et pousse.

Comme si elle ne connaissait pas la technique ! Elle n'émit cependant aucun commentaire acerbe et suivit ses conseils.

— Oh ! mon Dieu, Gila ! J'aperçois le sommet du crâne. Oh ! c'est merveilleux, ma chérie ! Un peu gluant, mais merveilleux !

L'enfant se présente bien. Allez, encore un petit effort. Tu y es presque… oui, c'est ça, continue.

— Pense à vérifier que le bébé n'a pas le cordon enroulé autour du cou.

— Ne t'inquiète pas, je surveille. Voilà, la tête est sortie… les épaules aussi. Une dernière poussée, mais sans trop forcer… Oh ! ma chérie, elle est magnifique ! Notre fille est absolument magnifique !

11.

Un cri perçant déchira bientôt le silence presque recueilli. Sans prendre la peine d'essuyer ses larmes, Leo prit le nouveau-né dans ses bras et le berça doucement contre lui. Ce petit être qui manifestait sa colère sans retenue était sa fille, le fruit de l'amour entre Gila et lui. Et, ensemble, ils l'avaient mise au monde. Un véritable miracle de la nature. Cette enfant minuscule était parfaite.

— Est-ce qu'elle va bien ? s'enquit une voix inquiète à l'autre bout du lit.

Leo se contenta d'acquiescer d'un signe de tête, incapable de prononcer un mot tant l'émotion lui nouait la gorge. Il s'approcha de Gila qui, épuisée, s'était étendue sur le dos, la tête reposant sur des oreillers. Malgré ses traits creusés par la fatigue, elle était toujours aussi ravissante.

Il enveloppa la petite dans une serviette afin qu'elle conserve sa chaleur et la posa délicatement contre le sein de Gila, veillant à éviter toute tension du cordon ombilical. Il le couperait dans une minute. La priorité pour le moment, c'était que la mère et la fille fassent connaissance.

Gila lui adressa un sourire las avant de reporter son attention sur son bébé. D'un doigt hésitant, elle lui effleura le front, et une larme roula sur sa joue.

— Quelle merveille ! murmura-t-elle d'une voix étranglée.

Leo s'assit à côté d'elles. Il brûlait d'envie de serrer contre lui les deux femmes de sa vie, mais il n'osait pas, préférant laisser Gila profiter pleinement de ce premier contact avec sa fille.

— Oh ! Leo, elle est si belle !

Son visage exprimait un amour sans bornes.

Cette fois, il ne résista pas au plaisir de passer un bras autour de ses épaules.

— Oui. En toute modestie, je dois reconnaître que nous l'avons plutôt bien réussie !

Ils contemplèrent, émerveillés, celle qui désormais occuperait le centre de leur existence.

— Regarde comme elle a des doigts fins. Et ses ongles ! Je n'aurais jamais imaginé connaître un jour le bonheur de la maternité. Je pensais que ma vie était vouée à la solitude. Jusqu'à ce que je te rencontre.

— Oh ! ma chérie, merci pour le magnifique cadeau que tu viens de m'offrir.

Leo se sentait heureux, totalement heureux, et cela ne lui était pas arrivé depuis des mois.

— Elle te ressemble, déclara Gila en caressant les cheveux bruns de leur fille.

— Tu crois ? À mon avis, ce bout de chou tient plus de sa maman. Elle a ta bouche. Parfaitement dessinée, comme la tienne.

— Disons qu'elle a les traits de ses deux parents, ce qui la rend unique.

— Oui, tu as raison. Veux-tu que je lui fasse un brin de toilette avant que tu essaies de l'allaiter ?

— Excellente idée. Il y a un sac bleu en bas de ma garde-robe chez mon oncle. Il contient des affaires de bébé et quelques vêtements de taille naissance, dont des grenouillères qui devraient lui aller. Elle est assez grande pour une prématurée.

Leo se pencha vers Gila et, obéissant à une pulsion, il posa ses lèvres sur les siennes. Il mit dans ce baiser chaste tout l'amour, toute la tendresse, qu'il éprouvait pour elle, espérant qu'elle comprendrait ainsi à quel point il la chérissait.

Puis il passa de nouveau en mode médecin. Avec des gestes sûrs et précis, il coupa le cordon ombilical et surveilla de près l'étape ultime de l'accouchement : la délivrance. Il aida ensuite Gila à se lever, à enfiler un grand T-shirt propre et à s'asseoir dans le fauteuil, le temps pour lui d'ôter le linge souillé et la bâche ayant servi d'alèse, puis de refaire un lit propre. Quand tout fut fait, il contempla, attendri, le charmant tableau qu'offraient la mère et l'enfant… sa belle épouse et son adorable petite fille… ses deux femmes.

Gila lui sourit.

— Malgré les circonstances, le résultat est positif, non ?

— Si, ma chérie, il dépasse même mes espérances… Bon, je vais chercher le sac chez Art, et je reviens. J'en ai pour deux minutes.

Une fois dehors, Leo leva le regard vers le ciel, comme pour lui adresser une prière muette. D'une manière ou d'une autre, il devait sauver son mariage. Il ne se contenterait pas de relations amicales ou, pire encore, simplement polies. Il voulait plus. Il voulait reconstruire son couple, fonder un vrai foyer, vivre avec sa femme et sa fille.

— Je suis papa, sœurette, chuchota-t-il aux nuages.

Leo s'approcha du lit, portant leur fille dans ses bras.

— Fais attention à bien lui maintenir la tête…

Gila s'interrompit. Au vu de la délicatesse avec laquelle il avait manipulé le bébé durant la toilette, la pose du pansement sur le cordon et la première séance d'habillage, le conseil s'avérait superflu.

— Excuse-moi, ajouta-t-elle aussitôt. C'est juste que je me sens inutile.

— Maman depuis une heure à peine et déjà mère louve ! lança-t-il d'un ton taquin. Cela dit, je te comprends. Pour ma part, je crains de devenir sous peu un véritable papa poule. Elle est tellement adorable, notre petite princesse ! Néanmoins, c'est toi qui as fait tout le boulot jusqu'à maintenant. Alors, profite de ce bref instant de répit pour recouvrer des forces.

Gila poussa un soupir résigné et reposa la tête sur la taie d'oreiller qui fleurait bon la lessive. Depuis la naissance de leur fille, Leo n'avait pas arrêté. Non seulement il s'était acquitté avec brio de son rôle improvisé de sage-femme, du début à la fin, mais il l'avait lavée pour la rafraîchir, lui avait prêté un

T-shirt, trop grand pour elle, qui faisait office de chemise de nuit, s'était chargé de la toilette du bébé et lui avait enfilé une grenouillère. Un vrai surhomme !

— Merci pour tout, Leo.

— De rien. Il est complètement normal que j'apporte mon humble contribution au moment miraculeux que nous vivons aujourd'hui. Par ailleurs, dès que possible je vous conduis toutes les deux à la maternité pour un check-up.

Cette perspective n'enchantait pas Gila, qui aurait préféré rester se reposer ici, en compagnie de Leo et de leur fille. Toutefois, elle savait cette démarche nécessaire, ne serait-ce que pour s'assurer que des glaires n'obstruaient pas la gorge du bébé et qu'elle-même ne souffrait d'aucune séquelle gynécologique. Et puis, elle se réjouissait de présenter sa petite merveille à ses collègues.

— À propos, reprit Leo, nous n'avons pas abordé un sujet crucial : le prénom. Tu y as songé, j'imagine. Peut-être même as-tu déjà décidé…

— J'en ai plusieurs à te soumettre, mais un me plaît particulièrement.

— Lequel ?

— Arabella.

— Arabella Wright… Oui, ça sonne bien. Va pour Arabella !

Tout en discutant, Leo avait déposé la petite sur le matelas et déboutonné le haut de son pyjama.

— Que fais-tu ? s'enquit Gila en le voyant prendre son stéthoscope et souffler sur le pavillon pour le réchauffer.

— Comme nous ne pouvons pas encore nous rendre à l'hôpital, il me paraît judicieux d'effectuer un examen préliminaire.

Une ride apparut sur son front tandis qu'il écoutait. Il déplaça le pavillon. La ride se creusa.

— Un problème ? demanda Gila, aussitôt alarmée par son expression soucieuse.

Elle le connaissait suffisamment pour deviner que quelque chose l'inquiétait.

— Non, je…

L'appel d'Art interrompit Leo.

— Nous sommes ici, répondit celui-ci.

Il souleva Arabella et la déposa dans les bras de Gila. Une minute plus tard, Art faisait irruption dans la chambre.

— Alors, c'est vrai ! Maggie m'a dit que Leo était passé récupérer le sac bleu. Au début, j'ai cru à une fausse alerte.

Gila prit la main de Leo et la serra. Il tourna la tête vers elle et elle sonda son regard en quête d'un signe indiquant un problème avec le bébé. Elle n'y décela rien de particulier. Sans doute son expression alarmée et la raideur soudaine de ses mouvements n'avaient-ils existé que dans son imagination.

— Viens faire la connaissance de ta petite-nièce.

Son oncle approcha du lit et examina la petite sans toutefois oser la toucher.

— Elle est adorable. Félicitations à tous les deux ! J'en profite pour vous informer que la voie est libre. Ils ont dégagé le camion et sa cargaison d'oranges.

— Ce n'est pas trop tôt ! s'exclama Leo, manifestement soulagé.

Il ôta le stéthoscope de son cou et le posa sur la chaise.

— Elle est grande, mais un peu maigrelette, non ? s'enquit Art, qui ne quittait pas Arabella des yeux.

— Oui. C'est normal pour un enfant né avant terme. Elle va rapidement prendre du poids. À part cela, elle se porte comme un charme.

— Vous pouvez dire adieu aux grasses matinées !

Gila se mit à rire. Elle jeta un regard discret en direction de Leo et éprouva une sourde inquiétude en constatant qu'il ne partageait pas leur hilarité. L'air de nouveau soucieux, il dévisageait leur fille.

Durant le trajet en voiture jusqu'à la maternité, Leo passa en revue les différentes options possibles. Le bruit qu'il avait perçu en écoutant le cœur d'Arabella l'amenait néanmoins systématiquement au même diagnostic. Diagnostic qui lui fut confirmé peu après leur arrivée à l'hôpital : leur fille souffrait probablement d'un souffle au cœur.

Il poussa la porte de la chambre qui avait été attribuée à Gila et marqua une pause devant la beauté du tableau qui s'offrait à lui. Adossée contre les oreillers, sa femme tenait Arabella dans ses bras et la dévorait littéralement des yeux. Il y avait tant d'amour dans son regard qu'il en fut bouleversé. Un amour pur, d'une intensité poignante, qui allait subir sa première épreuve avec la nouvelle qu'il s'apprêtait à annoncer.

Et qu'adviendrait-il de leur couple ? Le fil ténu qui continuait malgré tout de les unir l'un à l'autre résisterait-il à ce nouveau choc ? Leo n'aurait su le dire, et cette incertitude le rongeait. Quoi qu'il en soit, il ne pouvait pas garder l'information pour lui. Il avait déjà dupé Gila en lui promettant une vie de bonheur, et tout ce qu'il avait réussi à faire, c'était lui briser le cœur en la tenant à l'écart et en lui opposant un mutisme obstiné.

— Salut !

Il entra dans la chambre. Cela ne servait à rien de tergiverser. Il détestait l'idée de gâcher une telle harmonie, mais il ne reporterait pas ce moment délicat. Gila avait le droit de connaître la vérité. D'autant qu'à en juger par les fréquents coups d'œil qu'elle lui avait jetés durant le trajet en voiture, elle se doutait certainement de quelque chose. Par ailleurs, il devait impérativement passer ensuite un appel téléphonique important, de ceux qui ne peuvent être remis à plus tard.

Elle lui adressa ce sourire rayonnant dont elle avait le secret, celui qui l'avait ébloui dès leur première rencontre.

— Il faut qu'on parle, Gila.

Aussitôt, son expression s'assombrit et l'appréhension se peignit sur son beau visage.

Il s'assit sur le bord du matelas, à côté des deux personnes qui constituaient désormais son unique raison de vivre.

— Le pédiatre a examiné Arabella.

— Tout va bien ? La sage-femme qui me l'a ramenée ne m'a rien dit du résultat, ce qui m'a paru bizarre.

Son ton trahissait une angoisse si profonde qu'il sentit son estomac se nouer.

Incapable de soutenir son regard, il fixa le sien sur sa fille, encore si petite, si fragile. Elle venait à peine de naître que, déjà, le destin lui jouait un tour pendable. C'était tellement injuste.

— Il y a un problème, c'est ça ? murmura Gila d'une voix étranglée.

Sa clairvoyance ne le surprit pas. En tant que sage-femme, son épouse savait interpréter les signaux, les mines figées du personnel médical lorsqu'il se trouvait confronté à un problème de santé d'une certaine gravité, notamment si celui-ci concernait un nourrisson.

— Oui, avoua-t-il.

Elle émit un soupir d'impatience.

— Je ne suis pas stupide, Leo. Je connais les pratiques habituelles d'une maternité et, d'après ce que j'ai pu constater, vous me cachez tous quelque chose. Or cela concerne mon enfant, et j'exige d'être informée.

Il lui saisit la main et inspira profondément pour se donner du courage.

— Souffle au cœur, lâcha-t-il.

Elle le dévisagea un moment en silence.

— Ils sont certains ? demanda-t-elle avec un calme apparent qui n'augurait rien de bon.

— Oui, hélas. Il n'y a aucun doute possible.

— Je vois. Et pourquoi ne m'a-t-on rien dit ?

Avant même leur arrivée à l'hôpital, elle soupçonnait qu'il y avait un problème. Sa réaction le prouvait.

— Tu le savais, n'est-ce pas ? poursuivit-elle d'un ton accusateur. Ce souffle au cœur, tu l'as détecté quand tu as ausculté Arabella à la maison. Pourtant, tu n'as pas jugé utile de m'en parler. Pour quelle raison ?

— Je l'ai en effet entendu, mais il ne s'agissait que d'une suspicion, et j'espérais me tromper. La cardiologie pédiatrique n'est pas ma spécialité. Je ne voulais pas t'alarmer avant d'avoir obtenu l'avis du pédiatre.

— Je ne comprends pas que tu me l'aies caché, déclara-t-elle en secouant la tête. Je ne comprends pas que tu n'aies pas souhaité me faire part de ton inquiétude. Je suis la mère d'Arabella, bon sang, et ton épouse par-dessus le marché !

Elle libéra sa main d'un geste brusque.

— Cela partait d'une bonne intention, je t'assure ! Tu étais si heureuse. À quoi bon gâcher ta joie en t'assenant une mauvaise nouvelle qui n'était pas encore avérée ? Crois-moi, je t'en prie, je n'avais aucune arrière-pensée, si ce n'est le désir de te préserver.

— Une fois de plus, tu m'as tenue à l'écart. Est-ce ainsi que les choses se passeront toujours entre nous, Leo ?

Ces paroles lui firent l'effet d'un coup de poignard.

— La situation n'est pas comparable, Gila, objecta-t-il, déterminé à plaider sa cause jusqu'au bout pour éviter qu'un rempart se dresse de nouveau entre eux.

Elle le fusilla du regard. Ses prunelles grises avaient la couleur d'un ciel d'orage. À l'indignation se mêlait l'expression d'un autre sentiment qu'il identifia sans difficulté pour l'avoir vu si souvent, *trop* souvent, lors des derniers mois de leur vie commune : la déception.

— Ah, vraiment ? répliqua-t-elle avec une ironie acerbe. Je ne vois pas la différence. Pour moi, c'est du pareil au même. Des non-dits, encore et encore.

Il voulut lui prendre la main, mais elle la glissa sous le drap, lui signifiant clairement que ses tentatives de rapprochement n'étaient pas les bienvenues.

— S'il te plaît, Gila, ne réagis pas comme ça. Nous sommes tous deux fatigués physiquement et émotionnellement. Je crois…

— J'ignore ce que tu crois ou non, et je m'en fiche. Moi, je *sais* que ma fille n'a rien de grave. Je le sens !

— Tu as sans doute raison, mais…

— J'ai raison, un point c'est tout !

Leo se contenta d'acquiescer. Il n'avait pas envie de se quereller.

— D'accord. Toutefois, il convient de procéder à des examens complémentaires pour déterminer la cause de ces turbulences.

Il vit son visage se fermer, et il en ressentit un profond

chagrin. Lui avait-il infligé une peine aussi immense quand il s'était replié sur lui-même après le décès de Jodie ?

— Tu devrais y aller, maintenant, murmura-t-elle d'une voix lasse. J'ai besoin de me reposer.

— Veux-tu que je couche Arabella dans le berceau ?

— Inutile, je le ferai.

Il préféra ne pas insister. Ils reprendraient leur discussion plus tard. La priorité pour l'instant, c'était de passer ce coup de fil.

— OK.

Il se leva et se dirigea vers la porte. Avant de franchir le seuil, il se retourna.

— Je t'en supplie, Gila, ne me rejette pas.

— N'inverse pas les rôles, Leo, répliqua-t-elle. C'est ta méthode, pas la mienne.

12.

Leo poussa la porte vitrée, s'autorisant enfin à souffler. Depuis qu'il avait obtenu confirmation de son diagnostic initial, il était passé en mode professionnel, seule façon pour lui de prendre du recul face à une situation qui, le concernant personnellement, risquait de lui faire perdre le contrôle de ses émotions et de gâcher sa joie immense d'être devenu père un peu plus tôt que prévu.

Leur petite princesse était née avec une anomalie cardiaque congénitale. Selon les statistiques, de nombreux bébés présentant un souffle au cœur à la naissance menaient ensuite une vie parfaitement normale. Mais Leo n'était pas rassuré. Il savait aussi que, dans certains cas rares, ce symptôme provenait d'une malformation potentiellement très dangereuse.

Tout dépendait du type de souffle au cœur dont souffrait sa fille. Après avoir quitté la chambre de Gila, il avait immédiatement téléphoné à son ami James, cardiologue réputé, pour lui demander d'examiner Arabella. Non pas qu'il n'ait pas confiance dans le jugement du corps médical de l'hôpital, mais l'ami en question comptait parmi les meilleurs spécialistes mondiaux de son domaine, et Leo avait décidé de tenter sa chance. Son bébé méritait ce qu'il y avait de mieux. Et tant pis si cela égratignait l'ego ou fâchait les membres de l'équipe médicale locale ! Leo ne reculerait devant rien pour assurer le bien-être de son enfant et, par conséquent, celui de sa femme.

Fidèle à leur amitié de longue date, le grand ponte avait accepté sans hésiter. Il était en ce moment même en train d'ausculter Arabella. Leo avait préféré patienter dans le couloir, supportant difficilement le spectacle de ce nourrisson manipulé en tous sens par des mains certes expertes, mais étrangères.

Épuisé, il s'affala sur une chaise et ferma les paupières un instant pour se soustraire aux bruits extérieurs. Ses pensées se concentrèrent aussitôt sur Gila et sa réaction à l'annonce de la nouvelle. Se remémorant la façon dont elle avait aussitôt sorti les griffes pour protéger sa fille, il ne put s'empêcher d'esquisser un sourire attendri, malgré son humeur sombre. Son instinct maternel prenant le dessus sur ses compétences professionnelles, elle n'avait pas supporté que l'on s'avise de critiquer son bébé, parfait à ses yeux. De nouveau, Leo fut impressionné par l'intensité de l'amour d'une mère pour son enfant.

Jamais Gila ne rejetterait sa fille ou n'aurait honte d'elle, comme cela avait été le cas de ses propres parents vis-à-vis de Jodie. Elle se battrait coûte que coûte pour défendre la chair de sa chair contre l'adversité. À commencer par cette éventuelle anomalie cardiaque dont elle connaissait pourtant les implications potentielles.

Leo appuya la tête contre le mur et étendit les jambes devant lui. Ce qui, en revanche, le préoccupait concernant sa femme, c'était l'opinion qu'elle avait à son égard. Dans son regard, il avait lu de la colère, mais surtout de la déception. Elle n'avait clairement pas apprécié qu'il lui cache son inquiétude au sujet de la santé de leur fille. Une fois de plus, il n'avait pas été à la hauteur de ses attentes. Avec les meilleures intentions, il avait choisi la mauvaise option. Et tout ça afin de la préserver le plus longtemps possible.

Il lui avait fourni une raison supplémentaire de se méfier de lui… après ce qu'ils avaient vécu au cours de cette journée pour mettre leur enfant au monde, ensemble et seuls. Le lien, fragile, qu'ils avaient tissé à l'occasion de ces heures mouvementées, il l'avait rompu en mentant par omission. Pourquoi ne pas lui avoir simplement avoué la vérité quand elle lui avait demandé s'il y avait un problème ? Pourquoi ne pas avoir sollicité son avis médical lorsqu'il avait détecté le souffle au cœur ? Parce qu'il avait obéi à son instinct de mâle protecteur estimant qu'il lui revenait de porter sur ses épaules tout le poids du monde. Voilà pourquoi ! Et aussi parce qu'il préférait trop souvent se réfugier dans le déni plutôt que de regarder la réalité en face. Il n'avait pas supporté l'idée que le destin lui inflige une nouvelle épreuve contre laquelle il se sentait démuni.

À présent, il était là, dans son coin, à attendre le verdict du cardiologue, à prier pour que le pire leur soit épargné, tandis que les gens, absorbés par leurs propres problèmes, passaient devant lui sans lui prêter attention.

Combien de fois encore devrait-il affronter seul les vicissitudes de la vie, sans pouvoir influer sur le cours des événements ? Il en avait assez de s'imposer cette solitude. Les séances de thérapie avaient été bénéfiques et avaient fait sauter quelques verrous. Il en subsistait néanmoins un certain nombre, les plus irréductibles dont l'origine remontait à son enfance. Le thérapeute l'avait incité à s'ouvrir, mais Leo n'avait suivi son conseil, aussi judicieux soit-il, qu'à moitié. C'est à Gila, et non à cet homme, qu'il souhaitait dévoiler le fond de son âme et confesser ses peurs ; avec elle qu'il voulait discuter de ses émotions ; sur elle qu'il avait envie de s'appuyer quand il se sentait flancher. Cependant, comment espérer d'elle qu'elle soit là pour lui, qu'elle lui donne un peu de sa sagesse et de sa force, après l'avoir exclue pendant des mois ?

Le couinement de la porte vitrée interrompit le cours de ses pensées. Tournant la tête, Leo vit James approcher d'un pas décidé, affichant une expression impénétrable, et il éprouva un frisson d'appréhension. Comme il demeurait pétrifié sur son siège, son ami vint se planter devant lui. Avec un soupir de lassitude, il ôta ses lunettes cerclées d'argent dont il essuya les verres.

— Pourrions-nous aller quelque part pour discuter en toute tranquillité, loin des oreilles indiscrètes ? déclara-t-il enfin.

Une telle requête n'augurait rien de bon…

Gila avait quitté sa chambre et s'était retrouvée dans le parc de l'hôpital. Après sa consultation avec l'obstétricien de garde, celui-ci avait déclaré qu'elle se portait comme un charme pour une femme relevant de couches et il avait signé son bon de sortie. Le fait qu'elle vive avec un médecin n'était sans doute pas étranger à cette décision. Pour autant, elle ne pouvait pas encore quitter l'hôpital, car une demi-heure plus tôt, une sage-femme était venue chercher Arabella pour des examens complémentaires. Au moins, cette fois, Gila en connaissait la raison, et l'absence d'explication de sa consœur ne l'avait pas autant frustrée.

Elle huma le parfum du buisson en fleur planté à gauche du banc qu'elle occupait. Il lui rappelait la lotion pour bébé qu'elle avait achetée et dont elle n'avait pas encore eu l'occasion de se servir.

Essuyant d'un geste nerveux une larme qui s'était égarée sur sa joue, elle contempla la fontaine en pierre trônant juste devant elle, au centre du jardin. Le ruissellement de l'eau, qui était pourtant censé produire un son apaisant, commençait à lui taper sur les nerfs. Comment se calmer quand le sort de votre nouveau-né dépendait du verdict du corps médical ?

Un souffle au cœur n'était pas grave à ce point… du moins en règle générale. Bon nombre de bébés présentaient ce symptôme à la naissance, sans que quiconque sache réellement pourquoi, et ces turbulences du flux sanguin disparaissaient souvent au bout de quelques jours ou de quelques semaines.

Gila ne parvenait néanmoins pas à oublier l'expression de Leo lorsqu'il avait écouté le cœur de leur fille, ni le mensonge qui avait suivi. Il avait prétendu vouloir éviter de l'inquiéter pour rien. Tout comme il avait gardé pour lui ses sentiments après la mort de sa sœur. S'agissait-il vraiment d'une volonté de protection de sa part ou d'une dérobade ? Elle n'avait rien d'une ingénue, fragile et naïve, qu'il fallait préserver des réalités parfois cruelles. Elle était une sage-femme expérimentée et, en tant que mère, elle avait droit à la vérité. Au nom de quoi décidait-il de ce qu'elle devait savoir ou ignorer ?

Gila avait l'impression que leurs discussions des jours précédents n'avaient pas servi à grand-chose. Leo s'obstinait à la traiter comme une femme vulnérable. Comme si la vie l'avait épargnée durant son enfance ! Mais peut-être était-ce précisément pour cette raison qu'il se comportait ainsi avec elle, parce qu'elle avait souffert durant ses jeunes années.

Quoi qu'il en soit, elle refusait d'être tenue à l'écart quand la santé de son bébé était en jeu. Elle n'avait guère apprécié l'attitude du personnel hospitalier qui, au lieu de répondre à ses questions avec franchise, avait insisté sur la nécessité pour elle de se reposer. Elle connaissait cette méthode pour l'avoir elle-même utilisée avec des patientes quand elle n'avait pas encore une idée claire de la gravité de la situation et qu'elle ne voulait pas les alarmer pour rien. Désormais, elle ne l'emploierait plus. C'était trop injuste de laisser ainsi dans l'incertitude de jeunes parents qui, de ce fait, imaginaient le pire.

— Ah, je t'ai enfin trouvée ! lança une voix grave familière.

Une voix qu'elle n'avait pas particulièrement envie d'entendre à cet instant précis. À contrecœur, Gila tourna la tête dans sa direction et vit son mari planté, les mains dans les poches, à quelques mètres d'elle. Plongée dans ses pensées, elle ne l'avait pas entendu approcher. Il avait les traits tirés et, dans le regard, une lueur qu'elle ne parvint pas à déchiffrer.

— Ils m'ont repris Arabella pour procéder à de nouveaux examens.

Elle se doutait qu'il était au courant, mais elle ne savait pas quoi lui dire d'autre tant ses sentiments à son égard étaient confus.

— Je crois qu'ils auront terminé d'ici une dizaine de minutes. Ensuite, notre fille nous attendra à la nurserie.

Il s'assit à côté d'elle, sur le banc. Avec un naturel étonnant compte tenu de leur dernière discussion, il passa le bras autour de ses épaules.

— J'ai téléphoné à un ami cardiologue qui connaît très bien son métier, murmura-t-il. C'est l'un des meilleurs. Je lui ai demandé de venir à l'hôpital pour examiner notre petit bout de chou, et il a accepté.

— C'est pour cela que tu t'es absenté aussi longtemps ?

Elle l'avait cru parti Dieu sait où, mais certainement pas en train de faire jouer ses relations pour solliciter l'avis d'un grand ponte en cardiologie.

Il la serra contre lui et lui embrassa les cheveux.

— Oui.

— Comme tu as disparu un bon moment, j'ai pensé que…

— Désolé d'avoir autant tardé, mais il m'a fallu plus de temps que prévu pour obtenir l'autorisation de l'hôpital d'organiser la consultation sur place par un médecin extérieur à l'établissement. Nous avons eu de la chance. Il exerce habituellement en Écosse, mais il est venu rendre visite à sa famille à Londres. J'ai préféré ne pas assister à la consultation et attendre dans le couloir qu'il m'annonce son diagnostic.

— Quel est-il ? s'enquit-elle, la gorge nouée.

— Selon lui, le souffle au cœur serait dû à une légère fuite d'une valve cardiaque. Il ne peut rien nous garantir, mais il est quasiment certain que le problème se résoudra de lui-même d'ici quelques mois. Évidemment, il faudra conduire régulièrement Arabella chez un spécialiste de la cardiologie pédiatrique afin de surveiller l'évolution. Toutefois, il ne voit aucune raison qui nous empêcherait de rentrer chez nous tous les trois et de laisser la nature faire son œuvre.

Sous le coup de l'émotion, Gila éclata en sanglots. Bien sûr, il y aurait quelques contraintes, mais leur bout de chou était hors de danger. Son souffle au cœur ne nécessitait pas d'intervention chirurgicale, et Arabella connaîtrait une enfance et une vie d'adulte normales.

Elle sourit à travers ses larmes qu'elle essuya d'un revers de main.

— Oh ! Leo, voilà une nouvelle fantastique ! Si tu savais comme je me sens soulagée !

— Moi aussi, murmura-t-il d'une voix enrouée.

Elle se laissa aller contre lui, nichant le visage au creux de son épaule. Le tissu rugueux de sa chemise à carreaux bleus et blancs lui irritait un peu la joue, mais elle s'en moquait, profitant de cet instant de calme après la tempête. Au cours des dernières heures, elle avait refusé obstinément d'écouter les voix insidieuses qui tentaient de semer le doute dans son esprit. Au plus profond de son être, elle avait la conviction que son enfant n'avait rien de très grave, et Leo venait de le lui confirmer. Son instinct maternel ne l'avait pas trompée.

— J'ai une confession à te faire, chuchota-t-elle.

D'un doigt, il lui souleva le menton, l'obligeant à le regarder.

— Laquelle ?

— Je te dois des excuses. J'ai pensé des choses horribles à ton sujet. Tellement horribles que j'en ai honte.

À sa grande surprise, il s'esclaffa.

— À ce point ?

— Oui. J'ai questionné l'une des sages-femmes pour savoir où tu étais passé, et elle m'a répondu que tu étais parti. J'en ai déduit que tu nous avais laissées tomber, Arabella et moi.

— Tu as vraiment cru que je vous avais abandonnées alors que vous aviez besoin de moi ?

— Oui. Après tout, c'était aussi ma faute, puisque je t'avais prié de t'en aller.

— Ma chérie, il va nous falloir du temps pour apprendre à nous faire confiance de nouveau. Cependant, nous avons le restant de nos jours pour y parvenir. Je ne suis pas inquiet, et tu ne dois pas l'être non plus. Ce n'est qu'une question de patience.

— Tu ne m'en veux pas ?

Il parut réfléchir, puis secoua la tête.

— Non. À ta place, j'aurais réagi de la même manière. Surtout si tu t'étais comportée avec moi comme je l'ai fait durant ces derniers mois. Je te jure sur ce que j'ai de plus cher au monde – toi et notre fille – que vous pourrez toujours compter sur moi, partout et en toutes circonstances. Je n'imagine pas ma vie sans vous.

— J'ai tellement honte d'avoir douté de toi et…

Il posa un doigt sur ses lèvres.

— Chut ! Je comprends parfaitement. Tout ce que je te demande, c'est de me donner une chance de me racheter. Je t'aime, Gila. Si tu savais combien je t'aime ! La thérapie m'a aidé à entamer mon travail de deuil en m'ouvrant les yeux sur certaines réalités. Cependant, ce qui m'a réellement soutenu pendant cette longue traversée du désert, c'est l'idée que, peut-être, tu finirais par me pardonner et que nous pourrions nous reconstruire un avenir, sur de nouvelles bases. Pour ce qui me concerne, je n'ai qu'un désir : vivre avec toi. Si, de ton côté, tu juges préférable de nous en tenir à une relation amicale qui nous permette d'élever ensemble notre fille de la façon la plus équilibrée possible, je respecterai ta décision. Je suis prêt à tout accepter pourvu que je ne te perde plus.

Gila le dévisagea, bouleversée. Pendant quatre mois, elle s'était efforcée d'étouffer ses sentiments pour lui. En vain. Cet homme avait monopolisé ses pensées jour et nuit, et il continuait d'occuper son cœur. Elle l'avait dans la peau. Refuser cette évidence revenait à se condamner à la frustration à perpétuité.

Elle mesurait à quel point elle avait été lâche et égoïste. Au lieu de se battre pour sauver son mariage, elle avait fui. Quand Leo avait connu une véritable descente aux enfers, elle lui avait tourné le dos, soi-disant pour protéger l'enfant qu'elle portait. Elle avait autant contribué au naufrage de leur couple que lui, qu'elle accusait alors de tous les maux, lui attribuant le rôle du bourreau, et à elle, celui de la victime. Une vision manichéenne et parfaitement injuste de la situation.

C'était plutôt à elle de le supplier de lui accorder une chance de se racheter !

— Avant de me prononcer, j'ai une requête à te soumettre.

Elle vit l'inquiétude assombrir le regard ténébreux qui la faisait tant vibrer.

— Laquelle ?

— Que tu m'apprennes à t'aimer comme tu mérites de l'être. Aimer *vraiment*, je veux dire, car personne durant mon enfance ne me l'a enseigné. Je n'ai eu que le piètre exemple de mon père qui tombait amoureux à tout bout de champ.

— Requête accordée, déclara-t-il avec un sourire d'une

tendresse infinie. Cependant, cela risque de prendre un temps fou… toute une vie, en fait, parce que tu pars de loin !

— Je te promets d'être une élève motivée et assidue, répondit-elle en riant.

— En échange, j'ai moi aussi une condition préalable.

— Oui ?

— Aide-moi à m'ouvrir davantage, à devenir un homme meilleur et un mari exemplaire.

— Marché conclu !

Pour sceller leur pacte, Gila plongea la main dans la poche de son manteau afin d'y récupérer ce qu'elle conservait toujours sur elle, malgré leur séparation.

— Ton alliance, murmura Leo.

— S'il te plaît, remets-la à la place qu'elle n'aurait jamais dû quitter.

— Tu es sûre ?

Trop émue pour prononcer un mot, elle se contenta de hocher la tête. Oui, elle était convaincue de prendre la seule et unique bonne décision. Par ailleurs, elle n'avait pas le choix ; elle n'arrivait pas à se passer de cet homme. C'était au-dessus de ses forces.

— Tu as peut-être besoin d'un peu plus de temps ?

— Non, c'est tout réfléchi.

— Si je glisse de nouveau cet anneau à ton doigt, cela signifie que tu ne pourras plus partir. Quelles que soient les épreuves que le destin nous infligera, nous les affronterons ensemble, sous le même toit. C'est bien ce que tu souhaites ?

— Absolument. J'ai trop longtemps souffert de la solitude, et j'ai la ferme intention de profiter jusqu'à la fin de mes jours de la chance inouïe de t'avoir à mes côtés. Permets-moi de rentrer chez nous.

Dans un silence presque solennel, Leo passa le symbole de leur union à son annulaire.

— Je te promets, ma chérie, de ne pas te fournir à l'avenir la moindre raison de me quitter.

— Je saurai m'en souvenir ! répliqua Gila en lui adressant

un clin d'œil malicieux. Et maintenant, que dirais-tu d'aller annoncer la bonne nouvelle à notre fille ?

— D'accord, mais avant cela, il me reste une chose à faire.

— Laquelle ?

— T'embrasser, mon amour.

Épilogue

Gila déposa un baiser sur la chevelure brune soyeuse qui commençait à boucler. Elle respira avec délice le parfum doux et unique de sa fille auquel se mêlaient des senteurs de lotion pour bébé. Comme elle arrangeait les plis de la petite robe ivoire agrémentée de dentelle, elle éprouva un sentiment de plénitude, devenu familier depuis quelques semaines.

De gratitude aussi, car son bout de chou se portait comme un charme. L'ami cardiologue de Leo avait vu juste : le souffle au cœur avait disparu, et l'enfant affichait une santé resplendissante. Un véritable miracle.

Gila leva les yeux vers l'horloge du clocher de l'église. Les aiguilles indiquaient midi. Outre l'oncle Art, accompagné de Maggie et seul parent convié à l'événement, plusieurs amis proches, dont Bea, Nick et tante Tom, les entouraient pour célébrer le baptême d'Arabella.

Après trois jours de pluie consécutifs, le soleil était enfin de la partie.

— Ça va ? s'enquit Leo en l'enlaçant par la taille.

— Un peu nerveuse, je l'avoue. Et toi ?

— Absolument pas. Je suis convaincu que tout se passera bien. Notre petite Arabella a l'étoffe d'une star. Elle va adorer se trouver au centre de l'attention.

Gila lui sourit. Les malentendus, les désillusions et les peurs qui les avaient séparés appartenaient désormais au passé, chacun ayant tiré les leçons de ses propres erreurs. À présent, quand un problème survenait – il y en avait toujours dans une vie de couple –, ils l'abordaient sans détour et réfléchissaient ensemble à une solution qui les satisfasse l'un comme l'autre.

Finis, les non-dits, les dérobades et les silences réprobateurs. Ils avaient appris à communiquer sainement et, entre deux escapades en famille, la valise de Gila prenait gentiment la poussière sous le lit conjugal.

Leo était plus sexy que jamais dans son costume sombre et sa chemise blanche – il avait décidé de faire l'impasse sur la cravate. Elle songea avec impatience au moment où, une fois Arabella endormie dans son berceau, ils s'aideraient mutuellement à se déshabiller…

— Tu sais que je t'aime, toi ?

Il prit son air de séducteur.

— Ne jouez pas avec le feu, madame Wright ! Sinon, je risque fort de m'emparer de votre bouche si sensuelle.

— Pas sur le parvis d'un lieu de culte, tout de même ! se récria-t-elle, faussement choquée. Décidément, j'ai épousé un être immoral !

— Je parie que le Seigneur ne m'en tiendrait pas rigueur. Au contraire, il s'en réjouirait. Qu'y a-t-il de mal à embrasser son âme sœur ?

Gila sentit son cœur se gonfler de bonheur. Après des années d'errance, elle avait trouvé son port d'attache, dans les bras de cet homme.

— Mes deux femmes sont-elles prêtes ?

— Pour toi, elles le seront toujours, mon amour.

GINA WILKINS

Une petite fille à aimer

Traduction française de
MARCELLE COOPER

BLANCHE

HARLEQUIN

Titre original :
DIAGNOSIS: DADDY

Ce roman a déjà été publié en 2017.

1.

— Tu as une mine affreuse.

Connor Hayes fourragea dans sa tignasse blond roux d'un air chagrin.

— Merci beaucoup, Mia. C'est gentil de me remonter le moral.

Peut-être ses paroles manquaient-elles de tact, songea Mia Doyle, mais elles exprimaient la stricte vérité. Aussi beau que fût son ami, il ne paraissait guère à son avantage ces temps-ci.

Ses cheveux avaient besoin d'une coupe, ses yeux bleu outremer étaient rouges et bouffis et il arborait le teint grisâtre de quelqu'un qui n'a pas vu le soleil depuis des jours. Quiconque le rencontrerait pour la première fois lui donnerait plus que ses trente ans.

— Quand as-tu eu une nuit complète pour la dernière fois ?

— Qu'entends-tu par « complète » ?

— Plus de quatre heures.

— Hum… cela fait un bail.

Mia secoua la tête.

— Tu ne peux continuer ainsi, Connor. Il faut que tu dormes.

— Plus tard, après l'épreuve écrite de demain. C'est l'examen à ne pas rater.

— La rengaine habituelle…

Repoussant de côté les livres et les cahiers qui encombraient la table de la cuisine, elle posa une assiette remplie de nourriture devant lui.

— Tes résultats seront meilleurs si tu es reposé.

— Sans doute, répliqua-t-il en prenant la fourchette qu'elle lui tendait.

— Ce qui ne va pas t'empêcher de réviser toute la nuit, n'est-ce pas ?

Un sourire penaud le confirma.

— C'est la dernière ligne droite. Ensuite, j'aurai tout le temps de dormir.

Un soupir aux lèvres, Mia se mit en devoir de débarrasser un coin de table afin d'y loger sa propre assiette.

Elle avait apporté un ragoût de poulet aux légumes, plat sain et nourrissant s'il en était.

Sachant que le calendrier de première année de médecine de son ami et ex-collègue ne lui laissait guère le loisir de se mettre aux fourneaux, elle avait pris l'habitude de lui apporter des repas deux à trois fois par semaine.

En plus de jouer les cantinières, elle s'improvisait examinateur après les repas pour lui poser des questions écrites ou orales qu'elle lui soumettait au moyen de questionnaires et de tests piochés dans les manuels qui s'alignaient sur les étagères de la bibliothèque.

Bien qu'il se retranchât dans sa tour d'ivoire pour ses chères études, il semblait apprécier ses visites et sa compagnie.

Obsédé par sa réussite aux examens, il ne faisait plus les courses, ne sortait plus, ne dormait plus, ce qui commençait à inquiéter sérieusement Mia.

Les déjeuners pris en commun à la cantine du lycée Benjamin Franklin de Little Rock, Arkansas, lui manquaient, ainsi que les après-midi en salle des professeurs à préparer leurs cours respectifs tout en échangeant des confidences sur leurs élèves et les dernières facéties des éléments perturbateurs. Des moments privilégiés qui leur avaient permis de tisser des liens indéfectibles au fil du temps.

Elle enseignait la littérature aux classes préparatoires et lui avait été professeur d'éducation physique et sportive, et accessoirement entraîneur de l'équipe de football du lycée.

D'entrée de jeu, il ne lui avait pas caché son ambition de se lancer dans des études de médecine ni ses craintes qu'à son âge, il ne soit trop tard.

Mais elle l'avait encouragé, ou plutôt défié à passer le concours d'entrée. Elle avait été la première à applaudir lorsqu'il avait été reçu, bien qu'elle fût consciente du changement que cela entraînerait dans leur relation.

— C'est délicieux, Mia. Tu es un véritable cordon-bleu.

Un sourire désabusé aux lèvres, elle le regarda engloutir le ragoût comme un affamé qui n'avait rien mangé depuis des jours. Aucune nourriture digne de ce nom, en tout cas. À en juger par les emballages débordant de la poubelle sous l'évier, il s'était nourri exclusivement de plats réchauffés au micro-ondes et de barres énergétiques depuis le dernier repas qu'elle lui avait apporté l'avant-veille.

— Encore un peu de thé glacé ?

— Je vais me servir.

Trop tard. Elle était déjà debout pour aller chercher le pichet au réfrigérateur et remplir leurs verres.

— Merci.

— De rien. Veux-tu que je t'aide à réviser, ensuite ? Cela ne me dérange pas.

Il lui jeta un regard penaud.

— Tu es trop gentille avec moi, alors que je te néglige honteusement. J'ai même oublié de t'appeler pour ton anniversaire.

Il s'était répandu en excuses dès qu'il s'en était rendu compte — deux jours après la date en question.

Malgré l'intense déception qu'elle avait ressentie le jour même, elle lui avait bien sûr pardonné. Il était dépassé par la quantité d'informations que les professeurs lui délivraient quotidiennement et qu'il était censé retenir et restituer dans des examens programmés à intervalles très réguliers.

Un cursus inhumain. À peine avait-il terminé de réviser pour un examen que le suivant s'annonçait.

La première année de médecine n'était pas une partie de plaisir, ils le savaient. Mais ils ne s'attendaient pas à un tel parcours d'obstacles.

C'était de la folie. Et certainement pas le moyen le plus efficace de former des médecins.

Mais cela se pratiquait ainsi depuis des décennies — l'argument invoqué par la faculté lorsque l'on avait l'impudence de se plaindre.

Sans doute ces cadences infernales étaient-elles destinées à opérer un tri impitoyable parmi les aspirants médecins pour ne retenir en seconde année que les plus endurants et les plus déterminés. À Connor de prouver qu'il méritait de faire partie des rescapés.

— Cesse de t'excuser pour mon anniversaire, d'accord ? Combien de fois dois-je te répéter que je comprends ? Tu avais un partiel d'anatomie cet après-midi-là et autre chose à l'esprit que ma date de naissance.

— Tout de même, tu m'absous bien facilement. Les études ne sont pas une raison pour négliger la meilleure amie que j'aie jamais eue.

« Mon meilleur ami. » « Ma meilleure amie. » Ainsi se présentaient-ils mutuellement dans les soirées qu'ils fréquentaient jadis, avant que Connor ambitionne de marcher sur les traces d'Hippocrate.

Une amitié insolite car ils n'étaient pas du même sexe. Certaines personnes avaient du mal à croire qu'un homme et une femme pussent être aussi proches sans entretenir de relations physiques, une ligne qu'ils n'avaient jamais franchie pour plusieurs raisons. D'abord parce que Connor, en plein divorce lors de leur rencontre, n'avait guère été enclin à s'engager sentimentalement auprès de quelqu'un.

Une fois le divorce prononcé et ses plaies pansées, c'était Mia qui n'avait plus été libre.

De toute façon, leur amitié basée sur des goûts et des idéaux communs était déjà bien enracinée et ni l'un ni l'autre n'aurait pris le risque d'un geste ou d'une parole susceptibles de détruire cette miraculeuse complicité.

Ils avaient donc supporté les ragots et les questions indiscrètes, ainsi que les soupçons infondés du petit ami de Mia — un garçon en apparence charmant qui avait révélé au fil du temps son véritable visage — qu'elle avait fini par laisser tomber. Son amitié avec Connor en était sortie indemne.

Après le décès de la mère de Connor, deux ans auparavant, ils s'étaient encore rapprochés.

Selon Connor, elle lui avait alors apporté une aide précieuse alors qu'elle avait eu l'impression de s'être limitée à l'écouter lorsqu'il avait besoin d'épancher son trop-plein de chagrin.

Leur amitié était désormais indestructible. Rien ne pourrait l'ébranler, surtout pas une broutille telle qu'un oubli d'anniversaire.

— Ne bouge pas, dit-il en repoussant son assiette vide et en se levant. J'ai quelque chose pour toi. Autant te le donner maintenant.

— Il ne fallait pas…

Elle parlait dans le vide car il avait déjà disparu.

Cela ne l'étonnait pas outre mesure qu'il lui ait acheté quelque chose car ils avaient pris l'habitude d'échanger de petits cadeaux depuis deux ans.

Mais quand avait-il trouvé le temps de courir les magasins ?

Peut-être avait-il commandé quelque chose sur internet.

Elle venait de finir de charger le lave-vaisselle quand il revint avec un volumineux paquet rectangulaire enveloppé aux couleurs de Noël. On était en octobre. Sans doute était-ce le seul papier qu'il avait eu sous la main, un reste de l'année dernière…

— Désolé pour le retard, dit-il en le lui tendant. Il a été livré cet après-midi.

Ce qui confirmait l'hypothèse de la toile. Un simple clic lui avait suffi.

Mais n'était-ce pas l'intention qui comptait ? D'autant qu'il ne roulait pas sur l'or et finançait ses études grâce à des prêts bancaires.

Ce cadeau n'en avait que plus de prix.

— Ce n'était pas nécessaire, Connor, dit-elle en le prenant.

— Vas-y, ouvre-le.

— C'est lourd.

Posant la boîte sur la table, elle défit le papier rouge et vert à motifs de houx — le modèle qu'on trouvait à la pelle dans les supermarchés à l'approche de décembre —, souleva le couvercle et découvrit le contenu.

Une anthologie de la littérature irlandaise en deux volumes…

Il la regarda d'un air anxieux comme s'il n'était pas sûr de son choix.

— La critique parue dans le supplément littéraire du *Washington Post* était excellente. Je me suis dit que ce serait le genre de lectures qui pourrait t'intéresser.

— Qui *pourrait* m'intéresser ? Tu ne pouvais mieux choisir. Cet ouvrage complétera avantageusement ma bibliothèque. Mais tu n'aurais pas dû dépenser autant.

Dans les deux cents dollars, sans doute.

Indépendamment du prix, elle était touchée qu'il ait pris la peine de chercher quelque chose qui corresponde si bien à ses goûts.

Il fronça les sourcils comme si la remarque sur le coût le froissait.

Mia savait que l'ex-femme de Connor avait vidé le compte en banque du couple et fait main basse sur tous les meubles et objets de valeur.

La petite maison et une vieille voiture étaient les seuls biens qui restaient à son ami.

— Je voulais trouver quelque chose qui te plaise vraiment. Après tout ce que tu as fait pour moi, c'était la moindre des choses.

Ce fut au tour de Mia de se sentir vexée. Il présentait ce cadeau comme une sorte de remboursement pour les encouragements qu'elle lui avait prodigués au moment de l'examen d'entrée en école de médecine et le soutien qu'elle n'avait cessé de lui apporter depuis.

Sans doute n'était-ce qu'une formulation maladroite de la part de Connor, ce qui ne l'empêcha pas de ressentir un petit pincement au cœur.

Pourquoi étaient-ils tous deux si susceptibles, ce soir ? Elle secoua la tête pour chasser ses états d'âme.

Apprécie le cadeau et la générosité de Connor au lieu de chercher midi à 14 heures.

— Merci.

Il sourit et lui donna une rapide accolade.

— De rien.

Le cœur de Mia s'accéléra.

— Maintenant, retourne à tes livres, dit-elle en s'efforçant d'adopter un ton désinvolte. Je m'occupe de tout nettoyer et ranger.

Sans perdre de temps à discuter, il emporta manuels, classeurs et cahiers dans la salle de séjour. Le lave-vaisselle n'avait pas encore commencé à tourner qu'il était déjà plongé dans ses révisions.

Bien que l'amitié de Connor lui fût précieuse, Mia savait qu'elle ne devait pas trop lui en demander.

Comme tout le monde, il avait de petits travers qui s'étaient accentués ces derniers temps. Il se repliait de plus en plus sur lui-même, ne pensant plus qu'à ses études, et cela tournait même à l'obsession.

Comme l'avenir de Connor dépendait de sa réussite aux examens, elle comprenait bien volontiers qu'il leur accorde la priorité sur tout le reste.

Mais elle devait également songer à se préserver, et veiller en conséquence à ne pas trop s'investir dans leur relation.

Dans le passé, elle avait déjà suffisamment payé de sa personne auprès d'un homme égocentrique et manipulateur. Elle en portait encore les cicatrices.

Non que Connor ressemblât à Dale.

Mais peu importe. Seule une masochiste ou une inconsciente se lierait émotionnellement à un étudiant de médecine de première année.

Prudence, donc.

Il y avait des limites à ne pas franchir sous peine d'y laisser des plumes.

La fatigue lui brouillait la vue.

Connor se frotta les yeux du bout des doigts. En pure perte. Les diagrammes continuaient à flotter dans le flou.

Un café, voilà ce qu'il lui fallait… Ou quelque stimulant capable de le réveiller et d'aiguiser ses facultés intellectuelles. Sinon, il ne parviendrait jamais à assimiler tous ces schémas pour demain matin.

Il se leva et se rendit dans la cuisine en boitant car ses membres s'étaient ankylosés à force de demeurer dans la même position.

Des articulations craquèrent quand il tendit le bras pour attraper une tasse et, soudain, il se sentit soudain vieux.

Pourvu qu'il reste du café dans la carafe du percolateur. Sinon, il serait obligé de perdre de précieuses minutes à en préparer du frais.

Il promena son regard autour de lui. Tout était impeccablement rangé. Les ordures avaient disparu, la vaisselle avait réintégré ses placards et le plan de travail rutilait de propreté. Même le carrelage avait été nettoyé.

Mia, bien sûr, songea-t-il avec une pointe de culpabilité. Et il y avait fort à parier qu'elle ait aussi exercé ses talents de fée du logis dans le reste de la maison.

Afin de le vérifier, il ouvrit la porte en accordéon qui donnait dans la buanderie.

Les jeans, T-shirts, chemises qu'il avait jetés pêle-mêle dans la panière à linge avaient été lavés et repassés, et attendaient, rangés en piles bien nettes sur le séchoir. Quand il ouvrit celui-ci, il trouva des serviettes de bain chaudes et gonflées.

Il y avait eu des tonnes de linge sale en souffrance. Mia avait dû faire tourner le lave-linge et le séchoir durant des heures, et il ne s'en était même pas rendu compte.

L'avait-il seulement remerciée pour le dîner ? Il ne se souvenait que d'une chose : elle était partie en lui souhaitant bonne chance pour le lendemain.

Le nez dans un manuel, il s'efforçait alors de mémoriser le nom des différents vaisseaux qui naissent de l'aorte thoracique.

Lorsqu'elle avait passé la tête dans le salon, il avait relevé la sienne en récitant : « artère sous-clavière, artère vertébrale, carotide interne, artère occipitale… »

Elle avait ri et s'était approchée pour se pencher sur lui et effleurer sa joue d'un baiser avant de se redresser, ses yeux bleus pétillant de gaieté dans son joli visage de jeune fille saine et équilibrée.

— Merci encore pour le cadeau d'anniversaire, avait-elle dit en coinçant une mèche châtaine derrière son oreille. Je croise les doigts pour demain. Appelle-moi pour me dire comment ça s'est passé, d'accord ?

— D'accord, avait-il marmonné en replongeant dans le schéma du système cardiovasculaire pour étudier la manière dont les deux troncs brachiocéphaliques convergeaient pour former la veine cave supérieure. Bonsoir, Mia. Sois prudente sur la route.

Au lieu de la remercier pour le repas, le nettoyage en règle de la maison, la lessive, le repassage et tout le soutien qu'elle lui apportait depuis des mois, lui dire qu'il ne saurait comment faire sans elle, il lui avait simplement conseillé de conduire prudemment…

Ce qui montrait quand même qu'il s'inquiétait pour elle, non ?

La vérité, c'était qu'il ne méritait pas une amie comme Mia, songea-t-il en secouant la tête, dégoûté.

Peut-être pourrait-il l'aider à son tour quand elle reprendrait ses études universitaires ?

Mia nourrissait en effet le projet d'arrêter l'enseignement dans un an ou deux, dès qu'elle aurait économisé suffisamment d'argent pour financer la reprise de ses études en vue d'un doctorat de littérature.

L'aider… Encore une fois, il se berçait d'illusions.

En seconde année de médecine, il aurait encore davantage d'heures de cours et de partiels qu'il avait intérêt à réussir s'il voulait mettre toutes ses chances de son côté pour le premier barrage, le redoutable examen de fin d'année qui ouvrait, ou non, la porte à une formation en milieu hospitalier.

La première année lui paraissait difficile, mais ce n'était rien, de l'avis général, à côté de la deuxième.

En troisième année, commenceraient une série de stages dans

différentes disciplines qui s'effectueraient en alternance avec les cours en faculté, et il serait enfin au contact de vrais patients.

Ces stages se poursuivraient en quatrième année, allant de pair avec des responsabilités accrues.

Tout cela déboucherait sur le second barrage, la série d'examens jugeant les connaissances et les compétences cliniques.

À supposer, bien sûr, qu'il émerge indemne de ce semestre-ci…

Autant l'admettre : il n'aurait le temps d'aider personne d'autre que lui-même durant les trois années et demie à venir et les quatre années d'internat qui les suivraient.

Quand il serait enfin médecin à part entière et prêt à voler de ses propres ailes, il approcherait de la quarantaine.

Il se demanda soudain ce qui lui avait pris de s'engager dans cette galère, de croire que le résultat final vaudrait la peine de supporter tant de stress et de sacrifices. Sans parler du pari financier et des dettes colossales qui hypothéqueraient son avenir…

C'est la fatigue qui te rend pessimiste, songea-t-il en se dirigeant vers le percolateur.

La fatigue et l'angoisse.

Qui ne faisaient pas le poids face à son ambition d'exercer la médecine, une vocation solidement ancrée en lui depuis l'enfance, mais qu'il avait stupidement refoulée pendant des années par lâcheté.

À présent, il était décidé à ce que plus rien ne se mette en travers de ses rêves.

Un post-it jaune était collé sur le verre de la carafe.

« C'est du décaféiné, disait l'écriture ronde de Mia. Il faut que tu dormes. »

Le sentiment de culpabilité de Connor s'évanouit.

De quoi se mêlait-elle ? Il avait besoin de caféine, bon sang !

Maintenant, il allait devoir faire du café frais. Dix minutes de perdues, au moins.

Soulevant le couvercle de la carafe, il huma l'odeur du décaféiné. Mmm, pas mauvais, après tout… Que ce soit du pur arabica ou de l'allégé, Mia savait y faire.

Soupirant, il remplit sa tasse. Avec un peu de chance, le simple coup de fouet de la boisson chaude ranimerait suffisamment son cerveau pour l'aider à mémoriser encore quelques chapitres.

Mia parlait d'or, comme toujours. Il avait besoin de sommeil pour supporter l'épreuve sur table de six heures qui l'attendait demain.

Il ne méritait pas une amie comme elle, se répéta-t-il en posant sa tasse fumante à côté de ses livres. Un jour, il lui faudrait trouver un moyen de la remercier à sa juste valeur.

Le lendemain soir, Mia s'apprêtait à sortir avec sa collègue d'espagnol, Natalie, le petit ami de Natalie, Donnie, et le cousin de ce dernier, quand le téléphone sonna. C'était Connor.

— Alors, cet examen ?

— Coriace… Mais je crois que ça ne s'est pas trop mal passé.

— Je suis sûre que tu récolteras une bonne note. Quand auras-tu les résultats ?

— En milieu de semaine prochaine.

— As-tu dormi hier soir ?

— Quelques heures, dit-il, évasif. Par contre, au retour de l'examen, je me suis écroulé sur le lit et me suis réveillé trois heures plus tard.

— Ton corps réclamait son dû.

— Je me sens mieux. Suffisamment bien pour avoir envie de sortir manger une pizza ou aller au cinéma… Cela fait des jours que je vis cloîtré dans cette maison quand je ne suis pas en cours, et j'étouffe ! Veux-tu m'accompagner ?

Il prenait pour acquis qu'elle ne faisait rien de sa soirée, songea-t-elle non sans irritation.

En temps normal, elle aurait été disponible et ne se serait pas fait prier pour accepter l'invitation de dernière minute.

— Désolée, je suis prise. Nous sortons à quatre avec Natalie, son petit ami et le chevalier servant qu'elle m'a trouvé.

— Oh… Fais-tu confiance à Natalie en matière d'hommes ?

— Qui vivra verra.

— Bon. Eh bien, j'espère que tu t'amuseras.
— J'y compte bien. Merci. Et bravo pour avoir survécu à ton examen.
— À bientôt, Mia.
— Au revoir.
Les sourcils froncés, elle mit fin à la communication. Connor semblait contrarié qu'elle sorte avec un inconnu. Prenait-il ombrage de son refus de manger une pizza en sa compagnie ?
Si tel était le cas, elle avait intérêt à prendre ses distances. Qu'il sache qu'il ne suffisait pas de claquer des doigts pour qu'elle arrive.
Elle se tourna résolument vers le miroir pour finir de se maquiller.
Ce soir, elle avait bien l'intention de s'amuser. Qui sait, ce cousin de Donnie se révélerait peut-être un garçon fort sympathique qu'elle aurait envie de revoir.
Non, vraiment, elle avait bien fait d'éconduire Connor.
Elle se le répéta pour tenter de s'en persuader.

Le samedi, Connor retrouva quatre de ses camarades de classe pour travailler en groupe. C'étaient des garçons et des filles sérieux qui ne se dispersaient pas, une fois les livres ouverts, et l'émulation profitait à tous. Pourtant, Connor préférait parfois étudier seul. Ou avec Mia.
La pensée de Mia lui fit froncer les sourcils. Comment s'était déroulée sa soirée de la veille ?
Un sale égoïste, voilà ce qu'il était. Il devrait être content qu'elle ait l'occasion de s'amuser. Comme lui, elle était un bourreau de travail. Cours, préparations de cours, corrections de copies, elle n'arrêtait pas. Quand elle ne rendait pas service à un ami…
Aussi s'accordait-elle peu de temps pour se distraire. Bien qu'elle ait sans doute accepté cette sortie à quatre afin de faire plaisir à Natalie, il devrait malgré tout espérer qu'elle ait passé une bonne soirée.

En lieu et place, il s'inquiétait. Et si la soirée avait été trop bonne ? Si elle se trouvait en ce moment en compagnie du quatrième larron, en train de flirter, rire et... plus, si affinités ?

Et lui, il était là, à essayer de se concentrer sur ces schémas du système vertébro-basilaire alors qu'il souhaitait être chez lui avec Mia, voir son sourire illuminer sa maison, entendre ses gentilles taquineries, ses remarques positives car elle savait mieux que personne le rassurer sur la pertinence de son choix de carrière.

Il était un monstre d'égoïsme. Mia méritait mieux qu'un ami distrait, qui l'appelait quand il en avait le temps et profitait sans vergogne de sa gentillesse.

Elle avait des projets aussi ambitieux que lui puisqu'elle comptait reprendre ses études. Ce n'était vraiment pas le moment pour elle de s'amouracher de l'improbable candidat de Natalie...

Une grimace amère lui échappa tandis qu'il prenait conscience de ses propres motivations. La vérité, c'était qu'il voulait que Mia reste célibataire et sans attaches, comme lui.

— Hé, Connor, ça va ? lui lança Ron Gibson, l'un de ses camarades. Depuis ton arrivée, tu as l'air de dormir les yeux ouverts, tel un zombie.

— Désolé, mon vieux. Je crois que je souffre d'une overdose de travail.

— Comme nous tous, répliqua Anne Easton avec un soupir las.

Elle repoussa les mèches blondes de son visage aujourd'hui vierge de tout maquillage, ce qui la faisait paraître encore plus jeune que ses vingt-trois ans.

Anne était la plus jeune du groupe, Connor le plus âgé.

— Quelqu'un veut un soda ? s'enquit James Stillman, leur hôte.

Sans attendre la réponse, il se leva pour se diriger vers le réfrigérateur.

La demeure était cossue, la cuisine équipée d'électroménager dernier cri. De toute la bande, James était le plus à l'aise matériellement ; à vingt-six ans, il possédait déjà un doctorat de microbiologie qui lui aurait permis l'accès direct en quatrième année de médecine. Mais pour une raison que Connor ne s'expliquait pas, il avait choisi la longue route semée d'embûches.

Connor s'entendait bien avec lui, même s'il ne parvenait pas à le cerner. Brillant, affable, James ne dévoilait rien de lui-même, même pas à ses quatre camarades de groupe de travail qui étaient devenus ses amis.

— Par ici, le soda ! cria Ron. Je meurs de soif.

Âgé de vingt-cinq ans, Ron arborait une tignasse brune digne d'Albert Einstein dont il avait également la malice et les yeux pétillant d'intelligence. Même au sortir d'un examen long de huit heures, il ne se départait jamais de son sens de l'humour.

Ce qui avait le don d'exaspérer Haley Wright, la cinquième de la bande, qui demandait souvent à Ron s'il lui arrivait de prendre quelque chose au sérieux.

— Faire la fête, répondait immanquablement Ron. C'est la seule chose que je prenne au sérieux.

Sa présence dans ce groupe plutôt studieux avait de quoi étonner, mais il y avait trouvé sa place, et tous ensemble se complétaient.

— Je vais prendre une autre tasse de café, annonça Connor.

Haley le suivit vers le percolateur tandis qu'Anne préféra une tisane à la verveine. Hôte généreux et attentif, James veillait à ce qu'ils ne manquent de rien lorsqu'ils se réunissaient chez lui.

Il ne restait plus une miette des pizzas qu'il avait fait livrer à midi. Qu'à cela ne tienne : gâteaux secs et bonbons traînaient sur la table de travail pour pallier une éventuelle hypoglycémie de l'un d'entre eux.

Ron ouvrit une canette de soda tout en observant Connor.

— Tu sembles soucieux, mon vieux. Ne me dis pas que tu t'inquiètes pour l'examen d'histologie de lundi ?

— Je m'inquiète pour *tous* les examens. Celui-ci ne me tracasse pas plus que les autres. Non, je suis juste fatigué.

— Plus que quelques semaines avant Thanksgiving, dit Haley. On va pouvoir profiter de quatre jours entiers, sans cours ni examens. J'ai commencé le compte à rebours pour me motiver.

Visage de porcelaine de Saxe, cheveux couleur miel et yeux

ambre, la jolie Haley cachait un caractère bien trempé. Si d'aucuns avaient tendance à se décourager, elle était là pour remonter le moral. À l'armée, elle aurait fait un excellent encadreur. Quand vous vous laissiez aller, elle vous secouait et vous rappelait vos objectifs, mais elle était également la première à applaudir en cas de bons résultats.

Anne, elle, était probablement la plus compétitive du lot, non parce qu'elle voulait les surclasser ou être toujours la meilleure, mais parce qu'elle avait quelque chose à prouver à elle-même ou à sa famille. Du moins Connor le ressentait-il ainsi. Elle l'inquiétait parfois par sa recherche de la perfection à tout prix et son manque total d'indulgence envers elle-même quand elle rapportait une note moyenne qui en aurait pourtant satisfait plus d'un. Elle étudiait sans relâche, jour et nuit, et Connor craignait qu'elle ne tienne pas la distance si elle ne levait un peu le pied.

Quant à lui-même, il n'avait qu'une ambition : réussir à passer le cap de ce premier semestre. Puis des sept semestres à venir, de franchir les étapes une à une jusqu'à ce qu'il tienne entre ses mains le diplôme tant convoité.

Il avait consenti tant de sacrifices pour ces études..., songea-t-il, mélancolique. Trop de sacrifices ? Sans qu'il sache pourquoi, Mia et son rendez-vous de la veille s'imposèrent de nouveau à son esprit.

— Allez, les enfants, la pause a suffisamment duré, reprit Haley. Interrogation orale sur la structure cellulaire ; c'est moi qui pose les questions.

Il était 4 heures de l'après-midi passées quand Connor rentra chez lui. À peine venait-il de refermer la porte que le téléphone sonna. Pensant que ce serait Mia, il se précipita pour répondre.

Il voulait savoir comment s'était déroulée sa sortie à quatre. Juste par curiosité.

— Allô ? dit-il sans prendre la peine de vérifier le numéro d'appel.

— Monsieur Hayes ? Connor Hayes ?

Une voix masculine inconnue.

— Oui. Qui est à l'appareil ?

— Mon nom est Art Haskell, monsieur Hayes. Je suis avocat. J'ai à vous entretenir d'un sujet important. Pourriez-vous venir à mon cabinet ce soir ?

Confortablement installée dans son canapé, en jean et T-shirt, Mia regardait le film du samedi soir sur HBO, un vieux classique un peu grand-guignolesque avec Bette Davis et Joan Crawford, quand le carillon de la porte d'entrée retentit.

Posant la télécommande sur la table basse, elle se leva pour aller répondre. Comme il était 21 heures et qu'elle n'attendait personne, elle regarda par l'œilleton.

C'était Connor.

— Eh bien, pour une surprise…, dit-elle en ouvrant la porte. Pourquoi n'as-tu pas appelé ? As-tu dîné ?

La mine hagarde, il entra dans le vestibule sans répondre.

— Connor, que se passe-t-il ? Tu ne te sens pas bien ? Un mauvais résultat ? Je croyais que tu ne les aurais pas avant la semaine prochaine…

— Cela n'a rien à voir avec les examens. Je sors du bureau d'un avocat. Il va falloir que j'abandonne mes études de médecine, Mia.

2.

Stupéfaite, Mia le fixa. Elle avait sûrement mal entendu. Impossible que Connor arrête ses études après tout le mal qu'il s'était donné pour entrer en première année.

— Je ne comprends pas.

— C'est une longue histoire.

— J'ai tout mon temps.

Le prenant par le bras, elle l'entraîna vers le canapé du salon.

— Que puis-je t'offrir ? demanda-t-elle après avoir éteint la télévision. Un jus de fruit ? Du café ?

L'air désespéré, il secoua la tête.

— Rien.

Elle s'assit à côté de lui et prit ses mains dans les siennes. Les paumes de Connor étaient moites et froides.

— Connor, tu me fais peur. Que t'arrive-t-il ?

— Un avocat m'a appelé pour me convoquer à son cabinet en ville.

— Un samedi soir ? De quoi voulait-il te parler ?

Il s'éclaircit la gorge et sembla chercher ses mots.

— Je… Naguère, j'ai fréquenté une fille…

Mia fronça les sourcils.

— On s'est connus en terminale, poursuivit-il. Elle s'appelait Brandy, c'était un feu follet, impulsive, fantasque, imprévisible, qui croquait la vie à pleines dents en clamant haut et fort qu'elle n'appartiendrait jamais à personne. On a pourtant fait un bout de chemin ensemble et j'étais fou d'elle. Puis elle s'est lassée et a disparu. Ma tristesse n'a duré que quelques semaines. En fait, j'étais soulagé. Nous nous étions bien amusés, mais je n'avais aucune intention de passer le restant de ma vie avec elle, tu comprends ?

Mia avait du mal à associer Connor avec une fille comme Brandy.

Mais tout le monde avait droit à des erreurs de jeunesse. Elle-même n'en avait-elle pas commis quelques-unes en son temps ?

Elle hocha la tête.

— Continue.

— Après le départ de Brandy, j'ai rencontré Gretchen et je l'ai épousée. Elle était tout le contraire de Brandy, sérieuse, réfléchie, la tête sur les épaules. Je nous croyais faits l'un pour l'autre. Elle était assistante dentaire et semblait parfaitement heureuse de partager la vie d'un professeur d'E.P.S. entraîneur de football. Je lui ai parlé de ma vocation contrariée, mais jamais elle ne m'a encouragé à quitter l'enseignement pour me tourner vers la médecine, et sans doute cela me convenait-il, à l'époque. Avec le recul, je me rends compte que je l'ai utilisée comme alibi pour ne pas me remettre en question. Ce serait mentir de dire que Gretchen et moi avons été follement heureux, mais durant les trois années qu'a duré notre mariage, nous nous sommes bien entendus. Jusqu'à ce qu'elle me quitte, pour le dentiste, ajouta-t-il, grimace à l'appui.

Mia avait fait la connaissance de Connor peu après, alors qu'il était encore groggy de la trahison de sa femme.

Elle n'avait jamais rencontré Gretchen, mais d'après les quelques remarques qu'il avait faites à son sujet, elle ne la trouvait guère sympathique, bien que Connor ait toujours soigneusement évité toute critique ou confidence trop poussée.

— Gretchen avait finalement plus de points communs avec Brandy que tu ne le croyais.

— On dirait que j'ai le chic pour choisir les femmes qu'il ne faut pas.

— Tu ne m'as toujours pas dit pourquoi tu es obligé d'arrêter l'école de médecine. Ni la teneur de l'entretien avec l'avocat qui t'a tellement bouleversé.

Les mâchoires de Connor se crispèrent. Quel que fût le problème, il était manifestement grave.

Il prit une profonde inspiration pour se lancer.

— Je ne savais pas que Brandy était enceinte lorsqu'elle m'a quitté. Enceinte de mon enfant... Elle n'avait apparemment pas voulu me l'annoncer car son intention était de couper les ponts avec moi.

— Tu as un enfant ? demanda Mia en écarquillant les yeux.

— Une petite fille de six ans. Elle s'appelle Alexia.

— Oh,mon Dieu...

Un rire amer échappa à Connor.

— En l'apprenant, ce sont les premiers mots que j'ai prononcés, moi aussi.

— Et tu n'étais pas au courant de son existence ?

— Non. Après son départ, Brandy ne m'a plus jamais donné de nouvelles. La dernière chose qu'elle m'ait laissée, c'est un mot me disant que nous deux, cela avait été bien, mais qu'elle avait fait le tour de notre relation et se sentait prête à vivre d'autres aventures.

— Et maintenant, elle veut un père pour son enfant ?

Indignée, Mia lâcha les mains de Connor pour serrer les poings.

— Que réclame-t-elle ? De l'argent ?

Il secoua la tête.

— Tu n'y es pas.

— Alors, explique-moi.

— Brandy n'a pas élevé Alexia. Elle a confié le bébé à sa mère qui habitait à Springfield dans le Missouri puis elle s'est envolée vers d'autres cieux. L'année dernière, elle est morte dans un accident de la route en Nouvelle-Zélande.

— Elle est...

— Morte. Et sa mère vient de mourir à son tour, il y a deux jours, d'une crise cardiaque. Ce qui explique pourquoi l'avocat m'a contacté.

Connor observa le visage de Mia tandis qu'elle prenait la mesure de la situation.

— Ils veulent que tu prennes la petite fille avec toi ?

Encore incrédule, il hocha la tête.

— Alexia n'a personne pour l'élever hormis une tante, la sœur aînée de Brandy, mais celle-ci s'y refuse. C'est elle qui a chargé l'avocat de m'avertir avant de confier l'enfant aux services sociaux.

— Oh…

Les poings de Mia se desserrèrent et ses doigts se mirent à triturer nerveusement le bas de son T-shirt.

— Alors, la mère et la sœur savaient que tu étais le père ?

— Brandy leur avait donné mon nom, au cas où il lui arriverait malheur. Ou au cas où sa fille aimerait connaître un jour l'identité de son géniteur.

— Crois-tu qu'elle ait pu mentir, te faire endosser la paternité d'un autre ?

— J'ordonnerai bien sûr un test ADN, mais Brandy n'était pas une menteuse. Elle disait les choses franchement, voire brutalement, quitte à blesser les autres. Le certificat de naissance mentionne d'ailleurs mon nom dans la case « père ».

— Alors, tu es convaincu qu'Alexia est ta fille ?

Elle refusait encore la vérité, comme lui, au sortir du cabinet d'avocats.

— J'en ai bien peur. Art Haskell, l'avocat, me dit que j'ai parfaitement le droit de refuser la charge de l'enfant. Il faut que je lui communique ma décision rapidement, c'est tout. La sœur de Brandy me laisse jusqu'à lundi pour accepter la garde d'Alexia ou renoncer à mes droits parentaux. Si je choisis cette dernière solution, la petite sera placée sous tutelle de l'État pour pouvoir être adoptée par quelqu'un d'autre.

— Mais tu as déjà pris ta décision.

La perspicacité de Mia ne l'étonnait pas. Elle le connaissait mieux que personne.

— Je n'ai guère le choix. Elle est ma fille. Je ne peux lui tourner le dos.

Sa fille. Des mots surréalistes dans sa bouche.

Quelque part dans le Missouri, vivait une fillette de six ans qui possédait le même ADN que lui, le même patrimoine génétique. Le même sang coulait dans leurs veines.

Cela lui donnait le vertige.

Il plongea la main dans sa poche pour en sortir la photo donnée par Haskell.

— C'est Alexia.

La main de Mia tremblait en la prenant.

Elle observa le cliché pendant de longues minutes avant de relever la tête d'un air consterné.

— Elle te ressemble.

La ressemblance avait d'emblée frappé Connor. Alexia était une version féminine de lui au même âge. Rien ne manquait, pas même la fossette au menton.

— Je sais.

— C'est vraiment ta fille. D'accord, je conçois que tu te sentes une obligation à son égard, poursuivit Mia en lui rendant la photo. Mais es-tu vraiment sûr de vouloir assumer la responsabilité d'une enfant dont tu ignorais jusqu'à l'existence ce matin ? C'est un engagement à ne pas prendre à la légère.

— À qui le dis-tu ! La plupart des pères célibataires ont au moins l'avantage de faire partie de la vie de leur enfant depuis sa naissance. Moi, je débarquerai de nulle part alors qu'elle a six ans. Sans doute va-t-elle me considérer comme un étranger, me rejeter… Mais que puis-je faire ? Laisser les services sociaux la placer dans un orphelinat ? En serais-tu capable s'il s'agissait de ton enfant ?

Elle hésita un moment avant de secouer la tête.

— Non, bien sûr. Et cela me décevrait beaucoup de ta part. Le Connor que j'aime et estime n'agirait pas ainsi. Mais ce ne sera pas facile, tu le sais.

— Oui, je sais.

— Pourtant, je ne peux supporter l'idée que tu arrêtes tes études de médecine.

— J'y serai obligé. Elever un enfant seul exige de la disponibilité, un emploi du temps « normal ». Mener de front les deux activités est tout simplement impossible.

— Un membre de ta famille ne pourrait-il t'aider ?

— Si ma mère avait été encore de ce monde, elle aurait été ravie de le faire, dit-il, la gorge nouée. Son rêve était d'avoir des petits-enfants…

Le cancer l'avait emportée deux ans auparavant. Pas un jour ne se passait sans qu'elle lui manque.

— La seule grand-mère qui me reste vit au Nebraska, mais sa santé est chancelante. Cette option n'est donc pas envisageable. Mon père est un type formidable, mais en l'occurrence, il ne nous sera d'aucune aide. Il a passé toute sa vie sur les routes en tant que représentant de commerce, et il voyage encore beaucoup. Pour lui, la paternité se réduisait à jouer avec moi le week-end quand il rentrait à la maison. Aller me chercher à l'école, me faire à manger, soigner les bobos, me border le soir et toutes les contingences du quotidien revenaient à ma mère. Il gâtera Alexia comme ce n'est pas permis, je n'en doute pas un seul instant, mais pour ce qui est de savoir s'occuper d'un enfant, il ne faut pas compter sur lui…

Parfaite incarnation du désarroi, il secoua la tête.

— Alexia ira à la maternelle durant la journée, mais il faudra quelqu'un pour veiller sur elle le soir, les week-ends et pendant les vacances, durant tous ces moments que j'avais prévu de consacrer aux études si je veux avoir une chance de passer en seconde année. Puisque je n'ai pas les moyens d'engager une nourrice à plein temps, la conclusion s'impose : je n'ai d'autre solution que de renoncer à mes études…

— Je t'aiderai, dit Mia.

Les mots semblaient avoir franchi ses lèvres sur un coup de tête, mais son expression était résolue.

— Comment ça ?

— Je pourrais emménager chez toi.

Connor en resta bouche bée.

— Nous cohabiterions sous le même toit sans vivre ensemble, ajouta-t-elle en hâte pour le rassurer. Mon travail me laissera amplement le temps de m'occuper d'Alexia. Peut-être serons-nous obligés de faire appel à une baby-sitter une à deux heures par jour durant la semaine, ce qui ne devrait pas mettre à mal tes finances. Le soir et le week-end, je m'occuperai d'Alexia pendant que tu étudieras. Je me chargerai de la cuisine, du ménage, des lessives. Mon expérience des jeunes enfants est limitée, mais j'ai une nièce et un neveu de cet âge. Je m'en sortirai.

— Pourquoi renoncerais-tu à ton logement et à ta liberté pour moi ? demanda-t-il, interloqué.

Elle haussa les épaules comme si elle voulait minimiser l'ampleur du sacrifice proposé.

— Cela nous rendra service à tous les deux. Je suis en train de mettre de l'argent de côté pour reprendre des études supérieures dans un an ou deux. Si je n'avais plus de loyer à payer puisque la maison t'appartient, ce serait autant qui irait grossir mon bas de laine. La garde d'enfant sera mon moyen de te rembourser pour le gîte et le couvert. Attention, je paierai ma part de certaines dépenses, ce qui me permettra malgré tout d'économiser plusieurs centaines de dollars par mois.

Connor avait l'impression qu'elle essayait à tout prix de trouver des arguments pour rationaliser son étonnante proposition.

Elle semblait essayer de se convaincre elle-même autant que lui.

— C'est trop, Mia. Je n'ai pas le droit de te demander de…

— Tu ne me demandes rien. C'est moi qui te le propose. Réfléchis-y. Nous serions tous les deux gagnants. En plus de mes cours, je songeais à trouver un second travail — quelques heures dans une librairie, le soir — afin d'arrondir mes fins de mois et grossir la cagnotte qui me servirait à financer mes études. Si tu me loges gratis dans ta chambre d'amis, tu m'épargneras cette peine.

— Mia…

— Connor…, dit-elle en s'emparant de nouveau de ses mains et en plongeant son regard dans le sien. Tu es le meilleur ami que j'aie jamais eu et tu possèdes toutes les qualités pour faire un bon médecin. Le monde a besoin de gens comme toi. Cela me briserait le cœur de te voir renoncer à ta vocation à cause d'une erreur de jeunesse, et je ferai tout pour t'en empêcher. Je suis sûre que, si j'étais dans la peine, tu ferais pareil pour m'aider.

Il aurait bien voulu en être aussi sûr.

Mia était sa confidente, son amie. Bien sûr, il voulait son bonheur et se serait porté à son secours sans hésiter si elle avait été dans le besoin.

Mais il n'était pas certain d'être capable d'un sacrifice aussi grand que celui qu'elle était prête à consentir pour lui.

Quitter son logement, changer ses habitudes, supporter toutes sortes de contraintes pour élever l'enfant d'un autre, non, il ne pousserait pas l'altruisme jusque-là.

— La nuit porte conseil, dit-elle comme il restait silencieux. Ne prends aucune décision hâtive, d'accord ? Réfléchis à ma suggestion. Elle est parfaitement viable et nous permettra de donner un foyer à Alexia tout en conservant intacts nos plans de carrière.

— Je vais y réfléchir. Et tu as tout intérêt à le faire de ton côté. Peut-être t'es-tu laissé emporter par ta générosité et je ne t'en voudrais pas de faire marche arrière. Nous ne connaissons pas cette enfant ni le type d'éducation qu'elle a reçu. Lui a-t-on inculqué des règles, des principes, le respect d'autrui et de l'autorité de l'adulte ? Il se pourrait très bien qu'elle se révèle une petite terreur, une gamine qui nous rende la vie infernale. Et ce n'est pas tout : si tu passes tes soirées et tes week-ends en sa compagnie, as-tu songé à ce qu'il adviendrait de ta vie sociale ?

Un rire lui répondit.

— Cela te va bien de me parler de ma vie sociale, toi qui n'en as aucune. Malheureusement ou non, je te rejoins désormais dans ce domaine puisque je ne sors plus avec personne.

— Tu oublies le garçon d'hier soir…

Elle fit mine de frissonner d'un air dégoûté.

— J'espère ne jamais revoir ce personnage. Sa main avait tendance à s'égarer vers le bas de mon dos, si tu vois ce que je veux dire. À plusieurs reprises, j'ai dû me retenir pour ne pas le gifler, par égard pour Donnie dont c'était le cousin, et j'ai passé la soirée à tenter d'éviter ses mains baladeuses. Plus tard, j'ai appelé Natalie pour la prier de ne plus jamais m'organiser de rendez-vous avec des rustres de ce genre. Elle s'est excusée en me disant qu'elle ignorait qu'il se comporterait ainsi.

Connor sentait monter une sainte colère en lui à la pensée de cet individu posant ses mains sur Mia.

Il lui flanquerait volontiers une correction pour un tel geste. Comme il le ferait pour défendre n'importe laquelle de ses amies…

Cette fois, c'était lui qui essayait de se convaincre.

— Tu aurais dû le remettre à sa place.

— J'en étais tentée. Il a dû comprendre que je n'appréciais guère sa « familiarité » car il a gardé ses distances à la sortie du restaurant, sans doute de crainte de recevoir mon poing dans la figure.

Son ton léger le fit rire, d'un rire un peu contraint. Son sens de l'humour faisait relâche, ce soir.

— Il se fait tard, je ferais mieux de te laisser. J'espère que la nuit nous portera conseil à tous les deux.

— Ma proposition a dû te désarçonner, je m'en doute bien, mais je ne changerai pas d'avis. Plus j'y réfléchis, plus je suis persuadée que ce sera la solution à ton problème, Connor, et un arrangement où j'aurai tout à gagner moi aussi.

La décision de Mia était prise.

Quant à lui, il aurait besoin d'un peu plus de temps. Et d'abord de reprendre ses esprits après le tourbillon de cette journée.

L'idée de partager son toit avec Mia ne lui déplaisait pas, se dit-il en quittant l'appartement quelques instants plus tard.

Ce serait une solution provisoire, dans l'urgence. Ensuite, il aviserait.

Après tout, que perdait-il à essayer ?

3.

Mia secoua la tête en voyant Connor jeter un coup d'œil à son poignet pour la énième fois.

— Regarder ta montre ne fera pas avancer plus vite les aiguilles.

— C'est un geste machinal, dit-il, penaud. Je suis mort de trac.

Comme si elle ne l'avait pas remarqué…

Il était presque 5 heures en ce mardi après-midi, et Patricia Caple, la tante d'Alexia, n'allait pas tarder à se présenter chez Connor avec la fillette.

Si elle était ponctuelle.

Sans doute avait-elle décliné l'offre de Connor de venir chercher l'enfant à Springfield afin qu'il ne sache pas où elle habitait ni ne puisse lui ramener Alexia au cas où il changerait d'avis.

Comme si un enfant était un pull qu'on essayait et qu'on rendait s'il ne vous allait pas, songea Mia, indignée.

La nervosité de Connor se concevait. Il allait rencontrer sa petite fille, une enfant dont on lui avait caché l'existence pendant six ans.

Question nervosité, Mia n'avait rien à lui envier.

Elle n'avait pas changé d'avis depuis la proposition qu'elle lui avait faite il y a trois jours, malgré l'effroi qu'elle ressentait devant le changement radical que cela entraînerait dans sa vie et l'énorme responsabilité qu'elle s'apprêtait à assumer. Malgré le désaccord de ses parents et l'incompréhension de Natalie qui l'avait accusée d'avoir perdu la tête. Et même si son emménagement chez Connor serait du pain bénit pour les commères.

Pourvu qu'elle soit à la hauteur. C'était le seul souhait qu'elle formulait depuis trois jours.

La sonnette de la porte d'entrée retentit à 5 h 05. Connor cessa d'arpenter la pièce, passa une main dans ses cheveux pour lisser ses boucles rebelles, un geste qui émut Mia, indiquant qu'il voulait paraître à son avantage, avant de se diriger vers le vestibule.

Rasé de frais, il portait un pantalon kaki soigneusement repassé et une jolie chemise verte que Mia ne lui avait jamais vue.

Elle aussi s'était changée après le travail et elle avait dénoué ses cheveux châtains qui tombaient en vagues souples et soyeuses sur ses épaules.

Poussée par la curiosité, elle vint se placer derrière Connor tandis qu'il ouvrait la porte.

Patricia était une grande femme aux cheveux courts blond décoloré, d'une minceur extrême, mais dont la poitrine pointait de manière provocante sous un pull noir moulant.

Ses bottes à talons hauts semblaient fort coûteuses ainsi que les boucles d'oreilles en diamant et les bagues ornant ses doigts. Son refus d'élever l'enfant n'avait manifestement rien à voir avec des problèmes d'argent.

— Vous êtes Connor Hayes ? demanda-t-elle en l'observant tranquillement.

Il hocha la tête, son regard se portant déjà vers l'enfant à moitié cachée derrière la jambe gauche de la visiteuse.

— Bonjour, Patricia.

Mia savait qu'il lui avait parlé plusieurs fois au téléphone et présenté ses condoléances pour la perte de sa mère et de sa sœur.

Patricia l'avait, paraît-il, remercié sans rien laisser voir de ses sentiments. Quel que fût son chagrin, la tante d'Alexia n'était visiblement pas disposée à le partager avec lui.

La première impression qu'elle donnait était celle d'une femme qui contrôlait parfaitement ses émotions en les cachant sous un masque maquillé à la perfection.

— Voici Alexia. Dis bonjour à ton papa, Lex.

Tout en parlant, Patricia poussa la fillette vers Connor, ce qui permit à Mia de la voir à découvert.

Elle fut frappée par sa beauté. Ses cheveux avaient encore

la blondeur de l'enfance, mais vireraient sans doute au châtain avec le temps. Les yeux de la même teinte que ceux de Connor, bleu outremer, étaient bordés de longs cils sombres.

Les joues en feu, Alexia leva un menton tremblant vers ce père qu'elle ne connaissait pas.

— Bonjour, murmura-t-elle, docile.

— Bonjour, dit Connor d'une voix rauque d'émotion. Je suis heureux de te voir, Alexia.

Sans répondre, l'enfant continua à le dévisager de ses grands yeux inquiets.

— Je vous présente Mia Doyle, une très bonne amie.

Patricia toisa Mia.

— Vous êtes la nourrice ?

— En quelque sorte, répliqua Mia.

Connor avait expliqué à Patricia l'arrangement qu'ils avaient conclu pour la garde de l'enfant.

— Alexia est très sage, dit Patricia d'un ton désinvolte. Ma mère a fait du bon travail et n'a pas renouvelé les erreurs commises avec Brandy. Je vais chercher ses affaires, ajouta-t-elle en esquissant un pas vers sa voiture.

— Laissez-moi vous aider, proposa Connor. Alexia, tu vas rester avec Mia. Cela vous permettra de lier connaissance, d'accord ?

Toujours docile, l'enfant glissa une main froide dans celle que lui tendait Mia.

— Allons dans la salle de séjour, Alexia. Nous y serons mieux.

En aidant la fillette à grimper sur le canapé, Mia remarqua la petite peluche dépenaillée qu'elle serrait sous son bras.

— On dirait un chat. Quel est son nom ?

— Pete. Ma maman me l'a donné quand j'étais petite.

L'enfant avait-elle vraiment connu sa mère ? Ou appelait-elle ainsi sa grand-mère qui l'avait élevée ?

— Joli nom… Je trouve que cela lui va bien.

— Moi aussi.

— As-tu faim ? J'ai fait des spaghettis pour dîner.

— J'ai un peu faim. Et j'aime bien les spaghettis.

Comme la plupart des enfants, ce qui expliquait pourquoi Mia les avait mis au menu de ce soir. Ils seraient suivis de brownies, le dessert préféré de son neveu et de sa nièce, avec crème anglaise en option.

— On va bientôt passer à table. Tu dois être fatiguée après une route aussi longue. Avez-vous fait bon voyage ?

— Tante Patricia avait mis la radio un peu fort. Mais on s'est arrêtées pour manger des hamburgers.

Patricia avait probablement allumé la radio pour ne pas avoir à faire la conversation à une enfant de six ans. Apparemment, elle ne témoignait aucune hostilité ni méchanceté à l'égard de sa nièce, simplement du détachement, presque de l'indifférence.

— Mmm… Je ne dédaigne pas non plus un bon hamburger de temps en temps.

Connor et Patricia revinrent à cet instant, portant chacun un sac. Un petit sac à dos rose pendait également en bandoulière sur l'épaule de Connor.

Tous les effets d'Alexia tenaient dans ces trois bagages. Ce n'était pas beaucoup…

— Bien, dit Patricia après avoir posé son fardeau. Il est temps que je me remette en route.

Un sourire trahissant son soulagement éclaira un bref instant son visage.

— Vous n'allez pas rentrer à Springfield ce soir après avoir conduit toute la journée ? s'enquit Connor, les sourcils froncés. Restez coucher ici cette nuit, on vous trouvera un lit.

— Non, je vous remercie. On m'attend chez moi.

Elle lui tendit la main.

— Au revoir, Connor. Je suis ravie d'avoir enfin fait votre connaissance.

— Le plaisir est partagé, répondit-il avec la même politesse de façade. Si vous passez un jour dans la région, n'hésitez pas à…

— Merci, dit-elle en se tournant déjà vers Mia.

Elles se serrèrent la main en murmurant les formules d'usage.

Puis Patricia se pencha vers Alexia.

Pendant une fraction de seconde, Mia crut voir une lueur

d'émotion dans les yeux de la tante. Éprouvait-elle des regrets ? Peut-être du chagrin ?

— Sois sage avec ton papa et Mlle Doyle.

— Oui, ma tante.

Patricia se pencha pour serrer rapidement l'enfant contre elle.

— Au revoir, Lex.

— Au revoir, tante Tricia.

Sans se retourner, Patricia franchit le seuil et se dirigea d'un pas déterminé vers sa voiture.

Le message était clair. « Surtout, n'essayez pas de me retenir. »

Mia et Connor échangèrent un regard intrigué au-dessus de la tête d'Alexia.

Ils restèrent sous le porche jusqu'à ce que la voiture disparaisse au bout de l'allée puis allèrent s'asseoir dans la salle de séjour.

Connor s'installa au bord d'une chaise et se pencha en avant, les coudes posés sur ses cuisses, pour être au niveau de sa fille.

— Alors, ta tante t'a dit que j'étais ton père.

L'enfant opina.

— Tu connaissais ma maman avant que je sois née.

— Tu te souviens d'elle ?

— Elle venait nous rendre visite à Springfield. C'est elle qui m'a donné Pete, ajouta-t-elle en soulevant le chat en peluche pour le lui montrer. Et elle m'a dit que je ferai un jour la connaissance de mon père.

L'étonnement s'inscrivit sur le visage de Connor.

Bien que Mia ne crût guère à ces choses, elle se demanda si Brandy n'avait pas eu la prémonition de sa mort prochaine. À moins qu'elle n'ait eu tout simplement l'intention de contacter Connor.

— Ma grand-mère est montée au ciel rejoindre ma maman, poursuivit Alexia. Tante Tricia m'a dit qu'elles étaient ensemble.

— J'en suis sûr.

— Elle m'a dit aussi que j'allais vivre ici, et que je m'y plairais.

— Je l'espère de tout mon cœur. Je suis très content de t'accueillir dans cette maison qui est désormais la tienne. Je regrette de ne pas t'avoir connue plus tôt, mais j'ignorais ton existence.

— Je sais. Tante Tricia m'a expliqué.

Le calme affiché par la fillette étonnait Mia. Elle semblait très mûre pour son âge.

Avait-elle appris à dissimuler ses émotions en prenant modèle sur sa tante ? Elle devait sûrement éprouver quelque peur ou angoisse, ce qui était bien normal étant donné les circonstances. Son monde venait de s'écrouler avec la mort de sa grand-mère et on lui faisait traverser la moitié du pays pour l'abandonner chez un père qu'elle voyait pour la première fois.

Pourtant, elle semblait accepter la situation avec placidité, comme si on lui avait juste demandé de changer de vêtements. Refouler ses émotions n'était pas sain pour un adulte, *a fortiori* pour un enfant aussi jeune qu'Alexia.

Connor et elle n'avaient certainement pas tenté de refouler les leurs depuis trois jours. Ils avaient vécu tous les changements à apporter à leurs habitudes comme autant de traumatismes.

La veille, Mia avait emménagé dans l'une des deux chambres d'amis de la maison. La pièce avait servi de débarras à Connor et ils avaient donc dû la vider avant d'y transporter le lit de Mia et quelques meubles en provenance de son ancien appartement — une commode, une table, deux chaises et une petite bibliothèque qui lui servirait à ranger les ouvrages de prédilection qu'elle avait emballés dans ses valises. Le placard était assez grand pour servir de penderie. Pour l'heure, elle n'avait pris que le strict nécessaire et remisé le reste dans un garde-meuble.

Alexia occuperait la chambre voisine qui comportait déjà un lit, une armoire, une commode, un secrétaire ainsi qu'une bibliothèque — des meubles ayant appartenu à la mère de Connor. L'édredon du lit et les rideaux étaient bleu marine et la décoration monochrome et minimaliste.

Le décor ne convenait guère à une petite fille, mais ils avaient voulu attendre l'arrivée d'Alexia pour y remédier, afin de lui demander son avis pour décorer la pièce selon son goût. Si sa chambre lui plaisait, cela l'aiderait à se sentir plus vite chez elle, espéraient-ils.

La maison n'avait qu'une seule salle de bains, flanquée par la chambre de Connor d'un côté et celles des invités de l'autre. Il faudrait s'organiser, selon l'emploi du temps de chacun.

Ils s'étaient tous deux préparés à une arrivée avec cris et fracas. Mia avait prévenu Connor que la fillette risquait de pleurer, de s'accrocher à sa tante, la supplier de ne pas la laisser avec des inconnus… Or, l'enfant n'avait pas bronché.

Celle-ci se tourna vers Mia.

— J'ai toujours un peu faim, dit-elle d'une voix timide.

Mia sourit.

— Je vais mettre la touche finale aux spaghettis. Entre-temps, ton papa va te montrer ta chambre.

Connor se leva et souleva les deux sacs.

— Tu prendras ton sac à dos, Alexia, s'il te plaît.

— D'accord.

Elle balança la bandoulière sur son épaule et le suivit hors de la pièce.

Tout cela se passait un peu trop bien, songea Mia en se dirigeant vers la cuisine.

Était-ce le calme avant la tempête ?

Tout en sirotant son thé glacé, Connor observait à la dérobée sa fille par-dessus le bord de son verre.

Sa fille… Des mots qui lui semblaient toujours aussi incongrus. Un jour viendrait pourtant, le plus tôt possible, espérait-il, où ils résonneraient naturellement dans sa bouche, lorsqu'il aurait accepté l'idée qu'il avait désormais la pleine responsabilité de tout ce qui la concernait.

Elle était une drôle de petite personne, sérieuse comme un pape. Peut-être avait-elle passé trop de temps en compagnie des adultes. Très mûre pour son âge, elle employait des expressions qu'on n'entendait pas d'ordinaire dans la bouche des enfants. À son arrivée, elle l'avait observé avec un peu de crainte, mais elle lui offrait désormais un petit visage serein, presque confiant. Sa nouvelle maison semblait lui plaire.

Il s'était excusé pour le manque de couleurs de la chambre et elle avait semblé surprise en apprenant que Mia l'emmènerait choisir un nouveau dessus-de-lit ainsi que tout le nécessaire pour une chambre de petite fille.

Quand elle avait su que Mia dormait dans la chambre voisine, elle avait eu l'air content. Par contre, il avait constaté une indifférence royale lorsqu'il lui avait indiqué sa propre chambre.

— Il y a un jardin à l'arrière de la maison, lui dit-il tandis qu'ils rejoignaient Mia dans la cuisine. Tu pourras y jouer. Il n'est pas très grand, mais entre la table, les chaises et la terrasse, il y a la place d'ajouter une balançoire, si tu veux.

— J'aime bien faire de la balançoire. J'en avais une chez ma grand-mère.

— Alors, c'est entendu, je t'en achèterai une.

Pourvu qu'il en trouve une à un prix abordable. Il irait dans le magasin d'usine situé à la sortie de la ville qui bradait à longueur d'année des lots d'invendus.

Elever un enfant coûtait cher, il s'en était déjà rendu compte. Dès le lundi suivant son entretien avec l'avocat, il s'était rendu à sa banque pour faire un point sur l'état de ses finances avec son conseiller.

Haskell, l'avocat, l'avait informé qu'Alexia était l'unique bénéficiaire de l'assurance vie de sa grand-mère. Un compte avait donc été ouvert au nom de l'enfant, et Connor avait la permission d'y puiser pour assurer les dépenses liées à l'éducation d'Alexia.

Quand Patricia lui avait remis les documents tandis qu'il l'aidait à décharger les bagages de la voiture, elle n'avait semblé nourrir aucun grief contre lui en raison de cet argent dont une partie aurait pu lui revenir. L'enveloppe contenait également le certificat de naissance d'Alexia, sa carte de sécurité sociale et son carnet de santé — documents qu'on réclamerait à Connor pour l'inscription scolaire.

Le compte en banque ouvert au nom d'Alexia était crédité

de cent mille dollars, avait découvert Connor non sans stupéfaction. Une véritable manne qui l'aiderait au quotidien, mais à laquelle il s'était juré de ne pas toucher, sauf nécessité absolue. Cet argent financerait les études universitaires d'Alexia. À condition de faire attention, il était capable d'assumer les dépenses du quotidien, même si c'était sur l'argent des prêts pour ses études qu'il devrait rembourser après l'obtention de son diplôme de médecin.

Au moins, cela lui éviterait de contracter une hypothèque sur sa maison. Celle-ci était petite, située dans un quartier ouvrier, mais elle lui appartenait. Elle lui avait été offerte par son père, à la mort de Paulette Hayes.

Duncan, son père, avait vendu la grande maison où il avait vécu durant trente ans avec sa femme pour s'acheter un confortable duplex qui lui servirait de pied-à-terre entre deux voyages, et il avait insisté pour acheter un logement à Connor qui sortait tout juste de son ruineux divorce.

Assis à table, en face de sa fille, il réfléchissait à tout cela sans se soucier de ses devoirs d'hôte.

— Comment trouves-tu les spaghettis, Alexia ? demanda Mia pour combler le silence.

— Ils sont bons. J'aime bien les boulettes de viande.

— Tant mieux. C'est une recette de ma mère.

— Se trouve-t-elle aussi au ciel ?

— Non, ma chérie. Ma mère habite à Hot Springs, à une heure d'ici.

— Et ton papa ? demanda la fillette en jetant un coup d'œil vers Connor.

— Lui aussi. Ils vivent ensemble. J'ai un frère, Paul, qui habite non loin d'eux, avec sa femme Carla, et leurs deux enfants, un fils de huit ans qui s'appelle Nicklaus et leur fille Caroline qui a un an de plus.

— J'aimerais bien les rencontrer.

— Ils seraient sûrement ravis de faire ta connaissance. Bientôt, c'est promis, je t'emmènerai à Hot Springs. C'est une ville intéressante.

— D'accord.

Connor se rendit compte que, depuis qu'il connaissait Mia, il n'avait pas une seule fois rencontré un membre de sa famille. Était-ce sa faute, pour n'avoir manifesté aucun intérêt particulier à leur égard ? Ou Mia gardait-elle délibérément ses amis à l'écart de sa vie de famille ?

Leurs amis communs étaient tous des professeurs, comme eux.

Comment avait-elle expliqué à ses proches son emménagement chez lui ? Et quelle avait été leur réaction ? Peut-être n'avaient-ils pas été d'accord. Il avait été si absorbé par ses propres problèmes qu'il n'avait même pas songé à le lui demander.

— Je suis professeur et j'enseigne au lycée, poursuivit Mia à l'adresse d'Alexia. Demain, j'ai pris un jour de congé pour t'aider à transformer ta chambre à ton goût. Ton papa a des cours le matin, mais l'après-midi, il t'emmènera t'inscrire à l'école primaire. Je suppose que tu es contente de reprendre l'école ?

Alexia hocha la tête.

— Je suis en cours préparatoire. Je sais déjà lire, et j'aime bien le calcul.

— Tu es une petite fille intelligente, cela se voit.

— Mon institutrice de Springfield, Mlle Albertson, disait que j'étais une très bonne élève.

Sa voix trembla un peu en prononçant le nom. Sans doute éprouvait-elle de la nostalgie à la pensée de son ancienne école. D'autres enfants auraient confié leur tristesse, évoqué leurs camarades qu'ils ne reverraient plus, mais pas elle.

Pourvu qu'elle s'intègre vite à sa nouvelle classe et se fasse des amis.

Mia regarda Connor, paraissant intriguée par son silence et son air sombre.

Il força un sourire sur ses lèvres.

— Moi aussi, je vais à l'école, Alexia. Ta tante t'en a-t-elle parlé ? J'étudie pour devenir médecin.

Penchant la tête de côté, la fillette l'observa.

— Tu es un peu vieux pour être à l'école.

Il fit la grimace.

— Eh bien…

Le visage de l'enfant pâlit.

— Non, bien sûr, tu n'es pas trop vieux, reprit-elle en hâte. Tes camarades de classe sont probablement tous de ton âge.

— Ne t'inquiète pas, tu ne m'as pas vexé, dit-il en riant. En fait, j'aime bien l'idée que nous allions tous deux à l'école. Et Mia est professeur, ce qui fait que nous irons tous en classe tous les jours, chacun à notre manière.

Visiblement rassurée de ne l'avoir pas offensé, Alexia se concentra sur ses spaghettis et Connor attaqua les siens qu'il n'avait pas touchés jusqu'à présent.

Pour le moment, il n'était guère à l'aise avec Alexia. S'il n'était même pas capable d'une conversation anodine au cours d'un repas, comment allait-il assumer les mille et une responsabilités inhérentes au métier de père ?

Heureusement, l'ange gardien Mia était là pour le guider sur le chemin.

4.

Après le dîner, Mia aida Alexia à déballer ses bagages tandis que Connor retrouvait ses livres.

Les deux sacs contenaient des pulls, des jeans, une collection de chaussettes et de sous-vêtements qui semblaient neufs ainsi que deux jolies robes dont les étiquettes de prix pendaient encore au col.

— Ta tante t'a-t-elle emmenée faire des courses avant votre départ ?

Alexia hocha la tête.

— J'avais besoin de nouveaux vêtements. Elle m'a aussi acheté ces tennis, ainsi que ces chaussures vernies noires pour le dimanche, ajouta-t-elle en montrant les articles en question.

— C'était gentil de sa part.

Patricia regretterait-elle sa nièce ? Avait-elle éprouvé des remords après avoir décidé de renoncer à l'élever ? Si c'était le cas, elle n'en avait rien montré devant eux.

Dans un sac se trouvaient également des poupées avec leurs accessoires. Alexia les rangea sur les étagères de la petite bibliothèque dans un ordre bien précis, en se reculant pour observer l'effet obtenu puis en les déplaçant de quelques centimètres, sans doute pour retrouver un agencement auquel elle était habituée.

— Tu aimes les poupées ?

— Oh oui… J'adore jouer à l'école avec elles. Je suis l'institutrice et elles, elles sont mes élèves. C'est le métier que je veux exercer quand je serai grande. Professeur… Comme toi.

— Tu feras un merveilleux professeur, j'en suis sûre.

Un bâillement échappa à l'enfant qui se frotta les yeux.

— Tu dois être fatiguée après ce long voyage. Te sens-tu le courage de prendre un bain avant d'enfiler ton pyjama ? Je te lirai une histoire, ensuite.

— Ma grand-mère me lisait toujours une histoire pour m'aider à m'endormir.

Elle ouvrit la fermeture Éclair de son petit sac à dos rose pour en sortir trois livres de contes.

— Ce sont mes préférés. On n'a pu tous les emporter car tante Tricia a dit qu'ils prendraient trop de place, mais elle m'a permis de prendre ceux-ci.

Si elle avait été à la place de tante Tricia, Mia aurait trouvé un moyen de transporter tous les objets personnels de la fillette, mais elle se garda bien d'exprimer son opinion.

Patricia avait sans doute fait de son mieux, étant donné les circonstances.

— Dans ce cas, on lira l'une de tes histoires préférées.

— Celle de la cane aux œufs verts ?

— Si tu veux.

Une demi-heure plus tard, vêtue d'un pyjama rose pâle dont les jambes étaient un peu trop longues pour elle, la fillette émergea de la salle de bains, pieds nus, ses cheveux blonds mouillés encadrant son visage tout rose.

En la voyant si fragile, si vulnérable, Mia fut saisie d'une vague de doutes.

Poussée par sa générosité, n'avait-elle pas accepté un peu vite des responsabilités qui se révéleraient écrasantes ?

De toute façon, il était trop tard pour avoir des états d'âme. Alexia était là et elle s'était portée volontaire pour s'occuper d'elle.

Impossible de changer d'avis maintenant.

— Allons dire bonne nuit à ton papa. Puis je te borderai et nous lirons l'histoire.

— D'accord.

L'inséparable Pete coincé sous son bras, Alexia glissa sa menotte dans la main de Mia pour se laisser conduire dans la salle de séjour.

Assis en une pose familière, le menton recouvert d'une ombre de barbe appuyé dans le creux de la main, Connor était plongé dans ses révisions. Prendrait-il le temps de s'en extraire pour consacrer quelques minutes à sa fille ?

Avançant dans la pièce, Mia toussa pour attirer son attention.

— Alexia veut te souhaiter une bonne nuit.

Les cheveux en bataille et l'œil un peu flou, il releva la tête.

Le charme viril personnifié.

Mia sentit son cœur bondir.

« Ne sois pas sotte », se sermonna-t-elle.

D'abord Alexia puis Connor venaient de provoquer en elle des réactions émotionnelles très fortes en l'espace de quelques minutes. Il lui fallait se ressaisir et se souvenir de la raison de sa présence ici.

Nourrice…, comme l'avait dit Patricia. En un sens, celle-ci avait raison car ses attributions seraient bien celles d'une nourrice ou d'une baby-sitter à demeure. C'était ainsi qu'elle devait se considérer, comme une personne qui leur proposait son aide pour payer son gîte et son couvert, non comme un membre de cette petite famille.

Connor fit un effort manifeste pour s'arracher à ses manuels et se tourner vers Alexia.

— As-tu besoin de quelque chose avant de te coucher ?

— Non, merci. Mia va me lire une histoire.

— Ah bon ? C'est gentil de sa part, ajouta-t-il en lui adressant un sourire plein de gratitude. Eh bien, bonne nuit, Alexia.

— Bonne nuit.

Pas de « papa ». L'enfant mettrait du temps à utiliser ce mot, ce qui se concevait parfaitement. Pour l'heure, Connor ne représentait qu'un inconnu à ses yeux.

Tout de même, c'était dommage d'en rester à ce bonsoir tristounet, échangé à trois mètres de distance, entre un père et sa petite fille de six ans. Puisqu'ils semblaient tous deux trop timides pour faire le premier pas, Mia décida de leur donner un coup de pouce.

— Un bisou de ta part serait le bienvenu, Connor.

— Oh, bien sûr…

Sentant peut-être la réticence de son père, Alexia leva un regard hésitant vers Mia.

Un sourire d'encouragement aux lèvres, celle-ci entraîna la fillette vers la table de travail.

Connor se pencha pour effleurer la joue de cette dernière d'un baiser.

— Bonne nuit.

— Bonne nuit, répéta-t-elle.

C'était un début, se raisonna Mia en raccompagnant Alexia dans sa chambre.

Quelque chose réveilla Mia au milieu de la nuit. Elle ouvrit les yeux et scruta l'obscurité tout en tendant l'oreille. Avait-elle imaginé un bruit dans son sommeil ?

L'entendant de nouveau, elle se glissa hors du lit et sortit pieds nus dans le couloir sans prendre la peine d'enfiler un peignoir sur son pyjama de satin.

Entrebâillant la porte de la chambre voisine, elle essaya d'identifier le bruit qui l'avait réveillée. L'enfant faisait-elle un cauchemar ? Ce qui se comprendrait après tout ce qu'elle avait vécu ces derniers jours.

Le bruit revint, et Mia en eut le cœur chaviré. Alexia sanglotait doucement dans son oreiller.

Bouleversée, Mia traversa la chambre pour la prendre dans ses bras.

— Mon poussin, tout ira bien, je te le promets.

Alexia posa sa tête sous le menton de Mia qui se mit à la bercer contre elle.

— Je suis désolée.

— Il ne faut pas. Cela fait du bien de pleurer.

— Tante Tricia n'aimait pas m'entendre pleurer, murmura Alexia entre deux reniflements. Elle disait que cela la déprimait.

— On a parfois besoin de libérer son chagrin. Quand on a perdu quelqu'un qu'on aimait, ou quand on est simplement triste. Moi aussi, il m'arrive de pleurer toutes les larmes de mon corps.

Le souffle court, Alexia se recula un peu, son petit visage aux yeux rougis à peine visible à la lueur bleue de la veilleuse.

— C'est vrai ?

— Mais oui.

Elle écarta une mèche humide de la joue de la fillette.

— Quand j'ai peur ou que je me sens seule. Et alors, je me tourne vers mes amis pour m'appuyer sur leur épaule. Je suis ton amie, Alexia. Tu peux t'appuyer sur mon épaule ce soir, d'accord ?

La fillette se blottit de nouveau contre elle, ses pleurs se calmant.

— Ma grand-mère me manque.

— Je sais, ma chérie. Je suis tellement désolée.

— Est-ce qu'il veut vraiment de moi ?

Prise de court, Mia mit quelques secondes à comprendre la question.

— Bien sûr, ton papa veut de toi. Il est juste un peu nerveux, mais il désire être un bon papa.

— Pourquoi est-il nerveux ?

— Parce que c'est nouveau pour lui. Mais il est très heureux que tu sois là.

Un bruit leur fit tourner la tête. La silhouette de Connor se découpait en ombre chinoise dans la lumière du couloir.

— J'ai entendu parler. Tout va bien ?

— Oui, dit Mia par-dessus la tête d'Alexia. Nous bavardions. Alexia a un peu de mal à dormir, ce qui est normal dans une chambre où l'on couche pour la première fois.

— Oh oui, j'imagine.

Bien qu'elle ne discernât pas son expression, elle le devinait embarrassé. Sans doute se demandait-il ce qu'il devait faire maintenant.

Se sentait-il un peu exclu de la voir gérer parfaitement la situation sans lui ?

— Puis-je t'apporter quelque chose, Alexia ? reprit-il. Un verre d'eau, peut-être ?

— Non, merci, dit-elle d'une voix épaissie par les larmes.

Mia m'a laissé une carafe d'eau et un verre. Je suis désolée de t'avoir réveillé.

— Je ne dormais pas. Appelle-moi si tu as besoin de quoi que ce soit, d'accord ?

Mia répondit pour Alexia.

— Compte sur nous. Bonne nuit.

— Bonne nuit.

Il s'en alla en refermant la porte.

— Est-ce que tu veux bien rester un peu avec moi ? demanda timidement Alexia.

— Bien sûr, ma chérie. Je vais m'étendre à côté de toi jusqu'à ce que le marchand de sable soit passé.

Elles enfoncèrent toutes les deux leur tête dans les oreillers.

Longtemps après qu'Alexia se fut endormie, Mia resta à fixer le plafond, pleine de doutes et d'inquiétudes.

Le mardi, un collègue remplaça Mia afin qu'elle puisse rester avec Alexia tandis que Connor assistait à ses cours du matin. Ils étaient ensuite convenus de se retrouver dans le centre-ville à 13 heures, de déjeuner tous les trois ensemble avant d'aller inscrire Alexia à son école.

Connor avait pris rendez-vous pour 2 h 30 avec la directrice d'un établissement privé.

Il aurait pu choisir une école publique, bien sûr, mais l'école privée était plus proche de son domicile et jouissait de surcroît d'une excellente réputation.

Les frais de scolarité étaient abordables. Enfin, tout juste, avait-il admis quand Mia avait insisté. Il piocherait dans ses prêts d'étudiant pour les payer, mais il estimait que la dépense serait largement compensée par le gain de temps ainsi que la tranquillité d'esprit de savoir sa fille tout près.

Cerise sur le gâteau, l'établissement proposait des heures d'étude surveillée et de garde après les heures de classe, ce qui lui permettrait d'aller la chercher en fin d'après-midi sans rater aucun cours.

Afin d'occuper les heures libres de la matinée, Mia décida d'aller faire des courses. Elle installa Alexia sur le siège arrière de sa petite voiture et prit la direction du centre-ville de Little Rock qui n'était qu'à un jet de pierre de la faculté de médecine.

Main dans la main, elles entrèrent dans un grand magasin aux prix raisonnables, à la recherche d'une couette, de draps et de taies d'oreiller qui puissent convenir à une petite fille. Trois quarts d'heure plus tard, elles ressortaient, chargées de sacs volumineux.

Alexia semblait ravie de l'édredon rayé rose, jaune et lavande déniché par Mia sur l'étagère des produits démarqués. Cette dernière se réjouissait de la bonne affaire — 60 % de moins que le prix d'origine. Sur l'argent donné par Connor, il lui était resté suffisamment pour y ajouter des draps pastel, également en liquidation de stocks, ainsi que deux coussins en tissu brillant, un rond, l'autre en forme de cœur.

Elles avaient terminé leurs emplettes par des rideaux en voile rose pâle qu'Alexia avait préféré à des doubles rideaux en tissu lourd.

La contribution personnelle de Mia consistait en une lampe au pied de porcelaine couleur lavande ornée d'un abat-jour à petits pois dont les couleurs reprenaient celles du couvre-lit.

Il ne restait plus qu'à disposer les jouets et poupées d'Alexia sur les étagères et à accrocher quelques reproductions choisies aux murs, et la chambre serait parfaite pour une petite fille de six ans.

— J'aime beaucoup ce que nous avons acheté, déclara Alexia tandis que Mia lui fixait sa ceinture de sécurité. Ma chambre va être vraiment jolie.

— Comme toi.

Ce qui la fit éclater de rire, bien différente de la petite fille triste de la nuit dernière.

Comme convenu, elles retrouvèrent Connor devant la bibliothèque universitaire où il les attendait.

Montant à l'avant, il jeta son sac qui contenait livres et

classeurs ainsi que son ordinateur portable sur la banquette arrière à côté d'Alexia.

— Alors, les filles, qu'avez-vous fait de beau ce matin ? Avez-vous trouvé votre bonheur dans les magasins ?

Un peu plus timide maintenant qu'il était là, Alexia répondit toutefois avec le sourire.

— J'ai un nouveau dessus-de-lit, rose, jaune, vert et mauve. Il est magnifique. On l'a mis dans le coffre.

— J'ai hâte de le voir.

Il adressa un regard à la fois surpris et ravi à Mia qui, comme d'habitude, décrypta parfaitement ses pensées. Après avoir vu Alexia en pleurs cette nuit, il s'étonnait de la retrouver de si bonne humeur.

— Tu seras content d'apprendre que nous avons été très raisonnables car nous avons tout acheté en solde.

— Ah, les mots qu'un homme rêve d'entendre !

Ils déjeunèrent dans un restaurant. Mia et Connor commandèrent des sandwichs et Alexia une soupe poulet-vermicelles.

— Vous avez une très jolie petite fille, leur dit la serveuse. Jolie comme un cœur…

Connor murmura un remerciement.

Sans doute devrait-elle s'habituer à ce que les gens les prennent pour une famille, songea Mia. Ce genre de méprises arriverait chaque fois qu'elle sortirait dans un endroit public avec eux.

Puisqu'il était inutile de rectifier devant des inconnus, il valait mieux s'y résigner. Ce qui ne l'empêchait pas de se sentir un peu mal à l'aise.

Ils arrivèrent à l'école en avance, ce qui leur permit, de la voiture, de jeter un coup d'œil dans le parc, parfaitement entretenu, et les terrains de jeux où tout l'équipement semblait flambant neuf.

Les enfants portaient tous des uniformes, un pantalon kaki et des chemisettes bleu marine, rouges ou blanches pour les garçons et des chemisiers blancs avec des jupes ou des robes chasubles écossaises pour les filles.

— L’endroit semble agréable, commenta Mia à l’intention d’Alexia.

— Pourquoi sont-ils tous habillés pareil ? s’enquit la fillette.

Elle avait débouclé sa ceinture et collé son nez à la vitre.

— Ils portent des uniformes, ma chérie. C’est une manière de montrer qu’ils appartiennent à la même école. Une sorte de signe de ralliement…

— Dans mon école de Springfield, chacun s’habillait comme il voulait.

— Tu vas t’y habituer. Dans la région, le port de l’uniforme est obligatoire même dans les établissements publics. En un sens, c’est bien, car cela élimine le casse-tête du choix de la tenue chaque matin.

— D’accord. Pourrai-je porter un nœud rouge dans mes cheveux comme la fille là-bas ?

— Bien sûr.

Pendant qu’elles bavardaient, Connor parcourait le dossier qu’il avait apporté pour vérifier qu’aucun document ne manquait.

Comme s’il se rappelait soudain un détail important, il leva la tête pour se tourner vers Alexia.

— Je viens de me rendre compte de quelque chose… Comme t’appelait-on dans ton école à Springfield ?

— Alexia. Mon amie Madison m’appelait Lexi.

— Non, ma chérie, je parle de ton nom de famille. Ta tante m’a dit que tu utilisais le nom de ta grand-mère, Caple, mais ton certificat de naissance porte mon nom, Hayes. Alexia Marie Hayes.

Pourquoi le nom de Connor figurait-il sur l’extrait de naissance alors que celui-ci n’avait pas reconnu l’enfant pour la bonne raison qu’il ignorait son existence ?

C’étaient les mystères de l’état civil…

En tout cas, songea Mia non sans irritation, Brandy n’avait pas facilité la tâche de son ex-petit ami en lui cachant sa paternité.

Une critique qu’elle se garda bien de formuler devant l’enfant.

Celle-ci haussa les épaules.

— Ma grand-mère s'occupait des papiers pour l'école. Je ne sais pas sous quel nom elle m'avait inscrite.

— Quel nom écrivais-tu en tête de tes devoirs ? intervint Mia dans le souci de simplifier les choses.

— Caple.

Connor se mordit la lèvre inférieure, visiblement perplexe quant à la marche à suivre.

Mia vola de nouveau à son secours.

— Cela te dérangerait-il de te faire désormais appeler Alexia Hayes, ma chérie ? Je me doute que cela te paraîtra étrange au début, mais les formalités administratives que ton père va devoir accomplir dans les semaines à venir en seront grandement facilitées.

— Alexia Hayes ?

La tête penchée de côté, la fillette répéta plusieurs fois le nom.

— D'accord. Mais il pourra m'arriver d'oublier, ajouta-t-elle, l'air inquiet.

— Bien entendu, cela arrivera, et ce ne sera pas grave, dit Mia, un sourire rassurant aux lèvres. Je t'aiderai à recopier ton nom plusieurs fois dès que nous serons rentrées.

— Alexia Hayes… Ça sonne bien.

Manifestement soulagé de voir le problème se régler aussi facilement, Connor sourit à la fillette.

— Je trouve aussi. On y va ? Il est presque 2 h 30.

Vingt minutes plus tard, Alexia Marie Hayes était inscrite en bonne et due forme en cours préparatoire à la Sunshine Academy.

Connor signa la décharge autorisant Mia à venir chercher Alexia et lui permettant l'accès aux informations du dossier scolaire. Mia aurait le droit de s'entretenir avec les professeurs et l'administration au même titre que Connor et son nom et numéro de portable furent notés à côté des siens dans la case des personnes à joindre en cas d'urgence.

La directrice, Mme Montgomery, une femme au regard bienveillant et à la voix d'adjudant-chef, leur offrit en personne une visite des lieux.

Tout en les guidant dans les locaux, elle leur parla de l'association de parents d'élèves en les encourageant vivement à en faire partie ainsi que des cérémonies de remises de prix mensuelles — prix d'excellence, prix d'honneur, prix de bonne conduite — qui récompensaient non seulement le travail des plus méritants, mais également le comportement des enfants — et assuraient une saine émulation au sein de l'établissement.

Après un tour par la bibliothèque équipée de matériel informatique de pointe, ils traversèrent la cantine au carrelage immaculé et aux fresques murales colorées.

— Voici ta salle de classe, Alexia, dit Mme Montgomery en s'arrêtant enfin devant une porte percée d'une vitre derrière laquelle on apercevait une jeune femme debout devant une vingtaine d'élèves assis à leurs pupitres. Ton institutrice s'appelle Mlle Chen et je crois qu'elle va beaucoup te plaire. Tout le monde l'aime.

Elle frappa à la porte, les fit entrer et les présenta à Amy Chen, une frêle jeune fille qui semblait à peine sortie de l'adolescence, mais devait avoir en réalité dans les vingt-cinq ans.

L'institutrice accueillit Alexia avec l'enthousiasme qui semblait la marque de fabrique de l'établissement puis se tourna vers la classe.

— Dites bonjour à Alexia, les enfants.

— Bonjour, Alexia, répondirent-ils tous en chœur.

— Alexia assistera à son premier cours demain matin, annonça Mme Montgomery à la ronde. J'espère que vous serez gentils avec elle.

— Si elle veut, elle pourra s'asseoir à côté de moi, proposa une fillette aux nattes rousses en montrant la place vide.

— D'accord, Allison, dit Amy Chen. Et je compte sur vous tous pour lui réserver un bon accueil. Allison prendra votre fille sous son aile, ajouta-t-elle en aparté à Connor et Mia. C'est l'élève la plus sociable de la classe. Par sociable, j'entends bavarde..., ajouta-t-elle avec un rire.

Encore une fois, on la prenait pour la mère d'Alexia, songea Mia.

L'heure n'était pas aux rectificatifs. Plus tard, elle trouverait l'occasion de préciser à Amy la nature exacte de sa relation avec l'enfant.

Mia dit donc au revoir aux futurs camarades d'Alexia pour reprendre la visite guidée dans le sillage de Mme Montgomery.

De retour à la maison, Connor porta les sacs dans la chambre d'Alexia.

Aux emplettes effectuées le matin s'étaient ajoutés les uniformes d'école qu'ils avaient achetés dans un magasin spécialisé.

Alexia avait choisi deux jupes et une robe chasuble écossaise ainsi que trois chemisiers, ce qui devrait lui faire toute l'année, leur avait assuré la vendeuse.

Heureusement, avait songé Connor en sortant sa carte de crédit, car le tout coûtait tout de même la modique somme de deux cents dollars et des poussières…

Il admira comme il se doit le dessus-de-lit et les rideaux et les complimenta sur leur choix.

L'air dubitatif, Mia regarda les reproductions destinées à être accrochées aux murs.

— Cela te dérangerait beaucoup qu'on donne un coup de peinture dans la pièce, Connor ?

— Pas du tout.

Lors de son emménagement, il avait conservé le blanc écru d'origine des murs, une couleur neutre qui allait avec tout, mais un enfant avait besoin de couleurs.

— Je trouve qu'un jaune pâle irait bien ici, suggéra Mia Qu'en penses-tu, Alexia ?

— Oh oui, ce serait joli.

— Je ne sais pas quand j'aurai le temps de peindre…

Mia secoua la tête.

— Tu m'as mal comprise, Connor. Nous n'aurons pas besoin de ton aide. J'ai déjà repeint des pièces et le maniement du pinceau n'a aucun secret pour moi.

— Pourrai-je t'aider ? demanda Alexia.

— Absolument. On fera du bon travail, toutes les deux.

Un sourire creusa les fossettes d'Alexia.

— Absolument, répéta-t-elle.

En les voyant s'entendre si bien, Connor ressentit un petit pincement au cœur. Elles étaient devenues très vite amies. Alexia semblait adorer Mia qui le lui rendait bien.

Se sentait-il exclu ? Ou plutôt envieux de la façon dont Mia établissait si naturellement le contact avec les enfants ?

Si tel était le cas, il avait intérêt à se soigner, songea-t-il. Au lieu d'être jaloux de Mia, il devait lui être reconnaissant car leur arrangement semblait fonctionner à merveille à en juger par la rapidité avec laquelle sa fille s'adaptait à sa nouvelle vie.

Non qu'il ne fût reconnaissant à Mia. C'était juste que…

Rien, se dit-il en secouant la tête. Tout allait bien.

— Si vous avez toutes les deux la situation sous contrôle, dit-il d'un ton soigneusement désinvolte, je crois que je vais rejoindre mon groupe de travail. J'ai des cours magistraux à rattraper, et cela me prendra sans doute plusieurs heures.

Mia le congédia d'un geste taquin de la main.

— Va, nous n'avons pas besoin de toi. Si tu n'es pas rentré pour dîner, je laisserai ton assiette dans le four. Préviens-moi si tu restes manger avec tes amis.

— D'accord. Merci, Mia.

Avant de quitter la pièce, il hésita. Devait-il embrasser Alexia pour lui dire au revoir ? Espérait-elle un bisou chaque fois qu'il s'en irait ?

Comme si elle lisait dans ses pensées, Mia posa une main sur l'épaule de la fillette.

— Si tu embrassais ton papa pour le remercier de toutes les jolies choses pour ta chambre ? lui murmura-t-elle à l'oreille.

Assez fort pour qu'il l'entende.

Alexia s'approcha timidement de lui.

— Merci beaucoup pour toutes les jolies choses, répéta-t-elle, docile.

Toujours pas de « papa », mais cela viendrait avec le temps, se raisonna-t-il.

Il se pencha pour lui déposer un baiser sur la joue.

— De rien, ma chérie. À plus tard, d'accord ?

— D'accord, dit-elle, lui tournant déjà le dos pour retourner vers Mia.

5.

— Mia ! Regarde qui j'ai dessiné. Pete… Tu ne trouves pas que ça lui ressemble ?

Mia observa le dessin du chat en peluche.

— On le reconnaît bien. Et j'aime beaucoup la fleur que tu as dessinée à côté de lui…

— C'est un arbre.

— Bien sûr. Où avais-je la tête ?

L'air grave, Alexia admira son œuvre.

— Les chats aiment les arbres. Ils font leurs griffes sur les troncs et y laissent leurs odeurs pour avertir les autres chats que c'est leur territoire. Et puis, ils adorent grimper tout en haut et on est ensuite obligés d'appeler les pompiers pour les redescendre. C'est ce qui va arriver à Pete sur mon dessin. Mlle Chen nous a lu une histoire sur un chat qui était resté trois jours au sommet d'un arbre.

— On entend parfois des histoires de ce genre. Veux-tu que j'accroche ton dessin sur le réfrigérateur ? Cela égaiera la cuisine.

La mine ravie, Alexia la regarda fixer son chef-d'œuvre sur la porte de l'appareil à l'aide d'une petite plaque aimantée, cadeau de courtoisie de la compagnie d'assurances de Mia.

Lors de sa prochaine visite dans leurs locaux, elle penserait à récupérer plusieurs de ces amusants petits gadgets car il y avait de fortes chances qu'Alexia ne s'en tienne pas à *un* dessin.

Connor ne trouverait sûrement rien à redire à une exposition d'art dans sa cuisine.

— On va le montrer à ton papa à son retour. Je suis sûre qu'il l'aimera beaucoup.

— Il n'est pas souvent à la maison, commenta Alexia avec un haussement d'épaules résigné.

Comment prétendre le contraire ?

On était vendredi soir. Depuis une semaine qu'elle logeait sous le toit de Connor, elle avait passé deux fois plus de temps avec Alexia qu'avec lui.

Quand il n'était pas en cours, il se trouvait à la bibliothèque du campus, en labo d'anatomie ou en compagnie de son groupe de travail.

Depuis son emménagement, elle ne l'avait pas aidé une seule fois à réviser car il préférait désormais se tourner vers ses amis.

La croyait-il trop occupée avec Alexia ?

Pourtant, elle avait tout son temps, le soir, après le coucher de la fillette.

— Il travaille très dur, ma chérie. Ce n'est pas facile de devenir médecin.

— Puis-je regarder des dessins animés ? demanda l'enfant que l'absence de son père ne semblait pas chagriner outre mesure.

— Une demi-heure seulement. Le dîner sera bientôt prêt.

— D'accord.

S'emparant de Pete, la fillette fonça vers la salle de séjour. Depuis qu'elle avait pris ses marques dans sa nouvelle maison, elle ne tenait plus en place.

Sur le ton de la taquinerie, Mia lui reprochait parfois de lui donner le tournis, ce qui faisait rire Alexia.

Une affectueuse complicité les liait déjà.

Les rares fois où ils étaient sortis se promener à trois, c'était dans la main de Mia qu'Alexia avait glissé sa menotte comme si cela la rassurait de savoir sa nouvelle amie à son côté.

L'enfant n'embrassait jamais Connor spontanément pour lui dire bonne nuit, et il fallait le lui rappeler.

Quant aux récits de ses journées d'école, elle les réservait exclusivement à Mia qui avait droit à tous les détails — ce qui s'était passé en classe, en cour de récréation, le nombre de bons points qu'elle avait récoltés, les dernières facéties d'Allison, sa voisine de table, une bavarde invétérée qui copiait sur elle, mais qu'elle aimait bien quand même…

Si Connor était peiné de la préférence de sa fille envers Mia, il n'en montrait rien.

Il était gentil et patient avec Alexia, et la taquinait parfois, ce qui ne suffisait toutefois pas à effacer la réserve qui existait entre eux.

Mia espérait qu'avec le temps, ils se rapprocheraient tout naturellement.

Dommage qu'il soit si rarement à la maison.

Mais Mia sentait qu'elle n'avait pas le droit de lui en demander trop. En plus de la trentaine d'heures de cours hebdomadaires, les études de médecine exigeaient un travail titanesque, et il était bien normal que Connor leur donne la priorité puisque son avenir en dépendait.

Peut-être serait-il davantage disponible au prochain semestre.

Alexia était couchée depuis une demi-heure quand Connor rentra ce soir-là, la mine morose. Visiblement, sa journée n'avait pas été bonne.

Mia posa le livre qu'elle lisait et se leva pour aller à sa rencontre.

— Tu as ton air des mauvais jours. Raconte-moi ce qui s'est passé.

Il haussa les épaules.

— J'ai rendu une copie presque blanche à l'examen d'anatomie d'aujourd'hui. Impossible de me rappeler les noms des artères fémorales.

— J'en suis désolée.

— Pas autant que moi, marmonna-t-il, ses doigts fourrageant dans ses cheveux. Ce qui me met en rage, c'est que je m'en souviens parfaitement maintenant que l'examen est terminé — artère iliaque externe, artère circonflexe, artère du quadriceps, artère perforante, artère poplitée, artère fémorale commune, artère fémorale superficielle… J'avais passé toute la nuit à réviser ce chapitre. Pourquoi ai-je eu ce trou de mémoire au moment crucial ?

— Je ne sais que te dire… Sans doute la fatigue et la nervosité l'expliquent-elles en partie. Veux-tu que je t'interroge sur la question ?

— C'est trop tard.

« C'était avant l'examen qu'il fallait le faire », semblait-il sous-entendre.

Ce ne serait pas la première fois qu'il ferait preuve de mauvaise foi car c'était lui qui avait rejeté les récentes offres d'aide de Mia.

— As-tu faim ? Je peux te réchauffer des restes.

Il commença à secouer la tête puis se ravisa.

— J'ai l'estomac dans les talons. Après l'examen, je suis allé directement à la bibliothèque sans m'arrêter à la cafétéria pour un sandwich.

— J'ai fait des côtes de porc avec de la purée de pommes de terre et des choux de Bruxelles. Tu me croiras si tu veux, c'est Alexia qui les a réclamés. Il paraît que sa grand-mère lui en servait souvent.

— Une enfant qui aime les choux de Bruxelles, on aura tout vu…, marmonna Connor en la suivant dans la cuisine.

— J'espère que tu les trouveras à ton goût. Je les ai gratinés avec du parmesan.

— Je ne suis pas difficile. Je mange de tout sauf de la noix de coco.

Il observa le dessin fixé sur la porte du réfrigérateur tandis qu'elle glissait une assiette remplie au micro-ondes.

— Hum… C'est censé représenter son chat en peluche, j'imagine ?

— Gagné. Il s'agit bien de Pete.

— Et cette chose à côté de lui, qu'est-ce donc ? Un chou de Bruxelles ?

— Un arbre, voyons, répliqua-t-elle, l'air faussement indigné. Pete va grimper dans les branches, se retrouver coincé en haut et être sauvé par les pompiers.

— Oh…, dit-il en haussant ses sourcils d'un air sceptique. Étant donné que le chat est deux fois plus gros que l'arbre, ça promet…

— Tu n'as rien compris. C'est un effet de perspective, l'arbre est au loin.

Sa réponse lui arracha un rire.

— Va pour la perspective.

— Je vais faire une provision d'aimants au cas où l'exposition de dessins s'agrandisse. Cela te dérangerait-il de voir les aventures de Pete s'étaler sur les murs de la cuisine ?

Un haussement d'épaules lui répondit.

— Veux-tu un verre de thé glacé ? demanda-t-il en ouvrant le réfrigérateur.

— Volontiers. Je le boirai pendant que tu manges, pour te tenir compagnie.

Après le dessert, un crumble aux pommes fait maison, Connor avait perdu l'air grincheux qu'il affichait à son arrivée.

Ils passèrent dans le salon pour regarder les informations télévisées du soir.

Mia s'installa sur le canapé et Connor, une fois n'était pas coutume, s'assit à côté d'elle au lieu de prendre son fauteuil habituel.

— Je crois qu'ils vont annoncer de la pluie pour demain, dit-elle. On va essayer de ne pas rater le bulletin météo…

— Tu peux arrêter, maintenant.

— Arrêter quoi ? dit-elle en zappant sur une chaîne locale et en baissant le son.

— De bavarder pour me remonter le moral. Je me sens mieux.

Elle lui sourit.

— Alors, je n'aurai pas œuvré en vain.

— Je m'en veux tout de même terriblement pour cet examen raté.

— Un trou de mémoire peut arriver à tout le monde. C'est comme le trac, on n'y peut rien. Tu avais potassé le sujet, révisé toute la nuit, tu n'as donc pas à t'en vouloir. Considère-le comme un accident. Ta moyenne est excellente, pour l'heure, et elle supportera une mauvaise note.

— J'ai l'impression d'entendre ma mère. Ne t'inquiète pas, Mia, je ne vais pas me jeter par la fenêtre de désespoir.

— Pour un suicide, je te conseille de toute façon une maison de plus d'un étage.

Ils éclatèrent de rire.

Sur le petit écran, une présentatrice de journal au brushing impeccable exposait le dernier rebondissement d'un scandale politico-financier impliquant des personnalités en vue de l'Arkansas.

— On est vendredi, n'est-ce pas ? dit-il comme s'il s'en rendait seulement compte maintenant.

Elle confirma.

— Pas d'école demain…

— Non.

— As-tu prévu quelque chose ? demanda-t-il.

— J'ai promis à Alexia de l'emmener au zoo dans l'après-midi s'il ne pleuvait pas. Elle adore les zoos.

— Tu n'as rien de mieux à faire durant ta journée de repos qu'à parcourir les allées d'un zoo en compagnie d'une gamine de six ans ?

— Je me suis engagée à m'occuper d'Alexia durant le week-end, et je le ferai. Quand j'aurai une sortie de prévu ou un empêchement, je te passerai le relais pour jouer les baby-sitters, ainsi que nous en sommes convenus.

— Je me demandais si… euh…

— En fait, cela tombe bien que nous évoquions le sujet car j'aurai besoin que tu me remplaces auprès d'elle jeudi soir, reprit-elle. J'ai une réunion de professeurs. Comme d'habitude, j'irai la chercher à la Sunshine Academy et je la ferai dîner, mais je serai ensuite obligée de repartir à 6 h 30. Tu n'auras pas grand-chose à faire, garder un œil sur elle puis la mettre au lit à 8 heures.

— Bon, d'accord, murmura-t-il d'une voix mal assurée.

— On dirait que je te demande de gravir l'Himalaya ! Je

suis sûre que tu t'en sortiras très bien, Connor. Alexia est très sage. Elle s'occupera toute seule et jouera tranquillement avec ses poupées. Il faudra simplement lui rappeler quand ce sera l'heure d'aller au lit.

— Cela devrait être dans mes cordes. Après tout, je ne peux exiger ta présence tous les soirs. D'ailleurs, si tu veux prendre ton samedi soir pour sortir avec des amis, je… Non, attends, j'ai dit au groupe de travail que je les retrouverai demain soir, mais je peux annuler…

— Surtout pas. Je n'ai aucune sortie de prévu. Quand ce sera le cas, je t'en aviserai.

— Entendu, dit-il, grimaçant, en portant une main à sa nuque.

— Tu as mal au cou ?

— C'est la tension de l'examen qui n'est toujours pas retombée.

— Veux-tu un massage ?

L'hésitation qu'il marqua la surprit.

Elle lui avait déjà massé plusieurs fois le cou et les épaules au sortir de sessions d'études éprouvantes sans qu'il ait jamais manifesté aucune gêne ni réticence à se livrer à ses doigts.

Il agissait de manière étrange depuis qu'elle avait emménagé sous son toit. Pourvu qu'il redevienne vite le bon camarade d'antan.

— Tourne-toi.

Un ordre accompagné d'un geste circulaire du doigt…

Il fallait bien que l'un d'eux tente de briser cette gêne qui s'était sournoisement insinuée dans leurs rapports. Puisqu'il ne semblait pas disposé à le faire, il ne restait plus à Mia qu'à se dévouer.

Il changea de place pour lui présenter son dos.

Enlevant ses chaussures, elle s'agenouilla sur le canapé derrière lui.

— Tes épaules sont nouées, commenta-t-elle en commençant par de petits gestes circulaires. Essaie de te détendre.

— Plus facile à dire qu'à faire.

Elle entreprit de lisser les muscles martyrisés avec application.

— Il va falloir que tu oublies cet échec, Connor. Chacun

a ses bons et ses mauvais jours. La prochaine fois, dis-toi que tu feras des étincelles.

— J'essaie de me raisonner, mais rien n'y fait. Je suis furieux contre moi-même.

— J'ai beau te conseiller de te calmer, à ta place, je réagirais sans doute pareil. Défais le haut de ta chemise afin que je puisse te masser le bas du cou.

Cette fois, il obéit sans hésiter.

Elle enfonça le bout de ses doigts dans la chair chaude et ferme.

— Ça fait mal ?

— Un peu, mais continue.

Elle s'y appliqua donc, lui arrachant de temps en temps un gémissement.

Puis elle passa aux épaules. Elles étaient magnifiques, carrées et musclées, à la peau lisse et bronzée. Elle le savait car elle l'avait vu plusieurs fois passer la tondeuse sans chemise ni T-shirt.

Surgit à sa mémoire l'image de Connor, torse nu, un short tombant bas sur ses hanches, ses cheveux blond-roux brillant au soleil d'août.

— Aïe ! Tu appuies un peu trop fort.

— Désolée.

Sans qu'elle s'en rende compte, son massage était devenu punition, aussi en revint-elle à plus de douceur.

Connor se retourna brutalement.

— Ça ira, merci. Je me sens beaucoup mieux.

Elle était toujours derrière lui et le brusque mouvement de Connor les rapprocha encore.

Soudain, elle fut intensément consciente de la manière dont sa chemise pendait, ouverte, révélant un torse bronzé et un ventre plat.

Elle était si près de lui qu'elle sentait la chaleur de sa peau, si près qu'il lui aurait suffi de se pencher de quelques centimètres pour se coller à lui.

Une pensée qui la fit se reculer si vivement qu'elle aurait basculé en arrière si Connor ne l'avait saisie par la taille.

Il sourit puis son regard s'assombrit tandis qu'il plongeait son regard dans le sien.

— Merci, marmonna-t-elle d'une voix guindée. Tu m'as évité de me ridiculiser en tombant du canapé.

— Je t'ai surtout évité de te fendre le crâne sur la table basse.

— Alors, tu m'as sauvé la vie, mon héros…

Censée être une taquinerie, la remarque tomba à plat.

— Je ne suis le héros de personne, Mia.

— C'était une plaisanterie.

— Très drôle…

Mais il ne riait pas.

Sa bouche n'était qu'à quelques centimètres de la sienne, elle sentait son souffle chaud sur son visage et son propre sang rugir à ses tympans.

— Connor…

Il se rapprocha encore, les yeux luisant d'une lueur intense. Celle du désir ?

— Mia, je…

— Mia !

En entendant le cri d'Alexia, ils s'écartèrent aussitôt l'un de l'autre comme s'ils avaient été sur le point de commettre quelque acte interdit.

— Mia ! cria de nouveau l'enfant. Où es-tu ? J'ai fait un cauchemar.

— Je vais aller la retrouver.

Enfilant ses chaussures, elle se dirigea vers la porte.

— Bonne nuit, Connor, dit-elle sur le seuil. À demain.

— Bonne nuit, Mia.

Elle crut l'entendre jurer tandis qu'elle se hâtait de sortir.

6.

Le lendemain matin, Mia trouva un mot placé en évidence contre la cafetière. Connor y expliquait qu'il allait à la bibliothèque puis qu'il passerait l'après-midi en labo d'anatomie avant de rejoindre son groupe de travail. Il rentrerait tard le soir. En post-scriptum, il avait griffonné quelques mots pour dire bonjour à Alexia.

Qui essayait-il d'éviter ? Elle-même ou sa fille ?

Mais peut-être intentait-elle un mauvais procès à Connor. Après tout, il passait déjà toutes ses journées hors de chez lui bien avant que sa fille ne fasse irruption dans sa vie et qu'elle n'emménage sous son toit.

Il n'y avait donc pas de raison de se sentir visées.

Les prévisions de la météo se révélèrent, hélas, exactes et la promenade au zoo fut annulée pour cause de pluie.

Devant la déception d'Alexia, Mia lui proposa de passer l'après-midi à confectionner des cookies.

Elles venaient de sortir la dernière plaque de biscuits du four quand on sonna à la porte d'entrée.

Mia s'essuya les mains sur un torchon.

— Je vais voir qui c'est. Puis on dégustera nos cookies en regardant *Les Aristochats*, d'accord ?

Un programme déjà validé par Alexia avant la séance de pâtisserie.

— Je vais aller chercher Pete, dit-elle en se dirigeant vers sa chambre. Il aime bien regarder les films avec moi.

Se demandant qui venait leur rendre visite en cet après-midi pluvieux, Mia chassa du revers de la main une traînée de farine sur la manche de son T-shirt puis regarda par l'œilleton.

Elle aperçut un homme d'une soixantaine d'années qu'elle ne connaissait pas.

Curieuse mais prudente, elle ouvrit sans défaire la chaîne de sécurité.

— Que désirez-vous, monsieur ?

Le sourire et la fossette au menton lui donnèrent un indice sur l'identité du visiteur avant même qu'il ouvre la bouche.

— Bonjour. Je suis Duncan Hayes, le père de Connor. Et vous êtes certainement Mia…

Elle s'empressa de défaire la chaîne et d'ouvrir la porte en grand.

— Enchantée de faire votre connaissance, monsieur Hayes. Oui, je suis Mia Doyle. Entrez, je vous en prie.

Laissant son parapluie ruisselant sous le porche, il la suivit dans la salle de séjour en recoiffant de ses doigts à la manière de Connor ses cheveux gris clairsemés.

Sous son bras, il tenait un paquet enveloppé de papier rose taché par la pluie.

— Laissons les formalités au vestiaire, si vous le voulez bien. Appelez-moi Duncan.

Était-il au courant de l'arrangement qu'elle avait conclu avec Connor ? Peut-être en ignorait-il les détails.

— Connor n'est malheureusement pas à la maison. Il participe à une réunion de travail et ne rentrera que tard ce soir.

Le visiteur secoua la tête d'un air désapprobateur.

— Ce garçon n'est plus bon qu'à ça, étudier… J'espérais qu'il profiterait du week-end pour passer un peu de temps avec sa fille, mais je vois qu'il vous a refilé le bébé…

Un parler familier qui semblait caractéristique du personnage, fort sympathique, au demeurant.

— Il m'a expliqué le service que vous lui rendiez. À mon avis, c'est plus qu'un service ! Renoncer à votre appartement pour emménager ici afin de vous occuper de la petite fille… Je ne connais aucune amie qui en ferait autant pour moi.

— J'en retire des avantages, moi aussi.

— Quoi qu'il en soit, je suis venu faire la connaissance de

ma petite-fille. Et la vôtre, par la même occasion, ajouta-t-il avec un charmant sourire.

Il leva le nez pour humer l'air.

— Mmm, je crois que je tombe bien. Mon petit doigt me dit qu'un gâteau vient de sortir du four, il n'y a pas longtemps.

— Vous brûlez, dit Mia en riant. Il s'agit de cookies aux pépites de chocolat. Si vous voulez, je peux vous en servir une assiette avec une tasse de café.

— Inutile de me le demander deux fois. Ça fait une éternité que je n'ai pas mangé de cookies faits maison.

Il promena son regard autour de la pièce.

— Où est la petite ? Alexia ?

— Elle est… Oh ! La voici.

À la vue du visiteur, la fillette qui débouchait dans la pièce s'arrêta net.

— Approche, ma chérie. Viens dire bonjour à ton grand-père, le père de ton papa…

Les yeux arrondis, Pete serré contre elle tel un bouclier, Alexia observa son grand-père, la timidité se le disputant en elle à la curiosité.

— Je n'ai jamais eu de grand-père, jusqu'à présent.

Comme elle ne bougeait pas, Duncan alla vers elle.

— Et moi, je n'ai jamais eu de petite-fille, dit-il en s'agenouillant pour être à sa hauteur. Mais dis-moi, tu es jolie comme un cœur. Tu es tout le portrait de ta grand-mère, la mère de Connor. Elle s'appelait Paulette. Comme elle aurait aimé te connaître !

— Est-elle au ciel ?

Duncan hocha tristement la tête.

— Hélas, oui.

— Mon autre grand-mère est morte aussi.

— Oui, je sais. Je suis désolé, mon poussin. Alors, tu aimes habiter dans cette maison avec ton papa et Mia ?

Alexia tendit le bras pour prendre la main de son amie.

— Oui, beaucoup. On vient de faire des cookies. Nous voulions aller au zoo, mais il s'est mis à pleuvoir.

— Il y aura encore de belles journées avant l'hiver, vous

aurez tout le temps d'y aller. Que dirais-tu de me faire goûter vos cookies ?

Elle acquiesça avec enthousiasme.

— C'est moi qui ai mis les pépites de chocolat et les noix de pécan.

— Mmm, j'ai hâte de les croquer.

Il lui tendit le paquet qu'il tenait sous le bras.

— Tiens… Je t'ai apporté un cadeau pour te souhaiter la bienvenue dans la famille.

Mia prit Pete afin de libérer les mains de la fillette.

L'air grave, celle-ci observa la grosse boîte.

— C'est lourd.

— Pose-le par terre pour l'ouvrir, suggéra son grand-père.

Elle s'assit en tailleur sur le tapis pour déballer le cadeau. En découvrant son contenu, elle releva la tête, la bouche arrondie de surprise.

— C'est un jeu vidéo ?

La mine satisfaite, il acquiesça.

— Plusieurs, ainsi que la console. De nos jours, tous les gamins en ont une, or je savais que ton papa n'en possédait pas. Le vendeur m'a aidé à choisir des jeux pour une petite fille de ton âge.

Mia était aussi surprise qu'Alexia. Elle pensait que la boîte contiendrait une poupée ou quelque autre jouet, certainement pas un cadeau aussi cher. Un jour, en parlant de son père, Connor avait mentionné son extravagante générosité et sa tendance à offrir des présents somptueux et spectaculaires plutôt qu'utiles.

Preuve en était faite.

Comment Connor réagirait-il ? Elle-même était dubitative car elle imposait de strictes limites à Alexia concernant le temps passé devant la télévision.

— C'est l'un de ces nouveaux systèmes qui demandent une participation active de l'enfant pour avancer dans le jeu, ajouta Duncan au bénéfice de Mia. Cela lui permet de faire de l'exercice.

Tout comme le sport ou une simple promenade en plein air,

songea-t-elle. Une opinion qu'elle garda pour elle-même car les intentions de Duncan étaient louables.

— Cela te plaît, Alexia ?

— Oui. Merci beaucoup.

— J'ai réfléchi à la manière dont tu pourrais m'appeler. Papy ou grand-père ne me plaît guère. Pourquoi pas Pop ?

— Pop ? répéta l'enfant en riant. C'est un drôle de nom.

Il lui sourit.

— Un drôle de nom pour un drôle d'oiseau.

Elle rit de nouveau.

Duncan avait fait la conquête de la fillette, grâce à sa gouaille et sa bonne humeur, espérait Mia, et non en raison du cadeau.

Autour d'une tasse de café — de lait pour Alexia — et d'une assiette de cookies, ils passèrent un agréable moment à deviser dans la cuisine.

Faisant feu de tout bois, Duncan les fit rire et Alexia rivalisa bientôt de taquineries avec lui. Mia participa un peu à la conversation par politesse, mais laissa le champ libre au grand-père et à sa petite-fille.

Quel dommage que Connor ne soit pas là pour assister à cette rencontre déterminante dans la vie de sa fille, songea-t-elle. Comme l'avait souligné Duncan, son fils aurait pu consacrer quelques heures à Alexia pour le premier week-end qu'elle passait sous son toit.

Mais peut-être était-il encore contrarié par son examen raté de la veille.

Essayait-elle de lui trouver des excuses, par hasard ?

Duncan resta environ une heure. Puis il se leva pour prendre congé en promettant à Alexia de revenir jouer avec elle.

Mia le raccompagna à la porte.

— J'ai été ravie de faire votre connaissance, Duncan.

— Le plaisir est partagé. Connor m'avait souvent parlé de vous au cours de ces dernières années et cela me démangeait de savoir à quoi vous ressembliez. Il a de la chance d'avoir une amie comme vous ; sans doute ne vous mérite-t-il pas…

— Je vous trouve bien sévère envers votre fils.

— Pas sévère, lucide. Il profite de votre gentillesse. Connor n'est pas un méchant garçon, mais il a tendance à croire que le monde tourne autour de sa petite personne — un défaut qu'il tient de mon père. Ma chère mère, paix à son âme, avait parfois recours à la manière forte pour remettre les pendules à l'heure. Dès qu'il commençait à dépasser les bornes, il en prenait pour son grade, croyez-moi.

— Connor travaille très dur et ce semestre est particulièrement éprouvant. La première année de médecine se révèle encore plus difficile qu'il ne le croyait.

— La médecine a toujours été sa vocation. Il l'a un temps mise de côté en épousant Gretchen qui, voulant garder son petit mari pour elle, s'est bien gardée de l'encourager à poursuivre ses ambitions. Une belle erreur que ce mariage… Heureusement, vous ne ressemblez en rien à Gretchen. Connor ne pouvait mieux choisir, cette fois.

Les joues en feu, Mia s'empressa de le détromper.

— Connor et moi ne sommes qu'amis, rien de plus.

— Bien sûr, répondit Duncan, ironique, en lui tapotant le bras.

Sous le porche, il se retourna vers elle.

— À bientôt, Mia. Prenez bien soin de ma petite-fille, d'accord ?

— Comptez sur moi Au revoir, Duncan.

Elle referma la porte.

Malgré ses protestations, Duncan restait convaincu que Connor et elle étaient ensemble, à l'instar de Natalie et de ses collègues du lycée.

Mais peu lui importaient les commérages. Elle ne s'en était jamais souciée.

Ce qui l'inquiétait bien davantage, c'étaient les sentiments que lui inspirait son meilleur ami, des sentiments qu'elle avait de plus en plus de mal à définir.

Connor rentra vers 22 heures.

Pour ne pas réveiller Alexia, il referma la porte sans bruit puis se dirigea vers la salle de séjour dont il avait vu les lumières en remontant l'allée. Mia s'y trouvait sans doute, en train de lire ou de regarder la télévision.

La vue de ces lumières lui avait procuré un sentiment étrange car il n'avait pas l'habitude de rentrer dans une maison où quelqu'un l'attendait.

Un sentiment étrange mais agréable.

À son entrée, Mia leva les yeux de son livre, sans un sourire, ce qui ne lui ressemblait guère. Peut-être son livre traitait-il d'un sujet austère.

— Bonsoir, dit-il. As-tu eu une bonne journée ?

— Très bonne, merci, répondit-elle d'un ton froid.

Quelque chose n'allait décidément pas…

Qu'avait-il pu faire pour lui déplaire ? Leur dernière conversation remontait à la veille, lors de la séance de massage à laquelle il avait mis fin un peu brutalement. Vingt-quatre heures plus tard, elle ne lui en gardait tout de même pas rancune…

À moins qu'elle n'ait deviné pourquoi il avait agi ainsi, en raison d'une réaction typiquement masculine qu'il n'avait pu contrôler à force de sentir les mains de Mia lui pétrir les épaules. Il avait ensuite pris une douche froide tout en se maudissant pour cette manifestation déplacée de sa libido.

Mais non, impossible, elle ne pouvait s'en douter.

Heureusement, ils avaient été interrompus par l'appel au secours d'Alexia avant qu'il ait eu le temps de céder à ses pulsions et de faire quelque chose qui aurait gâché à tout jamais leur amitié.

Avait-il, par contre, prononcé une parole de nature à blesser Mia ?

— Un problème ?

— Aucun. J'espérais simplement que tu rentrerais avant qu'Alexia soit couchée. Avais-tu donc des cours jusqu'en fin d'après-midi ?

Le reproche à peine déguisé l'irrita.

— J'ai eu dix heures de cours aujourd'hui. Veux-tu vérifier sur mon emploi du temps ?

— Je ne faisais que poser une question. Inutile de monter sur tes grands chevaux…

Il s'écroula sur le canapé.

— Et toi, comment s'est passée ta journée ? Tout va bien avec Alexia ?

— Pour cause de pluie, nous sommes restées à la maison. Nous avons fait des cookies, regardé un film. Et reçu une visite : celle de ton père.

Connor haussa les sourcils.

— Mon père est passé ? Quand ?

— Cet après-midi. Il voulait faire la connaissance de sa petite-fille. Et il n'est pas venu les mains vides…

Du menton, elle désigna une grosse boîte posée par terre devant la télévision.

— Une console vidéo…, lut-il sur le carton. Il a offert une console vidéo à une petite fille de six ans ?

Pourquoi cela le surprenait-il de la part de Duncan ? Celui-ci avait accepté la nouvelle qu'il était grand-père avec un sourire béat, clamant haut et fort qu'il ferait un grand-père formidable. Pour le prouver, il ne dérogerait, hélas, pas à ses règles d'en mettre plein la vue.

Cette console inaugurait une longue série de cadeaux aussi inadaptés que tape-à-l'œil à moins que Connor décide d'y mettre le holà.

— Je ne savais pas comment la brancher à la télévision, ni si tu désirais que je le fasse, alors, j'ai préféré laisser le tout dans son emballage.

Il savait comment installer la console, mais cela attendrait.

— Alexia n'a pas été trop timide avec mon père ?

— Non. En fait, le courant est passé tout de suite entre eux. Elle l'appelle désormais Pop.

— C'est ainsi que j'appelais mon grand-père.

La chaîne de la vie. À présent, c'était son père qui répondait au nom de Pop.

— Ce soir, au moment de se coucher, Alexia a demandé de tes nouvelles.

— Comment ça, de mes nouvelles ?

— Elle veut savoir quand elle te reverra.

— Mais elle me voit tous les jours !

— En es-tu sûr, Connor ? À quand remonte la dernière fois où tu lui as parlé ? Vraiment parlé ?

Il réfléchit. C'était hier soir. Non, hier soir, elle était déjà couchée à son retour. Il devrait s'en souvenir puisqu'elle avait appelé Mia à l'aide, après son cauchemar, alors qu'il avait été sur le point de…

La sueur perla à son front.

— Je crois que c'était hier matin.

— Tu es passé dans la cuisine en coup de vent pendant que nous prenions notre petit déjeuner en nous disant que tu n'avais pas le temps d'avaler ton café et tu nous as lancé « Passez une bonne journée ! » par-dessus ton épaule. C'est ce que tu appelles parler à ta fille ?

— J'avais cet examen d'anatomie.

Celui qu'il avait raté en beauté.

— Je sais. Tu es rentré le soir alors qu'elle était déjà couchée et, ce matin, tu es parti avant son réveil. Maintenant, elle est de nouveau au lit. Si je compte bien, cela fait deux jours pleins que tu ne lui as pas parlé. Tu n'as même pas pris la peine d'aller la rassurer quand elle a eu ce cauchemar.

— C'est toi qu'elle réclamait. Je n'étais pas sûr d'être le bienvenu en entrant dans sa chambre.

Mia secoua la tête d'un air à la fois incrédule et exaspéré.

— Comment veux-tu qu'elle s'attache à toi si elle ne te voit jamais ? Je ne te dis pas de négliger tes études, mais ce n'est tout de même pas la mer à boire de consacrer quelques minutes par jour à sa fille !

Il reçut la remarque comme une gifle. Une gifle méritée. Certes, il aurait pu se justifier pour son absence dans la chambre d'Alexia en expliquant à Mia qu'il prenait au même instant une douche froide afin de calmer le réveil intempestif de ses sens, mais il avait la sensation qu'au lieu de jouer en sa faveur, la vérité ne ferait qu'envenimer la situation.

L'air penaud, il hocha la tête.

— Tu as raison. Je devrais t'aider davantage.

— Il ne s'agit pas de ça. Tout se passe très bien entre Alexia et moi. C'est le père et la fille qui ont besoin d'aide ; vous vous comportez encore comme des étrangers l'un vis-à-vis de l'autre.

— Ça ne fait qu'une semaine que nous vivons sous le même toit, je suis sûr que tout finira par s'arranger.

Une lueur sceptique brilla dans les yeux de Mia.

— Je vais relier la console à la télévision par une prise Péritel puis t'expliquer comment ça marche afin que tu puisses le montrer à Alexia.

— Et si tu t'en chargeais toi-même ?

— J'essaierai de l'intégrer dans mon emploi du temps, répondit-il, de nouveau sur la défensive.

— Je te le conseille.

Elle ne s'était jamais montrée aussi agressive à son égard, et il se sentait à deux doigts de hausser le ton, lui aussi.

Les dents serrées, il s'exhorta à la patience. Tous trois traversaient une période d'ajustement, et ces petites frictions étaient inévitables.

Tout comme sa réaction physique au contact de Mia ?

— Tu me permettras quand même de brancher cette console ?

Sans attendre la réponse, il s'agenouilla près du carton.

Il entendit Mia soupirer. Croyait-elle à de l'entêtement de sa part ? Ou se résignait-elle au *statu quo* ?

— D'accord, reprit-elle au terme d'un long silence. Montre-moi comment ça marche.

Évitant soigneusement son regard, il rabattit le couvercle du carton avec un peu plus de force que nécessaire.

7.

Le dimanche matin, Connor annonça à Alexia qu'il passerait la journée en sa compagnie.

Était-ce sa critique de la veille qui avait porté ses fruits ? se demanda Mia.

Toujours est-il qu'elle se réjouissait de la décision de son ami.

Après le déjeuner, Connor s'installa dans la salle de séjour avec sa fille pour lui expliquer le fonctionnement de la console de jeux, les différents modes d'interactivité, et enchaîna quelques parties dans la foulée.

Mia qui s'était portée volontaire pour la vaisselle écouta avec soulagement les rires en provenance de la pièce voisine. Elle savait qu'il devait travailler pour un examen important à venir la semaine prochaine, mais elle était convaincue que ces deux petites heures qu'il consacrait à Alexia n'allaient pas mettre en danger ses révisions.

Alexia avait semblé contente de déjeuner avec son père. Elle avait répondu sagement à toutes ses questions concernant ses premiers jours d'école et ajouté quelques commentaires spontanés sur son institutrice et ses camarades de classe.

Le dialogue entre eux restait encore un peu laborieux, mais sans doute trouveraient-ils bientôt leurs marques s'ils persistaient dans leurs efforts.

Quant à ses rapports avec Connor, Mia espérait qu'ils retrouveraient leur ancienne camaraderie faite de franchise et de taquineries.

Ce matin, ils avaient fait montre tous les deux d'une politesse exagérée l'un envers l'autre pour essayer de gommer le souvenir de l'altercation de la veille.

Après avoir remis la cuisine en ordre, Mia se dirigea vers la salle de séjour.

Sur le seuil, elle s'arrêta pour observer le spectacle qui s'offrait à ses yeux — Connor et Alexia, debout côte à côte au milieu de la pièce, face à la télévision, une expression d'intense concentration sur leurs visages si semblables, un boîtier blanc de commandes chacun à la main qu'ils déplaçaient en l'air avec des grands gestes qui auraient semblé comiques au non-initié.

Leurs mouvements se comprenaient mieux quand on regardait l'écran où évoluaient des personnages qu'ils avaient fabriqués à leur image et qui reproduisaient leurs gestes.

Quand Connor sautait ou quand Alexia prenait une pose de ballerine, leurs doubles faisaient de même. Mais il ne s'agissait pas de faire le clown car il y avait une partie en jeu avec un parcours exigeant la pratique virtuelle de plusieurs sports et, au bout, la victoire à celui qui rejoindrait le plus vite le camp de base.

Alexia était entièrement concentrée sur la partie, mais Connor, tout en semblant s'amuser, jetait de temps en temps un discret coup d'œil à sa montre. Sans doute pensait-il à ses révisions qui l'attendaient.

Malgré tout, il continuait à jouer, montrant une patience de saint pour expliquer à Alexia tous les secrets du boîtier et la félicitant quand elle appliquait correctement ses instructions.

Si les jeux vidéo étaient un moyen de les rapprocher, alors, vive les jeux vidéo ! songea Mia.

Pour des séances limitées à une heure par jour maximum, avaient-ils décidé d'un commun accord… Même tarif que pour le temps passé devant la télévision.

Ils jouaient depuis une demi-heure quand Connor posa son boîtier sur la table basse.

— Pour une première séance, ça suffira. Tu t'es bien débrouillée, Alexia. Et tu es une championne au bowling.

— C'est un sport que j'aime. Je me suis vraiment bien amusée. Merci.

« Papa », ajouta Mia en son for intérieur. Alexia n'avait pas encore prononcé ce mot une seule fois.

Mais la fillette se tournait déjà vers elle, toute fière.

— Tu m'as vue marquer un *strike* dès le premier essai, Mia ?

— Mais oui, bravo !

— Peut-être voudras-tu jouer avec moi la prochaine fois ? Je parie que tu me battras.

— On verra.

Connor regarda ouvertement sa montre.

— Toutes les bonnes choses ont une fin, mesdemoiselles, il va falloir que je retourne à mes livres. J'ai prévu d'aller travailler à la bibliothèque si ni l'une ni l'autre n'avez plus besoin de moi.

— On n'a plus besoin de toi, répliqua Mia.

Comme Alexia se dirigeait vers la salle de bains, Mia en profita pour faire amende honorable auprès de Connor.

— Désolée pour les reproches que je t'ai adressés hier soir. Je sais que tu fais de ton mieux.

— Tu avais raison, pourtant. Il faut que je passe davantage de temps avec ma fille. Cette première semaine a été éprouvante ; heureusement, tu étais là pour veiller au grain. Je ne te remercierai jamais assez...

Il se pencha pour effleurer sa joue de ses lèvres, comme il l'avait fait des centaines de fois dans le passé.

Alors, pourquoi ce baiser semblait-il différent ? Pourquoi de délicieux frissons parcouraient-ils la peau de Mia ? Pourquoi son pouls s'emballait-il ?

Et pourquoi ne s'écartait-il pas et la regardait-il d'un air intense ?

— À tout à l'heure, dit-il enfin en reculant d'un pas. J'essaierai de ne pas rentrer trop tard.

— Reste à la bibliothèque aussi longtemps qu'il le faudra. Alexia et moi avons amplement de quoi nous occuper.

Après le départ de Connor, Mia posa une main sur sa joue pour caresser l'endroit où il l'avait embrassée.

Puis elle alla chercher son sac dans sa chambre.

Bien que ce ne soit pas prévu, elle irait faire des courses

avec Alexia. Un peu d'air frais lui remettrait sûrement les idées en place.

Connor venait de se garer devant la bibliothèque quand son portable sonna. Le numéro d'appel était celui de son père.

— Bonjour, papa.

— Salut, fiston. J'espère que je ne te dérange pas.

— J'allais à la bibliothèque.

— Qui est devenue ta seconde résidence, si je comprends bien. J'espère que tu n'y passes pas tes nuits. Mia t'a-t-elle parlé de ma visite ?

— Oui. Je viens de passer une demi-heure à jouer avec Alexia aux jeux vidéo que tu lui avais offerts. C'était très généreux de ta part.

— Elle est mon seul petit-enfant. Il est de mon devoir de la gâter.

— Pas trop tout de même.

— Hmm. Je l'ai trouvée adorable et jolie comme un cœur. Et si bien élevée… Avoue que tu as de la chance.

— C'est vrai. Elle ne nous a posé aucun problème jusqu'à présent.

— Elle ressemble à ta mère.

— Un peu.

— Elle a ses yeux, tout comme toi. Paulette aurait été si heureuse d'avoir une petite-fille.

— J'aurais tellement voulu qu'elles se connaissent.

— Le sort en a décidé autrement, fiston. C'est la vie.

— Je suis désolé de n'avoir pas été là pour te présenter Alexia.

— Mia m'a dit que tu étais parti travailler avec ton groupe de camarades.

— Oui, et je suis rentré tard.

— Je sais que ces études sont importantes pour toi, mais veille à ne pas négliger ta fille. Mon grand regret est de ne pas t'avoir accordé suffisamment de temps durant ton enfance. Quand je ne sillonnais pas les routes pour mon travail, j'étais avec mes copains, à jouer aux cartes, à refaire le monde. Et voilà comment on passe à côté de son fils… J'en ai pris pleinement conscience lorsqu'on a perdu ta mère.

La confession de son père prenait Connor au dépourvu. Duncan n'avait pas pour habitude de dévoiler ses états d'âme, lui qui répétait à l'envi que les regrets et les excuses n'étaient qu'une perte de temps.

— Ça va, papa ?

— Mais oui. D'habitude, on désire se repentir quand on est au seuil de la mort, pour alléger sa conscience, mais je te rassure, je suis en pleine forme. Seulement, maintenant que je suis grand-père, je vois plus clairement les priorités et je ne voudrais pas que tu commettes les mêmes erreurs que moi. Mais je te fais confiance, quelque chose me dit que tu seras un bon père.

— Que le ciel t'entende.

— Et puis, Mia sera là pour t'aider. Tout de même, tu es un sacré veinard… Et un cachottier. Tu t'es bien gardé de nous dire que cette amie dont tu nous parlais si souvent était ravissante et que vous étiez si proches l'un de l'autre.

— Que veux-tu dire ?

— Ne me prends pas pour un idiot ! Une femme prête à tout laisser tomber pour emménager chez toi et t'aider à élever ta fille — le gros du travail lui revenant puisque tu n'es jamais là — est plus qu'une simple amie.

Connor s'éclaircit la gorge.

— Je ne vous ai jamais caché qu'elle était ma meilleure amie.

— Ta mère l'était aussi pour moi, ce qui ne m'a pas empêché de l'épouser.

— Écoute, papa…

— Ne t'inquiète pas, je ne vais pas te demander de publier les bans, mais ne laisse pas passer ta chance, c'est tout. On ne trouve pas deux fois une perle comme Mia. Pour la garder, il te faudra peut-être consentir quelques efforts et oublier un instant tes sacro-saintes études.

— Merci de tes conseils, papa, mais…

— Je sais que tu n'en as rien à faire, mais je t'aurai au moins dit ce que je pense. Bon, je te laisse retourner à tes livres. Tu embrasseras notre petite Alexia de ma part. J'ai l'intention de venir la voir souvent si tu n'y vois pas d'objection.

— Aucune. C'est ta petite-fille. Et je serai très content de vous voir proches l'un de l'autre.

— Parfait. Quand tu en auras le temps, envoie-moi une photo d'elle. Je veux la montrer à mes copains la prochaine fois qu'ils sortiront la photo de leurs petits-enfants de leurs portefeuilles.

— Je n'y manquerai pas. Au revoir, papa.

L'enthousiasme de Duncan à endosser son rôle de grand-père surprenait un peu Connor. Peut-être la solitude lui pesait-elle depuis le décès de Paulette ; une solitude que ne parvenaient pas à combler son travail de représentant en pièces détachées pour l'industrie ni ses soirées et ses parties de poker entre copains.

Si seulement Alexia n'était pas arrivée à un moment aussi difficile, songea Connor en descendant de voiture, il aurait sans doute apprécié les joies de la paternité, mais à cette croisée des chemins où il reprenait tout de zéro, il se sentait submergé par le stress et le poids de ses responsabilités.

En entrant dans la bibliothèque, il se demanda — et ce n'était pas la première fois — s'il n'avait pas commis une erreur en voulant reprendre des études à son âge.

Peut-être devrait-il retourner à l'enseignement, ce qui lui faciliterait la vie et lui laisserait suffisamment de temps libre pour s'occuper de sa fille.

Avait-il eu tort d'accepter la proposition de Mia ? De la laisser accomplir tant de sacrifices afin qu'il puisse s'accrocher à son rêve de devenir médecin ? Un rêve peut-être inaccessible.

À trente ans, n'était-il pas trop tard pour entamer des études au long cours ?

Pour l'heure, il était devant la bibliothèque où il poursuivrait son programme de révisions sans rien changer, décida-t-il en balançant son sac en bandoulière sur l'épaule. Plus tard, il réfléchirait à une éventuelle remise en question. Après le prochain examen, peut-être.

C'était le jeudi soir, et Mia arpentait nerveusement la cuisine en jetant un coup d'œil à sa montre toutes les deux minutes. Si Connor n'arrivait pas bientôt, elle allait être en retard à la réunion des professeurs.

Il lui avait promis d'être là à 6 h 30 ; or, il était déjà 35.

— Je pourrais t'accompagner, avait suggéré Alexia. Je serais sage, je m'assiérais dans un coin et je ne te dérangerais pas.

— Je sais, ma chérie. Mais la réunion risque de se prolonger assez tard dans la soirée et cela m'ennuierait de t'obliger à te coucher à des heures indues, d'autant que tu as école demain.

À 6 h 39, la porte de la cuisine s'ouvrit à toute volée.

— Désolé, dit Connor en entrant. Je n'ai pas vu l'heure passer. Tu arriveras à temps pour le début de ta réunion, Mia ?

— Si je pars tout de suite…

— Alors, file !

Ses clés de voiture déjà à la main, elle se pencha pour embrasser Alexia.

— Va te coucher quand ton papa te le dira, d'accord ? À demain matin, ma chérie.

Alexia s'agrippa au bas de la veste de Mia.

— Est-ce que tu viendras me dire bonne nuit si je suis encore réveillée ?

— D'accord. Mais essaie de dormir, sinon, tu seras fatiguée en classe.

— L'heure tourne, Mia, lui rappela Connor. Sois prudente sur la route.

Elle dégagea doucement les doigts d'Alexia de sa veste puis se précipita vers la porte avant que le regard triste de l'enfant ne la fasse changer d'avis.

La réunion avait déjà commencé, Dieu merci avec quelques minutes de retard, et le proviseur en était encore à exposer l'ordre du jour.

Mia s'assit à côté de Natalie, sa collègue et amie, qui lui avait gardé une place.

— Tu n'as rien raté d'important, dit celle-ci. Qu'est-ce qui t'a retenue ?

Mia rangea son sac sous son siège.

— Connor est rentré en retard. J'étais sur le point d'emmener Alexia avec moi.

— Hum…

La note désapprobatrice n'échappa pas à Mia.

— Il est tout de même arrivé à temps, ajouta-t-elle comme si elle se sentait obligée de prendre sa défense.

— À peine… Tu es tellement essoufflée que tu as dû courir sur le parking et monter l'escalier quatre à quatre.

— L'essentiel, c'est que je sois là.

— Si tu le laisses s'en tirer comme ça, il aura une heure de retard la prochaine fois, chuchota Natalie à son oreille. Et la fois d'après, il oubliera complètement, faisant passer ses études avant ton travail. Remets bien les pendules à l'heure, Mia, et dis-lui qu'il n'a pas intérêt à te refaire ce coup.

Le proviseur réclama à cet instant le silence, ce qui dispensa Mia de répondre à sa collègue.

Il était 21 heures quand elle rentra chez Connor.

Épuisée, elle posa ses clés sur la console du vestibule puis se rendit dans la cuisine pour poser la bouilloire sur le feu et se préparer une tisane. Elle avait besoin de se détendre avant de se coucher.

Connor apparut sur le seuil.

— La réunion a-t-elle été fructueuse ?

— Beaucoup de bla-bla et peu de décisions. Comme toujours, la montagne a accouché d'une souris.

Mais son absence aurait été mal vue par la direction du lycée. Ayant travaillé trois ans dans le même établissement, Connor en savait quelque chose.

— Je suis désolé de t'avoir obligée à foncer sur la route, dit-il en s'adossant au comptoir tandis qu'elle sortait une tasse d'un placard. J'ai tout simplement oublié…

— De regarder ta montre, termina-t-elle. La réunion a heureusement commencé avec du retard et je n'ai rien raté d'important.

— La prochaine fois, je ferai plus attention à l'heure.

— Cela m'arrangerait. Veux-tu une tasse de thé ?

— Non, merci, je fonctionne au café ce soir.

— Tout s'est bien passé durant mon absence ? Alexia ne t'a pas posé de problèmes ?

— Elle est restée dans sa chambre à jouer avec ses poupées. Je lui ai proposé de faire une partie de jeu vidéo. « Une autre fois, si cela ne te dérange pas », m'a-t-elle répondu. Alors, j'en ai profité pour avancer dans mes révisions. Elle est allée se coucher tout de suite lorsque je le lui ai demandé et je n'ai pas entendu un seul bruit en provenance de sa chambre, depuis.

Mia versa l'eau frémissante dans sa tasse.

— Je vais aller la voir pendant que ma tisane infuse. Je le lui ai promis.

— D'accord. Et moi, je vais retourner à mes livres.

Comme elle passait près de lui, il l'arrêta par le bras.

— Ça ne se reproduira plus, Mia, dit-il en plongeant son regard dans le sien.

Malgré les bonnes intentions affichées de Connor, Mia ne se faisait pas d'illusions. Cela arriverait de nouveau.

— Je vais aller dire bonne nuit à Alexia, répéta-t-elle en s'écartant de lui.

En quittant la cuisine, elle l'entendit pousser un soupir à fendre l'âme.

8.

En ce mardi de la dernière semaine d'octobre, Connor rentra chez lui épuisé. La fatigue accumulée et le manque de sommeil se faisaient cruellement sentir, son stress atteignait un niveau record et son moral accusait une chute en proportion.

Il commençait à regretter son inscription en faculté de médecine. Jadis, il menait une vie agréable entre ses cours d'éducation physique, les séances d'entraînement de l'équipe de football et les sorties entre amis. À l'époque où il avait des loisirs… Un mot dont il avait presque oublié le sens.

Le diplôme de médecin valait-il la peine de se couper du monde, de passer ses journées à courir derrière le temps et de se soumettre chaque semaine au couperet des examens ?

D'habitude, il pouvait compter sur un membre de son groupe de travail pour le redynamiser, mais aujourd'hui, ils avaient tous semblé aussi découragés que lui. Les plaisanteries de Ron avaient été forcées, lui et Haley s'étaient accrochés à plusieurs reprises pour des broutilles et Haley n'avait pas remonté le moral des troupes étant donné sa propre humeur chagrine. Anne s'était montrée encore plus stressée que d'habitude ; quant à James… Difficile de savoir ce qu'il pensait, mais il avait paru encore plus distant qu'à l'accoutumée.

À son entrée dans le vestibule, l'accueillit le rire flûté de sa fille. Des rires répétés en provenance de la salle de séjour. On semblait bien s'y amuser.

Sentant son humeur s'alléger un peu, il alla voir ce qui les amusait tant. Il avait bien besoin de rire, lui aussi.

Il trouva Mia assise en tailleur par terre, au milieu de la pièce, et Alexia qui dansait autour d'elle, sur les pointes, les bras arrondis au-dessus de sa tête telle une ballerine. Une ballerine à la tenue originale. Un justaucorps, des collants et un tutu roses, complétés par un diadème et des ailes couleur lavande serties de pierres précieuses, tout comme le sceptre en plastique et le gros collier de pacotille qui tintinnabulait à chacun de ses mouvements.

— À quoi joue-t-on, ici ? dit-il, souriant malgré sa fatigue.

Alexia cessa ses pirouettes pour se tourner vers lui.

— C'est mon costume d'Halloween, dit-elle en écartant les bras pour exhiber le tutu dans toute sa splendeur. Mia m'a aidée.

— Tu es une ballerine ?

— Ballerine *et* princesse de conte de fées !

— Je vois.

— Alexia avait du mal à choisir entre les deux personnages, alors nous les avons associés, expliqua Mia. On ajoutera un maquillage pailleté le jour J car elle veut briller comme la fée Clochette.

— Tu fais une très jolie princesse ballerine, ma chérie.

Alexia rougit de plaisir.

— Maintenant, il faut enlever ton costume et te préparer pour aller au lit, reprit Mia. Ce serait dommage d'abîmer les ailes avant le grand soir.

— D'accord.

Sur le seuil du salon, Alexia se retourna pour s'adresser à Connor.

— Tu viendras sonner aux portes avec nous pour demander des bonbons ?

La question le prit de court. Il ne savait même pas quel jour tombait la fameuse fête où les citrouilles s'allumaient sous les porches et les sorcières couraient les rues.

— Quand est-ce, déjà ?

— Vendredi.

— Et tu voudrais que je vous accompagne ?

Alexia hocha timidement la tête.

— Eh bien, d'accord, j'essaierai de trouver le temps… Cela te va ?

— Oui.

Elle sortit, ses ailes brillantes voletant dans son sillage.

Mia remercia Connor d'un grand sourire.

— N'est-elle pas mignonne dans ce costume ?

— Adorable… Où as-tu trouvé le tutu et tout le reste ?

— À la sortie de l'école, nous avons fait quelques courses. Le diadème et le sceptre m'appartiennent. Des élèves me les avaient donnés l'an dernier.

— C'est vrai, je m'en souviens.

Ils l'avaient couronnée Reine des Professeurs. Bien qu'elle fût exigeante avec ses élèves, Mia était aimée de tous. Et lui aussi avait été fort apprécié par les siens, ils lui manquaient. Pourvu qu'il reçoive autant d'estime et de respect dans son métier de médecin. S'il survivait aux années d'études…

— Tu dois être content qu'elle t'ait demandé de nous accompagner. C'était un pas qu'elle faisait dans ta direction, Connor.

Il ne se berçait pas d'illusions. Sa fille préférerait Mia si elle avait à choisir entre eux. Mais cette invitation à se joindre à elles le soir d'Halloween était un début.

— J'essaierai de me libérer. À quelle heure comptez-vous partir ?

— Vers 6 heures. Nous nous limiterons aux maisons de la rue. D'après les décorations que j'ai vues sous leurs porches, ils célèbrent tous Halloween. Ensuite, le programme est déjà arrêté : chocolat chaud et pop-corn devant un DVD de Walt Disney.

Des activités qui prendraient toute la soirée, songea Connor. Mais qui lui permettraient de passer des moments de qualité avec sa fille. Ensuite, il n'aurait qu'à sacrifier quelques heures de son temps de sommeil déjà réduit à la portion congrue afin de rattraper le retard.

— Entendu. Dis-moi seulement que je n'aurai pas à me déguiser…

Elle se mit à rire.

— Tu n'auras pas à te déguiser.

— Ouf ! Les étudiants de première année de médecine ont

prévu d'organiser un bal ce soir-là, mais je n'avais pas l'intention d'y aller. Les masques et l'alcool sont une combinaison dangereuse, si tu vois ce que je veux dire.

— Tout à fait. J'ai assisté à mon lot de soirées Halloween. Sous leurs déguisements, les gens osent parfois des choses qu'ils ne feraient jamais à visage découvert et ces soirées se terminent parfois de manière… intéressante.

— Eh bien, ça se passera sans moi cette année. Je suis père désormais et j'ai intérêt à surveiller ma conduite.

— Aller de porte en porte pour récolter des bonbons avec une petite fille de six ans peut aussi se révéler fort intéressant.

— En tout cas, ce sera une première pour moi.

Vêtue de son pyjama, Alexia revint sur le seuil.

— Je suis prête pour que tu me lises mon histoire, Mia.

— Dis d'abord bonne nuit à ton papa.

Obéissante, elle traversa la pièce. Connor se baissa et reçut un baiser sur la joue.

— Bonne nuit.

— Bonne nuit, princesse, dit-il en lui ébouriffant les cheveux.

Elle pouffa de rire puis s'enfuit vers sa chambre, suivie de Mia.

À sa grande surprise, Connor se rendit compte qu'il souriait jusqu'aux oreilles.

Ce petit intermède avec Alexia et Mia lui avait permis de retrouver un second souffle, songea-t-il en se dirigeant vers sa table de travail. Il en avait besoin car la nuit allait être longue.

Le vendredi soir, Mia s'efforça de rester en retrait pour permettre à Connor de profiter pleinement de la compagnie de sa fille. Jusqu'au bout, elle avait craint qu'il leur fasse faux bond et elle avait été soulagée de le voir arriver, largement en avance, cette fois.

Ils avaient pris des photos avant de sortir. D'Alexia, seule, dans son costume et son maquillage pailleté. D'Alexia et de son papa. D'Alexia et de Mia.

La fillette avait insisté pour en prendre également une de

Connor et de Mia. Le sourire au beau fixe, ils avaient posé patiemment pendant plusieurs minutes en obéissant aux instructions de la photographe en herbe jusqu'à ce qu'elle soit satisfaite de l'image qui s'encadrait dans l'écran de l'appareil photo numérique.

Si Connor pensait à ses études qu'il délaissait, il le cachait bien, songea Mia. Il semblait vraiment prendre du plaisir à se promener en cette douce soirée d'automne. Alexia sautillait entre eux tandis qu'ils allaient de maison en maison. D'autres familles déambulaient également dans la rue, les enfants déguisés courant et jouant entre eux, les parents marchant à quelques mètres de distance, tout en gardant un œil sur leur progéniture.

La plupart des bungalows avaient des citrouilles allumées sous leur porche, signe que les petits démarcheurs d'Halloween étaient les bienvenus. À la vue d'Alexia, les visages s'attendrissaient ou affichaient des sourires indulgents. Et tous de remplir généreusement le sac en tissu rose qu'elle leur tendait.

Qui pourrait lui résister ? Elle était adorable, songea Mia avec une fierté presque maternelle. Et si polie, n'oubliant jamais de remercier pour les friandises qu'elle recevait.

À la fin de la collecte — Mia avait décidé qu'ils s'arrêteraient à la maison du bout de la rue —, le sac regorgeait de bonbons et de sucreries de toutes sortes, chocolats, caramels, marshmallows, boules de coco et autres roudoudous.

Mia fit une grimace en regardant le butin. À elle la tâche ingrate de le saisir pour le répartir en rations qu'elle distribuerait au compte-gouttes. Sinon, c'étaient les caries assurées.

Il n'y avait rien d'étonnant à ce que la clientèle des dentistes augmente de manière spectaculaire dans les semaines suivant Halloween…

— C'est trop de bonbons pour moi toute seule, déclara Alexia. Je les partagerai avec vous deux.

— C'est très généreux de ta part, princesse, répondit Connor. Je ne suis pas difficile en matière de bonbons, alors, s'il y en a que tu n'aimes pas, je serai preneur.

Elle éclata de rire.

— Je n'aime pas les bonbons à la menthe. Tu pourras les avoir.

Pour la première fois, Mia assistait à un dialogue naturel entre le père et la fille. Sans timidité de la part d'Alexia ni formules empruntées de celle de Connor.

Une petite fille déguisée en sirène passa à cet instant dans la rue, des poissons argentés en guise de traîne à sa robe.

Mia tourna la tête pour la suivre du regard.

Ce qui l'empêcha de voir la portion de trottoir surélevée, mais elle entendit par contre le bruit de la chute d'Alexia.

La fillette avait trébuché contre le rebord de pierre et était tombée à plat ventre sur la chaussée. Les bonbons s'étaient éparpillés autour d'elle, le diadème avait roulé dans le caniveau et l'une de ses ailes de fée pendait, brisée.

Sans doute sous le choc, elle ne pleurait pas et restait allongée, sans réaction.

Connor et Mia poussèrent un cri et se précipitèrent vers elle.

— Alexia, ma chérie, tu n'es pas blessée ? demanda Mia en s'agenouillant à côté d'elle.

— Alexia, est-ce que tu vas bien ? dit Connor, de l'autre côté. Dis quelque chose.

À leur grand soulagement, elle bougea.

— Je me suis écorché les genoux, murmura-t-elle d'une voix hachée, le souffle court.

Ils l'aidèrent à s'asseoir sur le bord du trottoir et, à la lueur du réverbère, examinèrent ses genoux. La peau à vif saignait, mais les blessures étaient superficielles, remarqua Mia non sans soulagement. Par contre, elles devaient brûler et piquer.

— Laisse-moi voir tes mains.

Les paumes avaient souffert du contact avec la chaussée. Mia frémit à la vue de la peau arrachée.

— Oh ! Mon poussin, je suis désolée.

Alexia faisait manifestement un effort pour ne pas pleurer.

— J'ai perdu mes bonbons.

— Je vais les ramasser, princesse.

Joignant le geste à la parole, Connor récupéra les friandises enveloppées sous sachet et alla jeter les autres dans la poubelle la plus proche.

— Voilà… Il t'en reste quand même pas mal et tu pourras même en distribuer à tes amies à l'école.

Alexia tendit les bras vers Mia et se blottit contre elle.

— J'ai mal.

— Je sais, ma chérie. On va nettoyer et désinfecter tes blessures dès que nous serons rentrés et cela ne fera plus aussi mal. Ensuite, nous regarderons les *101 Dalmatiens* en buvant du chocolat chaud et en grignotant du pop-corn.

— D'accord, murmura l'enfant dans un sanglot étouffé.

— Tu es très courageuse. Moi, à ta place, je pleurerais comme une madeleine.

— Je ne pleure jamais, répondit Alexia en reniflant.

— Cela fait pourtant du bien de pleurer quand on en a besoin.

— Je n'en ai pas besoin.

— Pourras-tu marcher ou veux-tu que je te porte jusqu'à la maison ? demanda Connor qui tournait autour d'elles d'un air désemparé.

Alexia regarda Mia.

— Tu veux bien me porter, Mia ?

Connor pâlit, prenant la réponse comme un rejet. Mia aurait voulu lui expliquer que les enfants se tournaient vers leur mère quand ils se faisaient mal ou, en l'occurrence, une figure maternelle. Mais ce n'était pas le moment de se lancer dans des discours théoriques. De toute façon, elle n'était pas sûre qu'il la croie.

— Ton papa le fera mieux que moi, dit-elle d'une voix douce. Je vais vous suivre avec le sac de bonbons, les ailes et le diadème.

Non sans réticence, elle quitta les bras de Mia pour passer dans ceux de son père. La jeune femme défit la bride qui fixait les ailes sur les épaules puis alla repêcher le diadème dans le caniveau.

De retour à la maison, elle se mit en devoir de soigner Alexia tandis que Connor s'occupait de préparer chocolat et pop-corn.

Après avoir désinfecté les genoux et les paumes, elle appliqua une crème antiseptique et termina par la pose de sparadraps décorés de personnages de dessins animés. Elle avait apporté une trousse de premiers secours dans ses bagages étant donné la propension des enfants à se faire des bobos et elle se félicitait de son initiative.

Laissant Alexia confortablement installée en pyjama sur le canapé en compagnie de Pete, elle se rendit dans la cuisine pour aider Connor.

Il était en train de verser la poudre de cacao dans le lait chaud.

— Comment va-t-elle ?

— Bien. Elle regarde la chaîne des dessins animés en attendant que nous la rejoignions pour le film.

Ouvrant le four à micro-ondes, il en sortit un bol de pop-corn gonflé à souhait.

— J'ai eu la peur de ma vie lorsqu'elle est tombée. J'ai cru qu'elle s'était cassé quelque chose.

— Moi aussi, j'ai eu très peur.

— Sais-tu ce que j'ai pensé ? Que si elle avait souffert d'une fracture, je n'aurais même pas su quels gestes accomplir pour lui porter les premiers secours. Voilà trois mois que les professeurs nous bourrent le crâne avec toutes sortes de connaissances théoriques, et peux-tu me dire à quoi elles me servent si je suis incapable d'aider quelqu'un allongé dans la rue, victime d'un accident ou d'un malaise ?

Elle posa une main sur son bras.

— Patience, tu n'es qu'au premier semestre de tes études. Bientôt, vous passerez à l'application pratique de toutes ces connaissances. J'espère que tu ne remets pas en question ta reconversion, Connor. Tu feras un bon médecin.

— Je n'en suis pas si sûr. Tout comme je ne suis pas certain d'avoir l'étoffe d'un bon père. La plupart du temps, je n'ai aucune idée de ce qu'il faut dire ou faire, alors que toi, cela te vient naturellement. Face à Alexia, tu es parfaitement à l'aise, comme un poisson dans l'eau, alors que je patauge lamentablement.

Secouant la tête, Mia resserra ses doigts autour du bras de Connor.

— Tu te débrouilles très bien. Rappelle-toi que j'ai un neveu et une nièce que je vois régulièrement, et je passe deux fois plus de temps que toi avec Alexia. Nous accompagner ce soir était une excellente initiative de ta part, Alexia a besoin de te voir plus souvent même si cela doit te prendre du temps sur tes études, et tout indique qu'elle commence à s'habituer à ta présence.

Il posa sa main sur celle de Mia.

— Merci de m'encourager. Quand je pense à la responsabilité qui est désormais la mienne d'élever un enfant, ça me panique.

— Alors, n'y pense pas. Fais les choses naturellement, comme elles viennent.

— Un conseil dangereux…

Soudain, Mia se rendit compte qu'ils n'étaient qu'à quelques centimètres l'un de l'autre et que Connor la regardait de cet air étrange, intense, qu'elle lui avait déjà vu une fois.

— Avec Alexia, bien sûr, précisa-t-elle inutilement.

— Bien sûr… Mia, j'espère que tu sais combien j'apprécie tout ce que tu fais pour ma fille. Et pour moi, ajouta-t-il, ses doigts allant et venant sur les siens en une caresse dont il ne se rendait certainement pas compte. Je n'en veux pas du tout à Alexia de te préférer à moi. Elle t'adore. Et moi, je…

Elle retint son souffle.

La sonnette de la porte d'entrée rompit le charme. À la fois soulagée et déçue de l'interruption, elle s'écarta de Connor.

— Sans doute des amateurs de bonbons, dit-elle en s'efforçant de prendre un ton désinvolte. Je vais m'en occuper. Entre-temps, sers donc une tasse de chocolat à notre princesse en pyjama.

Puis, le cœur battant à deux cents à l'heure, elle s'échappa vers le vestibule.

9.

Un soir, au cours du dîner, Alexia leur dit que sa camarade de classe Allison suivait des cours de danse classique.

Des étoiles dans les yeux, elle leur rapporta le récit qu'Allison lui livrait de ces séances.

Connor et Mia lurent entre les lignes. Alexia rêvait de faire comme son amie, mais par politesse ou par crainte de leur causer des dépenses, n'osait le leur dire.

Après le repas, une fois la fillette couchée, ils décidèrent de l'inscrire à un cours.

Connor refusa fermement la proposition de Mia de payer les leçons.

— Je peux payer pour les leçons de ma fille, merci, répondit-il d'un ton guindé.

L'intention de Mia n'avait pas été de le froisser dans son amour-propre, et elle n'insista pas. Elle achèterait de temps en temps des accessoires et des vêtements de danse — chaussons, collants, justaucorps — à Alexia sans qu'il le sache, ce serait sa contribution.

Pour son anniversaire, la rousse Allison avait prévu d'organiser une petite fête pour ses copines dont, bien sûr, Alexia.

Le lundi suivant, à la sortie de l'école, la maman d'Allison, Betsy, donna l'invitation en bonne et due forme à Mia en ajoutant qu'Allison aimerait bien que ses deux amies préférées, Alexia et Kayla, restent dormir dans sa chambre après la fête, avec la permission de se coucher un peu plus tard que d'habitude, si leurs parents étaient bien sûr d'accord.

Le soir, comme Mia soumettait la demande à Connor, Alexia, oubliant sa timidité, se mit à plaider avec éloquence sa cause.

— J'aimerais beaucoup passer la nuit chez Allison. On jouera au Monopoly, au Cluedo... Les armoires de ses grandes sœurs sont pleines de vêtements qu'elles ont promis de nous laisser essayer — on fera un défilé, pour rire. Et puis, Ally a un chien, Sookie, avec lequel on pourra jouer. S'il vous plaît, dites oui...

— Ce sera la première fois que tu dormiras hors de la maison, remarqua Mia. Tu n'auras pas peur ?

Alexia haussa les épaules.

— Pas du tout. J'ai déjà dormi dans toutes sortes d'endroits différents.

Mia avait tendance à oublier qu'à son jeune âge, Alexia avait déjà vécu pas mal d'expériences éprouvantes.

Ce fut Connor qui se montra le plus réticent.

— On ne connaît pas ces gens, dit-il à Mia. Es-tu sûre qu'Alexia sera en sécurité chez eux ?

— Je connais Betsy, la mère d'Allison — je la croise régulièrement à la sortie de l'école et, la semaine dernière, nous avons attendu Alexia et Allison ensemble dans la salle réservée aux mamans au cours de danse — et je peux t'assurer que c'est une mère exemplaire qui encadre fort bien son feu follet de fille. Je suis sûre qu'elle veillera sur ses petites invitées. Mais si tu es contre...

Connor secoua la tête.

— Je ne veux pas empêcher Alexia de s'amuser. C'est juste qu'à six ans, elle me semble un peu jeune pour passer la nuit chez ses amies... J'accepte, à condition qu'Alexia puisse revenir si elle change d'avis, même en plein milieu de la nuit, et j'irai la chercher moi-même.

Le vendredi suivant, Mia conduisit donc Alexia chez les Porterfield.

Elles furent accueillies sur le perron par trois gamines déchaînées — Allison, Kayla et Tammy — flanquées d'un chiot tout aussi exubérant.

Les fillettes entraînèrent Alexia vers la chambre de leur hôtesse, suivies par une petite boule de poils jappant joyeusement.

— La soirée ne sera pas de tout repos, dit Mia à Betsy qui s'affairait dans la cuisine.

Lui montrant le gâteau et les assiettes de friandises faites maison qui s'alignaient sur la table, Betsy lui adressa un sourire.

— Je suis prête. J'ai une collection de DVD et de jeux qui devraient les occuper un moment. Quand elles s'en lasseront, je leur proposerai une chasse au trésor. J'ai déjà préparé des indices sur des bouts de papier qu'elles tireront au sort d'un chapeau ; le trésor — une poupée Barbie vêtue de sa robe de bal — est caché sous l'escalier, termina-t-elle en baissant la voix. Celle qui la trouvera pourra l'emporter. Pas un mot, bien sûr…

Plaçant son index sur ses lèvres, Mia fit signe qu'elle serait muette comme une tombe.

Puis elle donna à son hôtesse un papier où elle avait noté le numéro de téléphone de la maison de Connor ainsi ceux de leurs portables.

— Tout ira bien, l'assura Betsy tandis que des éclats de rire montaient du fond du couloir. Merci d'avoir permis à Alexia de venir.

Tout au long du trajet de retour, Mia se répéta qu'Alexia était en de bonnes mains.

En s'engageant dans l'allée, elle vit que la voiture de Connor n'était pas sous l'auvent. Sans doute se trouvait-il avec son groupe de travail.

Tout indiquait qu'elle passerait son vendredi soir seule. Peut-être n'était-il pas trop tard pour appeler Natalie et voir ce qu'elle faisait.

Comme elle hésitait, Connor arriva.

— As-tu déjà déposé Alexia chez les Porterfield ?

— Oui. Je crois qu'elle va beaucoup s'amuser. À son retour, sans doute aura-t-elle du sommeil à rattraper et un taux de glycémie un peu élevé, étant donné l'étalage de sucreries que j'ai vu, mais tout rentrera dans l'ordre en quelques jours.

— Si tu le dis…

Il se baissa pour ramasser une poupée de chiffon qui traînait dans la salle de séjour.

— La maison paraît vide sans Alexia, dit-il en posant la poupée sur la table basse.

— L'avantage, c'est que tu vas pouvoir travailler sans interruption.

L'air indécis, il se passa une main dans les cheveux.

— Tu sais quoi ? J'ai envie de sortir. Pourquoi n'allons-nous pas au restaurant ? Ou au cinéma ? À moins que tu n'aies d'autres projets ?

Ravie de la proposition, elle secoua la tête en souriant.

— Je suis libre comme l'air.

— Alors, on s'offre une soirée entre adultes ?

— Rien ne pourrait me faire plus plaisir.

Et cela ferait également beaucoup de bien à Connor qui frôlait le surmenage.

— Je te laisse te faire belle et on se retrouve dans la cuisine dans dix minutes ?

— Entendu.

En se brossant les cheveux dans sa chambre, Mia remarqua que sa main tremblait un peu.

Pourtant, elle n'avait aucune raison de se sentir nerveuse. Au cours des années passées, elle était sortie des dizaines de fois avec Connor et leurs amis communs.

Rien n'avait changé, hormis le fait qu'ils habitaient désormais sous le même toit.

Comme ils avaient tous deux déjeuné tard et n'avaient guère faim, ils décidèrent d'aller à la séance de cinéma de 20 heures et de dîner ensuite. Leur choix se porta sur une comédie couronnée de bonnes critiques qui était à l'affiche depuis quelques semaines.

Avant le début du film, ils mirent tous deux leurs portables en mode vibreur au cas où Betsy ou Alexia essaieraient de les joindre.

Le film tint toutes ses promesses et ils rirent fréquemment.

Malgré tout, Mia ne put s'empêcher de jeter des coups d'œil à sa montre et de se demander si tout se passait bien chez les Porterfield, si Alexia s'amusait, si plus tard, elle pourrait trouver le sommeil dans la chambre d'Allison sans faire ces cauchemars auxquels elle était sujette.

Ils dînèrent ensuite dans un restaurant chinois aux prix abordables.

En dégustant des raviolis à la vapeur, ils commentèrent le film puis la conversation dériva tout naturellement vers Alexia. Au café, Mia se rendit compte qu'ils n'avaient parlé que d'elle.

— Euh… Comment vont tes camarades du groupe de travail ? s'enquit-elle, histoire de changer de sujet.

Connor esquissa une grimace.

— Tout le monde est sur les rotules. Vivement les vacances de Noël…

— Tu sens de la tension entre vous ?

— Un peu. Nous sommes fatigués, stressés, un rien suffit à nous irriter. Ron et Haley se cherchent sans cesse querelle, mais j'espère qu'ils reviendront à de meilleures dispositions après les vacances. Notre groupe a si bien fonctionné jusqu'à présent que ce serait dommage qu'il se scinde ou qu'il y ait des dissensions.

— Pas étonnant que les nerfs craquent avec le manque de sommeil associé au rythme infernal de vos examens.

— L'autre jour, un conseiller psychologique nous a tenu un discours fort vertueux, nous disant de nous reposer, de bannir l'alcool et le tabac et de rendre régulièrement visite à nos familles afin de contrebalancer le stress des études. Si nous nous sentions dépassés, il ne fallait pas hésiter à venir consulter au centre médico-social…

— Des conseils plutôt judicieux, non ?

— Sauf qu'au cours suivant, on nous a rappelé le calendrier des examens à venir, ainsi que le programme des conférences auxquelles il faut absolument assister, en plus des TD et des cours magistraux. À la fin, sans doute pour bien enfoncer le clou, le professeur a énuméré les coefficients des différentes matières et celles pour lesquelles une note en dessous de la moyenne nous disqualifiera d'office pour le passage en seconde année. 9 sur 20 en anatomie générale, par exemple, et on est éliminé…

Au fur et à mesure qu'il parlait, son visage se crispait. Sous les néons du restaurant, Mia distinguait clairement les rides autour de ses yeux et de sa bouche. Existaient-elles avant les études de médecine ? Elle ne les avait pas remarquées, en tout cas.

— Il ne faut pas te décourager, Connor.

— Admets qu'il y aurait de quoi. Il paraît que 90 % des étudiants en médecine sont tentés d'abandonner au cours des deux premières années.

— C'est vrai pour la plupart des gens qui entreprennent des études au long cours. À mesure que le cursus se complique, ceux qui n'ont pas la motivation ou la force nécessaires pour tenir le rythme lâchent en cours de route. On pourrait l'assimiler à la sélection naturelle chère à Darwin. Ce sont les plus forts et les plus endurants qui survivent. Profite des vacances pour bien te reposer et tu retrouveras ton second souffle.

— Oui, maman. Je me plains, je m'apitoie sur mon sort… Tu dois me trouver pénible, n'est-ce pas ?

— Pas plus que d'habitude, répondit-elle, taquine.

Il éclata de rire et elle l'imita, heureuse d'être parvenue à le détendre.

— « Nystagmus » ? s'enquit Mia. Es-tu sûr que ce mot existe ?

Installés dans la salle de séjour, ils étaient en train de jouer au Scrabble.

— Il s'agit d'une anomalie oculaire qui se manifeste par des mouvements involontaires et saccadés des yeux, un peu comme quand on suit la balle dans une partie de tennis, sauf que là, il n'y a pas de balle.

L'air satisfait de lui, il nota le score. La chance lui souriait car le Y occupait une case qui comptait triple.

Elle poussa un soupir.

— Ce n'est pas juste d'utiliser la terminologie médicale.

— Dis donc, n'est-ce pas toi qui as ajouté *qua* à mon *train* ? Or, je te signale que quatrain est un terme littéraire. Chacun lutte à armes égales, avec son jargon.

— Il y a tout de même davantage de noms longs et compliqués en médecine qu'en littérature…

— Ta faute… Tu n'avais qu'à choisir médecine.

Sa mauvaise foi triomphante la fit rire.

Quel plaisir de se taquiner comme avant, songea-t-elle en se levant pour aller remplir sa tasse vide.

— Je vais me servir un autre thé. En veux-tu un ? proposa-t-elle. Ou quelque chose à manger ?

— Non, merci. Nos raviolis étaient copieux.

Il se leva et s'étira, arrachant une protestation à ses muscles tendus comme un arc depuis des jours.

Mia revint les mains vides. Sans doute avait-elle changé d'avis.

Elle resta debout à l'observer tandis qu'il remuait prudemment le cou de gauche à droite.

— Tu avais besoin de te détendre, n'est-ce pas ?

— Oui. Je me sens mieux. Il était temps que je m'offre une soirée de repos.

— C'est ce que je te répète depuis des semaines.

— Comme toujours, tu avais raison.

Sans réfléchir, il enroula le bras autour des épaules de Mia pour l'attirer contre lui.

— Merci pour me tenir compagnie, ce soir.

Elle lui rendit son accolade avec la même désinvolture.

— Tu m'as évité un plateau-repas devant la télévision, et c'est moi qui te remercie.

La peau de Mia était douce et chaude contre la sienne. Elle ne portait jamais de parfums capiteux, seule une légère senteur de gardénia s'exhalait de ses cheveux.

Il n'avait pas envie de la relâcher. Comme la chaste étreinte se prolongeait, elle leva la tête vers lui d'un air intrigué.

— Connor ?

Le rouge à lèvres qu'elle avait appliqué avant de sortir s'était effacé depuis longtemps, et ses lèvres avaient repris leur couleur rose naturelle. Elles étaient entrouvertes, lui permettant un aperçu de ses dents et de sa langue.

Le sang courut plus vite dans ses veines.

Sans doute comprit-elle la nature de l'émotion qui le submergeait car son sourire disparut et son regard s'obscurcit. En un geste inconscient, elle passa sa langue sur ses lèvres, ce qui ne fit qu'accentuer la force de la vague qui déferlait en lui.

— Connor ? répéta-t-elle dans un souffle.

Plus tard, peut-être, il tenterait de se justifier, de trouver une explication plausible pour ce qu'il était sur le point de faire. Mais pour l'heure…

Il se pencha vers Mia pour s'emparer de sa bouche.

10.

Ce n'était pas la première fois qu'ils s'embrassaient. Leur amitié était tactile, faite d'accolades, de baisers sur la joue et même sur la bouche — le genre de bécots légers que les amis échangeaient entre eux.

Ceci était différent.

Mia s'accrocha à la chemise de Connor car elle avait l'impression que le sol se dérobait sous ses pieds, que la pièce se mettait à tourner autour d'elle. Plus rien ne serait pareil après ce baiser.

Il exprimait sans aucune ambiguïté le désir. Celui de Connor à son égard.

Était-ce nouveau ou ce désir avait-il toujours existé, caché soigneusement derrière une camaraderie de façade ?

Autant se l'avouer. Elle le désirait tout autant.

Sa main s'était emmêlée dans ses cheveux qu'elle avait déjà caressés souvent sur le mode taquin pour les domestiquer, les lisser. Cette fois, elle n'éprouvait pas du tout les mêmes sensations en glissant ses doigts dans les boucles rebelles et soyeuses.

L'ombre de barbe de Connor lui frotta agréablement le visage quand il inclina la tête pour mieux l'embrasser.

Un baiser passionné.

Mia s'enflamma. Tandis que son cerveau était occupé à cataloguer ces réactions, son corps, lui, répondait à l'appel de celui de Connor sans se poser de questions.

Elle se cambra contre lui pour se blottir dans sa chaleur et sa force.

L'interprétant comme un encouragement à aller plus loin, il approfondit le baiser.

Quand il s'écarta enfin, elle resta à le regarder, les joues en feu, la poitrine haletante, sans rien trouver à dire.

Des formules convenues existaient-elles pour des situations de ce genre ?

Visiblement aussi désemparé qu'elle, il la dévisageait en silence.

L'outremer de ses yeux avait viré au noir, le sang avait afflué à ses joues et à son cou, et ses cheveux dérangés par les doigts de Mia lui retombaient sur le front.

Il était beau comme le péché, si séduisant qu'elle fut saisie de l'envie folle de l'entraîner sur la surface horizontale la plus proche.

Une envie à laquelle elle résista de toutes ses forces. Avec succès.

Plus rien ne serait comme avant entre eux. Leur relation platonique avait vécu.

Ce qui signifiait qu'ils se trouvaient désormais devant un dilemme.

Connor toussa pour s'éclaircir la gorge.

— C'était…

Merveilleux ? Une erreur ? Un moment d'égarement ?

Le cœur battant, elle attendit qu'il termine sa phrase.

— Inattendu…, dit-il, un pli amer aux lèvres. Je te jure que je n'avais rien prémédité.

— Moi non plus.

Sa propre voix résonna de manière si rauque à ses oreilles qu'elle la reconnut à peine.

— Je crois que j'avais envie de le faire depuis très longtemps.

— Tu *crois* ?

— J'en suis sûr. Es-tu fâchée contre moi ?

— J'aurais mauvaise grâce de le prétendre alors que j'ai participé aussi activement que toi. Il n'en reste pas moins que…

— Ce n'était pas une bonne idée, termina-t-il en peignant ses cheveux de ses doigts pour les remettre en place.

— Pas une bonne idée du tout si nous voulons continuer comme par le passé.

— Poursuivre une relation platonique, Mia… Purement amicale, sans ambiguïté.

Bien qu'elle doutât de l'absence d'ambiguïté, elle acquiesça.

— Dans les grandes lignes, tu l'as bien résumé.

Plongeant ses mains dans les poches de son jean, il l'observa d'un air impénétrable.

— Y avais-tu déjà pensé, à nous deux ? À la possibilité d'être un jour plus que des amis ?

Elle baissa la tête vers ses mains qu'elle avait croisées pour cacher leur tremblement.

— Cette pensée me traversait l'esprit de temps en temps.

— Et… ?

— Pour te dire la vérité, elle m'inspire une peur bleue.

— Pourquoi ?

— Parce que nous avons tous deux collectionné les échecs en matière de relations amoureuses, Connor. Je n'ai jamais été capable de maintenir des liens d'amitié avec mes ex-fiancés. Or, tu comptes beaucoup trop pour moi pour que je prenne le risque de te perdre en cédant à la curiosité, à l'appel de mes hormones, à la proximité permise par la cohabitation ou à toute autre excuse que nous pourrions trouver.

Sa franchise sembla le surprendre.

— Des arguments de poids, commenta-t-il.

— Je trouve aussi.

— Et pourtant…

Et pourtant, sachant tout cela, ils s'étaient embrassés. Avec une passion dont de petites flammes brûlaient encore en elle, ne demandant qu'à se ranimer au moindre contact.

— C'est sûr que tout semble se liguer contre nous. La situation ne se prête guère à un changement.

— Exactement, dit-elle aussitôt. Tu as des années d'études devant toi, des études contraignantes qui te laisseront à peine le temps de souffler, et certainement pas celui d'entretenir une relation amoureuse à l'issue de surcroît incertaine. Moi, j'ai de mon côté des objectifs précis de carrière. Et puis, il faut songer à Alexia qui a déjà connu suffisamment de bouleversements dans sa vie et à qui nous avons promis un environnement stable et calme. Notre arrangement me semble fonctionner plutôt bien jusqu'à présent et il serait risqué d'y apporter une transformation. Elle ne comprendrait pas que sa nourrice, baby-sitter et complice de jeux devienne la petite amie de son père.

— Cette cohabitation où tu joues les nourrices est de toute façon provisoire.

— Ainsi que nous en sommes convenus dès le départ. Elle durera environ deux ans, le temps que tu aies franchi les barrages les plus difficiles dans tes études, et que, moi, je sois prête à entamer mes recherches pour mon doctorat. Quand la relation père-fille sera bien installée entre vous, on cherchera quelqu'un de confiance pour garder Alexia après l'école et je vous quitterai.

— Alors, tu préconises de faire comme si rien ne s'était passé entre nous ?

Elle haussa les épaules.

— Soyons réalistes, cela me paraît difficile. Considérons ce baiser comme un agréable interlude qu'il vaut mieux ne pas répéter pour toutes les raisons citées. Et dans notre intérêt à tous les trois…

Une expression amère s'inscrivit sur le visage de Connor.

— Le sage a parlé.

Se moquait-il d'elle ?

— Connor…

Les mains levées, les paumes en l'air, il recula.

— Comme toujours, tu as raison. Merci pour m'avoir accompagné au cinéma et au restaurant, cette pause m'a fait le plus grand bien. À présent, je vais retourner à mes livres. Je serai dans ma chambre si tu as besoin de moi.

Il tourna les talons avant qu'elle ait le temps de répondre. Deux secondes plus tard, elle entendit la porte de la chambre claquer.

La testostérone était responsable pour ce mouvement d'humeur, songea-t-elle.

Pour dire les choses crûment, il était difficile pour un homme excité sexuellement de revenir à la normale en quelques minutes. Non que les femmes soient exemptes de ce problème, elle en était la preuve vivante.

Mais ils avaient pris la bonne décision. Dès qu'il se serait calmé, Connor en conviendrait et lui serait peut-être même reconnaissant de leur avoir évité un faux pas qu'ils auraient regretté toute leur vie, s'ils étaient allés plus loin qu'un baiser...

Les joues en feu, elle se dirigea vers la cuisine pour se préparer une camomille. Il faudrait un miracle pour qu'elle puisse dormir, mais la tisane l'aiderait au moins à se détendre.

Noël approchait à grands pas. Les journées de Mia étaient bien remplies entre ses cours, les réunions professorales de fin de trimestre, les conseils de classe, les fêtes de fin d'année à l'école d'Alexia et au cours de danse. Sans oublier les expéditions marathons dans les magasins, les pâtisseries de saison à confectionner, les séances d'emballage de cadeaux, et les visites chez les uns et les autres pour les offrir.

La veille de Noël, elle et Alexia assistèrent à une messe aux chandelles.

Puis elles rentrèrent rejoindre Connor et Duncan pour le dîner que Mia avait préparé.

Pop gâta outrageusement sa petite-fille avec des présents plus extravagants les uns que les autres. Connor et Mia ne furent pas oubliés dans la distribution avec respectivement une cravate de couturier et un flacon géant d'un parfum très haut de gamme.

Mia offrit en retour à leur invité une écharpe en laine cachemire ainsi qu'une paire de gants au cuir souple et moelleux.

S'entendant comme larrons en foire, Alexia et Pop passèrent une partie de la soirée à jouer à quatre pattes sur le tapis du salon avec tous les jouets qu'il lui avait offerts. Expert en modes d'emploi et en maniement de piles, Pop les fit tous fonctionner sans problèmes, du panda qui mâchouillait des feuilles en poussant des soupirs extatiques à la poupée qui riait quand on lui chatouillait le ventre.

Après son départ, Mia mit une Alexia encore très excitée au lit en lui rappelant qu'il fallait dormir si elle voulait que le Père Noël passe dans la nuit.

— Ma mère me disait la même chose, remarqua Connor tandis qu'agenouillés au pied du sapin, ils disposaient les cadeaux, une demi-heure plus tard. J'imaginais le Père Noël qui rôdait autour de la maison et m'épiait par la fenêtre, attendant que mes yeux se ferment pour descendre dans la cheminée.

— Un Père Noël rôdeur ? dit Mia en riant. Cela fait froid dans le dos.

— Mais cela fonctionnait. Je serrais fort les paupières et je finissais par m'endormir.

— Es-tu sûr de ne pas vouloir nous accompagner chez ma famille demain, pour le repas de Noël ?

Elle se redressa pour s'asseoir sur ses talons et le supplier du regard.

— Alexia serait heureuse d'être avec son papa, ajouta-t-elle.

— Elle ne remarquera même pas mon absence, dit Connor d'un ton désinvolte en évitant son regard. Tes parents auront certainement prévu des cadeaux à son intention et elle passera l'après-midi à jouer avec ta nièce et ton neveu. Pendant ce temps, j'en profiterai pour me préparer au cours de neurologie.

Un cours qui ne devait commencer que dans une semaine, songea Mia.

Encore une fois, il utilisait ses études comme prétexte pour ne pas les accompagner.

Ou ne pas l'accompagner, elle ?

Tenait-il à garder ses distances avec elle — et sa famille — depuis qu'ils étaient convenus de s'en tenir à une relation strictement amicale ?

Le « faux pas » de l'autre soir ne s'était pas renouvelé, ce qui n'en effaçait pas pour autant le souvenir dans l'esprit de Mia, celui des bras de Connor autour d'elle, de la magie de ses lèvres…

— Cela m'ennuie de t'enlever ta fille, le jour de Noël.

Un haussement d'épaules lui répondit.

— Ce ne sera que pour quelques heures, n'en fais pas une montagne… Elle et moi aurons notre moment spécial au petit déjeuner, quand elle ouvrira ses cadeaux. Je vous suis reconnaissant, à toi et à ta famille, d'inclure Alexia dans vos festivités. Elle aurait eu le cœur brisé de ne pas être avec sa chère Mia à Noël.

Sous le ton badin, elle décela une certaine amertume. Bien que la fillette se fût rapprochée de son père et semblait désormais à l'aise en sa présence, elle ne l'appelait toujours pas papa et continuait à montrer une nette préférence envers Mia, au point que c'en était parfois gênant.

Était-ce sa faute ? S'impliquait-elle trop dans la vie d'Alexia et excluait-elle ainsi Connor, sans le vouloir ?

Peut-être devrait-elle commencer à prendre ses distances. Mais elle craignait de blesser Alexia. D'autant que Connor n'aurait probablement pas le temps de prendre le relais pour combler le vide.

— Mia, cesse donc de t'inquiéter, reprit-il en se relevant. On va tous passer un merveilleux Noël, tu verras.

Forçant un sourire sur ses lèvres, elle hocha la tête.

Mais elle était loin d'être heureuse. Il lui manquait quelque chose qu'elle préférait ne pas nommer. Même pas dans le secret de son cœur.

11.

Un soir de fin janvier, Mia était occupée à mettre Alexia au lit quand le portable de Connor sonna. Relevant la tête de son livre, il regarda le numéro d'appel et reconnut celui de Patricia Caple.

Sa première pensée fut que la tante d'Alexia cherchait à récupérer sa nièce. Puis il s'efforça de se raisonner. Il était le père de la fillette et le juge des familles lui en avait accordé la garde exclusive. Personne ne pouvait la lui reprendre.

— Allô ?

— Bonjour, Connor. C'est Patricia Caple, la tante d'Alexia.

— Je sais qui vous êtes, Patricia, je ne vous ai pas oubliée, répondit-il, un peu amusé. Comment allez-vous ?

— Bien. Et Alexia, comment se porte-t-elle ?

— Tout va très bien. Son institutrice se félicite de ses progrès ; Alexia s'est fait beaucoup d'amies à l'école et suit des cours de danse classique.

— Elle est heureuse, alors ?

— Je crois, oui.

— Ma mère aurait été soulagée de l'apprendre. Et ma sœur aussi.

« Et pas vous ? », faillit demander Connor.

— Voulez-vous parler à Alexia ? Elle vient de se coucher, mais ne dort sûrement pas déjà. Elle aimerait beaucoup vous…

— Non, merci. Je voulais juste m'assurer que tout allait bien. Je vous ai dit que je ne voulais plus jouer de rôle dans sa vie à partir de maintenant et je n'ai pas changé d'avis. Ce qui ne signifie pas que je ne pense pas à elle de temps en temps…

Connor ne parvenait pas à comprendre cette femme. Comment

pouvait-elle tirer un trait sur sa propre nièce ? De surcroît une adorable et intelligente enfant comme Alexia ?

— Mon invitation à venir lui rendre visite tient toujours si vous changez d'avis.

— Merci. Je ne vais pas vous retenir plus longtemps. Au revoir, Connor, et prenez bien soin d'elle.

— Comptez sur moi.

Il n'avait pas terminé sa phrase qu'elle avait déjà raccroché.

À cet instant, Mia entra dans la pièce, les bras chargés de vêtements pour le lave-linge.

— Je vais faire une machine de jeans. Si tu en as…

— Ils sont dans la panière à linge. Sais-tu qui vient d'appeler ? Patricia Caple.

L'air soudain inquiet, Mia s'arrêta net.

— Que voulait-elle ?

— Prendre des nouvelles d'Alexia, savoir si elle s'habituait à sa nouvelle vie.

— Ah oui ? Pourquoi n'a-t-elle pas demandé à lui parler ?

— Je le lui ai proposé, mais elle a refusé. Elle n'a pas perdu de temps en politesses, elle est allée directement au but. « Comment va Alexia ? Prenez soin d'elle. Au revoir. »

— Étrange…

— Tu sais ce qui était le plus étrange ? dit-il en suivant Mia dans la buanderie. C'est qu'en voyant le numéro d'appel, j'ai ressenti un moment de panique, pensant qu'elle voulait reprendre Alexia.

Mia lui tourna le dos pour enfourner le linge dans la machine puis ajouter le détergent.

— Le voudrait-elle qu'elle ne le pourrait pas.

— Je sais. C'était une réaction stupide de ma part.

Après avoir refermé le tambour et mis la machine en route, elle se retourna vers lui.

— J'ai eu la même.

Ils passèrent dans la cuisine pour boire une tasse de thé. Pendant que Mia le préparait, Connor saisit l'une des brochures étalées sur la table et vit, non sans un pincement au cœur, qu'elle provenait du département de littérature de l'université.

— Pour la préparation au doctorat ? s'enquit-il.

— Il n'y a pas de mal à prendre un peu d'avance, répondit-elle d'un ton désinvolte. Je me renseigne sur les documents nécessaires pour le dossier, le montant des frais d'inscription... Bien sûr, je ne suis pas encore prête à m'inscrire.

Il écarta la brochure.

— As-tu prévu une date ?

— Au début de l'année prochaine, peut-être, s'ils me laissent prendre le train en marche en cours de trimestre, sinon, j'attendrai le printemps prochain. Mon bas de laine aura eu le temps de grossir d'ici là.

Dans un an et demi maximum, Mia serait partie de chez lui. Il serait en troisième année de médecine et Alexia, âgée de huit ans, en cours élémentaire.

Elle posa une tasse fumante devant lui puis s'assit en face.

— On n'a jamais parlé de ce moment-là, dit-il, les yeux fixés sur les volutes qui s'échappaient de sa tasse.

— Quel moment ?

— Celui où tu partiras. En théorie, je sais que notre arrangement n'était que provisoire, mais je crois que je ne suis pas encore prêt à te voir refermer la porte pour la dernière fois. Ni Alexia, d'ailleurs. C'est peu dire qu'elle s'est attachée à toi, Mia, elle t'adore.

Elle prit une gorgée de thé avant de répondre.

— Je l'adore aussi, dit-elle d'une voix douce, et je ne ferai rien qui puisse la blesser. Avant de partir, je m'efforcerai de la rassurer, de lui expliquer que j'ai la ferme intention de rester son amie et de faire toujours partie de sa vie. Contrairement à sa tante Patricia...

Il hocha la tête.

— Il va falloir en parler entre nous pour trouver le meilleur moyen de la préparer à ton départ. Mais rien ne presse pour l'heure. Tu es là, Dieu merci..., ajouta-t-il sans soucier de se trahir. Pour le moment, nous avons tous deux besoin de toi.

La gorge de Mia se serra.

— Je resterai aussi longtemps qu'il le faudra, Connor.

Une assurance qui ne le consola guère. Peut-être parce qu'il aurait voulu qu'elle reste pour un autre motif que la pitié que lui inspiraient une fillette orpheline de mère et son maladroit de père incapable d'élever une enfant correctement.

La vérité, c'était qu'il n'avait aucune envie qu'elle s'en aille.

La vérité, c'était qu'il l'aimait.

L'idée du départ programmé de Mia lui était insupportable. Il repoussa soudain sa chaise.

— J'ai des cours à rattraper. Je serai dans ma chambre.

— Ton thé ?

Il n'en voulait plus, mais il emporta la tasse avec lui par politesse.

En février, Connor sentit la pression monter d'un cran. Ses camarades et lui travaillaient d'arrache-pied en vue de l'examen d'anatomie générale. Ils avaient à peine le temps de manger, s'accordaient des petites siestes d'un quart d'heure quand ils n'en pouvaient plus, et flottaient dans un brouillard de données médicales et scientifiques qu'ils répétaient à longueur de journée afin de les mémoriser.

Se plongeait-il dans cette frénésie de travail pour ne pas penser à Mia ?

Une question qu'il préférait éviter.

Ses études constituaient sa priorité, certes, mais il était relativement jeune, en bonne santé, avec tous les besoins normaux d'un homme, et il lui était de plus en plus difficile de dormir la nuit en sachant la femme qu'il aimait couchée dans un autre lit, à quelques mètres de lui.

Elle vivait sous son toit, essayait de tout faire pour lui faciliter la vie, mais ne parvenait qu'à la lui compliquer davantage, bien à son insu.

Le jeudi soir, Connor resta travailler à la maison car la tempête faisait rage à l'extérieur. Des éclairs zébraient le ciel et le tonnerre faisait trembler les vitres, ce qui ne facilitait guère la concentration. Mais il n'avait pas le choix, il lui fallait avancer dans ses révisions.

Le vent hurlait dans la cheminée, les murs du vieux bungalow émettaient des craquements inquiétants. Une ou deux gouttières se décrocheraient peut-être, mais il priait pour que la tempête n'abîme pas la toiture.

Les éclairs et les coups de tonnerre se succédaient, assourdissants. Dans la pièce voisine, il entendait les cris de frayeur d'Alexia et la voix tranquille de Mia. Il ne saisissait pas les paroles, mais le ton était de toute évidence destiné à rassurer l'enfant.

Entre la tempête et sa conscience aiguë de la présence de Mia, sa tension atteignait son comble et il lui était de plus en plus difficile de se concentrer sur ses livres. Il aurait dû braver les éléments pour se rendre à la bibliothèque, mais il se serait alors senti coupable de laisser Mia seule avec Alexia au milieu d'un tel déchaînement.

Vers 20 heures, la tempête perdit de sa force. La pluie martelait toujours le toit, mais les éclairs s'étaient éloignés et le tonnerre n'émettait plus qu'un sourd grondement.

— Je vais me coucher, papa, dit Alexia.

Elle l'appelait enfin papa depuis quelques jours. La première fois, il avait cru mal entendre. Puis elle l'avait répété, le plus naturellement du monde, comme si elle l'appelait ainsi depuis toujours. Les larmes étaient montées aux yeux de Connor et il s'était détourné pour les lui cacher.

Quel idiot ! s'était-il sermonné ensuite. Au lieu de pleurer, il aurait dû sauter de joie puisqu'il attendait ce moment depuis des mois. C'était certainement la fatigue qui lui mettait les nerfs à vif et le rendait si émotif.

— Bonne nuit, papa, dit-elle en courant vers lui. Oh !

Le cri lui échappa lorsque ses petits chaussons glissèrent

sur le parquet ciré. Elle heurta le coin de la table de travail en renversant lampe, livres et feuilles volantes ainsi que l'ordinateur portable.

— Bon sang, Alexia !

In extremis, il rattrapa l'ordinateur par le couvercle avant qu'il touche le sol.

Il avait frôlé la catastrophe. La pensée qu'il aurait pu perdre ses notes de cours et ses fichiers lui donna froid dans le dos. Il lui aurait fallu acheter un nouvel ordinateur — avec quel argent ? — et y rentrer toutes les données à moins d'une semaine de l'examen final.

— Maintenant, il va falloir que je ramasse tout et que je reclasse mes papiers. Combien de fois Mia t'a-t-elle dit de ne pas courir dans la maison ?

Replaçant soigneusement l'ordinateur sur la table, il se pencha pour ramasser les livres. Puis il se redressa, les sourcils froncés, pour regarder sa fille.

Ses yeux outremer s'étaient remplis de larmes dont certaines coulaient déjà sur ses joues.

— Je suis désolée, papa. C'était un accident.

Prenant une profonde inspiration, il s'exhorta à la patience.

— Je sais, dit-il d'une voix radoucie. Mais il faut que tu fasses attention. Tu aurais pu casser quelque chose, ou pire, te faire mal. Si Mia t'a dit de ne pas courir dans la maison, c'est qu'il y a une raison.

— D'accord, murmura-t-elle, la tête basse. Bonne nuit.

— Bonne nuit, princesse. Dors bien.

Il se pencha pour lui donner un bisou qu'elle ne lui rendit pas puis la regarda s'éloigner.

La mine grave, Mia les avait observés depuis le seuil. Elle passa un bras autour des épaules d'Alexia pour l'entraîner vers sa chambre tandis que Connor étouffait un juron.

Bravo… Il avait grondé sa fille et l'avait fait pleurer. À présent, elles devaient le détester toutes les deux.

Que n'était-il allé à la bibliothèque…

Quand Mia revint dans la salle de séjour, Connor était assis, en train de classer ses feuilles, et elle resta quelques instants à l'observer en silence. Les traits tirés, la bouche crispée, il semblait non seulement fatigué, mais complètement démoralisé.

Sentant sans doute sa présence, il releva la tête.

— Est-ce qu'elle pleure encore ?

— Non. Elle dort à poings fermés. Je lui ai assuré que tu n'étais pas vraiment fâché contre elle. Elle sait qu'elle ne doit pas courir dans la maison et elle a promis de ne plus le refaire. Une bonne résolution qui durera ce qu'elle durera… Elle est généralement si sage qu'on a tendance à oublier qu'elle n'a que six ans… On ne peut trop lui en demander, Connor.

— Je n'aurais pas dû lui crier dessus.

Elle haussa les épaules et se dirigea vers lui.

— Mon père ne se privait pas de me gronder quand je faisais des bêtises et je ne m'en porte pas plus mal à présent.

— Ce n'est pas comparable. Toi, tu n'as pas connu ton papa à six ans.

Il ne se pardonnait manifestement pas son mouvement d'humeur envers sa fille. En guise de réconfort, elle lui posa une main sur l'épaule et sentit ses muscles tendus comme un arc.

— Ce n'est pas grave, Connor, je t'assure. Alexia n'est pas traumatisée à vie. Ton ordinateur a-t-il souffert ?

— J'ai pu le rattraper avant qu'il touche le sol.

— Puis-je remettre de l'ordre dans tes papiers ? Veux-tu que je t'aide à réviser ?

Non sans soulagement, elle vit le visage de Connor se détendre. Croyait-il vraiment qu'elle lui en voudrait pour avoir grondé Alexia ?

— Je vais faire une pause, dit-il en repoussant sa chaise. M'étirer un peu les jambes.

Elle s'empressa de reculer alors qu'il se levait.

— Veux-tu une tasse de thé ? Un sandwich ?

— Non. J'ai juste besoin de…

Son pied glissa sur un stylo qui était resté au sol. S'agrippant à la table, il se baissa pour ramasser l'objet en même temps que Mia, et leurs têtes se cognèrent.

Riant, ils firent une seconde tentative qui se solda par une nouvelle collision frontale.

— Laisse-moi faire, dit Connor en repoussant doucement Mia par l'épaule. Avant qu'on finisse par s'assommer…

Ils étaient tous deux encore accroupis, très près l'un de l'autre, leurs genoux se touchant.

— Bon sang, Mia…, marmonna-t-il.

Une déclaration qui manquait pour le moins de romantisme, mais peu importent les mots.

Sans se donner le temps de réfléchir, le cœur cognant contre ses côtes, elle noua les bras autour du cou de Connor et lui offrit sa bouche.

12.

Connor referma doucement la porte de sa chambre et poussa le verrou.

Ils n'avaient pas allumé, mais Mia voyait suffisamment clair pour distinguer son visage bouleversé d'émotion.

— Mia…

— Chut…

Lui imposant silence d'un doigt, elle se blottit contre lui. Cette nuit, elle ne voulait pas réfléchir, raisonner, avoir peur, mais simplement ressentir et vibrer. Lui offrir tout ce dont il avait besoin et prendre ce qu'elle pouvait en retour. Céder enfin à ce désir qu'ils avaient tenté de museler pendant si longtemps.

Ils y cédèrent, plus d'une fois, et Mia ne regagna sa chambre qu'au petit matin, sur la pointe des pieds, pour ne pas réveiller Alexia.

Le vendredi après-midi, Connor se trouvait avec son groupe de travail chez James quand son portable sonna.

Voyant le numéro de Mia s'inscrire sur l'écran, il se leva de la table autour de laquelle ils planchaient tous et s'isola au fond de la pièce pour répondre.

— Mia ? Y a-t-il un problème ?

— Aucun. Pardonne-moi de te déranger…

— On est en pleine simulation d'examen. Qu'y a-t-il ?

— Si cela ne te dérange pas, j'aimerais emmener Alexia dans le chalet de mes parents près de Lake Catherine pour le week-end. Ma famille va s'y retrouver au grand complet pour célébrer l'anniversaire de mon père, dimanche. Cela permettra à Alexia de revoir Nicklaus et Caroline avec qui elle s'était très bien entendue et de passer deux jours en leur compagnie.

Son ton guindé lui fit froncer les sourcils. Se sentait-elle embarrassée après ce qui s'était passé entre eux ? Ils n'avaient pu parler ce matin en présence d'Alexia et il était parti aussitôt après le petit déjeuner.

Cet embarras serait compréhensible. Sauf qu'il remarquait également dans sa voix quelque chose qui ressemblait à de la froideur.

— Ça me paraît une bonne idée. Quand comptez-vous partir ?

— Dans une heure, en fait dès que nos bagages seront prêts. Nous rentrerons dimanche soir.

— Oh ! Je vois…

— Cela te permettra d'étudier tranquillement durant tout le week-end avant le grand examen de lundi. Si tu as besoin de nous joindre, tu n'auras qu'à m'appeler sur mon portable.

— D'accord. Amusez-vous bien et souhaite bon anniversaire de ma part à ton père.

Ce week-end à Lake Catherine était-il un prétexte ? Le seul moyen qu'elle avait trouvé de mettre de la distance entre eux ? se demanda Connor en rangeant son portable dans sa poche. Regrettait-elle d'avoir franchi le pas avec lui ?

Il s'efforça de chasser ses inquiétudes pour retourner à son examen blanc.

Quand Mia et Alexia revinrent de Lake Catherine, le dimanche soir, elles trouvèrent la maison vide et un mot sur la table de la cuisine.

« Je suis à la bibliothèque universitaire, avait griffonné Connor. Rentrerai tard. Ne m'attendez pas. »

Alexia fut déçue, un sentiment partagé par Mia.

— Tu le verras demain, ma chérie, dit-elle. Il partira très tôt le matin, mais après son examen, tu auras alors tout le temps de lui raconter ton week-end avec Nicklaus et Caroline.

— D'accord.

— Va défaire ton sac pendant que je prépare le dîner. Il va falloir aller au lit de bonne heure car, hier soir, tu t'es couchée tard.

Alexia et les neveu et nièce de Mia s'étaient couchés à l'heure réglementaire, mais ils étaient restés à bavarder jusque fort tard dans leurs lits superposés.

Ce soir, épuisée des péripéties du week-end, la fillette s'endormit dès que sa tête toucha l'oreiller. Ce qui ne fut pas le cas de Mia.

À minuit, elle entendit la clé tourner dans la serrure et le pas de Connor dans le vestibule. Quand il s'arrêta devant sa porte, elle retint son souffle, mais il poursuivit en direction de sa chambre.

Ils ne pouvaient continuer ainsi, à s'éviter parce qu'ils avaient partagé le même lit. Tôt ou tard, ils allaient bien finir par se croiser au sortir de la salle de bains ou dans la cuisine.

En prévision de ce moment, il fallait décider de la marche à suivre.

Connor rentra épuisé de l'examen général d'anatomie, mais Mia vit à son expression qu'il semblait satisfait de sa prestation. Ses premiers mots le confirmèrent.

— On avait le choix entre le système céphalo-rachidien ou les fonctions des glandes endocrines, deux sujets « sans pièges ». J'ai choisi le premier et, sans vouloir préjuger du résultat, je suis confiant.

— Formidable ! Le plus dur est derrière toi.

— Oui, c'était l'examen-barrage, celui dont dépendait le passage en seconde année. Sauf surprise, je devrais avoir la moyenne.

— Je suis sûre que tu auras une note bien supérieure à la moyenne.

Il mangea ensuite de bon appétit les lasagnes qu'elle avait préparées en écoutant sa fille raconter par le menu ses aventures du week-end.

Quand Alexia fut couchée, ils s'installèrent dans le salon — elle sur le canapé, lui à sa table de travail — pour discuter de sujets anodins.

Ce fut Connor qui osa aborder le sujet de tous les dangers.

— Il faut que nous parlions, Mia…

— De quoi ?

— Tu le sais bien. De ce qui s'est passé entre nous l'autre nuit, de ce que nous…

— Je ne regrette rien, dit-elle, l'interrompant.

— Mais… Car je sens qu'il y a un « mais ».

— Mais je crois qu'il vaut mieux ne pas renouveler l'expérience. Nous traversons une phase de transition — tu as tes études à terminer, et moi, je ne suis que de passage sous ton toit et j'ai mes propres projets…

Il leva la main.

— Message reçu cinq sur cinq, dit-il, impassible.

— Comprends-moi bien, je ne regrette rien, mais le moment me semble mal choisi pour entamer une relation amoureuse qui ne peut que causer des problèmes à tout le monde.

— Tu as raison. Comme toujours…, ajouta-t-il sur un ton légèrement sarcastique.

— Ne le prends pas mal, Connor.

— Je ne le prends pas mal. Au contraire, je partage entièrement ton point de vue.

— Oh… Eh bien, dans ce cas…

Pourquoi était-elle déçue alors qu'il se montrait raisonnable ?

— Moi aussi, j'ai pris une décision, Mia. À partir de maintenant, je vais t'aider dans le ménage, la lessive…

Il ne croyait tout de même pas que c'était la répartition des tâches ménagères qui la préoccupait ? songea-t-elle, incrédule.

— Inutile… Nous étions convenus dès le départ que ce serait ma manière de te payer un loyer.

Il secoua la tête.

— Je te laisse toutes les corvées, et ce n'est pas juste. Désormais, j'accomplirai ma part. C'est le moins que je puisse faire pour te remercier de ton aide.

La remercier…

Elle ne voulait pas de ses remerciements ni de sa gratitude. Elle l'aimait et elle voulait qu'il l'aime en retour, avait-elle enfin fini par comprendre. Mais plutôt mourir que de le lui avouer.

— Tu m'excuseras, mais j'ai encore quelques copies à corriger pour demain, dit-elle en se levant. Bonne nuit, Connor.

— Bonne nuit, Mia, dit-il en ouvrant déjà son livre.

Connor tint parole et participa aux tâches ménagères. Il prit l'habitude de faire tourner le lave-linge tout en planchant à sa table de travail. Hélas, il ne triait pas toujours les vêtements convenablement et les couleurs s'en donnaient à cœur joie sur le blanc.

Le nettoyage non plus n'était pas son fort. Quand il passait la serpillière sur le carrelage de la cuisine, celui-ci avait l'air plus sale après qu'avant pour la bonne raison qu'il piétinait malencontreusement la surface mouillée et laissait la trace de ses semelles.

Après dîner, un soir de mars, Mia se décida à aborder le sujet et le ton monta très vite entre eux.

— Tout allait très bien avant que tu te mettes en tête de m'aider. Veux-tu la vérité ? Au lieu de m'aider, tu me donnes du travail supplémentaire !

— Si je te dérange, tu n'as qu'à me le dire ! Je passerai ma journée à la bibliothèque après les cours.

— Je n'ai jamais dit que tu me dérangeais. Si seulement tu pouvais…

La sonnerie de la porte d'entrée les interrompit.

— Je vais voir qui c'est, dit-elle en se dirigeant vers le vestibule. Mais nous n'en avons pas fini.

Elle ouvrit sans regarder par l'œilleton et se trouva face à Paul, son frère. À la vue de son visage grave, l'angoisse la saisit.

— Paul, que se passe-t-il ?

— Papa a eu une crise cardiaque. Les auxiliaires médicaux sont parvenus à le réanimer dans l'ambulance et il devra sans doute subir une opération. Il est à l'hôpital de Hot Springs et maman voudrait que tu viennes.

Le souffle coupé, elle se tourna vers Connor.

— Je…

Il s'approcha pour passer un bras autour de ses épaules.

— Va préparer ta valise, Mia. Prends des vêtements pour plusieurs jours. Puis-je faire quelque chose pour t'aider ?

— Je ne sais pas… Et Alexia ?

— Je m'occuperai d'elle. Nous nous débrouillerons très bien. Ta place est auprès de ta famille, alors va vite les rejoindre.

Un quart d'heure plus tard, une petite valise à la main, elle rejoignit Paul qui rongeait son frein dans le salon. Il lui prit le bagage des mains.

— Je t'attends dans la voiture. Dépêche-toi.

Connor tendit son sac à main à Mia.

— Ton portable était dans la cuisine. Je l'ai glissé dans la pochette intérieure.

— Merci, Connor.

Il se pencha pour déposer un baiser très tendre sur ses lèvres.

— Si tu as besoin de quoi que ce soit, appelle-moi.

Elle s'appuya un instant contre lui, en souhaitant qu'il puisse l'accompagner, puis courut vers la voiture dont le moteur tournait déjà.

Ce fut la semaine la plus longue de la vie de Mia. Son père fut opéré le dimanche. L'intervention chirurgicale, une valvuloplastie, se déroula sans problèmes, mais il développa ensuite une fièvre que les antipyrétiques ne parvenaient pas à juguler.

Paralysée par l'angoisse, Mme Doyle avait besoin du soutien de ses enfants en ces heures où les médecins réservaient leur pronostic, et Mia ne la quitta pas un seul instant.

Malgré son inquiétude pour son père, elle s'inquiétait également pour Connor et Alexia. S'en sortaient-ils sans elle ? Une collègue la remplaçait au lycée, mais il n'y avait personne pour la remplacer à la maison.

Lors de ses coups de fil, Connor répétait invariablement que tout se passait bien, sans doute parce qu'il ne voulait pas ajouter à ses soucis.

Il lui manquait terriblement et ses appels quotidiens constituaient sa bouffée d'oxygène. Elle était certaine que si elle lui avait demandé de venir, il aurait tout laissé tomber pour prendre la direction de Hot Springs.

Une semaine plus tard, Mia ouvrait la porte de la maison de Little Rock. Son frère l'avait laissée devant le porche avec sa valise, déclinant son invitation d'entrer car il avait une longue route devant lui, mais ils s'étaient embrassés avec émotion, des larmes de joie dans les yeux.

Mia avait appelé Connor pour le prévenir de son retour, et il était là, sa voiture étant garée sous l'auvent.

Personne dans la salle de séjour… Puis elle entendit des rires en provenance de la cuisine. Ceux de Connor et d'Alexia.

— Mia, tu nous as manqué ! s'écria Alexia dès qu'elle franchit le seuil.

Mia attrapa l'enfant dans ses bras pour la serrer fort contre elle.

— Toi aussi, tu m'as manqué, mon cœur. Tellement, que je ne trouve pas les mots pour l'exprimer.

Alexia portait l'un de ses tabliers autour de sa taille. Quant à Connor, une serviette à thé accrochée au jean en guise de protection, il était aux fourneaux en train de remuer le contenu d'une casserole.

Il baissa le feu puis se tourna vers elle, un grand sourire aux lèvres.

— Bienvenue à la maison. Comment va ton père ?

— Bien. Il est sorti de l'hôpital hier, et ravi de réintégrer ses pénates. Il parle déjà de se remettre au bricolage alors que les médecins ont recommandé un repos complet pour le mois à venir. Maman va avoir du travail pour le raisonner, mais elle y parviendra.

Alexia la tira par la manche pour obtenir de nouveau son attention.

— Nous avons fait la cuisine en ton honneur. Papa a préparé un chili, et moi, la vinaigrette pour la salade.

— Mmm, je suis sûre que ce sera délicieux…

Ravalant sa déception parce qu'il ne l'avait pas embrassée, Mia fit honneur au repas. Connor avait eu la main lourde sur les épices, mais c'était l'intention qui comptait.

Après avoir bordé Alexia dans son lit, Mia rejoignit Connor installé sur le canapé de la salle de séjour.

— Tu n'étudies pas ce soir ? demanda-t-elle, étonnée.

— Non. J'ai mieux à faire.

Une remarque qu'il explicita par un regard très tendre.

— Il faut qu'on parle, ma chérie…

Elle haussa les sourcils, surprise. Il ne l'avait jamais appelée ainsi.

— Mais cela peut attendre demain, poursuivit-il. Tu dois être fatiguée.

— Un enseignement que j'ai retiré de cette semaine est de ne pas remettre à demain car on ne sait pas s'il y en aura un « demain ». Cela fait des mois que l'on tourne l'un autour de l'autre, Connor. Il est temps de nous dire les choses clairement.

— Je t'écoute.

— Je suis quelqu'un qui aime donner. À ma famille, à mes amis. Parfois, je m'applique tellement à rendre les autres heureux que j'en oublie mes propres besoins. Certains en ont profité.

— Dale…, murmura-t-il en grimaçant.

— Entre autres.

— J'espère ne pas faire partie de ces autres ?

— Non. Tu ne ressembles en rien à Dale. Il ne s'intéressait qu'à ce que j'avais à lui offrir, sans se soucier de mes désirs.

— Moi, je m'en soucie. Mais il faut me dire ce que tu attends de moi. Je n'ai pas le don de lire dans tes pensées.

— Je l'ai compris à présent. Alors, voilà… Je sais que tu as besoin de moi. Et je suis presque sûre que tu m'aimes, ajouta-t-elle dans un murmure.

— Tu ne te trompes pas.

Mia sentit le sang affluer à ses joues.

— Il me reste juste à savoir si tu me fais confiance, poursuivit-elle.

— Que veux-tu dire ? Bien sûr, je te fais confiance.

— En tant qu'ami, et pour m'occuper d'Alexia… Mais me fais-tu suffisamment confiance pour me donner ton cœur ?

— Je ne sais que…

Soudain, elle vit à son regard qu'il comprenait.

— Alexia faisait des cauchemars car elle avait peur d'être rejetée, reprit Mia. Elle n'est pas la seule à nourrir cette crainte. Moi aussi, j'ai besoin de savoir que quelqu'un sera là pour moi et m'aimera inconditionnellement tout au long de ma vie.

Elle se pencha vers lui.

— Je ne suis pas Brandy ni Gretchen. Je t'aime, Connor. Si tu me demandes de rester auprès de toi, je le ferai et ne te quitterai pas pour aller chercher fortune ailleurs, faire retraite dans un ashram pour me livrer à quelque quête intérieure ou répondre à l'appel du large.

— Je n'en doute pas, Mia, mais j'ai si peu à t'offrir en échange. Mes études vont me prendre tout mon temps et quand je serai interne, ce sera encore pire. Durant les six prochaines années, je ne pourrai même pas t'aider avec tes propres études.

— Tout ce que je te demande, c'est de m'écouter quand je n'irai pas bien, de m'encourager quand je douterai de mes capacités, de te réjouir avec moi de mes réussites et de compatir en cas d'échec. T'en sens-tu capable ?

— Oui, mais…

— C'est tout ce que j'ai besoin d'entendre. Forts de cette assurance, nous vaincrons toutes les difficultés d'argent et d'emplois du temps. Comme tous les couples, nous connaîtrons des conflits, des victoires, des déceptions, mais je ne te laisserai jamais tomber. Pas si tu me dis ici et maintenant que tu m'aimes et que tu me fais confiance.

Il lui prit les mains.

— Je t'aime, Mia.

— Et… ?

— Et je… je te fais confiance.

— Suffisamment pour me demander de rester avec toi ?

Un long silence se fit.

Le cœur battant, Mia attendit la réponse de Connor. Peut-être n'était-il pas prêt à s'engager de manière aussi définitive ?

Les mains de Connor remontèrent vers ses épaules.

— Suffisamment pour te demander de m'épouser…, répondit-il enfin.

Cette fois, ce fut Mia qui resta sans voix.

— Tu seras ma meilleure amie, mon amante et mon épouse. Et bien sûr, la maman d'Alexia et des frères et sœurs que nous lui donnerons. Ce quadruple rôle te convient-il ?

— À merveille, murmura-t-elle, le cœur en liesse, en lui offrant ses lèvres.

BLANCHE

HARLEQUIN

Un mystérieux vétérinaire, de Rachel Dove - N°1643

Colère, tristesse, frustration. Voilà les sentiments qui habitent le vétérinaire Chris Jennings quand il s'installe à Puddle Lake, un petit village du Yorkshire. Mais sa rencontre avec Susannah, une jeune femme aussi belle qu'exubérante, chasse bientôt sa morosité, sans même qu'il s'en rende compte. Auprès d'elle et malgré leurs différences, Chris se prend à envisager la vie sous un jour nouveau. Jusqu'à risquer son cœur pour être enfin heureux ?

Le bébé secret de Rio, de Luana DaRosa

Lorsque de passage à Rio de Janeiro la chirurgienne Eliana rencontre Diego Ferrari dans un bar, il n'est encore qu'un inconnu pour elle. Un homme avec lequel elle décide d'oublier ses soucis le temps d'une nuit inoubliable. Mais, un mois plus tard, elle est stupéfaite de le retrouver au Santa Valeria General, l'hôpital dont elle est l'héritière. Plus fou encore, Diego sera bientôt le papa de son bébé !

Un pacte à honorer, d'Alison Roberts - N°1644

SÉRIE : MÉDECINS EN MISSION - 1/2

« Faisons un pacte. Si nous sommes encore célibataires à trente-cinq ans, marions-nous. » Lorsque Luke Anderson, après lui avoir ravi un baiser passionné, lui demande d'honorer sa promesse d'adolescente, Kate est bouleversée. Car Luke – qu'elle vient à peine de retrouver, lors d'une compétition entre équipes médicales, après des années de silence – lui fait toujours autant d'effet qu'autrefois…

Des jumeaux pour le Dr Martini, d'Alison Roberts

SÉRIE : MÉDECINS EN MISSION - 2/2

Elle, enceinte ? Georgia peine à y croire. Elle, qui a fui au plus vite le lit du Dr Matteo Martini juste après leur brûlante étreinte, bien décidée à ne jamais s'engager, attend aujourd'hui non pas un mais deux enfants ! Or, si le désir de donner la vie l'habite depuis toujours, il n'a jamais été dans ses plans de s'encombrer d'un père. Ni même d'un homme au charme ravageur…

Leur mission : sauver des vies.
Leur destin : trouver l'amour.

BLANCHE

HARLEQUIN

Un héritier à chérir, de Marion Lennox - N°1645

Ellie lui a menti ! Marc explose de colère lorsqu'il apprend que cette femme, avec laquelle il a eu une brève liaison neuf ans auparavant, a eu un enfant de lui. Bien sûr, à l'époque, il avait été contraint de mettre fin à sa relation avec Ellie. Mais servir le royaume de Falkenstein n'était-il pas plus important qu'une simple amourette ? À présent qu'il doit monter sur le trône, Marc se le promet : il fera du jeune Felix son héritier...

Le médecin qui avait peur d'aimer, de Kate Hardy

Lorsqu'elle fait la connaissance de son nouveau collègue, le Dr Marc Bailey, Laurie est troublée. Cet homme visiblement tourmenté éveille bientôt en elle de profonds sentiments – sentiments dont elle a bien conscience qu'ils sont réciproques, malgré la réserve de Marc. Si seulement elle réussissait à le soulager du fardeau de son passé, alors peut-être pourraient-ils envisager un avenir ensemble... ?

Leur mission : sauver des vies.
Leur destin : trouver l'amour.

HARLEQUIN
www.harlequin.fr

AZUR

GLAMOUR. INTENSE. IRRÉSISTIBLE.